～『風柳荘のアン』の世界～

プリンス・エドワード島サマーサイド

19世紀の石造りの学校
今は裁判所

塔のある家、「アン女王復活様式」
19世紀のドクター・モリソン邸
町には塔のある家が何軒かある

町の大通り

港。19世紀は海運業と造船業で栄えた

島の商店にある船の模型

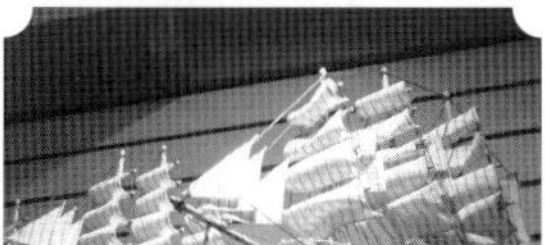

邸
る

プリンス・エドワード島とオンタリオ州

持ち運び式の猫足ストーブ
グリーン・ゲイブルズ展示

雪景色のグリーン・ゲイブルズ
アンとキャサリンが散策

モンゴメリが1926～1935年に暮らし
本作を書き始めた牧師館
オンタリオ州ノーヴァル

ケマン草

同教会内の
ケルト十字

牧師夫人をつとめた
ノーヴァルの
長老派教会

撮影・松本侑子

文春文庫

風柳荘《ウィンディ・ウィローズ》のアン

L・M・モンゴメリ
松本侑子訳

文藝春秋

Anne of Windy Willows

4

風柳荘《ウィンディ・ウィローズ》のアン

あらゆるところにいるアンの友だちへ（1）

目次

地図

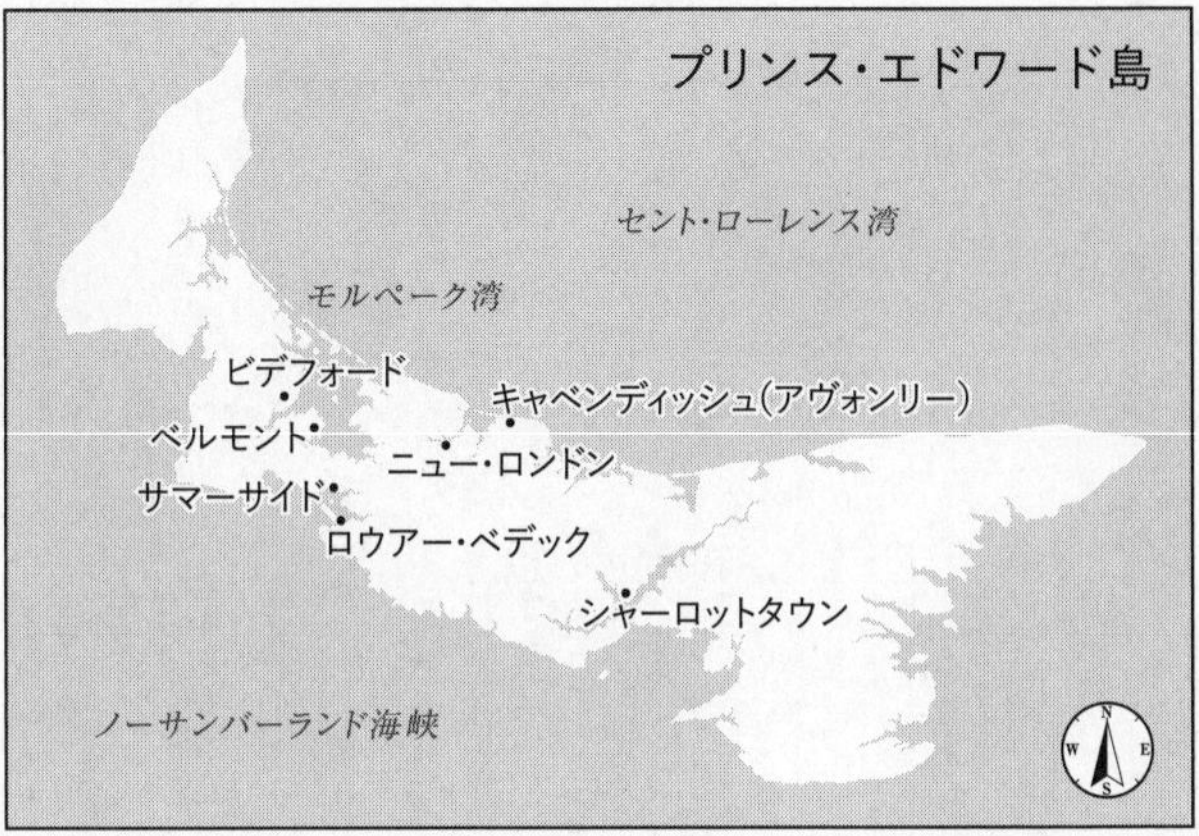
プリンス・エドワード島
セント・ローレンス湾
モルペーク湾
ビデフォード
キャベンディッシュ(アヴォンリー)
ベルモント
ニュー・ロンドン
サマーサイド
ロウアー・ベデック
シャーロットタウン
ノーサンバーランド海峡
N
W
E
S

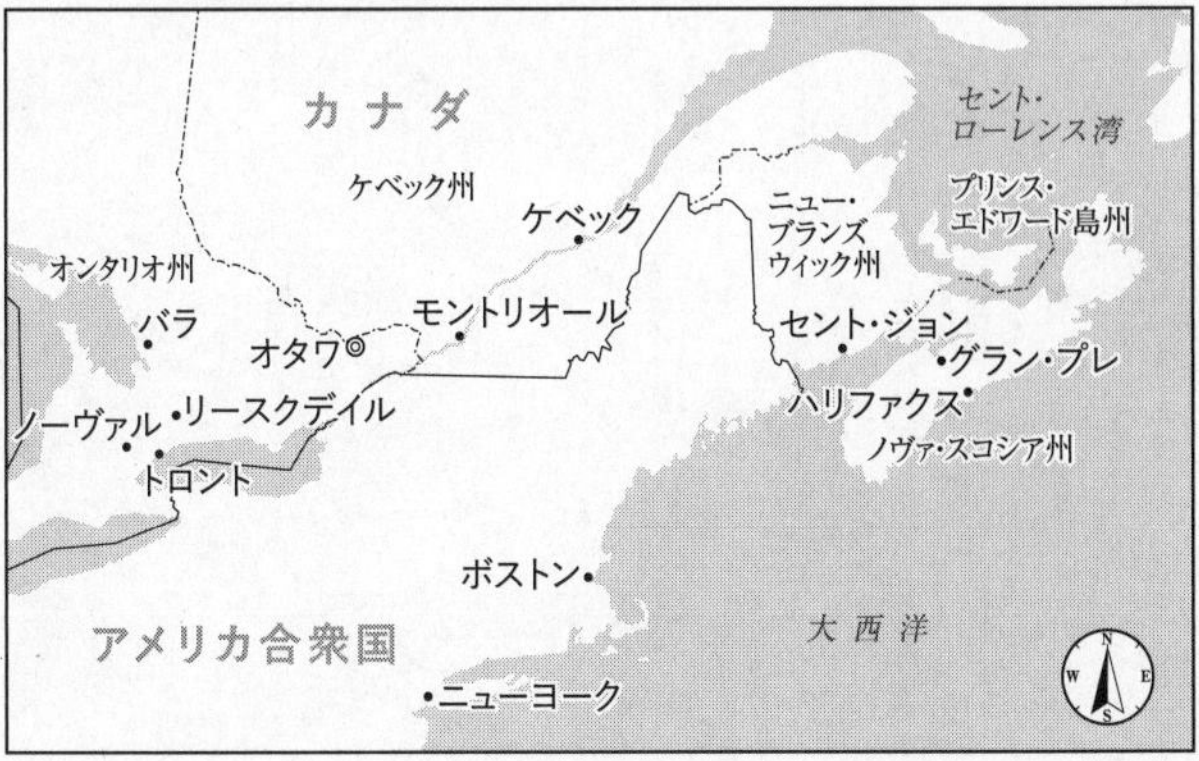
カナダ
セント・
ローレンス湾
ケベック州
ニュー・
ブランズ
ウィック州
プリンス・
エドワード島州
ケベック
オンタリオ州
モントリオール
バラ
オタワ
セント・ジョン
グラン・プレ
ノーヴァル
リースクデイル
ハリファクス
トロント
ノヴァ・スコシア州
ボストン
大西洋
アメリカ合衆国
ニューヨーク
N
W
E
S

一年目

第1章

サマーサイド（1）高等学校校長、文学士アン・シャーリーから、キングスポートのレッドモンド大学医学生ギルバート・ブライスへ（2）の手紙

プリンス・エドワード島
サマーサイド
幽霊小《ゆうれいこ》路《みち》（3）
風柳荘《ウインデイ・ウイローズ》（4）
九月十二日、月曜日

最愛の人へ

　これは住所なのですよ！　こんなにすてきな住所を聞いたことがありますか？　風柳荘《ウインデイ・ウイローズ》は、新しい住まいの屋号で、すこぶる気に入っています。幽霊小路という名前も大好きです。もっとも、法律上は存在しません。正しくはトレント通りです。でも

トレント通りと呼ばれることは、まずありません。ごくまれに「週刊新報」に書かれるときを除いては——記事になっても、人々は顔を見あわせて言うのです。「トレント通り、いったい、それはどこだい」と。それが幽霊小路です——でも、なぜここが幽霊小路と呼ばれるのか、わからないのです。レベッカ・デュー(5)にたずねましたが、ここはもとからずっと幽霊小路でしたよ、と言うばかりでした。もっとも、その昔、お化けが出た、という話があったそうです。けれどレベッカは言います、この辺りで、そんなに見てくれの悪いもんは、とんとお目にかかったことは、ありゃしませんよ、あたしの顔を別にするとね、ですって。

でも、話を先走ってはいけませんね。あなたは、まだレベッカ・デューを知らないのですから。けれどやがて知ることになりますよ——ええ、そうですとも！　いずれ私の手紙には、レベッカ・デューがたっぷり登場する予感がします。

愛しい人よ、外は黄昏《ダスク》です（ところで、黄昏は、すてきな言葉じゃなくて？　夕闇《トワイライト》よりも気に入っています。黄昏という言葉は、天鵞絨《ビロード》のようになめらかで、陰影に富んで——そして——なんとも黄昏《ダスキー》めいた響きがあるんですもの）。昼間の私はこの世界に属し、夜の私は眠りと永遠に属しています。けれど黄昏どきの私は、その両方から離れ、ただ私自身のもの——そしてあなたのものです。だからこのひとときを大切にして、あなたへの手紙を書くつもりです。でも、これは恋文にはならないでしょう、ペン先が引つかかるのです。引っかかるペンや、とがったペン、そして先のすりへったペンで、恋文は書けないのです。だから、あなたがそうした手紙を受けとるときは、ちょうど具合のいいペンがあるときだけです。さて、新しい住まいと同居人について、お伝えしましょう。ギルバート、それはすてきなところで、いい人たちなのです。

私は昨日来て、下宿を探しました。レイチェル・リンドのおばさんも来てくださいました。おばさんの表むきの用事は買いものでしたが、本当は、私の下宿を選ぶためです。私にはわかっています。たとえ私が教養学部を出た文学士でも、リンドのおばさんは、いまだに私を世間知らずのひよっこで、道案内をして、指図《さしず》をして、面倒をみてやらなくてはならん、と思っていなさるのです。

こちらには汽車で来ました。そしてギルバート、私ったら、滑稽きわまる珍事件を起こしたのです！　あなたもご存じの通り、私はいつも望んでもいない騒動がむこうからやって来るのです。いわば、騒動を引きよせるようです。

事件は、汽車がちょうど駅について、停車するときに起きました。私は立ちあがり、リンドのおばさんのスーツケースを持ちあげようと、かがんだとき——おばさんはサマーサイドの友人と、日曜日をすごす予定だったのです——座席のぴかぴかした肘かけだと思ったところに、こぶしをついて、寄りかかりました。そのとたん、手をぴしゃりと強く叩かれ、私はうめき声をあげそうになりました。ギルバート、座席の肘かけだと思ったのは、男の人のはげ頭だったのです。その人は目をむいて、私を睨《にら》みつけていました。どうやら寝ていたところを起こされたようです。私は平謝りに謝り、大慌てで汽車から下りましたが、最後にその人を見たら、まだ睨んでいました。リンドのおばさんは肝を冷やし、私の手は今もひりひりしています！

下宿探しは、さほどむずかしくないだろうと思っていました。というのは、トム・プリングル(6)夫人という人が、この十五年間ずっと、高校の歴代の学校長を下宿させてきたのです。ところが、なぜだか理由はわからないけれど、その夫人は、急に「面倒をかけられること」が嫌になって、私を下宿させないというのです。そこでほかの好ましい下宿を何軒かまわりましたが、丁重に断られました。さらに何軒か見ましたが、そこは好ましくありませんでした。午後いっぱい、おばさんと町を歩きまわり、暑いやら、疲れるやらで、気が滅入って、頭痛までする始末でした――少なくとも私はそうでした。もううんざりして、あきらめそうになりました――するとそのとき、幽霊小路の話が出たのです！

私たちは、リンドのおばさんの旧友ブラドック夫人の家に立ち寄りました。するとブラドック夫人が、「未亡人たち」なら私を置いてくれるかもしれないと教えてくださったのです。

「あの未亡人たちは、レベッカ・デューに給料を払わなきゃならんので、下宿人を一人、置きたがってるそうですよ。あの人たちも、多少は余分の収入がなけりゃ、この先、レベッカを雇えませんからね。レベッカがいなくなったら、いったい誰が、あの年寄りの赤牛の乳を搾《しぼ》るんです」

ブラドック夫人は、まるでこの私が、赤牛の乳搾りをすべきだとでもいわんばかりに、厳しい目をこちらにむけました。もっとも、私だって乳搾りくらいできますわ、と言ったところで、信じてくださらないでしょう。

「どの未亡人のことを、話してるんだね」リンドのおばさんがたずねると、

「そりゃあ、ケイトおばさんに、チャティおばさん(7)ですよ」と、ブラドック夫人は、たとえ世間知らずの文学士だろうと、誰だろうと、知ってるのが当然のように答えました。「ケイトおばさんは、アマサ・マコーマー(8)の夫人ですよ――マコーマー船長の未亡人です――それからね、チャティおばさんは、リンカーン・マクレーン(9)の夫人で、こちらはただの未亡人さね。だけど誰もが、この二人を『おばさん』と呼んでてね、二人は幽霊小路のいちばん奥に住んでるよ」

幽霊小路ですって！　これで決まりました。私はその未亡人たちのところに下宿しなければならないと感じたのです。

「すぐに会いに行きましょう」リンドのおばさんに頼みました。この機会を逃すと、幽霊小路がおとぎの国へ帰っていき、消えてしまう気がしたのです。

「未亡人たちには会えますよ。だけどね、おまえさんを下宿人にするかどうか、実際に決めんのは、レベッカだよ。レベッカ・デューが風柳荘《ウインディ・ウイローズ》を牛耳《ぎゅうじ》ってるからね、それはたしかだよ」

風柳荘《ウインディ・ウイローズ》ですって！　そんな名前の家だなんて、あり得ないわ――ええ、あるはずがないもの。私は夢を見ているにちがいないわ。実際、レイチェル・リンドのおばさんも、屋敷の名前にしちゃ、奇妙だねって、おっしゃったのよ。

「ああ、この屋号はね、マコーマー船長がつけたんだよ。もとはあの人の家《うち》だったからね。船長は、屋敷のまわりに柳をありったけ植えて、そりゃあ、ご自慢にしてましたっけ。もっとも、船長はたいがい留守で、家に長居することたなかったよ。ケイトおばさんは、不便なことですよって、こぼしてたもんです。だけど不便なのは、ご亭主がろくにいないことか、それとも家に帰ってくることか、あたしらにはわからなかったよ。とにかく、シャーリーさん、おまえさんが下宿できるよう、願ってますよ。レベッカ・デューは腕のいい料理人でね、冷製《コールド》ポテト（10）にかけちゃ、天才だよ。そのレベッカが、おまえさんを気に入りゃ、安心だ（11）。ところが気に入らなけりゃ……残念だが……家には置いてもらえない、それで決まりだよ。聞くところによると、町に新しい銀行員が来てて、下宿を探してるそうな。レベッカにとっちゃ、その男の方が、好都合かもしれないよ。それにしても、トム・プリングル夫人が、おまえさんを下宿させないとは、なんとも奇妙だね。サマーサイドにゃ、プリングル一族と、プリングルの血を半分ひく者がわんさといて、『王族《ロイヤル・ファミリー》』と呼ばれてるのさ。だから、あの人たちの気に入られるようにしないと、いけないよ、シャーリーさん。さもなきゃ、サマーサイド高校で、うまくやっちゃいけないよ。プリングル一族は、長いことこの町を支配してるからね。エイブラハム・プリングル老船長にちなんで、名前がついた通りもあるほどさ。プリングルには、普通の家族《クラン》もあるんだが、楓の森屋敷《メープルハースト》(12)に暮らす二人の老婦人が、一族を牛耳ってるのさ。聞いたとこによると、その二人が、おまえさんに、腹を立ててるそうな」

「まあ、どうしてですの」私は思わず叫びました。「私のことを、まったくご存じないのに」

「ところがね、あの人たちのまたいとこ(13)が、高校の学校長に志願して、みなが決まったも同然だと思い込んでたとこへ、おまえさんの志願が通ったもんで、プリングルは一族郎党、のけぞって、騒ぎたてたのさ。いいかい、人間とはそうしたもんだよ。人は、その目で見た通りに理解しなくちゃならないよ。プリングル一族は、おまえさんの前じゃ、クリームみたいに人当たりがいいだろうが、ことあるごとに逆らってくるよ。なにも、やる気をくじくつもりはないんだよ。でも、警戒は防備なり、というからね。もおまえさんがうまいことやって、あの一族をぎゃふんと言わせてくれると嬉しいね。もし、未亡人たちのとこに下宿するなら、レベッカ・デューも一緒に食事をすることになるが、気にすんじゃないよ、いいね。レベッカは召使いじゃないからね。マコーマー船長の遠縁のいとこさね。もっとも、お客のあるときゃ、レベッカも食卓にゃつかないよ……そういうときは、身のほどをわきまえてるんでね……でも、あのうちに下宿するんなら、レベッカは、おまえさんをお客人とは思わないからね、それは当然だよ」

私なら喜んでレベッカ・デューと一緒に食事をしますわと言い、不安げなブラドック夫人を安心させました。それからリンドのおばさんを引っぱるようにして、おいとましました。銀行員に先をこされてはなりません。

ブラドック夫人は、玄関までついて来ました。

「それからね、チャティおばさんの気持ちを傷つけてはならないよ、いいね。あの人はすぐに傷つくんだよ、気にする性分でね、かわいそうに。というのも、チャティおばさんは、ケイトおばさんほどは、あんまり財産がないんだよ……もっとも、ケイトおばさんだって山ほどあるわけじゃないがね。それからね、もう一つ、ケイトおばさんは、ご亭主に心底惚れていた……自分のご亭主に……ところがチャティおばさんは、そうじゃなかった……ご亭主を好いちゃいなかったんだ。それも当たり前だよ！　リンカーン・マクレーンは変わり者の爺さんだったからね……ところがチャティおばさんは、亭主が偏屈だったせいで、自分が世間から非難されてると思ってんだよ。今日が土曜日でよかったよ。もし金曜なら、チャティおばさんは、おまえさんを置くかどうか、考えることさえ、しなかったろうよ(14)。ケイトおばさんの方が、縁起をかつぐと思うだろ？ 船乗りはそうしたもんだからね。ところが、チャティおばさんの方が縁起をかつぐのさ……あの人のご亭主は大工だったのにね。チャティおばさんは、娘のころにゃ、大した別嬪《べっぴん》さんだったが、かわいそうな人ですよ」

チャティおばさんの気持ちを大切にしますと、ブラドック夫人に約束したのに、夫人はさらに歩道までおりてきました。

「ケイトとチャティは、おまえさんの留守中に、持ち物をさぐったりしませんよ。まことに良心的な人たちだからね。レベッカ・デューはやるかもしれないが、おまえさんが何を持ってるか、告げ口なぞはしませんよ。それからね、私なら、表玄関からは入りませんよ。表の玄関は、大事なときにだけ使ってるからね。アマサの葬式以来、表は開けたことがないんじゃないかね。だから勝手口からお入りよ。鍵は、窓わくの鉢植えの下だよ。もし留守だったら、鍵をあけて、中に入って、お待ちなさい。それからね、何があろうと、あの家の猫を、褒めちゃいけないよ。レベッカ・デューが、あの猫を嫌ってるんでね」

猫は褒めませんと約束して、やっとおいとましました。ほどなく幽霊小路に着きました。それは短い横道で、道の先は広々とした田舎に続いています。さらにむこうは青々とした丘で、幽霊小路の美しい背景となっています。小路の片側に家はなく、港へむかって下り坂です。反対側には三軒しかありません。一軒目はふつうの家で、それ以上、言うべきことはありません。その隣は大きくて立派な、しかし陰気なお屋敷です。壁は赤煉瓦で、家の角に石が積んであります。屋根は腰折れ屋根《マンサード》で、屋根窓があり(15)、屋根の平らな天辺には、ぐるりと鉄の手すりがあります。まわりはえぞ松《とうひ》ともみが茂り、家が見えないほどです。家の中はさぞかし暗いことでしょう。そして三番目の最後の家が、風柳荘《ウインデイ・ウイローズ》です。ちょうど道の角にたち、前は草の生えた道です。そして裏手はほんものの田舎道で、木陰が美しいのです。

私はすぐさまこの家に恋をしました。理由はわからないけど、一目で、心惹かれる家というものがあるでしょう。風柳荘《ウインデイ・ウイローズ》は、そんな家です。家のたたずまいを説明すると、白く塗った木造で——真っ白です——よろい戸は緑色——きれいな緑色です——家の角には「塔」があり、塔の両側に、屋根窓が一つずつあります。表通りとは低い石垣でへだてられ、石垣にそって柳が点々と植わっています。裏は広い庭で、花々と野菜が入りまじり、楽しげに育っています。でもこんな説明をいくらしても、家の魅力は伝わりませんね。一言でいうと、この家には、ほがらかな個性があり、どこかグリーン・ゲイブルズの香りが漂っているのです。

「ここは私のための家だわ。運命で決まっていたのよ」私は夢見心地で言いました。

リンドのおばさんは、運命なんぞ信じちゃいないよ、という顔をなすって、「学校まで、長いこと歩くよ」と用心深くおっしゃったのです。

「かまわないわ。いい運動になるもの。まあ、見て、道を渡ったむこうに、あんなにきれいな白樺とかえでの森！」

リンドのおばさんは、目をむけたものの、「蚊が、ぶんぶん出なきゃいいがね」とおっしゃっただけでした。

それは私も願うところです。蚊は嫌ですもの。一匹いるだけで、良心の呵責に悩むよりも、はるかに眠れなくなります。

表玄関から入る必要がなくて、ほっとしました。見るからに近寄りがたい扉だったのです――木目の浮き出た堂々たる二枚扉で、扉の両側には赤い花模様のガラス窓があり、この家には、まるで似合いません。ところが勝手口は、小さな緑色の戸でした。芝生の上に、薄く平らな砂岩(16)を点々と敷いた愛らしい小道があり、飛び石をたどってゆくのです。こちらの方がはるかに親しげで、入りやすいのです。小道の左右は、こぎれいな手入れの行き届いた花壇で、リボン草《グラス》、ケマン草《ブリーディング・ハート》、鬼百合《タイガー・リリー》、アメリカナデシコ、サザンウッド、はまおもと、赤と白のデイジー、リンドのおばさんが「しゃくやく《ピニーズ》」と呼んでいる花がふちどっています(17)。もちろん今、すべての花が咲いていたわけではありません。でも、それぞれの花の季節に咲く様子が、それも美しく咲いている風情が、目に浮かぶようでした。庭のむこうの一角は、薔薇の花壇です。風柳《ウインディ・ウイローズ》荘と隣の陰気なお屋敷との間には煉瓦塀があり、アメリカヅタがおおっています。その塀の中ほどに、色あせた緑の木戸があり、その上は菱形の格子《トレリス》がアーチになっています。この木戸も、つたにおおわれ、しばらく戸を開けていないことは明らかです。木戸といっても、実際には、半分ほどの高さしかありません。というのも、上半分は楕円形の素通《すどお》しで、そこから隣家の密林のごとく茂った庭がかいま見えるのです。

門を通り、風柳《ウインディ・ウイローズ》荘の庭に入ると、小道のすぐわきにクローバーの小さなくさむらを見つけました。ふと、ひらめいて、かがんで見たところ、信じられますか？　ギルバート、目の前に、四つ葉のクローバーが三枚もあったのです！　なんて縁起がいいのでしょう！　たとえプリングル家でも、この幸運には、かなわないでしょう。それに銀行員にも、決してチャンスはないと確信しました。

勝手口は開いていました。ということは家に誰かがいるのです。おかげで植木鉢の下を探さずにすみました。ノックすると、レベッカ・デューが戸口に現れました。この人がそうだとわかりました。世界中で、レベッカ・デューはこの人しかあり得ないからです。しかも、レベッカ・デューという名前以外、考えられません。

レベッカ・デューは「四十がらみ」です。もし、トマトの額から黒髪が生え、きらきら光る小さな黒い目と、先の丸い小さな鼻、切れ目を入れたような口がついていたら、レベッカ・デューにそっくりでしょう。この人は何もかも小さく、短いのです――腕も、足も、首も、鼻も――何もかも。でも笑顔は別です。にっこりすると、口が耳から耳に届くほど長くなります。しかしこのときは、その笑顔を見ることはありませんでした。私がマコーマー夫人にお会いできますかとたずねると、堅苦しい顔つきになったのです。「おっしゃってるのは、マコーマー船長の奥さんのことですか？」まるでこの家には、マコーマー夫人が、少なくとも一ダースはいるような非難の口ぶりでした。

「はい」まごついて答えると、すぐに客間へ通され、そこで待ちました。客間は、こぢんまりした感じのいい部屋で、いすの背と肘かけのおおいが、少々ごちゃごちゃしていましたが、私の好きな静かで親しみやすい雰囲気でした。どの家具も、何年もずっとそこに置かれているような、ふさわしい場所にありました。その家具の輝き！　つや出し剤では、あの鏡のようなつやは決して出ません。レベッカ・デューがせっせと腕に力をこめて磨いたのだとわかりました。暖炉の棚には、満帆の船がガラス瓶に納めて飾られ、リンドのおばさんが大いに興味を持ちました。いったいどうやって船を瓶に入れたのかね、見当もつかないが、部屋に「航海の趣き」を醸し出しているね、とおばさんはおっしゃったのです。

「未亡人たち」が入ってきました。私はたちまち二人を好きになったのです。ケイトおばさんは背が高く、やせぎすで、白髪頭で、どことなく厳格で――まさしくマリラのタイプです。チャティおばさんは小柄で、きゃしゃで、白髪で、どことなく悲しそうです。昔はとてもきれいだったのでしょうが、今、美しさを留《とど》めているのは目だけです。瞳は、たいそうきれいです——優しく、ぱっちりして、鳶色《とびいろ》です。

用むきを説明すると、未亡人たちは、たがいに顔を見あわせました。

「レベッカ・デューに相談しなくてはなりませんね」チャティおばさんが言いました。

「そうですとも」ケイトおばさんも言いました。

というわけで、レベッカ・デューが台所から呼ばれ、例の猫も一緒に入ってきたのです。大きくてふわふわしたマルタ猫(18)です。胸は白く、首まわりも白い襟をつけたように白いのです。撫でたいところでしたが、ブラドック夫人の忠告を思い出し、猫を見ないようにしました。

レベッカはにこりともせず、私をまじまじと見つめました。

「レベッカや」ケイトおばさんが言いました。そのころには気づいたのですが、ケイトおばさんは無駄口を叩かないのです。「ミス・シャーリーが下宿なさりたいそうです。でも、無理だと思います」

「なぜですね」とレベッカ・デュー。

「あなたに大変な手間をかけるんじゃないか、心配なのですよ」とチャティおばさん。

「あたしゃ、手間には慣れっこですけど」とレベッカ・デューが言いました。私には、レベッカ・デューの名前を二つに分けるなんて、とてもできません、ギルバート、不可能よ――ところが未亡人たちは、できるのです。彼女に話しかけるとき、レベッカと呼ぶのですから。どうすれば、そんな芸当ができるのかしら。

「私たちは、もういい年ですから、若い人たちが出入りするのはね」チャティおばさんが、なおも言いました。

「お二人にとっちゃ、そうでしょうがね！」レベッカ・デューが切り返しました。「あたしは、まだ四十五で、今でも体はしゃんしゃん動きますよ。それに、このうちに若い人が寝起きするのは、結構なことだと、あたしは、思います。それにいつだって、若い殿方よりも、若い娘ごさんの方がましです。殿方は、昼も、おまけに夜も、煙草を吸いますからね、その挙げ句、あたしらを寝たまま丸焼きにするのが関の山ですよ。下宿人を置かなきゃならないなら、このお嬢さんになさいまし、というのが、あたしの意見です。だけども、ここはお二人の家ですから」

そう言うと、彼女は消え失せました。ホメロスが好んだ言い回しのように(19)。これですべては決まったと、わかりました。でもチャティおばさんが、上へあがって部屋を気に入るかどうか、ご覧なさいとおっしゃったのです。

「塔の部屋を、お貸ししますよ、お嬢さん。客用寝室ほどは広くはありませんけど、ストーブの煙突の穴が空いてて、冬はストーブが入るのです。それにずっと眺めがいいんですよ、古い墓地が見えるんですよ」

私はその部屋が大好きになるとわかっていました。「塔の部屋」という名前だけで、ぞくぞくしたのです。まるでアヴォンリーの学校で唄った古い歌の中に生きているような気がしました。乙女が「灰色の海のほとりの高い塔に住まう」という歌（20）です。実際、それは最高にすてきな部屋でした。階段の踊り場のすみから、さらに小さな階段を上がるのです。たしかに小さな部屋ですが、レッドモンド一年目のあの廊下のようなひどい部屋ほど狭くはありません。窓は二つあり、屋根窓は西に、破風窓《ゲイブル》は北にむいています。部屋の一角にある塔には三面のガラス窓があり、外側へ開きます。窓の下は棚で、本を並べることができます。床には、三編みを丸く縫いとめた敷物（21）が何枚かありました。大きな寝台には天蓋があり、雁《ワイルド・グース》パターンのキルト（22）がかかっています。皺《しわ》一つなく平らなので、ここに寝て、くしゃくしゃにするのが申し訳ないくらいでした。それから、ギルバート、寝台はとても高いので、小さくて可愛らしい、持ち運びのできる階段で上がるのです。日中は寝台の下に納めます。この珍しい寝台一式は、マコーマー船長が、どこかの「異国」で買いもとめ、持ち帰ったものでしょう。

部屋の隅には、可愛らしい小さな三角棚があり、棚の段々のふちどりに、ほたて貝のような波形の白い紙が飾ってあります。扉には花束がいくつか描かれています。「塔」には窓辺の腰かけがあり、青色の丸いクッションが一つあります。中央がボタンでくぼみ、ふっくらした青いドーナツのようです。すてきな洗面台もあります。棚は二段あり、上の段は、こまどりの卵の水色の洗面台と水さしが、ちょうど載る大きさです。下の段には、石けん皿とお湯の水さしがあります。真鍮《しんちゅう》の取っ手がついた引き出しも一つあり、タオルがぎっしり納まっています。洗面台の上にも一つ棚があり、白い瀬戸物の貴婦人のお人形がすわっています。桃色の靴に、金色の飾り帯《サシュ》、赤い瀬戸物の薔薇を、金色の瀬戸物の髪にさしています。

　陽ざしが淡い黄色のカーテンをすかしてさしこみ、部屋中が金色に輝いていました。白く塗った壁に、表の柳が影を落とし、見事なつづれ織り《タペストリー》のようです——形を変えながら揺れ動く、生きているようなつづれ織りです。ここが、なんだかとても幸せな部屋のように思われ、私は世界でいちばん裕福な女の子になった気がしました。

「あそこなら安心ですよ、まったくね」帰り道、リンドのおばさんがおっしゃいました。

「パティの家で自由気ままに暮らした後だから、ちょっと窮屈かもしれないけれど」少しおばさんをからかうつもりで言ったところ、

「自由だって!」リンドのおばさんは鼻先であしらいました。「自由とはね! アメリカ人《ヤンキー》みたいなこと、言うんじゃありませんよ、アン」

　そして今日、家財道具をたずさえ、ここにやって来たのです。もちろんグリーン・ゲイブルズを離れるのは嫌でした。たとえ何度、そしてどんなに長い間、グリーン・ゲイ

ブルズを離れても、休暇になると、私はすぐにまたグリーン・ゲイブルズの一部になるのです。まるで一度もあの家から離れたことがないように。だからあの家を離れると、心が引き裂かれる思いです。でも、風柳荘《ウインデイ・ウイローズ》が好きになるとわかっています。それにこの家も私を好いています。家が私を好きかどうか、いつだってわかるのです。

窓からの眺めは、すばらしいものです――古い墓地でさえ。墓地のまわりには、黒々としたもみが一列に並び、盛り土にそって曲がりくねる小径《レーン》まで続いています。西の窓からは、港が一望でき、遠くにはむこう岸がかすみ(23)、私の好きな可愛らしい小さな帆舟や、「知られざる港をめざして」――なんと魅惑的な言葉！　異国へ航海する船も見えます。「想像の余地」がたっぷりあります！　北の窓からは、道のむこうに白樺とかえでの森が見えます。私がつねづね、木を崇拝する者であることは、ご存じでしょう。レッドモンドの英文学課程でテニスンを勉強したとき、松の木をうばわれて嘆き悲しむ哀れな「イノーニ」(24)に、いつも悲しい気持ちで同情したものです。

森と墓地のむこうはきれいな谷間で、光沢ある赤いリボンのような街道がうねうねと谷間を抜け、道ぞいに白い家が点々と見えます。愛すべき谷間というものが、たしかにあるのですね、なぜだか理由はわからないけれど。見ているだけで喜びを与えてくれるのです。谷間のさらにさきはまた私の好きな青い丘です。これを「嵐の王《ストーム・キング》」と名づけました――圧倒的な情熱というような意味です。

一人になりたいときは、二階へ上がり、一人きりになれます。時には一人になるのも気持ちがいいものです。そんなときは、風たちが友だちになってくれるでしょう。風たちは、塔のまわりで泣き叫び、ため息をつき、優しく唄うでしょう――冬は白い風たち、春は緑の風たち、夏は青い風たち、秋は深紅の風たち、そしてすべての季節に激しい風が――「神の御言葉《みことば》を成し遂《と》げる、嵐の風よ」(25)。この聖書の言葉に、これまで、どんなに心をふるわせてきたことでしょう。まるでどの風も、どんな風も、伝言《メッセージ》を私に運んでくる気がします！　私は、「北風」に乗って飛んでいく少年をいつも羨ましく思ってきました。ジョージ・マクドナルドの美しく古い物語です。ギルバート、私も、ある晩、塔の窓を開け、風の両腕のなかへ踏み出して行くかもしれません(26)――その夜は、私のベッドになぜ寝た跡がないのか、レベッカ・デューには、決してわからないでしょう。

愛しい人よ、私たちの「夢の家」を見つけるとき、家のまわりを風がそよ吹いているといいわね。どこにあるのかしら、まだ見ぬその家は。月光をあびた家、暁《あかつき》の光に照らされた家、そのどちらを私は愛するのかしら。未来のその家で、私たちは、愛情、友情、そして仕事を得るのですね――少しはおかしな冒険もすることでしょう、年をとってから思い出して笑えるように。年をとるだなんて！　私たちも、いつかは年をとるのかしら、ギルバート。あり得ないような気がします。

塔の左の窓からは、町の家々の屋根が見えます。この町で、少なくとも一年は暮らすことになっています。この家々に暮らす人が、私の友だちになるのです。でも、私はまだその人たちを知りません。おそらく、敵になる人たちもいるのでしょう。というのは、パイ家のような一族は、あるゆる名前で、いたる所にいるのです。だからプリングル一族も、覚悟しなければなりません。学校は明日からです。私は幾何《きか》を教えなくてはなりません！　プリングル一族に、数学の天才がいないことを天に祈っています。

　ここに来てまだ二日半なのに、未亡人たちとレベッカ・デューを、生まれたときから知っているような気がします。未亡人たちはすぐに「おばさん」と呼んでいいのですよ、と言ってくださいました。そこで私も「アン」とお呼びくださいと頼みました。レベッカ・デューのことは、「ミス・デュー」と呼びました――一度だけ。すると、

「ミス、なんですって？」と彼女は言ったのです。

「デューです」おどおどして答えました。「あなたのお名前でしょう？」

「ええ、まあ、そうですよ。だけども、ミス・デューだなんて、長いこと、呼ばれちゃいませんから、びっくりしますよ。もうよしてくださいな、シャーリー先生。慣れちゃいませんから」

「おぼえておきます、レベッカ……デュー」デューをつけないように苦心しましたが、うまくいきませんでした。

ブラドック夫人のおっしゃったことは正しく、チャティおばさんは感受性が強い人です。夕食のときにわかりました。ケイトおばさんが、「チャティの六十六歳の誕生日」の話をしたとき、たまたま、ちらりとチャティおばさんを見たところ――おばさんは――わっと泣き出したのではありません。そんな言葉は、おばさんのふるまいを表すには激しすぎるのです。おばさんは、ただ涙を流していました。涙が大きな鳶色の目にわきあがり、あふれたのです、自然に、静かに。

「何がいけなかったの、チャティ」ケイトおばさんが無愛想にたずねると、

「あれは……まだ六十五歳の誕生日だったのに」とチャティおばさんは言ったのです。

「許してちょうだい、シャーロット」ケイトおばさんが謝ると、また明るくお日さまが照りました。

猫は、美しい大きなおす猫で、瞳は金色です。優雅な毛なみは濁った青灰色、そして申し分のない麻布《リネン》の白です。ケイトとチャティの両おばさんは、ダスティ・ミラー(27)と呼んでいます、それが名前なのです。ところがレベッカ・デューは、「あの猫め」と呼びます。猫に腹を立てているのです。毎朝毎晩、一インチ角のレバーをやり、猫が客間に入りこむたびに、肘かけいすの猫毛を古い歯ブラシでとり、夜ふけに猫が外へ出ると、探して捕まえねばならないからです。

「レベッカ・デューは、もともと猫が嫌いなんですよ」チャティおばさんが教えてくれ

ました。「とくにダスティを毛嫌いしているのです。隣のキャンベル老夫人の犬が……あのころ、夫人は犬を飼ってましてね……その犬が、二年前に、子猫をくわえてうちに来たんです。おそらく犬の方でも、キャンベル夫人のところへ連れてっても、無駄だと思ったのでしょう。それほど、かわいそうなくらいにみじめにやせた子猫でした、全身ずぶぬれで、こごえて、小さな骨が皮から飛び出しそうでしたよ。どんなに冷酷な人でも、あの猫の世話は断れなかったでしょう。それでケイトと私は、子猫を引きとったのです。ところが、レベッカ・デューは、いまだに私たちを許しちゃいませんよ。私たちも、その時分は、まだ駆け引きが下手でしてね。この猫は飼いません、と言うべきだったのです。先生がお気づきかどうか、わかりませんけど」――チャティおばさんは居間から台所へ続くドアを用心して見ました――「私たちが、レベッカ・デューをどんなふうに操縦しているか、ということです」

それなら気づいていました――目を見張るほど見事です。サマーサイドの人々とレベッカ・デューは、この家を牛耳っているのはレベッカだと思っているのでしょう。しかし未亡人たちは別の考え方をしているのです。

「私たちは銀行員を置きたくありませんでした……若い男性は落ち着きがないでしょうし、きちんと教会へ通ったか、気を揉まなくてはなりません。だから逆に、銀行員を下宿させたいふりをしたのです。レベッカ・デューは絶対にこちらの言い分を聞きませんからね。先生がうちに来てくだすって、私は嬉しいのですよ。先生は、お料理の作りがいのあるいい人だと思います。うちのみんなを好いてくださるとありがたいですね。レベッカ・デューは、ある面では、実にいい気だての持ち主です。十五年前に来たときは、今ほどきれい好きじゃありませんでしたけどね。一度、ケイトが、客間の鏡の真ん中に、レベッカ・デュー、と名前を書いて、埃を見せたことがありましたっけ。でも、そんなことは二度とありませんでした。レベッカは、ぴんときましたからね。先生が、お部屋を居心地よく思ってくださるよう願ってます。夜は、窓を開けてもいいんですよ。ケイトは夜の空気を感心しませんが、下宿人は好きなようにする権利があることはわかってますから。私はケイトと同じ部屋で寝ていますが、一晩はケイトのために窓を閉め、次の晩は私のために開けると決めたのです。ささいな問題なら、いつだって、ゆずりあって解決できるものですよ。そう思いませんか？　意志あるところ常に道はあり、ですよ。夜中にレベッカ・デューがうろつきまわる音が聞こえても、ご心配なく。あの人はいつも物音を聞きつけては、起きて、調べに行くのです。だからレベッカも、本当は銀行員を置きたくなかったと思いますよ。寝巻き姿で男の人と鉢あわせ、だなんて、嫌でしょうからね。ケイトの口数が少なくても、どうかお気になさらずに。あの人の流儀なんです。もっとも、話題なら充分にあるはずなんですけどね。ケイトは若いころ、アマサ・マコーマーと世界中を航海したんですから。ケイトの話し相手になれるような話題が私にあればいいけれど、私はプリンス・エドワード島から一度も出たことがなくて。物ごとはどうしてこうなのかって、しょっちゅう不思議に思いますよ……私は話し好きなのに話題がない、ケイトは話題に事欠かないのにおしゃべりが嫌い。だけど神さまがいちばんよくご存じですからね」

たしかにチャティおばさんはおしゃべりですが、この話を全部、休みもなく言ったわけではありません。私も所々で意見をはさみました、もっとも大したことではありませんが。

この家では、乳牛を一頭、飼っています。通りの上手のジェイムズ・ハミルトン氏の草地に放してあり、レベッカが乳を搾りに行きます。だからたっぷりクリームがあります。レベッカ・デューは、毎朝毎夕、新鮮な牛乳をコップに一杯、煉瓦塀の木戸の上の空いているところから、キャンベル夫人の「侍女」に手渡します。「小さなエリザベス」のためです。その子は、お医者さまの勧めで、牛乳を飲まなくてはならないのです。侍女とは誰なのか、そして小さなエリザベスとは誰なのか、これからわかっていくことでしょう。ちなみにキャンベル夫人は、お隣の立派なお屋敷の住人であり、持ち主です。お屋敷は常磐木荘《エヴァーグリーンズ》(28)と呼ばれています。

今夜の私は、眠れないでしょう。慣れない寝台に入ると、最初の晩はいつも眠れないのです。しかも、これは見たこともない、とてつもなく変わった寝台ですから、なおさらです。でも気にしません。こうした最初の晩が気に入っているのです。目をさましたまま横になり、人生のあらゆることに思いをめぐらしましょう、過ぎ去りし日々のこと、現在のこと、そして未来のことを。とくに、これからのことを。

これは迷惑なお手紙ですね、ギルバート。こんなに長い手紙であなたを悩ませることは、もう二度とありません。でも、何もかもお知らせしたかったのです、私の新しい環境をあなたが思い描けるように。いよいよ、これでおしまいです、というのは港の彼方で、月が「影の国へ沈みゆこうとしている」(29)のです。まだマリラに手紙を書かなくてはなりません。手紙は、あさってグリーン・ゲイブルズに届くでしょう。デイヴィが郵便局から家に持ち帰り、マリラが封を切る間、デイヴィとドーラがそばに寄りそい、リンドのおばさんは耳をそばだて——ああ！　こんなことを書いていると、ホームシックになりました。おやすみなさい、最愛の人、今も、そしていつまでも、あなたのものより。

最上の愛をこめて

アン・シャーリー

第2章

同じ差出人から同じ受取人へ送られた様々な手紙からの抜粋

九月二十六日

あなたからの手紙を、どこへ行って読むか、おわかりですか？　前の道をわたった森のなかです。そこに小さな谷があり、木もれ日が羊歯《しだ》の葉に丸い光を落とし、小川が谷間を縫って流れています。横にねじれた苔むした木の幹があり、そこに私は腰かけるのです。白樺の若木の姉妹たち（1）が、うっとりするほど美しくならんでいます。この先、ある類いの夢を見たら――金色がかった緑色で、深紅の葉脈のある夢（2）――その夢は、白樺のならぶこの秘密の谷間から来たのであり、ほっそりして軽やかな白樺の姉妹たちと小声で唄う小川の神秘的な結びつきから生まれたのだと思って、空想の世界を楽しむことにしましょう。私はここにすわり、森の静けさに耳を傾けるひとときを愛しています。ギルバート、静寂にも色々あることを、ご存じですか。森の静けさ、海辺の静けさ、草原の静けさ、夜の静けさ、夏の昼さがりの静けさ、そのすべてが異なっています。なぜなら、それぞれの静寂に織りこまれている微かな音色が違うからです。かりに私の目が見えず、また暑さも寒さも感じなかったとしても、辺りの静けさの特徴から、自分がどこにいるか、たやすくわかることでしょう。

学校の授業が「行われる」ようになって二週間たち、色々なことを、かなりうまくやっています。しかし、ブラドック夫人は正しかったのです。プリングル一族が悩みの種だからです。どのように解決すればいいのか、まだ見当もつきません。せっかく幸運のクローバーを見つけたというのに。ブラドック夫人が言うように、あの一族はクリームのように人当たりがよく――つかみ所がないのです。

プリングル一族は、仲間内ではたがいに監視しあい、優劣を競いあう一門《クラン》ですが、よそ者に対しては一致団結して立ちむかってきます。サマーサイドには、二種類の住民しかいないという結論に達しました――プリングル一族と、そうでない人々です。

私のクラスはプリングル一族であふれています。名字は違っても、プリングルの血をひく生徒が大勢いるのです。そのリーダー格はジェン・プリングル（3）のようです。緑色の目をした生意気な娘で、ベッキー・シャープ（4）が十四歳のころは、こんな容貌だったに違いありません。ジェンは、手のこんだ作戦を慎重にくり広げます。つまり私の指示に従わず、敬意も示しませんから、対抗するのが大変です。ジェンは、思わず吹き出すような滑稽な顔をする達人で、私の背後で、しのび笑いがさざ波のように教室に広がるときは、彼女の仕業《しわざ》だとよくわかっています。でも、いまだに現場を押さえられません。あの子は頭もよく――なんて嫌な子でしょう！――作文を書かせると、文学に近い出来ばえで、数学もずば抜けて優秀です。その点、私は悲しいわ！　ジェンは、言うこと、なすこと、すべてに、才能のひらめきがあります。ユーモラスな場面を理解するセンスもあり、あの子が私を最初から憎んでさえいなければ、同類というきずなで結ばれたでしょう。でも現実は残念ながら、ジェンと一緒に笑いあえるのは、かなり先のことでしょう。

　ジェンのいとこのマイラ・プリングルは、学校一の美人で――お馬鹿さんです。呆れるほどおかしな大間違いを、いくつもするのです――今日、歴史の授業で彼女が言うには、カナダの先住民は、シャンプラン（5）とその部下を見て、神さまか「何か人間ではないもの」だと思ったのだそうです。

　世間的に見れば、プリングル一族は、レベッカ・デューが言うところの、サマーサイドの「おえらいさん」（6）です。私は、すでに二軒のプリングル家から夕食に招待されました。なぜなら、新任の教師を夕食に招くのは、礼儀にかなったことであり、プリングル一族は、必要な礼儀作法を守っているふり《ジェスチャー》は、おろそかにしないのです。ゆうべは、ジェイムズ・プリングル、例のジェンの父親に招待されました。彼は、風貌こそ大学教授のようですが、実際は、愚かしく、無教養でした。彼は「規律《きりーつ》」（7）について、テーブルクロスを指で叩きながら、とうとうと語りましたが、その爪はきれいとは言えず、文法も所々で、かなり間違っていました。さらに、これまでサマーサイド高校はかねがね堅実な教員を求めてきた――すなわち、経験豊かで、男性の教師が望ましい、と言ったのです。私がすーこし(8)若すぎると危ぶんでいます。もっとも、「若さという欠点は、時がすべて治してくれますがな、それも、あっという間に」と悲しそうに言いました。私は何も言いませんでした。もし口を開けば、言い過ぎたでしょうから。というわけで、私も、プリングル一族のように人当たりよく、つかみ所なく、ふるまいました。しかし、穏やかにプリングル氏を見ながらも、心の中では「このつむじ曲がりの、偏見持ちの、年寄りめ!」と言って、自分を満足させたのです。

ジェンの頭脳は、母親ゆずりに違いありません。母親は好もしい人でした。ジェンは、両親の前では、礼儀作法のお手本でした。しかし言葉づかいは丁寧でしたが、口ぶりは傲慢でした。彼女が「シャーリー先生」と言うたびに、軽蔑していると聞こえるように工夫するのです。またジェンが、私の髪に目をやるたびに、自分の髪がただのにんじんみたいな赤毛だという気がしました。プリングル一族は、私の髪を金褐色《オーバン》とは決して認めない(9)でしょう、それはたしかです。

モートン・プリングル家への訪問は、はるかにましでした。しかしモートン・プリングルは、人の言うことをまるで聞いていませんでした。彼は何か言うと、相手が受け答えをしている間に、次に話すことを懸命に考えているのです。

昨日は、スティーヴン・プリングル夫人、あの未亡人のプリングル——サマーサイドには未亡人がたくさんいます——から手紙が届き、それはご立派で、丁寧で、棘のある文面でした。ミリーの宿題が多すぎます。ミリーはか弱い子どもで、勉強をさせすぎてはなりません。ベル先生は決してあの子に宿題を出されませんでした。ミリーは感じやすいのです。子どもというものは理解してやらねばなりません。ベル先生はあの子をきちんと理解してくださいました！　シャーリー先生も努力なされば理解してくださるものと存じます！　ですって。

この夫人は、今日、学校でアダム・プリングルが鼻血を出して下校する羽目になったのも、私のせいだとお考えなのでしょう。ゆうべ私は夜中に目がさめ、眠れませんでした。黒板に問題を書いたとき、iの字に点をつけなかったと思い出したのです。きっとジェン・プリングルは気がついて、一族中に、ひそひそ話で広まることでしょう。

レベッカ・デューが言うには、プリングル一族の家庭はすべて先生を夕食に招きますよ、もちろん、楓の森屋敷《メープルハースト》の二人の老婦人《ばあさま》たちは別ですよ、だけども、一ぺん招待すると、あとは金輪際、先生を無視しますよ。あの人たちは「おえらいさん」だから、先生はサマーサイドの社交界も出入り禁止になるやもしれません、ですって。あらそうですか、どうなるか見てやりましょう。戦いはすでに始まっているのです。でも、まだ勝ち負けは決まっていません。とは言うものの、こんなことになり、不幸せな気分です。先入観を持っている人を説きふせることは、不可能です。私はいまだに子どものころと同じで、自分を好いてくれない人がいると堪《た》えられないのです。教え子の家庭の半分が、私を憎んでいると思うと、いい気持ちはしません。そもそも私の落ち度ではないのですから。これが私を苦しめている不合理です。まあ、また傍点つき(10)ですね！　でも多少の傍点は、実のところ、気持ちを楽にしてくれます。

プリングル一族を別にすると、教え子たちのことは大好きです。中には聡明で、立派な志を抱いた勉強熱心な生徒もいて、その子たちは、教育を受けることに心から興味を持っています。ルイス・アレンという男子は、下宿先で家事をして、家賃の支払いにあてていますが、少しも恥じていません。ソフィ・シンクレア(11)は、父親が所有する年寄りの灰色のめす馬に、鞍もつけずにまたがり、六マイル（一マイルは約一・六キロメートル）の道のりを登校し、また六マイル、毎日帰っていきます。なんと勇気をもらえることでしょう！　こうした女子生徒の力になれるなら、プリングル一族など気にするでしょうか？

問題は、私がプリングル一族に勝てなかったら、どの生徒の力にもなれないことです。けれど私は風柳荘《ウインデイ・ウイローズ》が好きです。ここは下宿ではなく、家庭なのです！　家の人たちは私を好いてくださいます。ダスティ・ミラーでさえも。もっとも、あの猫も、時には私に不満があるらしく、それを訴えるために、わざと背をむけてすわります。けれど時々、ふり返っては、肩ごしに金色の目でこちらを見あげ、私がどう思っているか、うかがうのです。レベッカ・デューが近くにいるときは、あまり猫を可愛がらないようにしています。あの猫は、レベッカに世話を焼かせるからです。昼間のダスティは家庭的で、気持ちのいい、思索にふけっている動物です。ところが夜になると、間違いなく不気味な生きものになります。レベッカが言うには、日が暮れて表へ出してもらえないからだそうです。レベッカは、夜、裏庭に立って、ダスティを呼ぶのが嫌なのです。ご近所中がレベッカを笑うと言うのです。静まりかえった晩に、「猫やー、猫やー、猫やー！」と、猛烈なわめき声で呼ぶので、町中に聞こえるのです。未亡人たちは寝台に入るとき、ダスティ・ミラーが家にいないとヒステリーを起こすでしょうから、猫を呼び入れるのです。

「あの猫めのおかげで、あたしが、どんな苦労をしてるか、誰もわかっちゃくれませんよ……ええ、誰もね！」レベッカは断言しました。

　未亡人たちとは、長くつきあえると思います。日ごとにお二人が好きになります。ケイトおばさんは、小説を読むことはよくないとお考えですが、私の読むものを検閲するつもりはないとおっしゃいます。チャティおばさんは小説が大好きで、「隠し場所」に本をしまっています——町の図書館で借りて、家にこっそり持ちこむのです——ソリティア（12）のトランプ一式や、ケイトおばさんに見られたくない物も一緒に隠しています。隠し場所は、いすの座席です。チャティおばさん以外の人には、ただのいすです。この秘密の場所を、チャティおばさんは私に教えてくれました。思うに、先ほども書いた小説本を家に持ちこむとき、私に手伝ってほしいのでしょう。本当は、風柳荘《ウインディ・ウイローズ》に隠し場所など要《い》らないのです。秘密めいた戸棚がこんなにたくさんある家は、見たことがないからです。もっともレベッカ・デューは、戸棚を秘密めいた所にすることはしないでしょう。いつも猛烈に掃除をしているのですから。未亡人のどちらかが、彼女に止《や》めさせようとすると、悲しそうに言うのです。「家というものは、自分じゃ、きれいにできませんからね」と。もし小説本とトランプを見つけたら、さっさと処分するでしょう。キリスト教の教えに忠実な彼女の魂にとっては、どちらも恐ろしいもの（13）だからです。レベッカ・デューは、トランプは悪魔の書物（14）で、小説はもっと悪いと言います。彼女が聖書のほかに読むものは、モントリオールの「ガーディアン」紙の社交界欄だけで、百万長者のお屋敷に家具、富豪たちのふるまいを読みふけるのが大好きです。

「黄金のバスタブにつかるだなんて、考えてもご覧なさいましよ、シャーリー先生！」とうっとりして言います。

でもレベッカ・デューは可愛らしいおばさんです。私の好みにぴったりの座り心地のい浮き出し文様《ブロケード織り》の古い色あせた肘かけいすを、どこからか出してきて、「これは先生のいすですよ。先生のために取っときましょうね」と言って、ダスティ・ミラーを寝させないようにしてくれます。猫の毛が私の学校用のスカートについて、プリングル一族にとやかく言われないようにしてくれます。

風柳荘《ウインディ・ウイローズ》の三人はみな、私の真珠の指輪（15）と、それが意味するところに興味津々です。ケイトおばさんはトルコ石の婚約指輪（16）を見せてくださいました。今はきつくなり、指に入らないのです。ところが、かわいそうに、チャティおばさんは婚約指輪をもらったことがないと、目に涙をためて私に打ちあけました。ご主人が「不必要な出費」だと思ったのです。このときチャティおばさんは塔の部屋にいて、バターミルク（17）の洗顔をしていました。美肌のために毎晩するのです。そしてケイトおばさんに知られたくないから内緒にするように、私に誓わせました。

「私みたいな年の女が馬鹿な真似をしてと、ケイトは思うでしょうからね。それにレベッカ・デューは、キリスト教徒の女が、きれいになる努力なんかすべきじゃないと考えてますよ。だから今までは、ケイトが寝てから、忍び足で台所へおりて洗ったのです。でも、レベッカ・デューが来るんじゃないか、始終、びくびくしてましたよ。あの人は、寝てても猫みたいに耳がいいのです。でも、毎晩、こっそり先生の部屋へ上がって、顔を洗えるなら……ああ、ありがたいことですよ、先生」

隣の常磐木荘《エヴァーグリーンズ》の住人について、少しわかりました。キャンベル夫人（18）（プリングルです！）は八十歳。お会いしたことはありませんが、たいそう厳めしい大奥さまで、マーサ・モンクマン（19）という召使いを雇っているそうです。この人もキャンベル夫人と同じくらいご年配の厳めしい人で、世間からは「キャンベル夫人の侍女」と呼ばれています。キャンベル夫人には曾《ひ》孫《まご》の女の子、小さなエリザベス・グレイソンがあり、同居しています――風柳荘《ウィンディ・ウィローズ》に二週間いるにもかかわらず、一度もその子を見たことがありません――八歳で、「裏道」を通って公立の学校（20）に通っています。お屋敷の裏庭を抜ける近道です。だから女の子の行き帰りに、出会わないのです。女の子の母親は、もう亡くなってますが、キャンベル夫人の孫娘で、夫人が育てたのです。孫娘の両親が他界したからです。孫娘は、ピアース（21）・グレイソンという人物、リンドのおばさんなら「ヤンキー」と言うでしょう、と結婚すると、エリザベスを産んで亡くなりました。ところが父親のピアース・グレイソンは職場のパリ支社を担当するため、すぐにアメリカを離れることになり、赤ん坊をキャンベル老夫人のお屋敷に預けたのです。噂によると、グレイソン氏は、妻の命を犠牲にした娘を見るに耐えられず、何の関心も寄せないそうです。もちろん噂話にすぎません。何しろキャンベル夫人も侍女も、グレイソン氏について、みずから語らないからです。

レベッカ・デューの話によると、キャンベル夫人と侍女は、小さなエリザベスにあまりに厳しく、この子とすごす時間もほとんどないそうです。

「あの子は、ほかの子らとは違うんですよ。八歳にしちゃ、かなり大人びてね。時々、あの子の言うことといったら！　先だっても、あたしに言ったんですよ。『ねえ、レベッカ、ベッドに入るとき、かかとを噛みつかれたような気がしたら、どうする？』って。あの子が怖がるのも無理ありませんよ、まっ暗《くら》ん中で、ベッドに入るんですから。キャンベル夫人と侍女が、そうさせてるんです。キャンベル夫人ときたら、わたくしの屋敷に臆病者は用がない、って言うんですと。まるで二匹の猫が、一匹のねずみを見張ってるみたいに、二人してあの子に目を光らせて、命が縮まるほど指図するんだから。あの子がちょっとでも音を立てようもんなら、二人して気絶しそうなありさまで、四六時中、『しーっ！　静かに！』ですからね。いいですか、あの子は死ぬまで、しーっ、静かに、って言われ通しですよ。いったいどうすりゃいいもんでしょうかね」

　実際、どうすればいいのかしら！　その子に会ってみたいわ。なんだかかわいそうです。ケイトおばさんの話では、その子は物質的な面では充分に世話をされているそうです。ケイトおばさんは、正確には、こう言ったのです、「あの人たちは、きちんと食べさせて、きちんと服を着せてますよ」――でも、子どもは、パンのみによって生くるにあらず(22)ですもの。グリーン・ゲイブルズに来る前の私の暮らしがどんなだったか、決して忘れられません。

今度の金曜日の夕方は、グリーン・ゲイブルズへ帰り、アヴォンリーで楽しい二日間をすごします。ただ一つ難をいえば、会う人ごとに、サマーサイドの教師の仕事はどんなだね、ってきかれることよ。

でもね、ギルバート、今、グリーン・ゲイブルズのことを思い浮かべてみてください――《輝く湖水》に青いもやが漂い(23)、小川のむこうのかえでは紅く色づき始め、《お化けの森》の羊歯の葉は金茶色に変わり、《恋人たちの小径》には夕焼けが影を落としているのです。なんと懐かしいところでしょう！　今、私がアヴォンリーにいればいいのに――ある人と一緒に――誰だと思いますか？

ギルバート、あなたは知っているかしら。私、時々思うことがあります、あなたを愛しているって！

サマーサイド
幽霊小路
風柳荘《ウインディ・ウイローズ》
十月十日

栄誉ある、尊敬たてまつるあなたさまへ
これはチャティおばさんのおばあさまが書いたラブレターの出だしです。すてきじゃないこと？　おじいさまは優越感がくすぐられて、さぞかし胸ときめいたことでしょう。あなたも「愛しいギルバートへ」より、本当はこちらがいいのではないかしら。でも、とにかく嬉しいわ、あなたはそのおじいさまじゃないし――どのおじいさんでもないもの。私たちは若くて、私たちの前に、二人のすべての人生が――一緒に生きていく人生が開けていると思うと、すばらしいわ――そうでしょう？

（何頁か削除。どうやらアンのペン先はとがっておらず、ちびても、さび付いてもいなかったらしい）

私は今、塔の窓辺の腰かけにすわり、琥珀色《こはくいろ》の空に揺れている木々と、そのむこうに広がる港を見晴らしています。ゆうべは一人で、すてきな散歩をしました。というか、どこかへ行かざるをえなかったのです。風柳荘《ウインディ・ウイローズ》に、少々、憂うつな一騒動があったからです。チャティおばさんは居間で泣いていました、気持ちが傷つけられたのです。ケイトおばさんも寝室で泣いていました、アマサ船長の命日だったからです。そしてレベッカ・デューも台所で泣いていましたが、理由はわかりませんでした。レベッカ・デューが泣くところを見たことがなかったのです。でも、何が悲しいのか、それとなくたずねたところ、泣きたい気分のときに、泣くことも楽しめないのですか、と怒りました。そこで私はテントを畳み、そっと立ち去りました(24)、泣く楽しみにひたる彼女を残して。

表へ出ると、港通りにおりていきました。空気は、それはすてきな、霜がおりそうな十月の匂いがしました。鋤《すき》で耕したばかりの土のいい匂いも混じっていました。歩き続けるうちに夕闇は深まり、秋の月夜になりました。私は一人でしたが、孤独ではありませんでした。想像の仲間たちと交わす想像の会話が、次から次へと浮かんできたのです。自分でも感心するような警句《エピグラム》もたくさん思いつきました。プリングル一族のことは気がかりでしたが、散策を楽しまずにはいられない気持ちだったのです。

といっても、プリングル一族を思うと、感情につき動かされ、悲しみのうめき声をあげたくなります。認めたくはありませんが、サマーサイド高校では、万事がうまくいっているとは言えません。明らかに私に敵対する陰謀団が組まれているのです。

例をあげると、プリングル一族と半プリングル一族は宿題をしません。親に訴えても無駄です。親たちは、口ぶりは慇懃《いんぎん》で上品ですが、はぐらかします。プリングル以外の生徒たちはみな、私を好いているとわかってますが、プリングル一族たちの不服従というウィルスが、教室全体の意欲を蝕《むしば》んでいます。ある朝は、私の机がひっくり返してありました。もちろん誰の仕業かわからずじまいでした。また別の日は、私が箱を開けると、作りものの蛇が飛び出しました。誰がやったのか生徒たちは言わず、言おうともしませんでした。しかし学校のプリングル一族は一人残らず、私の顔を見て、金切り声をあげて笑いました。私が、よほどびっくり仰天したのでしょう。

ジェン・プリングルは、半分は学校に遅刻して来て、いつも何かしら完璧な言い訳を、丁重に、しかし口を曲げて横柄に言います。授業中は、私の目の前でメモを回します。今日は、私がコートを着ると、ポケットに皮をむいた玉ねぎが入っていました。あの子が礼儀作法をおぼえるまで、パンと水だけ与えて閉じこめておきたいくらいです。

今のところ、最悪の出来事は、ある朝、黒板に私の似顔絵を見つけたことです。白墨で描《か》いてありましたが、髪は真っ赤でした。生徒たちは一人残らず、私じゃありませんと言いました。ジェンもです。しかし、あんなふうに描ける生徒は、クラスにジェンしかいないことはわかっています。上手だったからです。私の鼻は――ご存じのように、私の唯一の誇りであり、喜びですが――こぶがあり、口もとは、プリングル家だらけの学校で三十年間教える気むずかしい独身女性の口でした。でも、それは私だったのです。

その晩は夜中の三時に目がさめ、思い出して、身もだえしました。深夜に思い返して身もだえする出来事は、悪意にさらされたことではなく、ただ恥をかかされたことだとは、奇妙ではありませんか？

私について、ありとあらゆる類いのことが語られています。ハティ・プリングルの試験の答案を、プリングルだからというだけで「低く採点した」のはけしからんとか、生徒が間違えると笑うとか(ええ、たしかに笑いましたとも。フレッド・プリングルが、ローマ軍の百人隊長《センチュリオン》を百歳まで生きた男の人と説明した(25)ときは、笑わずにはいられませんでした)。

ジェイムズ・プリングル氏は言っています。「あの学校は、規律《きりーつ》がなっとらん、規律《きりーつ》が、まったくなっとらん」と。そして私が「捨て子」だという噂も流れています。

他の方面でも、プリングル一族の敵意に直面しつつあります。サマーサイドでは、教育界と同じように社交界もあの一族の支配下にあります。王族《ロイヤル・ファミリー》と呼ばれるのも不思議はありません。先週の金曜日、アリス・プリングルの遠足パーティに、私は招待されませんでした。フランク・プリングル夫人が教会支援のお茶会を開いたときは(レベッカ・デューによると、ご婦人たちは教会に新しい尖塔を「建てる」つもりだそうです！)、長老派教会の会員で、テーブルにつくように言われなかった女性は、私だけでした。聞いたところによると、サマーサイドに新しく赴任した牧師夫人が、私に聖歌隊で唄うよう頼みましょうと提案したところ、そんな真似をするなら、プリングル一族は全員が聖歌隊を辞める、と宣告されたそうです。そうなれば人数がぐっと減り、聖歌隊は運営できません。

　もちろん、一族の生徒に手を焼いている教師は私だけではありません。ほかの教員が「懲罰」――この言葉がどんなに嫌いか！――のために、自分の受け持ちの生徒を、私のところへ寄こすと、半分はプリングル一族なのですから。ところが、ほかの先生への苦情は、決して出ないのです。

　二日前の夕方、ジェンを放課後に残し、あの子がわざとさぼった勉強をさせました。すると十分後、楓の森屋敷《メープルハースト》の馬車が校舎の前にとまり、ミス・エレンが玄関に現れたのです。美しく装い、にこやかに微笑した年配のご婦人でした。優雅な黒いレースの長手袋《ミット》(26)をはめ、立派なわし鼻で、さながら一八四〇年の帽子箱から取りだしたばかり(27)のようでした。ミス・エレンは恐縮しながらも、ジェンを連れて行ってもよろしゅうございましょうかしら、これからロウヴェイルの友人たちを訪問するところでございまして、ジェンも連れて行く約束になっておりますの、と言うのです。ジェンは勝ち誇ったそぶりで出て行きました。私に敵対する軍勢はそろっていると、あらためて実感しました。

　悲観的な気分のときは、プリングル一族は、スローン家とパイ家(28)の合体に思えます。でも実際は違うのです。プリングル一族が敵でなければ、私はあの人たちを好きになれると思うのです。ほとんどの人たちは率直で、陽気で、誠実です。ミス・エレンでさえ好きになれるでしょう。ミス・サラに会ったことはありません。十年間、楓の森屋敷《メープルハースト》から出たことがないそうです。

「ミス・サラは、ひどく体が弱くてね……本人がそう思いこんでるんですよ」レベッカ・デューは、ふん、と鼻を鳴らしました。「だけども、あの人は、自尊心が高すぎるほかは、どこも悪かないんですよ。プリングル一族はみんな自尊心が高いけども、あの二人の老嬢《ばあさま》がたは、誰よりも気位が高くてね。二人がご先祖さまの話をするとこを、まあ聞いてごらんなさいまし。ええ、あの二人の父親は、エイブラハム(29)・プリングル船長といって、そりゃあ、立派なご老体でした。その弟のマイロムは、あんましご立派じゃなかったけども。だからプリングル一族は、マイロムの話は、あんまりしませんよ。先生が、あの一族のおかげで苦労するのが心配ですよ。あの連中ときたら、何ごとであれ、何人《なにびと》であれ、こうと決めたら、頑《がん》として考えを変えませんからね。元気を出してくださいましよ、シャーリー先生、顔をしゃんとあげて」

「できることなら、ミス・サラのパウンド・ケーキのレシピを頂きたいものですよ」チャティおばさんが、ため息まじりに言いました。「ミス・サラは何度も約束してくだすったのに、ちっともくださらないのです。昔ながらのイングランド家庭の作り方でしてね。あの人たちはレシピをよそへ出さないのですよ」

自由気ままな夢の中では、私がミス・サラに命じて、チャティおばさんにパウンド・

ケーキのレシピをひざまずいて渡させたり、ジェンには行儀よくさせてたりするのですが。プリングル一族が一丸となってジェンの悪行の味方さえしなければ、自分の力で、やすやすとジェンを従わせられるのにと思うと、腹立たしいです。

あなたの忠実なるしもべ
アン・シャーリーより

（二頁省略）

追伸　これはチャティおばさんのおばあさまの恋文の署名にあった言葉です。

十月十七日

今日聞いたのですが、ゆうべ町の反対側で強盗がありました。強盗が家に押し入り、現金と銀のスプーンが一ダース、盗《と》られたのです。レベッカ・デューは、ハミルトンさんの家へ行き、犬を借りられるかどうか聞いてきました。裏のベランダにつなぐのです。そして私には、婚約指輪を鍵をかけて、しまいなさいましよ、と忠告してくれました！

ところで、レベッカ・デューが泣いていた理由《わけ》がわかりました。家に揉めごとがあったようです。ダスティ・ミラーがまた「粗相」をしたので、レベッカ・デューが、ケイトおばさんに言ったのです。あの猫めは本当にどうにかしないとなりません、おかげであたしは疲れ切ってます、これで今年になって三度目ですよ、あの猫めときたら、わざとやってるんです、と。するとケイトおばさんが、猫が、みゃあと鳴いたとき、レベッカ・デューが表に出してやれば粗相をしないだろうに、と言ったのです。

「これこそ、我慢の限界ですよ！(30)」レベッカ・デューは言いました。

その結果が、涙、涙だったのです！

　プリングル一族の状況は、週ごとに、ますます深刻になっています。昨日は、私の本に無礼千万なことが書いてありました。ホーマー・プリングルは、学校を出るとき、廊下をずっと腕立て宙返りをして帰りました。さらに先日は、卑劣なあてこすりに満ちた匿名の手紙が届きました。しかしどういうわけか、本も手紙も、ジェンの仕業だとは思いません。あの子は悪戯《インプ》っ子ですが、そこまで見下げたことはしません。レベッカ・デューは怒り狂っています。もしレベッカ・デューがプリングル一族を支配できたら、いったい何をするかしらと思うと、身震いするほどです。暴君ネロ(31)の野望など比べものにならないでしょう。でも正直にいうと、私も、レベッカ・デューを責められません。何しろ、ボルジア家の毒入り薬(32)を、プリングル一族の誰かれとなく、にこやかに笑いながら渡してやりたいと、時々思うのですから。

ほかの教師のことは、あまり書いていなかったと思います。二人います——副校長のキャサリン・ブルック(33)、下の学年の受け持ちです。そしてジョージ・マッケイ(34)、進学入試クラスの担当です。ジョージについては、さほど言うことはありません。内気で、気だてのいい、二十歳の若者です。口ぶりにスコットランド高地《ハイランド》(35)の気持ちのいい訛《なま》りが微かにあり、谷間に広がる夏の羊のまき場や、霧のかかる島々が目に浮かぶようです——お祖父さんがスカイ島(36)の人なのです——彼は進学クラスの生徒たちとうまくやっています。私の知る限り、感じのいい人です。でも残念ですが、キャサリン・ブルックを好きになるのは苦労するでしょう。

キャサリンは二十八歳くらいだと思いますが、見た目は三十五歳です。校長に昇進する夢を温めていたそうで、私がその地位についたために恨《うら》んでいるのだと思います、ましてや私は年下ですから。彼女はいい教師ですが——少々、規則にやかましく——どの生徒にも人気がありません。でもそんなことは気にもしていません！　友だちも親戚もないらしく、薄汚くて狭いテンプル通りにある、陰気な下宿に暮らしています。野暮ったい身なりで、社交の場に出かけることもなく、けちだと言われています。大変な皮肉屋で、辛辣な物言いをするので、生徒たちは怖がっています。教室で黒々とした濃い眉をつり上げ、母音をのばして物憂く話し、生徒たちを骨抜きにするのです。私も同じようにしてプリングル一族に効き目があればいいとは思いますが、キャサリンのように恐怖で生徒を支配したくはありません。教え子たちには愛されたいのです。

キャサリンはわけなく生徒を従わせるにもかかわらず、しばしば私のもとに生徒を、とくにプリングル一族を寄こします、わざとしているのだと、わかっています。あの人は、私が困ると喜ぶのです。私が打ち負かされたら嬉しがるでしょう。みじめですが、明らかにそんな気がするのです。

レベッカ・デューが言うには、誰もキャサリンとは親しくなれないそうです。未亡人たちは、キャサリンを何度か日曜の夕食に招こうとしたのです――優しいお二人は、いつも孤独な人たちを招いて、最高においしいチキンサラダをごちそうしています――ところがキャサリンは一度も来ることはなく、お二人は諦めたのです。ケイトおばさんは「仏の顔も三度まで」と言います。

噂では、キャサリンは頭が切れ、歌も唄えば、暗誦もでき――レベッカ・デュー風に言うと「熱情的に語る」そうです――でもキャサリンは、歌も暗誦もしません。以前、教会の夕食会で暗誦をしてほしいと、チャティおばさんが頼んだところ、

「無礼な断り方でしたよ」ケイトおばさんが言いました。

「うなり声をあげた、そんだけでした」レベッカ・デューも言いました。

キャサリンの声は低く、喉から響くので、男の声のようです。だから機嫌が悪いと、うなっているように聞こえるのです。

キャサリンは美人ではありませんが、もっとよく見せることはできるのです。顔は日に焼けて浅黒く、豊かな黒髪を高い額から後ろにひっつめ、首のつけ根で、ぐるぐる巻いて不格好なまげにしています。でも黒々とした眉の下の瞳は、黒髪には似合わぬ澄んだ、明るい琥珀色《アンバー》です。耳は、恥じる必要のない耳ですし、手は私が見てきたなかで最も美しい手です。しかも、くっきりした美しい口をしています。けれど服は感心しません。着るべきではない色と形を身につける天才なのです。さえない深緑色や、くすんだ灰色を身につけるからです。緑色や灰色を着るには、血色が悪いのです。それに縦縞《たてじま》は、背が高く、やせた体つきを、もっとのっぽでやせぎすに見せます。おまけに服はいつも、着たまま寝たようなありさまです。

態度も無愛想で、レベッカ・デューなら、四六時中、喧嘩腰だと言うでしょう。キャサリンと学校の階段ですれちがうたびに、私を悪く思っている感じがします。キャサリンに話しかけるたびに、自分が間違ったことを言った気になります。でも、そんな彼女がかわいそうなのです。もっとも、同情などすれば、あの人は猛烈に怒るでしょう。だから彼女を助けられないのです。助けられることなど、望んでいないからです。キャサリンは、私に憎々しい態度をとります。ある日、教員三人で職員室にいたところ、私が学校の決まりに外れることをしたらしく、キャサリンは皮肉っぽく言いました。「シャーリー先生は、ご自分は、規則よりも上のお立場だと、思っておられるようですね」と。

また別のときは、私が学校のために よかれと改革を提案したところ、小馬鹿にした笑みを浮かべて言ったのです。「おとぎ話には、興味はありません」と。前に一度、キャサリンの仕事ぶりと教え方を褒めたら、「それで、このジャムみたいに甘ったるいお世辞《せじ》には、どんな苦い薬が隠されているんですか」と言いました。

いちばん不愉快だったことは――そうです、ある日、職員室で、たまたまキャサリンの本を手にとり、本の見返しをちらりと見て、言ったのです。「嬉しいわ、あなたの名前のキャサリンは、Kの字を綴るのね、Cのキャサリンよりはるかに魅力的よ。気取った感じのCより、Kはずっと自由だもの(37)」

彼女は何も言いませんでした。ところが、次に私に寄こしたメモ書きには、Cのキャサリン・ブルックと署名があったのです。

その帰り途、私はずっと、くしゃみをしていました(38)。

キャサリンは、ことごとく無愛想で高慢ですが、その表情の下では、本当は人づきあいに飢えているのではないかと、説明のできない奇妙な気持ちをおぼえるのです。そうでなければ、あの人と親しくなろうという試みなど、とっくに匙を投げているでしょう。

というわけで、キャサリンには敵対視され、プリングル一族には悪態をつかれ、もし優しいレベッカ・デューとあなたの手紙がなかったら、私はどうなっていたことか――そうね、小さなエリザベスもいました。

小さなエリザベスと親しくなりました。それは可愛い子です。三日前の夕方、牛乳のコップを、塀の木戸へ持って行くと、侍女ではなく、小さなエリザベスがとりに来ていました。頭がちょうど木戸の上へ出て、顔がつたの葉にふちどられていました。彼女は小さく、色が白く、金髪で、物思いに沈んでいました。秋の薄《はく》暮《ぼ》のなか、私を見つめる瞳は大きく、金色の混じったはしばみ色《ヘーゼル》でした。銀色がかった金髪を中央でわけ、丸い輪の櫛《くし》をさして頭をなめらかになでつけ、肩先で波うたせていました。水色のギンガムのドレスを着て、小妖精《エルフ》の国(39)のお姫さまの顔つきをしていました。レベッカ・デューが言うように「繊細な雰囲気」ですが、私は、少々、栄養が足りない――体の栄養ではなく、心の栄養が足りない印象を受けました。陽《ひ》の光というより、月の光のようです。

「それでは、あなたがエリザベスなの？」

「違うのよ、今夜は」彼女は大まじめに言いました。「今夜は、ベティになっている夜よ。だって今夜は、世界のすべてを愛しているんだもの。ゆうべはエリザベスだったけど。明日の晩は、たぶんベスよ(40)。すべては気分次第なの」

心の同類の気配がありました！　たちどころに、ぞくぞくしたのです。

「まあ、すてきね！　たやすく名前が変えられて、それが自分の名前だと思えるなんて！」

小さなエリザベスはうなずきました。「私、名前をたくさん作り出せるの。エルシーにベティ、ベス(Bess)にエルサ、リズベス、それからベス(Beth)。でも、リジーはなしよ。リジーという気分にはなれないの(41)」

「そうね、誰もリジーには、なりたくないわね」

「ミス・シャーリーは、私のことを馬鹿みたいだって思うかしら？　おばあさまと侍女は、そう思っているの」

「ちっとも思わないわ。とてもお利口さんで、とても楽しいわ」

すると小さなエリザベスは、目を皿のように丸くして、コップの縁《ふち》から私を見あげたのです。秘かな魂の天秤《はかり》で、自分が計られていると感じました。そしてすぐに悟りました。ありがたいことに、私は不足ではなかったようです(42)。私に頼みごとをしたからです。小さなエリザベスは、好きでもない人にお願いはしないでしょう。

「その猫ちゃんを、持ちあげてもらえますか？　猫ちゃんを撫でてもいい？」恥ずかしそうにたずねたのです。

ちょうどダスティ・ミラーが、私の足に体をこすりつけていました。私が猫を抱きあげると、小さなエリザベスは小さな手をのばし、嬉しげに猫の頭を撫でました。

「私、赤ちゃんよりも、子猫ちゃんの方が好き」いささか反抗的な奇妙な態度で、私を見つめました。私が衝撃を受けるとわかっていたように。実際、わかっていたに違いありません。

「赤ちゃんと会ったことがあまりないでしょうから、赤ちゃんがどんなに可愛いか、まだわからないのね」私は笑みを浮かべて言いました。「あなた、子猫を飼っているの？」

エリザベスは首を振りました。「いいえ、だめなの！　おばあさまは猫が苦手で、侍女は大嫌いだもの。今夜は侍女がお出かけだから、私が牛乳をもらいに来ることができたの。もらいに来るのは、大好きよ。レベッカ・デューは、とても感じのいい人だもの」

「今夜は彼女じゃなくて、残念だったわね」笑って言うと、小さなエリザベスはかぶりをふり、

「いいえ、先生もとても感じがいいわ。先生とお近づきになりたかったの。でも、『明日』が来る前に、実現するとは思わなかった」

エリザベスが上品に牛乳を少しずつすする間、私たちは立ち話をしました。そしてあの子は、「明日」の話をしてくれたのです。侍女は「明日」は絶対に来ないと言ったのですが、エリザベスの方がよくわかっているのです。「明日」は、いつかきっと来る。ある美しい朝、目がさめると、「明日」になったとわかる。その日は「今日」ではなく、「明日」なのです。そして色々なことが起きるのです——すばらしいことが。あの子には、誰にも見張られずに、やりたいことを思うままにできる日もあるでしょうが、エリ

ザベスは、そんな日はすてきすぎて、たとえ「明日」でもないと思っています。またあの子は、港通りの果てに何があるのか、見つけるでしょう。きれいな赤い蛇のように曲がりくねったあの道は世界の終わりに通じていると、エリザベスは思っています。たぶんそこに「幸福の島」があるのです。エリザベスは、どこかに「幸福の島」があり、そこに二度と帰らぬ船がみな錨《いかり》をおろしていること、「明日」が来たら、あの子は「幸福の島」を見つけると信じています。

「『明日』が来たら」エリザベスは言いました。「百万匹の犬と、四十五匹の猫を飼うの。おばあさまが子猫を飼わせてくれなかったとき、私、そう言ったの、シャーリー先生。そうしたらおばあさまは怒って、『そんな口のきき方をされることに、わたくしは慣れておりません、生意気娘さんや』と言ったわ。夕ごはん抜きでベッドに入れられたけど、生意気を言うつもりじゃなかったのよ。その晩は、眠れなかったわ、シャーリー先生。だって、生意気を言った子どもが、寝ている間に死んだって、侍女が言ったもの」

エリザベスが牛乳を飲み終えると、えぞ松の後ろで、どこかの見えない窓を、鋭く叩く音がしました。私たちはずっと見張られていたようです。小さな妖精《エルフ》の乙女は、金髪を輝かせながら、暗いえぞ松の小径を走りゆき、姿が見えなくなりました。

「空想好きな子どもですよ」レベッカ・デューが言いました。この冒険めいた話をして聞かせたのです——まさしく、どことなく冒険のような出来事でした。「いつだったか、あの子ったら、あたしに言ったんですよ、『ねえ、レベッカ・デューは、ライオンが怖いかしら』とね。『あたしゃ、ライオンなんぞに、お目にかかったことがないもんで、わかりませんね』と言いましたっけ。そしたら、『「明日」にはライオンがたくさんいるの。優しくてお友だちみたいなライオンよ』と答えるもんだから、『お嬢ちゃん、そんな顔つきをしてると、しまいに、目ばっかりになっちまいますよ』と言ったもんです。あの子ったら、あたしの体をすっかり通り越して、あの子の言うところの『明日』の何かを見てたんですよ。あの子ったら、『私は今、深く考えごとをしているのよ、レベッカ・デュー』って言いましたっけ。あの子のいけないとこは、あんまし笑わないことですよ」

そういえば、二人で話をした間、エリザベスは一度も笑いませんでした。笑い方を知らないのでしょう。隣の立派なお屋敷は森閑《しんかん》として、人気《ひとけ》もなく、笑い声がしません。今、辺りは秋の紅葉が華やかなのに、あのお屋敷は暗く陰気に見えます。小さなエリザベスは、失われたささやきに、じっと耳を澄ましているのでしょう。

あの子に笑い方を教えることも、サマーサイドにおける私の役割だと思います。

こよなく優しく忠誠なる友

アン・シャーリーより

追伸　これもチャティおばさんのおばあさまの手紙からよ！

第3章

サマーサイド
幽霊小路
風柳荘《ウインディ・ウイローズ》
十月二十五日

親愛なるギルバートへ

どう思って？　私、楓の森屋敷《メープルハースト》の夕食会へ行ったのです！　ミス・エレンご本人が招待状を送ってくださったのです。レベッカ・デューはすっかり興奮して、あの老婦人《ばあさま》がたが先生に注意を払うとは思わなかった、だけども、これは友情からの申し出じゃありませんよ、と断言しました。

「何かよこしまな下心があってのことです、そうに決まってますとも」と声を大にして言うのです。

実は、私も内心、そう感じました。

「いいですか、いちばん上等の服を着なさいましよ」レベッカ・デューが命じました。

そこでクリーム色のシャリー地（1）に紫色のすみれを散らしたきれいなドレスを着て、前髪を額に少し垂らす新しい髪型に結いました。よく似合うのです。

ギルバート、楓の森屋敷《メープルハースト》の老婦人たちは、あの人たちなりに感じがよかったのです。私は、あのお二人を愛せると思います、お二人がそうさせてくださるならば。楓の森屋敷《メープルハースト》は誇り高い立派な邸宅で、まわりに木をめぐらし、並の家々とは一線を画しています。果樹園には、老エイブラハム船長の名高い船「行きて彼女に尋ねよ号」の船首から外した大きな白い木製の女人像があり、玄関前の上がり段のまわりに、にがよもぎ《サザンウッド》が大波のごとく茂っていました。百年以上前に、初代プリングル家が移民したとき、祖国から持参したものです。ミス・エレンとミス・サラには、ミンデンの戦い（2）で闘った別の祖先もあり、客間の壁には、その人の剣が、エイブラハム船長の肖像画とならんでかかっていました。エイブラハム船長は、老婦人のお父上で、お二人がたいそう誇りになさっていることが、うかがい知れました。

縦溝《たてみぞ》模様の昔ながらの黒々とした炉棚には、壮麗な鏡が何枚もはまり、ろう製の花々を入れたガラスケース、昔の船の美しさを見事に描いた絵画の数々、プリングル家の名だたる人々の髪を編んだ飾り輪《リース》（3）、大きなほら貝《コンクシエル》も飾られ、そして客用寝室の寝台には、小さな扇模様を刺し縫い《キルティング》したベッドカバーがかかっていました。

私たちは、客間のマホガニーのシェラトン様式のいす(4)に腰かけました。銀の縦縞の壁紙がはられ、窓には重々しい錦織《ブロケード》のカーテンがさがっていました。大理石の天板をはったテーブルの一つには、深紅の船体に、雪白の帆をはった美しい船の模型がありました——「行きて彼女に尋ねよ号」です。天井からは巨大なシャンデリアがさがり、全体にガラスの飾りが揺れています。中央に置き時計をはめた丸い鏡もありました——エイブラハム船長が「異国」から持ち帰った品で、すばらしいものでした。私たちの夢の家にも、こんなものがほしいですね。

客間では、まさに影さえも雄弁で、伝統が感じられました。ミス・エレンは、何百万枚もの——それくらいたくさんの——プリングル一族の写真を見せてくださいました。多くは銀板写真で、皮のケースに納まっていました(5)。そこへ大きな三毛猫が入ってきて、私の膝に飛び乗ったのです。ミス・エレンがすぐさま台所へ追い払い、私に謝りました。でもミス・エレンは、あらかじめ台所で猫に謝っていたのだと思います。

話し手はほとんどミス・エレンでした。ミス・サラは小柄で、黒い絹のドレスと糊づけしたペチコートを身につけ、髪は雪のように白く、瞳はドレスと同じ黒でした。血管の浮いたやせた両手を繊細なレースのひだ飾り《ラッフル》でいっぱいの膝の上に組み、悲しげで、愛らしく、優雅で、あまりにか弱く見え、とても話などできないようでした。にもかかわらず、プリングル一族は、ミス・エレンも含めて一人残らず、ミス・サラの笛に踊らされているという印象を受けたのです、ギルバート。

おいしい夕食を頂きました。水は冷たく、クロスなどの麻布《リネン》は美しく、食器もガラス器も薄く、お二人と同じくらい高慢ちきで貴族的なメイドが給仕をしました。でも、ミス・サラは、こちらが話しかけるたびに、少し耳が遠いふりをするので、私は一口ごとに喉がつまる思いでした。勇気もすっかり萎《な》え、蝿《はえ》とり紙に捕《つか》まった哀れな蝿の心境でした。ギルバート、私がこの王族を征服して勝利することなど、まずもって、絶対に、無理です。新年になって辞職する自分の姿が見えるようでした。あんな一族に対抗しても勝ち目はないのです。

ところが屋敷を見るうちに、二人の老婦人が、少々、哀れに思えてきました。このお屋敷も、かつては生きていたのです。人々がここで生まれ、ここで息を引きとり、歓喜があり、そして眠り、絶望、恐れ、喜び、愛、希望、憎しみを経験したのです。それが今はもう何もなく、ただ思い出だけが残り、二人はその記憶と過去の誇りを頼りに生きているのです。

今日、チャティおばさんはひどく狼狽《うろた》えています。私のベッドに敷こうと、きれいなシーツを広げたところ、中央に菱形の畳み目があり、家に死人が出る前兆だと言うのです。ケイトおばさんは、そうした迷信にはうんざりしています。でも私は迷信深い人が好きです。迷信は人生に彩りを添えてくれます。もし誰もが賢くて、分別があり――善人ばかりなら、世の中はかなり味気ないのではないかしら。それに、何を話の種にすればいいのでしょう。

二日前の晩は、猫惨事《キャット・アストロフィー》(6)がありました。レベッカ・デューが裏庭で「猫やー」と何度叫ぼうと、ダスティ・ミラーは一晩中、帰らなかったのです。翌朝、姿を見せた猫は——まあ、大した見てくれの猫でした！　片目は完全につぶれ、下あごには卵大のこぶがはれ、毛は泥でごわごわになり、片足は嚙み切られていたのです。しかし猫は、なんとも勝ち誇った強気な表情を、残った片目に浮かべていました！　未亡人たちは恐れおののきましたが、レベッカ・デューは歓喜しました。「あの猫めは、生まれてから一ぺんも、正々堂々と勝負をしたことがないんですよ。いいですか、相手の猫は、もっとひどい見てくれをしてますよ！」

今夜は、霧が港へしのびより、小さなエリザベスが探検したがっている港通りの赤い道をおおっています。町中の庭で、草と落ち葉が焚《た》かれ、その煙と霧が混じりあい、幽霊小路は謎めき、蠱惑的《こわくてき》で、魔法がかったところになっています。夜もふけて、私の寝台が言います、「あなたの眠りをご用意していますよ」と。この階段を一段ずつ昇って寝台に入り、段々をおりて出ることに、ようやく慣れました。でもね、ギルバート、これはまだ誰にも言っていませんが、おかしすぎて、もはや秘密にできません。風柳荘《ウインディ・ウイローズ》で初めて目ざめた朝、私は寝台に階段があることをきれいに忘れて、朝の元気いっぱいで寝台から飛び出したのです。千個の煉瓦が落ちたような音を立てて、レベッカ・デューならそう言うでしょう、落ちました。幸い、どこも骨は折れませんでしたが、一週間、黒と青のあざが残りました。

小さなエリザベスと私は、今では大の親友です。彼女は、毎夕、牛乳をもらいに来ます。侍女が、レベッカ・デューが言うところの茶色のたこ（気管支炎）(7)で寝こんでいるからです。あの子は、いつも塀の木戸のところで、大きな瞳を夕暮れの光で満たして、私を待っています。私たちは、何年も開かずの木戸で語らいます。エリザベスは、コップの牛乳をできるだけゆっくり啜《すす》ります。話す時間を長くしたいのです。最後の一滴を飲み干すと、決まって窓を叩く音がするからです。

「明日」が来たら何が起きるのか、一つわかりました。エリザベスの父親から手紙が届くのです。あの子は一通も受けとったことがありません。父親は何を考えているのでしょう。

「お父さんは、私を見るのがつらいんですって、シャーリー先生。でもね、私にお手紙を書くくらいなら、お父さんも、気にならないと思うの」

「誰が言ったの、あなたを見るのがつらいだなんて」憤慨のあまり、たずねました。

「侍女よ」（エリザベスが「侍女」と言うたびに、その人が、大きくて近寄りがたいWの字のように(8)思えます。それも棘々《とげとげ》しい角張った字です）「侍女が言うことは、きっと本当よ。そうでなきゃ、お父さんは、時々、会いに来てくれるはずだもの」

その晩の彼女は、ベスでした。父親の話をするときはベスになるのです。ベティのときは、おばあさまと侍女の後ろであかんべをしますが、エルシーになると後悔して正直に白状すべきだと思うものの、言うのが怖いのです。エリザベスでいることは滅多にありませんが、エリザベスのときは妖精《フエアリー》の音楽に耳を傾け、薔薇やクローバーの言葉がわかる顔つきをします。エリザベスは、この上なく風変わりな子です、ギルバート。風《ウインデイ・ウイローズ》にそよぐ柳の葉の一枚のように、感じやすいのです。私は彼女を愛しています。だからこそ、あの子が本来なら受けとる愛情と友情を、二人の厳しい老婦人が奪っていることに怒りをおぼえるのです。あの子の曾祖母は、エリザベスにつらくあたっているつもりはない、それはたしかでしょう。ただわかっていないのです。一方の侍女は、あの子を痛めつけることに喜びを感じています。小さなエリザベスが言うには、夜、寝るときに灯りをつけさせてくれないそうです。

「私はもう大きいから灯りがなくても眠れるって、侍女が言うの。でもね、シャーリー先生、夜はとてつもなく大きくて、恐ろしいから、自分がちっぽけに感じられるの。それに私のお部屋には、剝製《はくせい》のからすがあって、それが怖いの。私が泣いたら、からすが両目をつつき出すって、侍女は言ったの。もちろん信じてはいないけど、それでも怖いの、シャーリー先生。夜は、色んなものがひそひそ声で話しあっているもの。でも、

『明日』になれば、何も怖くないわ……たとえ誘拐されても」

「誘拐される心配なんてないのよ、エリザベス」

「でも侍女が言ったわ。一人でどこかへ行ったり、知らない人と話すと、人さらいにあうって。だけどシャーリー先生は、知らない人じゃないでしょう？」

「そうよ、エリザベス。『明日』では、私たちはずっと前から知りあっているのよ」

第4章

サマーサイド
幽霊小路
風柳荘《ウインデイ・ウイローズ》
十一月十日

最愛の人へ

かつてはこの世で最も嫌いな人物は、私のペン先をだめにする人でした。でもレベッカ・デューのことは憎めません。私が学校にいる間、彼女は私のペンで料理のレシピを書き写すのです。彼女がまたペンを使ったため、これは長い手紙にも恋文にもなりませんよ（最愛の人よ）。

最後に一匹残っていたこおろぎの歌も、ついに終わりました。近ごろは日暮れどきはかなり寒く、部屋に小さくて丸々した楕円形の薪《まき》ストーブを入れました。レベッカ・デューが部屋に上げてくれたのです――だからペン先のことは許してあげましょう。彼女にできないことは、何一つありません——学校から帰ると、いつも私のためにストーブに火を入れてくれます。実に小さなストーブで、私でも両手で持ち上げられます。それは気どった黒い小型犬のようで、鉄製の外向きの四本脚に乗っています。ところが固い薪を詰めると、ストーブは薔薇のように赤く照り映え、すばらしい熱を発します。その心地よいこと、あなたには想像できないほどです。今はストーブの前に腰かけ、両足を小さな台にのせ、膝の上であなたへの手紙をしたためています。

サマーサイドの住人は一人残らず——それくらい多くの人が——ハーディ・プリングルが開いた舞踏会に出かけています。私は、招待されませんでした。そこでレベッカ・デューはかんかんに怒っていますので、彼女がやつあたりするダスティ・ミラーには、なりたくないものです。でも、ハーディの娘の美人だけどお馬鹿さんのマイラを思えば、プリングルの全員を許そうという気にもなります。何しろマイラは、試験の答案で、二等辺三角形の底辺の二つの天使は同角(1)だと証明しようとしたのです。さらに先週は、樹木のリストに「絞首台《ギャロウズ・ツリー》」を大まじめで入れました！　とは言うものの、公平に見れば、大間違いをするのはプリングル一族だけではありません。ブレーク・フェントンは、先日、鰐《わに》は「巨大な昆虫の一種」と定義しました。こういうことが教師生活のハイライトです！

今夜は雪になりそうです。雪がふり始めそうな夕方は、好きです。風が「小さな塔と木の中」を吹いて(2)、私の心地よい部屋は、いっそう居心地よくなります。今夜は、柳に一枚残った最後の金色の葉も、吹き飛ばされるでしょう。

これまでのところ、すべての家庭の夕食に招かれました――教え子の全家庭という意味で、町と田舎の両方です。その結果、ああ、愛しいギルバート、かぼちゃの砂糖煮には、うんざりです！　私たちの夢の家では、かぼちゃの砂糖煮は、決して、決して、食べないことにしましょう！

先月出かけた大半のうちで、夕食にかぼちゃの砂糖煮が出たのです。初めて食べたときは気に入りました――きれいな金色で、日光の砂糖煮を食べている気がしたのです――そこで不注意にも褒めたところ、私はかぼちゃの砂糖煮が大好物だという噂が広まり、みなさん、わざわざ私のために、かぼちゃの砂糖煮を出してくださったのです。ゆうべはハミルトン氏の家へ行く予定でした。するとレベッカ・デューが、あの一家は、誰もかぼちゃの砂糖煮を好いちゃいませんから、先生、食べずに済みますよ、と断言してくれました。ところが、夕食のテーブルにつくと、食器台《サイドボード》にお決まりのカットグラスの器があり、かぼちゃの砂糖煮が山盛りになっていたのです。

「うちじゃ、かぼちゃの砂糖煮は作りませんけんど」ハミルトン夫人が、気前よく私のお皿いっぱいによそいながら言いました。「先生が、大好物だって聞いたもんで、この前の日曜日、ロウヴェイルのいとこんちへ行って、頼んだんですよ。『今週、シャーリー先生が夕はんにお見えになんだども、かぼちゃの砂糖煮に目がないそうで、先生のために、一瓶、ちょうだいな』と。それでもらってきて、ここにあるんですよ。先生、残りは持ってっていいですよ」

私がかぼちゃの砂糖煮が三分の二まで入ったガラスの器を持って帰ったときの、レベッカ・デューの顔といったら、見ものでした！　ここでは誰も好まないので、人に見られないように、真夜中に庭に埋めました。

「先生、この話を、物語に書くんじゃないでしょうね」レベッカ・デューが心配げにたずねました。私が、時々、短い小説を雑誌に書いていると知ってから、恐れているのです——あるいは期待かもしれません、どちらかしら——風柳荘《ウインデイ・ウイローズ》であったことを、私が一つ残らず小説に書くのではないかという恐れであり、期待なのでしょう。レベッカは「プリングル一族のことを、何から何まで書いて、やっつけてくださいまし」と思っています。でも現実は！　プリングル家が、私をやっつけているのです。あの一族と学校の仕事に追われ、小説を書く時間はあまりありません。

今の庭は、しおれた葉と、霜で白くなった茎だけです。レベッカ・デューが、薔薇の立木を、藁《わら》とじゃが芋の麻袋でかこったため、日が暮れると、背の丸まった老人が杖《つえ》にすがり集《つど》っているようです。

今日、デイヴィから葉書が届き、キスの×印が十個ついていました。プリシラからも手紙が来て、「日本にいる友だち」が彼女に送った便箋に書いてありました――絹のような薄い紙で、桜の花が淡く幽霊のように漉《す》きこんであります（3）。プリシラのその友だちとは、もしかしたら、と思い始めているところです（4）。でも、あなたから届いた大きくて厚みのある封筒は、今日という日がくれた最高の贈りものでした。四回くり返し読み、楽しさを味わい尽くしました、犬が皿をぴかぴかになるまで舐めるように！　これはもちろんロマンチックな比喩ではありませんが、にわかに頭に浮かんだのです。でも、手紙が最高にすてきでも、心は満たされません。あなたに会いたいのです。クリスマス休暇まで、あとほんの五週間で嬉しいです。

第5章

十一月も終わるある夕べ、アンは塔の窓辺に腰かけていた。唇にペンをあて、瞳に夢見る表情を浮かべ、暮れゆく世界を眺めていた。するとふいに、古い墓地へ歩いてみたくなった。墓地はまだ訪れたことがなかった。日暮れどきにそぞろ歩くなら、白樺とかえでの森か、港通りの方がふさわしい。だが木の葉が落ちた十一月の森は何もなく、そうした森に足を踏み入れるのは無作法に思えた。なぜなら森から地上の輝きは消え去り、といって精神的で清らかで真白い天上の栄光は、まだ森に舞いおりていない（1）。そこで代わりに、墓地へ出かけることにした。このところアンは気力も希望もついえて、墓地の方がむしろ気分が引きたつように思われた。それにレベッカ・デューは、プリングル一族のお墓ばっかですよ、と言ったのだ。プリングル一族は、新しい墓地よりもこの古い墓所を好み、幾世代にもわたって埋葬され、今では「もう誰も割りこめない」ほどという。大勢のプリングル一族が、もはや誰も傷つけることができない所に眠っているのを見れば、気分も晴れるかもしれないと思った。

プリングル一族については、もはや忍耐の限界だった。状況はさらに深刻になり、悪夢さながらだった。アンに反抗し、小馬鹿にする陰険な作戦は、ジェン・プリングルが指揮をとり、いよいよ最高潮に達していた。先週のある日、三年の生徒に「週で最も重要な出来事」という作文を書かせたところ、ジェン・プリングルは卓越した文章を書いた――あの悪戯小娘《インプ》は、たしかに頭は切れるのだ――だがジェンは、担任教師に対する狡猾《こうかつ》な侮蔑《ぶべつ》も書きいれ、その言葉はあまりに辛辣《しんらつ》で、看過《かんか》できなかった。アンはジェンを家に帰らせ、謝罪しない限り、復学を認めないと言いわたした。もはや引くに引けない事態となった。今しも、アンとプリングル一族の間に、戦《いく》さの火ぶたが切られたのである。勝利の旗がどちらに上がるか、哀れにも、アンは重々、承知していた。学校の理事会は、プリングル一族の味方をするだろう。つまりアンは、ジェンを復学させるか、みずから教職を辞すか、選択をせまられるのだ。

アンは歯嚙みするほど悔しかった。自分としては最善を尽くした。しかし、もう一度戦う好機《チャンス》さえあれば、勝てたかもしれないのに。

「私が悪いんじゃないわ」アンはみじめに考えた。「あんなに大勢の部隊の、あんな戦術を相手にして、いったい誰が勝てるというの」

だが負けて、おめおめグリーン・ゲイブルズへ帰れようか！　リンド夫人の憤慨、そしてパイ家の欣喜雀躍《きんきじやくやく》に耐えねばならないのだ！　友の同情さえ、つらいだろう。それにサマーサイドでの失敗が広まれば、他の学校の職も得られないかもしれない。

　だが少なくとも、芝居の件では、あの一族はアンに勝てなかったのだ。それを思い出すと、アンは、いささか意地の悪い笑みを浮かべ、瞳は、してやったりの喜びに輝いた。アンは高校に演劇部を立ちあげ、ささやかな芝居を指導していた。アンが温めてきた計画の一つ——教室に飾る美しい銅板画を買う——資金を集めようと、急遽《きゅうきょ》、企画したのだ。キャサリン・ブルックにも協力を頼んだ。キャサリンは日ごろ、あらゆることから除《の》け者にされているように見受けられたからだ。しかしアンは幾度も後悔する羽目になった。というのも、キャサリンはいつにも増して無愛想で、皮肉屋だったのだ。芝居の稽古のたびに痛烈な言葉を浴びせ、眉をつり上げた。もっと始末に負えないことに、ジェン・プリングルに、スコットランド女王メアリ（2）の役をさせるように言い張ったのである。

「あの役を演じられる生徒は、学校に誰もいませんよ」キャサリンはいらだたしげに言った。「女王の役に必要な個性をそなえた子は、ほかにいませんから」

　アンはそう思わなかった。ソフィ・シンクレアの方が、ジェンより、はるかに女王に似つかわしかった。ソフィは背丈があり、はしばみ色の瞳に、豊かな栗色の髪をしているのだ。だが演劇部員でさえなく、芝居に出た経験は一度もなかった。

「この芝居に、ずぶの素人なんか要りません。失敗するようなことに、関わりをもつつもりはありませんから」キャサリンが不服そうに言い、アンは折れた。だがアンも、ジエンが女王役を好演していることは否《いな》めなかった。ジェンには天与《てんよ》の演技の勘があったのだ。それに精魂《せいこん》をかたむけて芝居に打ちこんでいることは明らかだった。稽古は、週に四回、放課後にあり、表面的には、まことに順調に進んでいた。ジェンは、この役柄に興味をもったようで、芝居に関するかぎりは礼儀正しくふるまっていた。アンは、余計な口出しはしなかった。指導はキャサリンに任せたのだ。だが一、二度、ジェンの顔に狡賢《ずるがしこ》そうな勝ち誇った表情がありありと浮かび、アンは驚き、困惑した。それが何を意味するのか、見当もつかなかったのだ。

稽古が始まってほどないある日の午後、ソフィ・シンクレアが女子洗面所の片隅で涙ぐんでいた。アンが見つけると、最初のうちは、はしばみ色の目でしきりに瞬《まばた》き、泣いていないと言ったが、やがて泣き出し、打ち明けた。

「私、このお芝居に、ものすごく出たかったんです……メアリ女王をやりたかったんです」ソフィは泣きじゃくった。「でも私には一度も機会がなかったんです。お父さんは、私を演劇部に入れてくれません。だって会費を払わなくちゃいけないけど、うちでは、一セントでも大事なんです。それにもちろん、私には、お芝居の経験はありません。でも、メアリ女王のことが、ずっと大好きだったんです。名前を聞くだけで、指先までぞくぞくするくらいに。私は信じていません……この先も、絶対に信じませんとも……メアリ女王が、ダーンリー卿の殺害に関わったなんて(3)。ちょっとの間でも、この私がメアリ女王だと思えたら、すてきだったのに」

このとき、アンが次のように答えたのは、守護天使のおかげだと、後でつくづく思った。

「ソフィ、メアリ女王の台詞を抜き書きしてあげましょう、演技の指導もしてあげます。いいお稽古になるわよ。それに、芝居がここでうまくいけば、他のところでも上演する計画があるの。代役がつとまる人がいると、都合がいいわ。ジェンが行けないこともあるでしょうから。でもこのことは、誰にも言わないでおきましょうね」

次の日までに、ソフィは台詞をすべて暗記した。学校がひけると、毎午後、アンと一緒に風柳荘《ウインデイ・ウイローズ》へ帰り、塔の部屋で稽古をした。二人でいると、たいそう楽しかった。ソフィは物静かだが、ほがらかな娘だった。芝居は、十一月最後の金曜日に、町の公会堂で上演されることになった。広く宣伝され、予約席は一つ残らず売り切れた。アンとキャサリンは、二晩かけてホールを飾りつけた。楽団が雇われ、著名なソプラノ歌手がシャーロットタウンから来て幕間に唄うことになった。衣装をつけたリハーサルは成功だった。ジェンは抜きんでた出来映えで、ほかの配役も、ジェンにならぶ見事な演技だった。ところが、当日金曜の朝、ジェンは学校に現れなかった。午後になって母親から言づけが届き、ジェンは喉がひどく腫れて具合が悪いという。扁桃腺炎ではないかと思われた。関係者は誰も残念がったが、ともかく今夜の芝居に、ジェンが出演することは論外だった。キャサリンとアンは見つめあった。二人はこの時初めて、同じ失意に引きずりこまれたのだ。

「延期するしか、ないわね」キャサリンはゆっくり言った。「つまり、失敗ということよ。十二月に入れば行事がたてこんでいるもの。そうよ、一年のこんな時期に劇をするなんて、馬鹿らしいと、ずっと思っていたのよ」

「延期はしないわ」アンの目が、ジェンに負けず劣らず緑色に光った。キャサリン・ブルックに言うつもりはなかったが、実際は、ジェンがアン以上に元気で、扁桃腺炎の恐れなどないことは、自分のことのようにわかっていた。これはわざと仕組んだ策略だ。プリングル一族のほかの連中も一味だろうが、そうでなかろうが、芝居をぶち壊すつもりだ。なぜなら芝居の発起人は、アン・シャーリーだからだ。

「もし延期しないなら……」キャサリンは苛立たしげに肩をすくめた。「どうするつもり？　誰かがジェンの台詞を音読するのですか？　それじゃあ台無しよ。メアリ女王は、芝居に出ずっぱりだもの」

「ソフィ・シンクレアが、女王の役をできるわ、ジェンと同じくらい上手に。衣装も、あの子にぴったりよ。幸い、ドレスはあなたが縫ったから、手もとにあるわ。ジェンの家ではなく」

その夜、芝居は、満場の観客を前に上演された。ソフィは歓喜して、メアリ女王を演じた――いや、メアリになりきっていた。女王になりきることは、ジェンにもできなかっただろう。ひだ襟のついた天鵞絨《ビロード》のローブをまとい、宝石を飾ったソフィの姿は、メアリそのもの
だった。サマーサイド高校の生徒たちは、そうしたソフィを見たことがなかった。ふだんの彼女は地味で、野暮ったく、暗い色の梳毛《サージ》の服に、不格好な外套をはおり、すり切れた帽子をかぶっていた。生徒たちは、驚嘆のまなざしをソフィにむけた。演劇部の終身会員になるべきだという声がその場であがり――アンが会費を払った――そのときからソフィは、サマーサイド高校の「重要な」生徒の一人となった。だが、まだ誰一人として知らず、夢にも思わなかったが――ソフィ自身もそうだった――その夜、彼女はスター街道の第一歩を踏み出したのだ。しかしこの晩、二十年後、ソフィ・シンクレアは、アメリカ屈指の女優の一人となるのだ。しかしこの晩、サマーサイド公会堂の幕がおりたとき、割れんばかりに巻き起こった熱狂的な拍手喝采ほど、ソフィの耳に快く響いた称賛はなかった。

それをジェイムズ・プリングル夫人は帰宅して、娘のジェンに話した。この乙女の瞳は、それまでは緑色ではなかったとしても、まさしく緑に転じた（4）ことだろう。レベッカ・デューが言い得たように、このときばかりは、ジェンも当然の報いを受けたのである。しかしその結果、「重要な出来事」という作文におけるアンの侮蔑につながっ

たのだ。

アンは深く轍《わだち》のついた小道を、古い墓地へ歩いた。道の両側は苔におおわれた高い石垣で、霜枯れの羊歯が下がっていた。ほっそりして先のとがったロンバルディ・ポプラは、十一月の風にもまだ葉を落とすことなく、小道に沿って点々と続き、紫水晶の色に染まる遠くの丘を背に、黒々と浮かび上がっていた。古い墓地では、墓石の半分は酔っ払いのように傾き、四方には薄暗いもみの大木がならんでいた。人がいるとは思わなかったため、門を入ってすぐミス・ヴァレンタイン・コータローにいきあい、アンはいささか驚いた。ミス・ヴァレンタインは長く繊細な鼻に、薄く上品な口もと、たおやかな撫で肩で、全身から、とびきりの淑女らしさが漂っていた。サマーサイドの人々と同様に、アンもミス・ヴァレンタインを知っていた。彼女は「有名な」地元の婦人服の仕立て屋で、生きている人にしろ故人にしろ、ミス・ヴァレンタインの知らないことは考慮する価値はないとされていた。もともとアンは、一人で墓地をのんびり歩き、昔の風変わりな墓碑を読んだり、苔むした墓石に忘れられた恋人たちの名を読みとこうと思っていたが、もう逃げられなくなった。ミス・ヴァレンタインは、アンの腕に手をすべりこませ、案内役を買って出たのである。この墓地では、プリングル家と同じように大勢のコータロー家が眠りについていた。ミス・ヴァレンタインに、プリングルの血は一滴も混じっておらず、また彼女の甥はアンのお気に入りの生徒の一人でもあり、ミス・ヴァレンタインに愛想良くすることに精神的な苦痛はなかった。ただ彼女が「生計をたてるためにお針子をしている」ことは決して匂わさないよう、細心の注意を払わねばならなかった。その点、ミス・ヴァレンタインはたいそう敏感だという話だった。

「わたくし、今夜は、たまたまこちらへ参ったのですが、来てよかったですわ」ミス・ヴァレンタインが言った。「ここに埋葬されている方々のことを、先生に、すっかりお話しできますもの。墓地が楽しい所だとわかるには、亡くなった人のことをよく知らなければならないと、常々、申し上げているんですの。わたくしは、新しい墓地より、こちらの古い墓地を歩く方が好きですわ。ここに埋葬されているのは、旧家の人だけでございますのよ。そこらのありふれた人たちは、新しい墓地ですわ。コータロー家の墓所は、こちらの一角でございます。そうですとも、わたくしどもの一族は、それはたくさんのお葬式をあげたんですの」

「古いお家柄は、みなそうでしょうね」アンは言った。ミス・ヴァレンタインは見るからに、アンが何か答えるのを待ち受けていたのだ。

「しかし、どんな一族でも、わたくしの一族ほど、たくさんのお葬式を出した家系はございませんわ」ミス・ヴァレンタインは対抗するように言った。「わたくしどもは、たいそう肺病質でございましてね。ほとんどが咳の出る病《やまい》で亡くなりました。こちらは、コーラおばさまのお墓です。目の覚めるような美人でした。そのころのサマーサイドの牧師さまが、あなたさまにお目にかかるだけで生涯随一の詩が書けますと、おばに言ったのです。すてきな言い回しじゃ、ございませんこと？　もっとも、牧師さまが言うべき言葉だとは思いませんけれど。このおばは、米国人《ヤンキー》と結婚して、生涯をボストンで暮らしたのですが、島に里帰りして、この古い墓地を見たとき、夫の方にくるりと向いて頼んだのです。『私をここに埋めてくださいな、トーマス』と。そこでその通りにしたのです……もちろん、すぐにではありませんよ。三年後におばが他界したときです……こちらは、ベシーおばさまのお墓。もし、聖女がいるなら、あのおばこそ聖女でございました。けれど話し相手としては、間違いなく、その妹のセシリアおばさまが面白い人でしたわ。最後に会ったとき、セシリアおばさまは言ったのです。『おすわり、さあ、おすわりよ。今夜の十一時十分、私は死にますからね。だからといって、人生の最後に、世間話を楽しんじゃいけないという理屈はありませんよ』とね。不思議なことに、おばは、その晩の十一時十分に息を引きとったのです。シャーリー先生、おばはどうやってわかったのでしょう」

アンには、わからなかった。

「わたくしのひいひいお祖父さまのコータローは、ここに眠っております。一七六〇年の生まれで、紡ぎ車を作って生計をたて、一生の間に、千四百個、こしらえたのです。亡くなったとき、牧師さまは聖書の句を引いて、『その者のなした仕事が、その者の後に続いていく』(5)と説教をなすったのですが、年寄りのマイロム・プリングルが、そんなら、この男が天国へ行く道の後ろは、紡ぎ車でふさがっちまうぜ、と言ったのです。そんな言い草をして、いい趣味だと思われますか？　シャーリー先生」

「もちろん、いい趣味とは思えませんわ」もしプリングル一族以外が言ったなら、アンも、これほどあからさまに断言しなかっただろう。ちょうどアンは、頭蓋骨と、二本の交差させた骨を彫った墓石を見ていたところで、その趣味も疑問に思いつつ、答えたのだった。

「こちらは、ジャックおじさまのお墓でございます。おじは、少々、うっかり者でして、人違いした女性と所帯を持ったのですが、妻には決して悟らせませんでした。それは紳士的でした……このお墓に入ってるのは、わたくしのいとこのドーラの、最初のご主人の、その弟の、最初の奥さんの、最初のご亭主ですの。どうしてそんな男性が、わたくしどもの墓所に入ったのか、見当もつきませんわ、まったく」

ミス・ヴァレンタインは、うっかり者のおじの墓にかがみ、雑草を抜いた。この話の切れ目を利用して、アンは、込みいった家系図に混乱した頭を、どうにか立て直した。

「いとこのドーラは、ここに葬《ほうむ》られていますの。三度、結婚したのですが、ご亭主は三人とも、あっという間に死にました。かわいそうに、丈夫な夫に当たる運がなかったのですね。最後の夫は、ベンジャミン・バンニグといって……ここにお墓はありません。

ロウヴェイルで、彼の最初の奥さんのそばに埋葬されました……ベンジャミンは、死ぬことを受け入れられず、ドーラが、ここよりもっといいあの世へ行くのですから、となだめても、かわいそうに、『そうかもな、そうかもしれんがな、わしは不完全なこの世に慣れとるもんでな』と言ったのです。六十一種類もの薬をのんでおり、しばらくは細々と生きながらえました。デイヴィッド・コータローおじさまの家族は、全員、こちらでございます。どのお墓も、根もとに西洋薔薇（6）が植わり、それは見事な花が咲くのですよ！　夏になると、わたくしは薔薇を切りに来て、家の壺に生けるのです。花を無駄にするのは惜しいですもの、そう思われませんこと？」

「そ……そう、思いますわ」

「わたくしのかわいそうな妹のハリエットは、ここに眠っております」ミス・ヴァレンタインは、ため息をついた。「豊かな髪をしておりました……先生のような色で、そんなに赤くはなかったかもしれませんが、膝に届く長さでした。死んだときは婚約していたのです。先生も婚約中でいらっしゃるそうですね。わたくしはさほど結婚したいと思ったことがありませんの。でも婚約中というのは、良いものかもしれませんわね。ええ、わたくしにも、何度か機会はございましたのよ。でも、おそらく、わたくしはえり好みしすぎたのでしょう。ですが、コータロー家の娘ともなれば、誰でも彼でも、というわけにはまいりませんもの、そうでございましょう？」

どうやら、誰でも彼でも、というわけにはいかなかったらしい。

「フランク・ディグビーは……むこうのあの角の漆《うるし》の木の下ですわ……あの人は、わたくしと一緒になりたかったのです。あの人にお断りをするときは、少々、惜しい気もしました。でも、ディグビー家ですよ！　そこで彼は、ジョージーナ・トゥループと結婚したのです。彼女はいつも教会に少し遅れて来ました、ドレスを見せびらかすためです。ええ、着道楽でしたからね！　彼女は、きれいな青いドレス姿で葬られました。人の結婚式で着るために、わたくしが仕立てたのですが、結局、自分の葬式に着たのです。可愛いお子さんが三人いて、教会で、わたくしの前にすわっておりましたから、いつも飴をあげたものです。シャーリー先生、教会で子どもに飴をやるのは悪いことでしょうか。薄荷《はっか》飴ではありませんでした。薄荷なら、いいのかもしれませんね。薄荷飴には、どことなく宗教的なところがございますでしょ。ところがあいにく、あの子たちは薄荷飴を好まなかったのです。こちらは、わたくしのいとこのノーブル・コータローのお墓です。生きたまま埋められたのではないかと、後々まで少し気がかりでございました。生きているような死に顔だったのです。けれど、生きているかもしれないと気づいたときには、もう手遅れだったのです」

「それは……お気の毒でしたね」アンは間の抜けた返事をした。ミス・ヴァレンタインが期待に満ちた様子で話をとめるたびに、自分の返答を待っているとわかっていたが、気のきいた言葉がまるで浮かばなかった。

「いとこのアイダ・コータローは、こちらでございます。生涯に見たなかで、いちばんの美女でした……しかも、最高にほがらかでした。けれどそよ風のように気まぐれで、ええ、そよ風みたいに気が変わりやすかったのです……いとこのヴァーノン・コータローは、こちらです。このヴァーノンは、エルシー・プリングル……お墓はあちらです……と、ひところは熱烈に愛しあい、一緒になるはずでしたが、あれやこれやで延期になり、しまいには、どちらも冷めたのです」

コータロー家の話が尽きると、ミス・ヴァレンタインの回想話は、いささか辛辣になった。コータロー家にあらずば大差なし、のごとくであった。

「ラッセル・プリングル老夫人はこちらですけど、天国へ召されたかどうか、しばしば疑問に思うんですの」

「まあ、どうしてですか？」アンは驚いて息をのんだ。

「あの人は、二、三か月前に死んだ姉のメアリ・アンをずっと憎んでましてね。『メアリ・アンが天国にいるなら、そんなとこへは行きません』と言ったのです。口にしたことは必ず守るご婦人でした、プリングルですから。あの人はプリングル家に生まれ、いとこのラッセル・プリングルと結婚したのです……こちらはダン・プリングル夫人……嫁入り前はジャネッタ・バードといって、七十歳になる一日前に亡くなりました。世間は、七十歳をこえては一日たりとも長生きしてはいけないと思ったんだろうと、言ったものです。聖書には七十歳と、寿命が書いてございますからね(7)。世間とは、なんとおかしな噂話をするものでしょう。聞くところによると、あの人が、ご亭主の許しを得ずにしたことは、死ぬことだけだったそうです。というのも、あの人がご亭主の趣味にあわない帽子を買ったとき、夫のダン・プリングルは、何をしたと思います？」

「想像もできませんが」

「食べたのです」ミス・ヴァレンタインは厳《おごそ》かに言った。「もちろん、ごく小さな帽子ですよ……レースと花はついていましたが、羽飾りはありませんでした。それでも消化は悪かったことでしょう。長いこと、胃がしくしく痛んだと思います。もっとも、食べたところを私は見たわけではありませんが、本当の話だろうと思います。先生は、本当だと思われませんか？」

「プリングル一族なら、何をしてもおかしくありませんわ」アンは手厳しく言った。

ミス・ヴァレンタインは、わが意を得たりという調子で、組んでいた腕を押しつけてきた。「先生には同情しておりますのよ、心からです。先生に対するあの一族のやり方は、ひどすぎますわ。でも、サマーサイドは、みんながみんなプリングルではありませんから、シャーリー先生」

「時々、そんな気分になりますけど」アンは悲しげな微笑を浮かべた。

「いいえ、そんなことはありません。先生がプリングル一族を打ち負かすところを見たいと思う者が、大勢おりますのよ。あの一族に屈服してはなりません、何をされようとも。年寄りの悪魔《サタン》(8)が、あの人たちにとりついているのです。でも、あの一族は堅く団結していますし、ミス・サラは、何が何でも自分の甥を学校長にしたかったのです……ここには、スティーヴン・プリングルが埋められています。ところが、目をつむらせることができなかったので、両目を開けたまま葬ったのです」

アンは身震いした。プリングル家の死人が、この芝土の下に横たわり、どうやっても閉じなかった両目に悪意をこめて、自分を見あげている恐ろしい情景が浮かんだのだ。

「スティーヴンは、殺されたのです」ミス・ヴァレンタインは言った。「のぼっていたはしごから落ちたのです。でも噂では」――ここでミス・ヴァレンタインは、闇が深まる黄昏の中、不気味に声を低くした。「彼のいとこのブラック・ジョー・カードが……スティーヴンの母親は、カード家ですの……はしごの一段に細工をして、スティーヴンが落ちるようにしたのです。あのころ二人は、同じ娘に求愛していたんですの。そんな話、わたくしは信じませんでしたよ。世間は口さがないことを言うものですから、そうでございましょう？　でもそのおかげで、ブラック・ジョーに興味がわいて、教会で姿を見かけると、はしごの話は本当かしらと思ったものです。本当だったのかもしれません。だからスティーヴンの目は、閉じなかったのです……ヘレン・エイヴリーは、こちらです。彼女は、二度、死にました……少なくとも死んだと、まわりは思ったのです。ところが棺桶《かんおけ》に寝かせていたところ、息を吹きかえしたのです。二度目は、ちゃんと死にました……四年後でした……ご亭主は留守で、家へ電報を打って寄こしたのです、『金を使う前に、本当に死んだかどうか、確かめろ』とね……ネイサン・プリングル夫妻は、こちらです。ネイサンは、常々、妻が自分に毒を盛ろうとしていると思いこんでいました。でも、気にかけている様子はありませんでしたよ。おかげで人生が刺激的になると言ってね。一度、奥さんがおかゆにヒ素を入れたのではないかと疑い、表へ出て豚にやったところ、三週間後に豚が死んだのです。それなのにネイサンは、ほんの偶然だろう、そもそも同じ豚かどうか、わかりゃしない、と言ったのです。結局、奥さんが先に亡くなり、ネイサンは言いました。家内は、俺にとっちゃ、ほんとにいい女房だった、あの一件を別にすれば、とね。今となっては、おかゆのことは、ネイサンの思い違いと考えるのが、慈悲というものですわ」

「まあ、『ミス・キンジーの思い出に捧ぐ』ですって」アンは驚いて読みあげた。「なんと変わった碑文でしょう！　この人は、名字だけで、名前はないんですか？」

「あったとしても、誰も知らなかったのです。ノヴァ・スコシアから来て、ジョージ・プリングル家で四十年働いたのですが、ミス・キンジーと名乗ったので、みながそう呼んだのです。ところが急に亡くなって初めて、ファースト・ネームを誰も知らないことに気づいたのです。探しても親族はなく、お墓に名字だけを入れました。ジョージ・プリングル家は、手厚く葬り、墓石代も払ったのですよ。ミス・キンジーは誠実で、働き者でした。でも、一度でも会えば、ミス・キンジーとして生まれた人だとわかります……ジェイムズ・モーリー家は、ここです。わたくしは、このご夫婦の金婚式に呼ばれて、それは大したにぎわいでした。お祝いの品々に、祝辞、お花、お子さんたちもお里に勢ぞろいして。ご夫妻はにこやかにお辞儀をしてましたが、あの二人は、これ以上ないというほど激しく憎みあっていたのです」

「おたがいに憎んでいたのですか？」

「ええ、恐ろしいほど。それはみなの知るところでした。何十年もです……結婚生活のほとんどでした、実のところ。教会で結婚式を挙げた帰り道から喧嘩をしたのです。それが今、よくもまあ、この地面の下で隣りあって、安らかに横たわっていられるものだと、しょっちゅう思います」

アンはまた身をふるわせた。なんと恐ろしいことだろう――食卓にむかいあってすわり、夜は並んで眠り、教会へ赤ん坊を連れて行って洗礼名をつけてもらった、それなのに夫婦がずっと憎みあっていたとは！　だがそんな二人も、最初は愛しあっていたにちがいない。アンとギルバートも、いつかはそうなるのだろうか――まさか！　プリングル一族はアンをいらいらさせるのだ。

「美男子のジョン・マクタブは、ここに眠っています。彼のせいで、アネッタ・ケネディが身投げしたのではないかと、世間はずっと疑っていました。マクタブ家は美男ぞろいでしたが、話に信用できないところがあったのです。ここは元々は、彼のおじに当たるサミュエルのお墓がありました。五十年前、海で溺れたと報せがあったからです。ところが、サミュエルがひょっこり生きて帰ってきたので、家族は墓をとり払ったものの、墓石屋が返品を受けつけないので、サミュエルの奥さんは、墓石をパンやクッキーのこね板に使ったのです。大理石の墓石の上で生地をこねたのですよ！　古い墓石はちょうど具合がいいんですよと、奥さんは言ったものです。そのおかげで、マクタブ家の子どもたちは、文字や数字が……墓碑の一部ですわ、それが浮き出たクッキーを、いつも学校に持って来ていました。気前よくわけてくれましたが、わたくしは食べる気にはなれませんでした。そうしたことには神経質なもので……ハーリー・プリングル氏は、こちらです。この人は、ピーター・マクタブを手押車《ておしぐるま》に乗せて、表通りを押して歩くはめになったのです、それも婦人用の日よけ帽《ボンネット》をかぶって。選挙で賭けをして、負けたのです。サマーサイド中が見物に出かけました……もちろんプリングル一族は別ですよ。さしものあの一族も、死ぬほど恥じたのです……ミリー・プリングルは、こちらです。わたくしはミリーが大好きでした、プリングルではありましたけれど。とてもきれいで、妖精《フェアリー》のように軽やかな足どりで踊ったのです。時々、思うのですよ。今夜のような晩は、お墓からそっと抜けだし、昔のように踊っているのではないかと。もっとも、キリスト教徒がそんな空想をしてはならないとは思いますが……こちらは、ハーブ・プリングルの墓です。プリングル一族にも陽気な人はいて、彼もその一人でした。四六時中、人を笑わせたのです。一度、教会でも声をあげて笑ったのですよ。ミータ・プリングルがお祈りで頭を垂れたところ、帽子の花からねずみが転がり落ちたのです。わたくしは、笑うどころではありませんでした。ねずみがどこへ行ったか、気が気でなくて。教会を出るまで、スカートを床から持ちあげ、足首のところで服の裾を押さえておりました。おかげで牧師さんの説教が頭に入りませんでしたわ。それなのにハーブは、わたくしの後ろの席で大笑いしたのです！　ねずみを見なかった人は、ハーブの頭がどうにかなったと思ったものです。あの笑い声は、死なないような気がします。彼が生きていたら、先生の味方になってくれましたよ、先生の相手がサラでも、サラではなくとも……こちらは、もちろん、エイブラハム・プリングル船長の記念碑です」

記念碑は、墓地全体を見はらすようにそびえていた。四角い石を四段重ねた台座の上に、巨大な大理石の柱が建ち、天辺には派手なひだ飾りのついた壺があった。その壺の下では丸々とした童天使（9）が角笛を吹いていた。

「なんてみっともない！」アンは率直に言った。

「まあ、そう思われますの？」ミス・ヴァレンタインはいささか驚いた様子だった。

「これが建ったときは、たいそう美しいと思われたのですよ。あれは大天使ガブリエル（10）がトランペットを吹く姿だそうです。この記念碑のおかげで、墓地にどことなく優雅な趣《おもむき》がそなわっていると思いますわ。九百ドルもかかったのです。エイブラハム船長は、まことに立派なご老人でした。あの方が故人で、実に残念です。もしご存命なら、プリングル一族は、これほど先生を痛めつけなかったでしょう。サラも、エレンも、船長を誇りにするのは当然ですけど、少々、度がすぎると思いますわ」

墓地の門に来ると、アンはふり返って見た。不思議なことに、安らかな静けさが風のない墓所をおおっていた。月光が長い指のように暗いもみの木立にさし、あちらこちらの墓に光を投げかけ、墓石の間に奇妙な形の影を落としていた。だがもはや墓地は寂しいところではなかった。ミス・ヴァレンタインの話を聞いて、ここに眠る人々が生きているように感じられたのだ。

「先生は小説を書かれるそうですね」小径をくだりながら、ミス・ヴァレンタインは心配そうに言った。「話したことを、書かれるのではないでしょうね」

「大丈夫です、書きませんわ」アンは約束した。

「死んだ人を悪く言うのは、悪いこと……もしくは危ないことでしょうか」ミス・ヴァレンタインは不安げに声をひそめた。

「どちらでもないと思いますわ」アンは言った。「ただ、不公平ではありますけれど……自分で言い訳できない人を批判するようなものですから。でも、ミス・コータロー、あなたは、どなたのことも、とくに悪くはおっしゃいませんでしたわ」

「ネイサン・プリングルは、妻が自分を毒殺すると思っていた、と申しました」

「でも、疑わしきは罰せずで、奥さまを無実になさいましたわ」そこでミス・ヴァレンタインは安堵して、家路についた。

第6章

「今宵、私は墓地への道をたどりました」アンは家に帰り、ギルバートに手紙を書いた。『道をたどる』は美しい言い回しですから、使えるときは使っています。墓地の散策を楽しんだと言うと、奇妙に聞こえますが、本当に楽しかったのです。ミス・コータローのお話は実に興味深いものでした。もっとも、よく考えると、中には充分におぞましいものもありましたけれど。人生は、喜劇と悲劇が混じりあっているのですね、ギルバート。唯一、気になった話は、五十年も一緒に暮らしながら、ずっと憎しみあっていた夫婦です。本当にそんなことができたのかしら。『憎しみとは、道をあやまった愛そのものである』(1)と言った人がいました。その夫婦も、本当は、憎しみの裏では、愛しあっていたと思うのです――私が本当はあなたを愛していた歳月に、あなたを憎んでいると思っていたように――この夫婦は、死が訪れて初めて、それを悟ったのでしょう。私は生きているうちにわかって、よかったのです。プリングル一族にもまともな人がいることもわかりました――死んだ人たちですけれど。

昨夜遅く、水を飲もうと下へおりたら、ケイトおばさんが配膳室でバターミルクで洗顔をしていました。チャティには言わないでほしい、馬鹿な真似をしてと思うだろうから、とおっしゃるので、もちろん約束しました。

エリザベスは、今も牛乳をもらいに来ます、侍女の気管支炎はかなり良くなったのに、家の人が、エリザベスを来させているのが不思議です。何しろキャンベル老夫人も、プリングル家なのですから。先だっての土曜の夕方、エリザベスが――その夜はベティだったのでしょう――私と別れて、唄いながら走っていくと、侍女がポーチの戸口でかけた言葉が、はっきり聞こえました。『安息日は、じきに明日だっていうのに、おまえさんって子は、そんな歌を唄って』と言ったのです。侍女はできることなら、どんな日でもエリザベスに歌を禁じたいのでしょう！

その夜、エリザベスは新調の服を着ていました、濃い赤ぶどう酒色です――老夫人と侍女は、あの子の身なりはきちんとさせています――でもエリザベスは悲しそうに言いました。『今夜、この服を着てみたら、少しきれいに見えるって自分でも思ったの。だから、お父さんが見てくれたらいいのに。もちろん〈明日〉になればお父さんは会いに来てくれるけど、時々、〈明日〉が来るのが遅いような気がするの。時間をもう少し早められたらいいのに、シャーリー先生』

さて、愛しい人、これから幾何《きか》の勉強です。幾何の勉強は、レベッカが言うところの私の『文学修業』に、とって代わりました。今や、私の日々の行く手にとりつくお化けは、授業中に私の解けない幾何の問題が急に出てくるのではないか、という恐怖です。ああ、そんなことになれば、プリングル一族はなんと言うでしょう！　おお、本当に何を言うことか！

　ところで、あなたは、私と猫族を愛しているのですから、いじめられて心傷ついた哀れなおす猫のために、お祈りください。先日、配膳室で、レベッカ・デューの足の上をねずみが一匹、ちょろちょろ走って以来、彼女は猛烈に怒っています。『あの猫めときたら、食っちゃ寝ばっかで、なんもしないんだから。ねずみどもを、あっちもこっちも駆けずり回らせて。これこそ、我慢の限界ですよ！』そこでレベッカ・デューは、ダスティ・ミラーを追いかけ回し、猫のお気に入りのクッションから追い出し、さらに――私は知っています、現場を見たのです――猫を外へ出すとき、優しく、ではなく、足で出したのですよ」

第7章

金曜日の夕暮れ、暖かく晴れた十二月のある一日の終わり、アンはロウヴェイルへ行き、七面鳥の夕食会に出席した。教え子のウィルフレッド・ブライス（1）の家はロウヴェイルにあり、おじとおばと暮らしている。その少年が、恥ずかしそうに頼んできたのだ。先生、学校がひけたら、教会の七面鳥の夕食会にぼくと一緒に行って、次の土曜は、ぼくのうちですごしてもらえませんかと。アンは承諾した。おじを説得すれば、来年もウィルフレッドを高校に通わせることができるかもしれない。ウィルフレッドは、年が明けたら登校できないかもしれないと心配していた。彼は利口な志ある少年で、アンはこの教え子にとりわけ目をかけていた。

ウィルフレッドが喜んでくれたことを別にすると、アンはこの家庭訪問を大いに楽しんだとは言えなかった。おじとおばは、どちらかと言えば変わり者の無愛想な夫婦だった。土曜の朝は風が強く、空は暗く、時おり急に雪がふった。当初、アンはどうやってこの一日をやりすごそうか、思案した。ゆうべは七面鳥の夕食会で遅くなったので、疲れて眠かった。またウィルフレッドは脱穀を手伝わねばならず、家には一冊の本も見当たらなかった。そのときアンは、二階の廊下の奥に、船乗りが使う古ぼけた収納木箱《チェスト》があったこと、そしてスタントン夫人から頼まれていた用事を思い出したのだ。スタントン夫人はプリンス郡(2)の郷土史を執筆中で、参考になりそうな古い日誌や古文書をアンが知っているか、あるいは見つかりそうか、たずねたのだ。

「もちろんプリングル一族は、役に立ちそうな古文書をたくさんお持ちですけど」スタントン夫人は、アンに語った。「でも、あの方たちには、お願いできませんわ。ご存じのように、プリングル家とスタントン家は、犬猿《けんえん》の仲なのです」

「私も、プリングル家には頼めませんわ、あいにくですが」アンは言った。

「まあ、そんなことはお願いいたしませんわ。ただ、色々なご家庭を訪問なさいましたときに、よく注意して頂いて、古い日記とか、古地図とか、そうした類いのものを見かけたり、聞いたりされましたら、借りて来て頂きたいのです。これまでも、古い日記から、それは興味深いことを見つけてきたのです……実際の暮らしのちょっとした記録が、昔の開拓者たちを生き返らせるのですよ。本を書くためには、統計や家系図と同じように、そうした古い資料がほしいのです」

そこでアンは、古い記録があるかどうか、ブライス夫人にたずねたところ、彼女は首をふった。

「あたしの知る限りじゃ、ないね。あっそうだ」――と顔を明るくして――「アンディおじさんの古いチェストが、二階にあったっけ。なんか入ってるかもしんない。おじさんは、エイブラハム・プリングル老船長と一緒に、船に乗ってたんだ。先生が中をほじくり回してもええか(3)、表へ出て、ダンカンに聞いてくるべさ」

するとダンカンから返事があり、好きなだけ「ほじくり回して」いい、もし何か書きつけ《ドキミンツ》でも見《め》っかったら、持ってっていい、ということだった。どのみちダンカンは、中身を「じぇんぶ」(4)焼き捨て、道具箱にするつもりだったのだ。ところがアンが見つけたのは、古びて黄ばんだ日記というか「航海日誌」だけだった。アンディ・ブライスは船に乗った全歳月にわたり日誌をつけていたらしい。アンは興味をそそられ、面白く思いながら読み進み、大荒れの午前中をすごした。アンディ・ブライスは、航海の実体験から学び、エイブラハム・プリングル船長とあまたの航海に出かけ、船長を深く尊敬していた。日誌には、綴りと文法の間違いはあるものの、船長の勇気と才覚を称賛する言葉にあふれていた。中でも、ホーン岬(5)をまわる危険な航海によせる賛美といったらなかった。だがその絶賛は、エイブラハムの弟マイロム・プリングルに及ぶことはなかった。マイロムも船長だったが、別の船に乗っていた。

今夜、マイロム・プリングルんとこへ行った。マイロムは、あれの女房に怒って、立ちあがって、コップの水を女房の顔にぶちまけた。

マイロムは家に帰ってる。自分の船が燃えて、連中は小舟に乗り移ったのだ。飢え死しそうになって、しまいには、やつらはジョウナス・セルカーク（6）を平らげた。ジョウナスはピストル自殺したんでな。メアリ・G号が助けるまで、連中はあいつを喰って、生き延びた。マイロムは自分からこの話をしてくれた。笑い話みてえに思ってるようだった。

最後の記述に、アンは身ぶるいした。この残酷な事実をアンディは淡々と書き綴り、なおさら恐ろしかった。やがてアンは思案にふけった。この日誌に、スタントン夫人の役に立つようなことは何もない。だが、ミス・サラとミス・エレンは、興味を持つのではないか。二人の崇拝する父親について多くが書かれているからだ。二人に送ってはどうだろう。ダンカン・ブライスは、好きなようにしていいと言ったのだ。

いや、送ってなどやるものか。なぜあの二人を喜ばせ、馬鹿げた自尊心を満たしてやらねばならないのか。そうした資料をこれ以上わたさなくとも、今でさえ自尊心がふくれあがっている。あの二人は、学校からアンを追い出そうと躍起《やっき》になり、その通りになろうとしている。あの二人と一族は、アンを打ち負かしたのだ。

土曜の夕方、ウィルフレッドは風柳荘《ウインディ・ウイローズ》へアンを送り届けた。二人とも上機嫌だった。アンはおじのダンカン・ブライスを説得し、ウィルフレッドは高校を卒業できることになったのだ。

「ぼく、卒業したら、クィーン学院をなんとか一年で終えて、後は教員になって、独学で勉強します」ウィルフレッドは語った。「先生に、どうやって恩返しができるでしょう。おじは、ほかの人なら耳を貸さなかったでしょう。おじは、先生が好きなんです。納屋でおじが言ってました。『赤毛の女は、いつだって俺を言いなりにさせるんだ』って。でもぼくは、髪のせいだとは思いません。もちろんきれいな髪ですけど、うまくいったのは、ただ……先生だからです」

その夜ふけ、午前二時、アンは目をさまし、アンディ・ブライスの日誌を楓の森屋敷《メープルハースト》へ送ることに決めた。つまるところアンは、二人の老婦人に、多少は好意らしきものをおぼえていたのだ。あの二人の人生に心温まる楽しみなどろくになく、せいぜい父親を誇るしかないのだ。三時、ふたたび目をさまし、送らないことにした。ミス・サラは、わざと耳が遠いふりをしたのだ、まったく！　四時、アンは迷った。そしてやはり送ろうと決意した。心の狭い人にはなるまい。パイ家のようなけちな人になるなんて、おぞましい。

この問題に片がついたので、また眠りについた。夜中に目をさまし、その冬最初の雪嵐が塔のまわりを吹く音を聞きながら、温かく毛布にくるまれ、ふたたび夢の国へ漂っていくのは、なんとすてきだろうと思いながら。

月曜の朝、アンは古い日誌を丁寧に包み、短い手紙をそえて、ミス・サラへ送った。

ミス・プリングル様

この古い日誌にご関心をお寄せになるのではないかと存じます。この郡の郷土史をご執筆中のスタントン夫人のために、ブライス氏が私にくださったものですが、夫人のお役には立たないと思います。むしろプリングル様がご所望《しょもう》なさるのではと存じまして。

かしこ

アン・シャーリー

「堅苦しい手紙だこと」アンは思った。「でもあの人たちに、自然な感じの手紙なんて書けないわ。横柄に送り返されても、ちっとも驚かないわ」

まだ早い冬の夕暮れ、美しく青い薄闇《うすやみ》のころ、レベッカ・デューは生涯忘れられない驚きを味わった。楓の森屋敷《メープルハースト》の四輪馬車が、粉雪のちる幽霊小路に乗りいれ、風　柳　荘《ウインディ・ウィローズ》の表門にとまったのだ。ミス・エレンが馬車をおり、続いて、誰もが仰天したことに、この十年間、楓の森屋敷《メープルハースト》を出たことのないミス・サラが姿を現したのである。

「あの人たち、正面、玄関へ、やって、きますよ！」レベッカ・デューは混乱《パニック》に襲われ、息も絶え絶えに言った。

「プリングル家が、お勝手口に来るはずがないでしょう」ケイトおばさんが言った。

「そりゃあ、そうですよ、だけども、玄関の戸が、開《あ》かないんです」レベッカは悲劇の顔つきで言った。「びくともしないんです、知ってなさるでしょ、この春、大掃除をしたきり、開けてないもんですから。これこそ、我慢の限界ですよ！」

たしかに、玄関の扉は動かなかった。それをレベッカ・デューがやけくその力をふり絞ってこじ開け、どうにかこうにか楓の森《メープルハースト》屋敷のご婦人方を客間に招じ入れた。

「やれやれ、今日は暖炉に火を入れといて、よかった」レベッカは思った。「あとは、あの猫めが、ソファを毛だらけにしてなけりゃ、いいけども。万が一、うちの客間で、サラ・プリングルのドレスに、猫の毛が、つきでもしたら……」

レベッカ・デューに、その先を想像する勇気はなかった。ミス・サラは、ミス・シャーリーが在宅かたずねた。レベッカは、アンを塔の部屋へ呼びにいき、それから台所へ下がったものの、好奇心で頭がどうにかなりそうだった。いったい全体、プリングルの老嬢《ばあさま》たちは、なぜ先生に面会に来たのだろう。

「この上さらに先生をいじめるつもりなら……」レベッカ・デューは陰険に言った。

アン本人も、不安に恐れおののきつつおりた。老婦人たちは、冷たい嘲《あざけ》りの表情を浮かべて、日誌を突き返しに来たのだろうか。

アンが客間に入ると、立ち上がり、前置きもなしに話を切り出したのは、小柄で、皺だらけで、毅然《きぜん》としたミス・サラだった。

「わたくしどもは、降参しに参ったんでございます」ミス・サラは無念そうに言った。「もはや、手も足も出ませんです。無論《むろん》、先生は、こうなるとお見通しで、ござんしたんでしょうね。哀れなおじのマイロムについて、あの人聞きの悪い記録《スキャンダラス》を見つけなすったときに。あれは事実ではございません。本当のはずがありませんですよ。マイロムおじは、アンディ・ブライスをかついだのです……アンディは、まったく騙されやすい男でしたから。ですが、わたくしどもの一族ではない方々は、誰もが、嬉々として信じましょうぞ。先生は、それをお見通しだったのです。この日誌のおかげで、わたくしどもは世間の笑い者に……いや、もっとひどい目に遭うだろうと。まあ、先生は、なんと頭がお切れになる！　それはお認めいたしましょう。ジェンは、先生にお詫びを申し上げますし、先々は、お行儀よろしゅういたします。わたくし、サラ・プリングルが保証いたしましょう。先生が、スタントン夫人に話さない……いや、どなたにもお話しにならないと約束してくださるならば……わたくしどもは、どんなことでもいたします、どんなことでも」

　ミス・サラは、青い静脈の浮いた小さな両の手で、上等なレースのハンカチを揉《も》みしぼった。彼女は文字通り、ふるえていた。

　アンは驚きと恐れに、目を見ひらいた。なんと気の毒なおばあさんたち！　二人は、アンが脅迫していると思ったのだ！

「まあ、私のことを、恐ろしく誤解なすっていますわ！」アンは、ミス・サラのあわれなほど衰えた両手をとって叫んだ。「夢にも思いませんでした。私がそんなことをするつもりだと思われようとは……私は、ただ、ご立派なお父上についての興味深い記録を、お気に召されるだろうと思ったんです。日誌のこまごまとした内容を、誰かに見せたり、話そうだなんて、思いもよりませんでした。とるに足らないことだと思いましたから。これからもそうですわ」

一瞬の沈黙があった。やがてミス・サラはそっと手を離し、ハンカチを目にあて、ほっそりして皺だらけの顔を、かすかに赤らめながら、すわりこんだ。

「わたくしどもは……わたくしどもは、先生を、ずっと誤解しておりました。しかも、わたくしどもは……先生にひどいことをして参りました。お許しくださいましょうか」

三十分後――レベッカ・デューにとっては生きた心地のしない三十分だった――プリングル家の老嬢たちは帰っていった。その三十分、アンと二人の老嬢は、アンディの日誌のさしさわりのない部分について、くつろいだ歓談と意見をかわした。ミス・サラは、帰りぎわに、玄関先で――この訪問中は、耳が遠くて困ることはまったくなかった――少し引き返し、手提袋《てさげぶくろ》から紙切れをとり出した。小さな、はっきりした文字が一面に書かれていた。

「あやうく忘れるところでございました。わが家のパウンド・ケーキのレシピを、マクレーン夫人にさしあげる約束を、前々からしておったんでございました。お手数ですが、これをお渡しくださいませんか。それからご夫人に、お伝えくださいましな。たねを寝かせて、発酵させるひと手間が、大事でございますよと……必要欠くべからざる、こつでございますよと。エレン、日よけ帽が、ちょっと傾いて耳にかかっていますよ。おいとまする前に、お直しなさい。わたくしども……着替えましたとき、少々、気が動転しておりましたんでございまして」

それからアンは、未亡人たちとレベッカ・デューに語った。アンディ・ブライスの古い日誌を楓の森屋敷《メープルハースト》の老婦人に贈ったので、お礼を言いに来られたのだと。三人は、この説明に納得するほかなかったが、レベッカ・デューは、裏にはもっとある——もっと重大な何かがあると、後々まで勘ぐっていた。あの古ぼけて、色があせ、煙草のしみのある日誌のお礼ごときで、サラ・プリングルが、風柳《ウインデイ・ウイローズ》荘の玄関まで来るはずがない。シャーリー先生は不思議だ、まったく奥が深い！

「これからは、日に一度は、玄関の戸を開けますよ」レベッカが宣言した。「いつも動くように練習しとくんです。戸が、ようやっと開いたときにゃ、ひっくり返って、のびそうになりましたからね。それから、パウンド・ケーキのレシピが手に入りましたね、とにもかくにも。卵を三十六個ですと！　あの猫めを始末してくださり、めんどりを何羽も飼わせてもらえるんなら、年に一ぺんくらいは、こさえるかもしれませんよ」

そうしてレベッカ・デューは台所へ意気揚々と戻り、あの猫めがレバーをほしがっているると知っていながら牛乳をやることで運命と折り合いをつけた。

シャーリーとプリングルの対決は終わった。プリングル一族以外の者にとっては、なぜそうなったのか見当もつかなかったが、サマーサイドの人々は理解した。ミス・シャーリーはたった一人で、しかも何か謎めいた方法で、プリングルの一族郎党を打ち破り、以後、一族は彼女の言いなりになったのだ。次の日、ジェンは学校に戻り、クラス全員の前でしおらしくアンに謝った。それからは模範生となり、プリングル一族の生徒は一人残らず、ジェンを見習った。一族の大人たちの敵意も、太陽に照らされたもやのごとく消え失せた。「きりーつ」や宿題の苦情も、金輪際、なくなった。この一族の上品ぶっているものの微かに人を小馬鹿にした特徴も消え、むしろ競ってアンに親切にした。舞踏会やスケートの集いも、アンがいなくては物足りなかった。何しろ、あの致命的な日誌は、ミス・サラがみずから焼き捨てたとはいえ、記憶は記憶である。ミス・シャーリーは、その気になれば、公《おおや》けにできる逸話をにぎっているのだ。マイロム・プリングル船長が人喰いだったなど、あの詮索好きのスタントン夫人に、決して知られてはならないのだ！

第8章

ギルバートへの手紙からの抜粋

私は塔の部屋にいます、そしてレベッカ・デューは、台所でクリスマスキャロルの「せめて私たちが登れたら」（1）を唄っています。それで思い出しました。例の牧師夫人から、聖歌隊で唄うように誘われました！　もちろん、プリングル一族が牧師夫人に頼んだのです。グリーン・ゲイブルズに帰らない日曜日なら唄えます。プリングル一族は握手の手をさし出し、仲間に入れてくれたのです――私を丸ごと（2）受け入れたのです。なんという一族《クラン》でしょう！

すでにプリングル家のパーティには三軒も招かれました。悪気があって言うのではありませんが、プリングル一族の娘たちはこぞって私の髪の結い方を真似ているようです。そういえば「模倣は、最も正直なお世辞である」（3）と言いますね。私は、あの人たちが本当に好ましく思えてきました、ギルバート。前からわかっていたのです、あの人たちがそのチャンスを与えてくだされば好きになれると。早晩、ジェンのことも好きになるかもしれない、とすら思い始めています。あの子は、その気になればチャーミングですし、すでにその気になっているのは明らかです。

昨夜、私は、ねぐらにいるライオンのひげをつかむ思いで、敵陣に乗りこみました(4)。別の言い方をすれば、勇気をふるって常磐木荘《エヴァーグリーンズ》の正面階段をのぼり、四隅に白塗りの鉄壺がある四角いポーチに上がって、呼び鈴を鳴らしたのです。侍女のミス・モンクマンが戸口に現れ、私は、小さなエリザベスを散歩につれ出したいと申し出ました。断わられるだろうと予想していましたが、侍女はいったん下がり、キャンベル夫人と相談したのちに戻ってきたのです。外出してもよろしいが、遅くまで外に引き留めないでほしい、と無愛想に言いました。ミス・サラの命令が、キャンベル夫人にも届いていたのでしょう。

エリザベスは暗い階段を、踊るようにおりて来ました。赤い外套に、緑のふちなし帽をかぶった姿は小さな妖精《ピクシー》(5)さながらで、嬉しさのあまり、口もきけないほどでした。

「私、じっとしていられないくらい、わくわくしているのよ、シャーリー先生」表へ出るが早いか、ささやきました。「今はベティよ。こんな気持ちのときは、いつもベティなの」

私たちは「世界の果てへ続く道」をできるだけ遠くへ歩き、それから引き返しました。

夜の港は、真紅《しんく》の夕焼けのもと黒々と横たわり、「寂しき妖精の国」(6)や、地図にはない海に浮かぶ謎の島々を思わせるものに満ちているようでした。私の胸はときめき、私と手をつなぐ小さな子どもも、同じようでした。

「先生、一生懸命に走ったら、夕焼けのなかに入れるのかしら」エリザベスは知りたがりました。私は、ポールのことを、そして彼が空想した「夕陽の国」(7)を思い出しました。

「『明日』が来るのをお待ちなさい、そうすればできますよ。エリザベス、ご覧なさい、港の入口の真上に、島のような金色の雲があるでしょう。あれを、あなたの『幸福の島』ということにしましょう」

「あのあたりに、本当に島があるのよ」エリザベスは夢見心地で言いました。「『飛ぶ雲《フライング・クラウド》』というの、可愛い名前じゃなくて？……『明日』から抜け出したような名前よ。屋根裏部屋の窓から、その島が見えるの。ボストンから来る男の人が持っている島で、その人の夏の別荘があるの。だけど空想ごっこでは、私の家のつもりよ」

常磐木荘《エヴァーグリーンズ》の戸口で私は足をとめ、エリザベスが入る前に、頰にキスをしてやりました。あの子の目といったら、忘れられません。ギルバート、あの子は愛情に飢えているのです。

今夜、牛乳をもらいにきたエリザベスは、それまで泣いていたようでした。

「うちの人たちが……私に顔を洗わせたの、先生のキスが流れてしまったの」とすすり泣くのです。「私、絶対に顔を洗いたくなかったの。洗うまいって誓ったもの、先生のキスを洗いたくなかったもの。だから今朝は洗わずに学校へ行ったけど、今夜は侍女が私をつかまえて、ごしごししたの」

私は微笑をこらえ、真顔で言いました。「顔を洗わずに、一生を暮らせないのよ、可愛い子ね。キスの心配はしなくていいわ。牛乳をもらいに来たら、毎晩してあげる。そうすれば次の朝、洗ってもかまわないでしょう」

「私を愛してくださるのは世界中で先生だけよ。私に話してくださるとき、すみれの匂いがするの」

これほど愛らしい褒め言葉を言われた人がいるでしょうか。でもその前の言葉は、聞き流せませんでした。

「おばあさまも、あなたを愛しているのよ」

「いいえ、私を憎んでいるの」

「あなたは、ちょっぴりお馬鹿さんね。おばあさまも、ミス・モンクマンも、お年寄りでしょう。お年寄りというものは、すぐに不安になったり案じたりするのよ。もちろんあなただって、お二人を困らせることもあるでしょう。それに……そもそも……あの二人がお小さいころは、子どもは今よりずっと厳しく育てられたの。お二人は旧式なのよ」

　エリザベスが納得していないことは見てとれました。つまるところ、あの二人は、エリザベスを愛していない。それをあの子は知っているのです。エリザベスは用心して家をふりかえり、戸がしまっているのを確かめてから、ゆっくり言いました。「おばあさまと侍女なんか、ただの年寄りの暴君よ。『明日』になったら、二人から永遠に逃げ出すわ」

　エリザベスは、私が死ぬほど驚くと思ったようです。でも、仰天させたくて言っただけでしょうから、ただ笑ってキスをしました。マーサ・モンクマンが台所の窓から見ていればいいと願いながら。

　塔の左の窓からは、サマーサイドが一望できます。今は、雪のつもった白い屋根が親しげに連なっています——プリングル一族が友となり、ついに町の家々の屋根が親しく見えるようになったのです。あちらこちらの破風窓《はふまど》や屋根窓に灯《あか》りが小さく輝き、そこかしこから灰色の幽霊のように煙が立ちのぼっています。空の低いところに、綺羅星《きらぼし》が瞬いています。「夢を見ている町」のようです。美しい言葉でしょう？　あなたは憶えていらして？「ギャラハッドは夢を見ている町を通りけり」を(８)。

　とても幸せな気持ちです、ギルバート。打ち負かされ、面目を失って、クリスマス休暇にグリーン・ゲイブルズへ帰省せずにすむのです。人生はすばらしい！　すばらしいものです！

ミス・サラのパウンド・ケーキもすばらしいものです。レシピ通りに「寝かせて発酵させて」、レベッカ・デューがこしらえました。といっても、茶色の包装紙で幾重《いくえ》にもくるみ、さらに何枚ものタオルで包んで、三日おくだけです。これはおすすめできます。

（おすすめ《リコメンド》の綴りは、Cが二つだったかしら、どうかしら。文学士号をとったというのに、あやふやです。アンディの日誌を見つける前に、これをプリングル家が知ったら、どうなっていたことでしょう！）

第9章

二月の夜、塔の部屋に、トリクス(1)・テイラーが膝をかかえすわっていた。窓に小吹雪がそっと打ちつける音がしていた。あのごく小さなストーブは赤く燃え、黒猫が喉を鳴らすような音を立てている。トリクスは悩みの数々をアンに話していた。気がつけばアンは、あらゆる人から秘密を打ち明けられるようになりつつあった。アンが婚約していることは広く知られ、サマーサイドの娘たちは、アンを恋敵にまわす恐れがなかったのだ。またアンには、秘密を語っても安心だと思わせるものがあった。

トリクスは、翌夕の晩餐会に来てほしいと頼みに来ていた。トリクスは陽気で、ぽっちゃりした小柄な娘で、茶色の瞳は輝き、薔薇色の頬をしていた。その二十歳の年齢に人生の重荷がのしかかっているとは思えない風貌だが、彼女なりの苦労があるらしかった。

「明日の晩、レノックス・カーター博士が夕食に見えるの。だからアンにぜひ来てもらいたいのよ。博士はレッドモンドの近代言語学部の新しい学部長で、頭がいいから、話し相手がつとまるような頭脳の持ち主に来てほしいの。ご存じの通り、私には自慢できる頭はないし、弟のプリングルもそう。エズミ(2)なら……ご存じよね、アン、あの子は、とても優しいし、本当は頭もいいけど、恥ずかしがり屋で内気だから、博士の前では、せっかくの頭も役に立たないの。エズミは博士に夢中で、かわいそうなくらい。私もジョニーが大好きだけど、恋人のせいで、あんなに、めろめろにはならないわ……!」

「エズミとカーター博士は、婚約しているの?」

「それが、まだなのよ」――トリクスは意味ありげに答えた。「でもエズミは、今度こそ、博士が求婚してくれると期待してるわ。そうでなきゃ、博士が、学期の途中に、いとこを訪ねて、わざわざプリンス・エドワード島まで来るかしら。エズミのためにも、プロポーズしてもらいたいの。でなきゃ、エズミは死んでしまうわ。でも、ここだけの話だけど、私は、あの人と義理のきょうだいになりたいほど好きじゃないの。それに博士は好みがやかましいから、うちの一家をよく思わないかもしれないって、エズミは心配してるの。うちの家族を気に入らなかったら、プロポーズしてくれないだろうって。だからエズミは、明日の夕食会を万事うまくいかせたいのよ。その気持ちは、アンにも想像できないくらいよ。私はうまくいくと思うわ。ママの料理は抜群で、いいメイドもいるもの。弟のプリングルには、私の一週間の小遣いの半分を渡して、お行儀よくするように言いくるめたわ。でも、弟もカーター博士が好きじゃないの。うぬぼれ屋だって言うのよ。だけど弟は、エズミのことは好きだもの。後はただ、パパが、不機嫌病さえ起こさなければ！」

「心配する理由でもあるの？」アンはたずねた。父親のサイラス・テイラーの不機嫌病は、サマーサイド中に知れ渡っていた。

「いつ起きるのか、わからないからよ」トリクスは顔を曇らせた。「今夜も、新しいフランネルの寝巻きが見つからないって、恐ろしいほど腹を立てたわ。エズミが間違った引き出しにしまったの。明日の晩は機嫌が直ってるかもしれないし、直っていないかもしれない。もし不機嫌だったら、家中みんなが恥をかいて、博士はこんな家とは縁組みできないという結論を出すわ。少なくともエズミはそう言うの。私もそうなるんじゃないか心配よ。アン、私の見たところでは、レノックス・カーターはエズミが大好きよ……エズミは『ふさわしい妻』になると思ってる……だけどことを急ぎたくないし、立派な自分を棒にふりたくないのよ。男はどんな家と縁組みするか、慎重になりすぎることはないって、いとこに話したそうだもの。博士は、ちょうど分岐点にいて、些細なことで、どっちにでも転ぶの。でもそれを言うなら、パパの不機嫌は、些細なことどころじゃないもの」

「お父さまは、カーター博士をお好きではないの？」

「もちろん気に入ってるわ。エズミにはありがたい縁談だって。でも父が不機嫌の発作を起こしたら、その間は、何をしても効き目がないの。それがプリングル家なのよ、アン。うちのテイラー家のおばあさんは、プリングルの出なの。パパは、パパのせいで家族がどんな目に遭ってきたか、アンには想像もできないでしょうよ。パパは、かんかんに怒ることはないの。その点は、ジョージおじさんとは違うわ。だけどジョージおじさんが怒っても、あの一家はまるで気にしないのよ。おじさんは癇癪を起こすと、怒鳴り声が三ブロック先まで聞こえるけど、後は子羊みたいにおとなしくなって、仲直りの印に、みんなに新しい服を買ってくるの。ところがうちの父は、ただむっつり黙って、全員を睨みつけて、食事中も誰とも口をきかないの。エズミに言わせると、それでもいとこのリチャード・テイラーよりはまし、リチャードは四六時中、食卓で皮肉を言って、奥さんを小馬鹿にするんですって。でも私は、パパの不機嫌な無口ほど嫌なものはないわ。家族みんなが迷惑してるし、怖くて話もできないもの。身内だけのときだけならまだしも、お客さんがいても不機嫌になる癖があって、エズミも私も、パパが無愛想に黙ってる言い訳をするのに、もううんざりよ。寝巻きの不機嫌が、明日の晩までに直らなかったらどうしようって、エズミは心配して、体調を崩してるわ……レノックスはどう思うかしらって。それからエズミは、アンに青いドレスを着てほしいそうよ。エズミの新調した服も青。レノックスが青が好きだからよ。パパは青が大嫌いだけど、アンが青を着てくれば、エズミが青い服でも、父もあきらめるでしょう」

「エズミは、他の色を着たほうがいいんじゃないの？」

「お客さまが来る夕食会にふさわしい服は、それしかないの。もっとも、父がクリスマスにくれた緑色のポプリン地（3）があって、服そのものはすてきよ……父は私たちにきれいな服を着せるのが好きなの……ところがエズミが緑色を着ると、変に見えるの。弟のプリングルに言わせると、肺病の末期みたいだって。レノックス・カーターは体の弱い娘とは結婚しないって、博士のいとこが、エズミに言ったんですって。私のジョニーは、やかましくなくて、ありがたいわ」

「あなたとジョニーの婚約のことは、お父さまに話したの？」アンは、トリクスの恋愛もよく知っていた。

「まだよ」かわいそうにトリクスはうめいた。「勇気が出ないの。父が一悶着起こすのが目に見えてるもの。パパは元からジョニーを毛嫌いしてるの、彼が貧乏だからよ。パパも金物屋を始めたときは、ジョニーより貧乏だったのに、忘れてるの。もちろん、近々、話さなきゃいけないけど、エズミの件が片づくまで、待ちたいわ。私の婚約話なんか持ち出したら、パパは数週間は家の誰とも口をきかないし、ママも心配するもの。ママは、父の不機嫌に耐えられないの。わが家はみんな、パパの前ではびくびくして臆病よ。もっとも、ママとエズミは生まれつきで、誰の前でもおどおどしてるわ。でも弟と私は勇気があって、怖いのはパパだけ。私たちの味方になってくれる人がいればばって、ときどき思うけど……でも、そんな人はいないから、私たち、体がすくんでしまうの。パパが不機嫌なときに、お客さんと食事をすると、どんなことになるか、アンには想像もできないわよ。だけど明日、パパがきちんとふるまってくれさえしたら、何もかも許すつもりよ。パパはその気になれば、愛想よくできるの。ロングフェローの詩の女の子そっくりよ。いい人のときは、とてもとてもいい人で、悪いときは恐ろしい（4）の。以前、パーティの花形だったパパを見たこともあるわ」

「先月、お夕食に呼ばれた晩、お父さまは、とてもご親切だったわ」

「まあ、アンが好きだからよ、さっきも言ったように。それもあってアンに来てもらいたいの。きっといい影響をおよぼしてくれるわ。パパが喜びそうなことなら、何だって、おろそかにしないつもりよ。だけど不機嫌の発作が始まったら、パパは、どんな物も、どんな人も、何もかも気に入らないの。とにかく豪華な夕食を準備したわ。デザートはおしゃれなオレンジ・カスタード（5）。ママはパイにしたかったの。パパを別にすると世界中の男性が……近代言語学の教授であろうと、デザートにはパイがいちばん好きだって、ママは言うの。でもパパは好きじゃないから、重大事がかかっている明日の晩、そんな危ない真似はできないわ。パパは、オレンジ・カスタードに目がないの。かわいそうなジョニーと私は、いずれ駆け落ちする羽目になりそうね。きっとパパは許してくれないわ」

「勇気をふるって話すのよ、お父さまが不機嫌になっても、あなたが我慢していれば、そのうち元通りになるわ。そうすればあなただって、何か月もつらい思いをせずに済むわよ」

「アンは、パパを知らないからよ」トリクスは鬱々として言った。

「いいえ、私の方がお父さまを理解してるかもしれないわ。あなたは大局的な見方ができないのよ」

「何ができないですって？　アン、私は文学士じゃないの、高校を出ただけよ。大学に行きたかったけど、パパは女に高等な学問は要らないと言うの」

「あなたは、お父さまと近すぎて理解できないと言いたかったの。他人の方が、はっきり見えて、よくわかることもあるわ」

「私がわかってることは、パパがこうと決めたら何が何でも押し黙る、何があろうとも。それを父は誇りに思ってるの」

「それなら、他の家族と話をすればいいじゃない、なんでもないふうに」

「それができないのよ。体がすくむって言ったでしょ。明日の晩、パパがまだ寝巻きの不機嫌を引きずっていたら、アンもわかるわ。パパがどうやってするのか、わからないけど、そうなるの。口をきいてさえくれたら、どんなに感じが悪くても気にしないんだけど。私たちを滅茶苦茶にするようなだんまりよ。重大事がかかった明日の晩、パパが変な真似をしたら、絶対に許さないわ」

「うまくいくように願いましょう」

「そうね。アンがいてくれると助かるわ。ママはキャサリン・ブルックも呼ぶべきだと言ったけど、パパには逆効果よ、キャサリンを嫌ってるもの。この点は、父を責めないわ。あの人には我慢ならないもの。アンはどうして親切にできるのかしら、わからないわ」

「キャサリンがかわいそうだからよ、トリクス」

「かわいそうですって！　あの人が好かれないのは自分のせいよ。まあ、いいわ、世の中はいろんな人で成り立ってるものね。でもキャサリン・ブルックがいなくても、サマーサイドはやっていけるわ……無愛想で、年寄りの、意地悪女よ！」

「あの人は優秀な先生よ、トリクス」

「あら、知らないとでも？　私はあの人の生徒だったのよ。確かに、いろんなことを頭に叩きこまれたわ……でも同じくらい皮肉でこきおろされて、骨から身をそぎ落とされる思いもしたの。それに、あの身なり！　パパは、野暮ったい服の女性は見るのも我慢ならないの。むさ苦しい女に用はない、神さまもそうに違いあるまいって。この話をアンにしたってママが知ったら、慌てるでしょうね。でもママは、パパを大目に見てるわ、男だから仕方ないって。それだけなら、私たちも許すんだけど！　かわいそうに、私のジョニーは、今では家に寄りつきもしない。パパが失礼な態度をとるからよ。お天気のいい晩に、私が家を抜けだして、二人で広場を歩きまわるの、それで凍えそうになって……」

トリクスが帰ると、アンは安堵の息をついた。下へおり、レベッカ・デューにおやつをねだった。

「テイラーさんとこへ、夕はんに呼ばれたんですか？　やれやれ、サイラスの親爺《おやじ》さんが、まともなふるまいをしてくれりゃ、いいんだけども。あの男が不機嫌の発作を起こしても、一家そろってあんなに怖がんなきゃ、あの親爺さんも好きこのんで、ああちょくちょく不機嫌にゃ、なりゃしませんよ、それは確かですよ。いいですか、シャーリー先生、あの男は、不機嫌を楽しんでるんですよ。さあてと、あの猫めに、牛乳を温《ぬく》めてやらなくては。やれやれ、甘やかされた猫めですよ！」

第10章

次の夕方、アンは、サイラス・テイラー家に着いて玄関へ入るなり、どことなく冷ややかな気配を感じた。こぎれいなメイドがアンを客用寝室へ案内した（1）が、階段をあがるとき、サイラス・テイラー夫人が食堂から台所へぎこちなく小走りにいく姿が見えた。夫人は涙をぬぐっていたのだ。美しかったが、顔は心労にやつれ、青ざめていた。サイラスの寝巻きの不機嫌がいまだに「直って」いないのは、一目瞭然だった。

トリクスが困り果てた顔でそっと客用寝室に入り、不安そうに声をひそめて話すので、それは確信に変わった。

「ああ、アン、父のご機嫌ときたら、もう最悪！　今朝はかなり愛想がよかったから、希望をもったの。ところが午後、ヒュー・プリングルにチェッカー（2）で負けたのよ。パパはチェッカーで負けると我慢できないの。それがこともあろうに、今日、負けるなんて。パパったら、エズミが『鏡にうつる自分に見とれている』のを見つけて、父がそう言ったのよ、エズミを部屋から追い出して、ドアに鍵をかけたの。かわいそうに、エズミは、レノックス・カーター博士の目にきれいに見えるか、確かめていただけなのに。

エズミは真珠の首飾りをつける暇さえなかったわ。それに私を見て！　髪のカールもできなかったの……パパは、生まれつきじゃない巻き毛が嫌いで……おかげで私、ひどい見てくれよ。ともかく、これでわかったでしょう。それにパパは、ママが食堂のテーブルに生けた花を捨てたの。ママはひどくこたえてるわ。苦心して生けた花だもの。パパは、ママにガーネットの耳飾りもつけさせないの。こんなにひどい不機嫌の発作は、前の春、パパが西部から帰って来たとき以来よ。あの日は、ママが居間に赤いカーテンを下げていたら、わしは黒紫色《マルベリー》が好きなんだって怒ったの。ああ、夕食会でパパが口をきかなかったら、アンがなるたけ話してね。でなきゃ、とてつもなくひどいことになるわ」

「一生懸命やってみるわ」アンは約束した。実際、アンに言葉が思い浮かばなかったことは一度もなかった。しかし、今、直面しているような事態に居あわせたこともなかった。

一同が食卓に集《つど》った。花はなくとも、テーブルはたいそう美しく丁寧に整えられていた。おびえて縮みあがったサイラス夫人は、灰色の絹のドレスを着ていたが、顔はもっと灰色だった。エズミは一家の誇りとする美人だが、青白い美しさだった──白っぽい金髪に、白っぽい桃色の唇、淡いわすれなぐさの瞳──顔はいつにもまして青ざめ、今にも気絶しそうに見えた。弟のプリングルは、平素は、小太りの陽気な十四歳の腕白小僧で、ほとんど白に見える金髪で、くりくりした目に眼鏡をかけているが、今日はつながれた犬さながらだった。そしてトリクスは、すくみ上がった女学生のようだった。

カーター博士は非のうちどころのない美男子で、人目をひく風貌だった。縮れた黒髪、輝く黒い瞳に銀ぶちの眼鏡をかけている。だがアンは、レッドモンドの助教授だったころの彼を、もったいぶって退屈な青二才だと思っていた。その博士も、今日は居心地が悪そうだった。彼も明らかに、何かが、どこかしら、おかしいと感じていた——一家の主《あるじ》が威張りくさって歩いて来て、食卓の上座（3）にすわったきり、客人にも、誰にも、口をきかないとくれば、もっともな結論であろう。

サイラスは、食前の祈りを唱えようとしなかった。そこで夫人が赤かぶのように顔を赤らめ、聞きとれないほどの小声でつぶやいた。「われらがこれより頂きますものを、神に心より感謝いたします」食事は出だしから、つまずいた。エズミが緊張のあまりフォークを床に落としたのだ。サイラスをのぞく全員が、ぎくりとした。めいめいの神経は、エズミと同様、極限まで張りつめていた。サイラスはむっと沈黙を保ったまま、青い出目でエズミを睨《にら》みつけた。続いて一人、また一人と睨み、一同は体がすくみ、何も言えなくなった。あわれな夫人がホースラディッシュのソース（4）をお代わりすると、サイラスはまた睨《ね》めつけた。夫人は自分の胃弱を思い出す羽目になり、好物にもかかわらず一口も喉を通らなくなった。ソースが胃に障《さわ》るとは思わなかったが、睨みつけられて、何も食べられなくなったのだ。エズミも同様で、母と娘の二人は、ただ食べているふりをした。食事は恐ろしい沈黙のうちに進んだ。ときおりトリクスとアンが、思いついたように天候の話をして、静けさが破られるだけだった。トリクスは、アンに話をしてくれと目で頼むものの、アンは生まれて初めて、言うべきことが見つからなかった。話さなくてはと必死に思うものの、口に出せないような下らないことしか浮かばなかった、みんなは魔法にでもかかったのだろうか。不機嫌で強情な男が一人いるくらいで、これほどの影響があるとは奇妙だ。以前なら信じなかっただろう。だがこの男は、自分のせいで食卓の一同が気まずい思いをしているのを知り、心から喜んでいる、それは疑いようもなかった。この男は、一体、何を考えているのだろう。誰かがピンで突き刺したら、飛びあがるだろうか。アンは、サイラスにぴしゃりと平手打ちをくれてやり、手の指関節を叩き(5)、部屋の隅に立たせたかった——甘ったれの子どもにするように。この男は、気難しげな白髪と猛々しい口ひげを生やしているが、中身はわがままな子どもだ。

何よりもアンは、この男をしゃべらせたかった。断じて口をきくまいと意固地になっている男に一杯食わしてやり、無理矢理しゃべらせる。それ以上の懲らしめはあるまい。アンは本能的に感じた。

もしアンが立ちあがり、隅のテーブルに置かれた、やけに大きく、悪趣味で古くさい花瓶を、わざと割ったら、どうだろう。その花瓶は、薔薇の花と葉の輪飾り《リース》におおわれ、埃をとるのが一苦労だったが、完璧にきれいにしておかねばならなかった。家族がみなこの花瓶を嫌っていることをアンは知っていた。しかしサイラス・テイラーは、おふくろのものだからと、屋根裏に追いやるのを承知しなかった。もしサイラスが怒りを言葉にして爆発させてくれるなら、アンは迷うことなく、花瓶を粉々に割っただろう。

それにしても、なぜレノックス・カーターまで話さないのだ。彼が何か言えば、アンも話相手になれるだろうに。トリクスとプリングルも、二人を縛りつけている魔法から自由になり、何かしら話すだろう。ところがこの博士は、ただすわって食べている。おそらく、これが最善の策と考えているのだろう。下手なことを口にして、今でさえ見るからに立腹している恋人の父親を、さらに怒らせるのを恐れているのだろう。

「シャーリー先生、どうぞ先生から、ピクルスをおとりください」夫人が、蚊の鳴くような声で言った。

アンの胸に、ふと悪戯心《いたずらごころ》がわきあがった。ピクルスをとってまわすと――別の考えもまわり始めた。アンはその思いつきを止めることなく、大きな灰緑色の瞳をきらりと光らせると、身を乗り出し、澄まし顔で言った。「カーター博士、テイラーさんは、先週、急に耳が聞こえなくなったんです。驚かれましたでしょう」

爆弾発言をすると、アンはいすの背に体を戻した。自分が何を期待し、何を望んでいるのか、明確にはわからなかったが、カーター博士も、この家の主が黙っているのは、猛烈な怒りからではなく、耳が遠いせいだとわかれば口がほぐれるかもしれない。それにアンは嘘をついたわけではない。サイラス・テイラーは、今耳が聞こえないとは言わなかった。だがこの一言で、アンがサイラスにしゃべらせようと望んだなら、失敗だった。彼はアンを睨みつけただけで、沈黙を保った。

ところがアンの言葉は、トリクスとプリングルに思いがけない効果を及ぼした。トリクス自身、黙ってはいたものの、大いに憤慨していた。アンが誇張した質問を博士に投げかける前、エズミを見ると、青い目に絶望の色を浮かべ、涙をそっとぬぐっていた。もはやすべての希望は失われたのだ。こうなっては、レノックス・カーターは求婚しないだろう。もしそうなら、誰が何と言おうと、何をしようと、もう構わない。トリクスは不意に、残酷な父親に復讐してやりたいと、燃えるような欲望にかられた。アンの言葉をきっかけに、妙案がひらめいたのだ。悪戯心を押さえつけられた火山のごとき弟のプリングルも、アンの言葉に、一瞬は呆気にとられ、白いまつげで瞬きをしたが、すぐさまトリクスの先導にならった。それからの恐ろしい十五分間は、アン、エズミ、サイラス夫人にとって生涯忘れられないものとなった。

「かわいそうに、耳が聞こえなくなって、お父さんはほんとに災難ですわ」トリクスが食卓ごしにカーター博士に言った。「まだ六十八歳なのに」

六つも年を上乗せされ、サイラス・テイラーの小鼻の両脇に二つ、小さな白い窪みがよったが、黙っていた。

「まともな食事にありつけて、大したごちそうだな」プリングルが、よく通る声ではきはき言った。「カーター博士、どう思いますか。家族に、果物と卵しか食べさせない男を……果物と卵だけなんですよ……好き嫌いがやかましくて」

「君のお父さんは……」困惑した博士が言いかけると、

「趣味にあわないカーテンを下げたからといって、妻に嚙みつく夫をどう思いますか……わざと嚙みつくんです」トリクスがたずねた。

「血が出るまで」プリングルが真面目くさって言い添えた。

「ということは、お父さんは……」

「仕立て方が気にいらないからといって、妻の絹のドレスを切り刻む男を、どう思いますか」トリクスがたずねた。

「どう思いますか」プリングルも言った。「妻に、犬を飼わせてやらない男を」

「妻の方は、あんなに犬を飼いたがっているのに」トリクスは、ため息までついてみせた。

「どう思いますか」面白くなってきたプリングルは、さらに続けた。「クリスマス・プレゼントに、ゴム引きのオーバーシューズ(6)を妻に贈る男を……オーバーシューズを一足きりなんですよ」

「ゴムのオーバーシューズでは、心も温まりませんね」博士も認めた。さらにアンと目があうと、ほほえんだ。それまで博士の笑顔を見たことがなかったことに、アンは気づいた。微笑すると、彼の表情は驚くばかりに変わり、魅力的になった。それにしてもトリクスは何を話しているのだろう。彼女がこんなに悪辣《あくらつ》になれるとは、誰が想像しただろう。

「カーター博士、ローストした肉をとってみて、ちゃんと焼けてないと、メイドに投げつけて、何とも……何とも……思わない男と暮らすのが、どんなにつらいか、想像したことがありますか」

カーター博士は、サイラス・テイラーに恐る恐る目をやった。サイラスが、鶏肉の骨でも誰かに投げつけやしないか案じたのだ。しかし耳が聞こえないのだと思い直し、安堵した様子だった。

「地球は平らだと信じている男を、どう思われますか」プリングルがたずねた。

これでさしものサイラスも口を開くだろう。アンは思った。彼の赤ら顔全体に、かすかな震えが広がったのだ。だが言葉は出なかった。もっとも、その口ひげから、挑発的な勢いが少々そがれたことに、アンは気がついた。

「自分のおばを……たった一人きりのおばを……救貧院に入れる男をどう思いますか」

トリクスがきいた。

「それに自分の牛を墓場に放して、草を食べさせたんですよ」プリングルが言った。

「サマーサイドの人たちは、いまだにあの光景から、立ち直れないのです」

「夕食に食べたものを、毎日、日記につける男を、どう思いますか」トリクスがたずねた。

「かの偉大なるピープスがそうでしたね（7）」博士はまた微笑した。その声には、笑いたくてたまらない響きがあった。結局、博士はもったいつけた男ではないのだろう、アンは思った。ただ年が若く、内気で、生まじめすぎるのだろう。しかしアンは、いい意味で肝をつぶしていた。ここまでやるつもりはなかったからだ。だが物ごとは、始めるよりも終わらせる方が難しい。そう思い始めていた。トリクスとプリングルは、悪魔のように頭がさえている。二人は、挙げ連ねた話のどの一つも、父親がそうだとは言っていない。アンの胸に、プリングルが無邪気そうに丸い目をさらに丸くして語る姿が浮かんだ。「ぼくはただ、参考までに、カーター博士にきいてみただけだよ」と。

「妻宛ての手紙を開封して、読む男の人を、どう思いますか」トリクスがなおも続けた。

「葬式に……それも自分の父親の葬式に……胸あてのついた作業ズボン《オーバーオール》で行く男を、どう思いますか」プリングルがきいた。

トリクスとプリングルは、次に何を思いつくのだろう。夫人は人目もはばからずに泣いていた。エズミは絶望のあまり、かえって落ち着いていた。もうどうなっても構わないのだ。エズミはカーター博士に顔をむけ、もはや永遠に失った男を真正面から見つめた。そしてエズミは生涯でこの一度だけ、真に聡明なことを語った。

「どう思われますか」彼女は静かに問いかけた。「かわいそうな母猫が銃で撃たれたとき、その子猫たちが飢え死にすると思うと耐えられないからと、丸一日かけて、子猫たちを探しまわった男の人のことを」

奇妙な沈黙が、部屋中に広がった。トリクスとプリングルは、にわかにわが身を恥じ入る顔つきになった。すると今度は夫人が声をあげた。思いもよらず父親をかばった娘に加勢するのが、妻の務めだと思ったのだ。

「その人は、かぎ針編みがたいそう上手なんですよ。去年の冬、腰痛で寝ついたとき、客間のテーブルセンターを、この上なく、すてきに編んだのです」

人には誰でも我慢の限界というものがある。サイラス・テイラーはその限界に達した。彼は猛烈な勢いでいすを後ろへ押しやった。弾みで、いすは磨きあげた床をすべり、花瓶のテーブルにぶちあたった。テーブルはひっくり返り、花瓶はお決まり通りに砕け散った。サイラスはついに立ち上がり、もじゃもじゃの白い眉毛を逆立て、怒りを爆発させた。

「わしは、かぎ針編みなどしないぞ、女房め！　くだらんドイリー一枚ごときで、男の評判を、未来永劫、台なしにする気か？　あのときは忌々しい腰痛があんまりひどかったもんで、自分でも何をやってるのか、わからなかったんだ。それに、わしの耳が聞こえないだと？　シャーリー先生、耳が聞こえないとは、なんだ」

「先生は、父さんが今そうだとは言わなかったわ」トリクスが叫んだ。父親の癇癪といえども、口に出してくれれば、少しも恐れなかった。

「ああ、そうかい、たしかに先生は言わなかった！　お前たちは誰も言わなかったさ！　わしはまだ六十二なのに、六十八とは言わなかった、そうだな？　わしが母さんに犬を飼わせてやらないとは言わなかった！　だがな、女房や、飼いたいなら、四万匹だって飼っていいんだ。それをわかっていながら、なんだ！　おれがいつ、おまえのほしがるものをだめと言った……いつ、そんな真似をした」

「いいえ、お父さん、決して、ありませんわ！」サイラス夫人は途切れ途切れに言い、すすり泣いた。「それに、犬がほしいなんて思ったことはありません。考えたこともありませんわ、お父さん」

「わしがいつ、おまえの手紙を開けた？　いつ日記をつけた？　日記なんか！　いつ葬式に作業着を着た？　いつ墓場で牛に草を食わした？　どのおばを救貧院へやった？　ローストした肉を誰かに投げつけたか？　おまえたちに果物と卵しか食わせなかったことがあるか？」

「一度もありません、お父さん、一度も！」夫人はむせび泣いた。「あなたはずっと立派な大黒柱でした……それも最高の」

「こないだのクリスマスに、オーバーシューズがほしいと言ったのは、おまえじゃないか」

「そうです、その通りです、私が言ったんです。おかげで冬の間、足がぽかぽかして助かりました」

「それならいいんだ！」サイラスは勝ち誇った目を部屋中に投げた。そしてアンと目があった。すると突然、思いがけないことが起こった。サイラスがくっくと笑ったのだ。両の頬にえくぼが浮かび、顔全体の表情が奇跡のように変わった。彼はいすを食卓に戻し、腰をおろした。

「カーター博士、わしは不機嫌になる始末におえない癖がありましてな。誰しも何かしら悪い癖があるものですが、わしは、これですわい。でも、この一つだけですぞ。さあさ、母さんや、泣くのはおよし。みんなが言ったことはその通りだ、認めますぞ。母さんが、かぎ針編みのことを言った冗談だけは別としてな。エズミや、かわいい娘や、かばってくれたのは、おまえだけだった。それを父さんは忘れないよ。マギーに言いなさい、花瓶を片づけに来るように……わしにはお見通しだよ、あの面倒な花瓶が粉々になって、おまえたちは喜んでいるな……それからマギーに、プディングをお出しするようにとな」

かくも気づまりに始まった夕方が、かくも愉快に終わり、アンは信じられない思いだった。サイラスほど愛想のよい気持ちのいい話相手はまたとなかった。その後、悪い余波はなかったようだった。というのも数日後の夕方、トリクスがアンを訪れ、ついに勇気をふりしぼってジョニーの話を父親に打ち明けたというのだ。

「お父さまは、恐ろしいことになって？」

「それが……ちっとも」トリクスは恥ずかしそうに言った。「ただ、ふん、と鼻を鳴らして、ジョニーもそろそろ腹を決めるころだ、二年もまとわりついて、誰もおまえに寄せつけなかったんだから、って言ったの。この前、不機嫌になったばかりなのに、またすぐやるわけにはいかないと思ったんでしょう。それにね、アン、不機嫌と不機嫌の合間のパパは、本当にいい人なのよ」

「思うに、あなたには、もったいないほど立派なお父さんですよ」アンはレベッカ・デューそっくりの口ぶりで言った。「あの夕食会のあなたの暴れん坊ぶりといったら」

「いいこと、わかっていると思うけど、アンが始めたんですからね」トリクスが言った。「優しいプリングルが、少しは手伝ってくれたけど。とにかく、終わりよければすべてよし(8)よ……それにありがたいわ、あの花瓶に、もうはたきをかけなくていいもの！」

第11章

二週間後、ギルバートへの手紙より抜粋

エズミ・テイラーとレノックス・カーター博士の婚約が発表されました。地元の色々な噂をまとめると、あの運命の金曜の夜、博士は決意したようです。あの父親と家族から——そしておそらくは友だちから、エズミを守り、救ってやりたいと！　エズミの苦境が、彼の騎士道精神に訴えたのです。トリクスは、私のおかげだと言います。私は関わったかもしれませんが、二度とこんな試みはしないつもりです。稲妻の尾をつかまえるようなものですから。

あの夜は、私に何かが取り憑《つ》いていたのかしら、本当にわからないのです。プリングル家らしさを、ことごとく毛嫌いする癖が残っていたにちがいありません。でもプリングル一族とのことは、今では遠い昔のことのようです。自分でもほとんど忘れていますが、世間は、いまだに不思議に思っています。聞くところによると、ミス・ヴァレンタイン・コータローは、シャーリー先生がプリングル家を打ち負かしても、ちっとも驚き

ませんわ、「あの方には、とてつもないやり方」がおありですもの、と言っているそうです。牧師夫人は、祈りが聞き届けられたからだとお考えです。そうね、案外、そうかもしれません。

昨日は、ジェン・プリングルと、学校から途中まで一緒に帰り、「靴と船と封蠟」の話をしました(1)——あらゆる話をしましたが、幾何だけは別です。私たちは、その話題は避けています。私が幾何が大の苦手だと、ジェンは知っているのです。でも私は、マイロム船長の件を多少は知っていますから、釣りあいが取れています。ジェンに、フォックスの『殉教者列伝』(2)を貸しました。愛読書を人に貸すのは嫌いです。戻って来ても、同じ本だという気がしないからです。でもこの本は、敬愛するアラン牧師夫人が、何年も前に、日曜学校の賞品にくださったというだけで、好きなのです。殉教者の本を読むのは好みではありません。自分がとるに足らない恥ずかしい人間に思えるからです——凍える朝にベッドから出るのを渋ったり、歯医者にかかるのをためらう自分が、恥ずかしくなるのです。

とにかくエズミとトリクスがそろって幸せになり、嬉しいです。私自身の小さなロマンスが花盛りですから、他の人のロマンスにもなおさら興味がわくのです。心優しい興味ですよ。詮索や悪意ではなく、こんなにたくさんの幸せが広がり、ただ嬉しいのです。

まだ二月で、「修道院の屋根の雪が月光に輝いている」(3)ところです。本当は修道院ではなく、ただのハミルトン氏の納屋の屋根です。でもね、私はもう考え始めています。「あとほんの何週間かすると春になり、それからまた何週間かすると夏が来て……夏休みになり……グリーン・ゲイブルズに帰って……アヴォンリーのまき場には金色の日ざしがふりそそぎ……セント・ローレンス湾の海は、夜明けは銀色に、真昼はサファイアの青に、夕暮れは深紅に輝き……そして、あなたがいるのです」

小さなエリザベスと私は、春の計画を数え切れないほど立てています。私たちは、それはいい友だちです。毎夕、私は、あの子に牛乳を持っていきます。ときには私と散歩にいくお許しが出ます。二人の誕生日が同じだとわかったとき、エリザベスは上ずって、頬が「神々しい薔薇の赤」(4)に輝きました。顔が赤らむと、本当に愛らしいのです。ふだんはあまりに青白く、新鮮な牛乳を飲んでも血色はよくなりません。夕暮れの風に吹かれながら、黄昏のなかを散歩して帰ってきたときだけ、小さな頬がきれいな薔薇色に染まります。ある時、あの子は、大まじめな顔でたずねました。「毎晩、バターミルクを顔にぬれば、大きくなったとき、シャーリー先生みたいにクリームのようなきれいな肌になれますか」って。バターミルクは、幽霊小路では人気の化粧品のようです。レベッカ・デューが使っているところも見つけました。挙げ句、未亡人たちには内緒にするように私に誓わせました。レベッカ・デューが言うには、いい年をして浮わついていると思われますからね、ですって。風柳荘《ウインディ・ウイローズ》には、守らなければならない秘密が山ほどあり、私の方が老けそうです。鼻にバターミルクをつければ、七つのそばかすも消えるかしら。それにしても、私が「クリームのようなきれいな肌」だと、思ったことがありますか？　もし思っていても、一度も言ってくれませんでしたね。それに私が「わりかし、きれい」だと、ちゃんと気づいていました？　というのも、私は気づいたのです。「きれいだってのは、どんな気持ちがするもんでしょうね、シャーリー先生」先日、レベッカ・デューが真顔でききました。ちょうど私は新調したビスケット色のボイル地(5)の服を着ていました。

「私もしょっちゅう、同じことを思うわ」

「だけども、先生は、きれいですよ」

「あなたが皮肉を言うとは思わなかったわ、レベッカ」私はとがめるように言いました。

「皮肉のつもりはありませんよ、シャーリー先生はきれいですから……わりかし」

「まあ、わりかしなの！」

「食器棚のガラスに映る姿を、ごらんなさいまし」とレベッカ・デューは指さし、「あたしと比べりゃ、わりかし、きれいですよ」と言ったのです。

そうね、その通りでした！

エリザベスの話はまだあります。荒れ模様の夕方、風が幽霊小路にうなり声をあげ、散歩に出られなかったので、私の部屋へあがり、二人で妖精の国の地図を描きました。

エリザベスは背を高くするために青いドーナッツ型クッションに座りました。地図にかがみこむ姿は、まるで生真面目な子どものノームのようでした（ちなみに、私は発音通りに綴るのは、好みではありません！「ノームGnome」は、「ノームnome」よりも、はるかに薄気味悪く、妖精らしいからです）(6)。

妖精の国の地図は、まだ完成していません。毎日、二人で、書きいれるものを考えています。ゆうべは、「雪の魔女」の館をどこにするか決めました。三つの山を描き、その後ろは満開の山桜で埋めつくしました（ところで、私たちの夢の家のそばにも、山桜の木があるといいわね、ギルバート）。もちろん、地図には「明日」もあります――今日の東、昨日の西に――妖精の国には、「いろいろな時」が果てしなくあります。春の時、長い時、短い時、新月の時、おやすみなさいの時、次の時――でも、最後の時は、ありません。妖精の国にそんな時があれば、悲しいですもの――そして古い時、若い時――古い時があるなら、若い時もあるはずです。山の時(7)、これには心奪われる響きがあります。夜の時、昼の時、でも、ベッドの時や学校の時はありません(8)。クリスマスの時はありますよ――一度きりの時はありません、妖精の国では悲しすぎるからです――でも失われた時は、あります。それを見つけるのはすばらしいからです。いつかの時、楽しい時、速い時、ゆっくりした時、キスから三十分すぎた時、家に帰っていく時、記録にないほど遠い昔の時、これは世界で最も美しい言葉の一つです。私たちは、可愛らしい小さな赤い矢印を、地図のいたるところに描き、色々な時を指し示しています。レベッカ・デューは、私を子どもじみていると思っています。でもねギルバート、私たち、大人になりすぎて賢くなりすぎるのはやめましょうね――もちろん、大人になりすぎて愚かになりすぎることもだめです――妖精の国へ行くためには。

レベッカ・デューは、私がエリザベスの人生によい影響を及ぼしているのか、よくわからないようです。私があの子の「空想癖」を奨励していると考えているのです。ある晩、私の外出中に、レベッカ・デューが牛乳を持って行くと、エリザベスは先に木戸にいたのですが、あんまり夢中で空を見あげていて、妖精(とは全然ちがう)レベッカの足音が聞こえなかった(9)のですって。

「私、耳を澄ましていたもの、レベッカ」と説明するので、

「あんたは、耳を澄ましてばっかですよ」とレベッカは感心しない様子で言ったのです。

エリザベスは、よそよそしい生まじめな顔つきでほほえみました(レベッカ・デューはこんな言葉遣いはしませんでしたが、あの子がどんなふうにほほえんだか、よくわかっています)。

「レベッカ、私の耳にどんなことが聞こえているか知ったら、驚くでしょうよ」とエリザベスは言ったのですが、その口ぶりに、レベッカ・デューはぞっとしたのですって、レベッカはそう断言するのです。

でもあの子は、いつも妖精に心を動かされているのですから、どうしようもありません。

あなたの最もアンらしい
アンより

追伸　サイラス・テイラーの奥さんが、かぎ針編みの話をばらしたときのサイラスさんの顔は、決して、決して忘れないでしょう。でも私は、これからずっとサイラスが好きだと思います。あの人は子猫たちを探しまわったからです。そしてエズミも好きです。希望がすべて失われても、父親の肩を持ったからです。

追伸二　新しいペン先を付けました。私はあなたを愛しています、カーター博士みたいに、もったいぶっていないからです。あなたを愛しています、ジョニーみたいに耳が突き出ていないからです――そしてこれが最大の理由です、あなたがギルバートだから、私はあなたを愛しています！

第12章

幽霊小路
風柳荘《ウインディ・ウイローズ》
五月三十日

最愛の―そして―さらに―もっと愛しい人へ

春です！

キングスポートのあなたは試験で目がまわるほど忙しく、気づいていないかもしれませんが、私は、頭の天辺からつま先まで、春を感じています。サマーサイドも春に気づいています。きれいではない通りでさえ、古い板塀に腕をのばした花枝や、歩道をふちどる芝生に帯をなすたんぽぽの花で、見違えるようです。棚の瀬戸物の貴婦人でさえ、春の訪れに気がついています。夜中にぱっと目をさましたら、貴婦人が金のかかとの桃色の靴で、バレエのソロを踊っている姿が見られることでしょう。

あらゆるものが、「春です」と私に呼びかけています――小川は笑いさざめきながら流れ、「嵐の王《ストーム・キング》」に青い霞《かすみ》がかかり、あなたの手紙を読みにいく森のかえでは芽吹き、幽霊小路の桜は白い花が咲き、裏庭では、つやつやした羽の生意気なこまどりたちがダスティ・ミラーに挑むように跳ねまわり、エリザベスが牛乳をもらいに来る半分の高さの木戸につたが青々とさがり、古い墓地のまわりではもみが房なす若葉でおしゃれをしています。墓地でも、墓の頭に植えたあらゆる草花が芽ぶいて葉を広げ、花をつけています。まるで墓場の「ここでさえ、生命が死に打ち勝った」(1)ようです。先だっての晩、私は墓地を歩きまわって大いに楽しみました（レベッカ・デューは、私の散歩の趣味はおそろしく陰気だと考えていて、「あたしにゃ、わかりませんよ、なんでまたそんな縁起でもないとこに、あこがれるんです」と言うのです）。いい匂いのする緑色の猫の光のなかを(2)、そぞろ歩きながら思いました。スティーヴン・プリングルはもう目を閉じたかしら、ネイサン・プリングルの奥さんは本当に夫に毒を盛ろうとしたのかしらと。この奥さんのお墓は、若草に白水仙《ジューン・リリー》が咲き、いかにも清純に見えるので、あれは根も葉もない悪口だったのだと結論づけました。

あとほんのひと月で夏休み、家へ帰るのです！　私はいつも想っています。グリーン・ゲイブルズの古い果樹園は、今ごろは雪のような白い花で満開でしょう、そして《輝く湖水》にかかる古い橋、耳に響く潮騒、夏の《恋人たちの小径》の昼下がり——そしてあなたのことを！

今夜は、滑りのいいうってつけのペン先を使っています、ギルバート、ですから――。

（二頁省略）

今日の夕方、ギブソン家に行きました。以前、マリラから訪問するよう頼まれたのです。あの一家がホワイト・サンズに住んでいたころ、マリラは知り合いだったのです。そこで一度訪ねてより、毎週、うかがうようになりました。私の訪問を、ポーリーン（3）が楽しみにしているのです。ポーリーンは気の毒な人です。母親の奴隷で、その母親が気むずかしい老婦人なのです。

アドニラム（4）・ギブソン夫人は八十歳で、一日中、車いすですごしています。十五年前にサマーサイドに引っ越してきました。ポーリーンは四十五歳で、一家の末娘ですが、結婚した兄と姉が母親を引きとらないため、彼女が家事をして、まめまめしく母親に仕えています。ポーリーンは小柄で、青白い顔に、淡い黄褐色の目です。しかし金茶色の髪はつややかで、今もきれいです。暮らし向きはよく、母親に仕えてさえいなければ、楽しい安楽な暮らしができるのです。教会の活動が大好きで、婦人援護会や海外伝道後援会に出席して、教会の夕食会や歓迎親睦会を計画しているときは、すこぶる幸せです。町で一番の縞斑紫露草《しまふむらさきつゆくさ》（5）の持ち主であることを喜び、誇りに思っているのは言うまでもありません。ところが外出もままならず、日曜日に教会へ通うことすらできないのです。ポーリーンがどうすれば家から出られるか、私には見当もつきません。ギブソン夫人は百歳まで生きるでしょう。夫人は足は使いませんが、口は達者です。あの家で腰かけて、ギブソン夫人の毒舌がポーリーンにむけられるのを聞くと、やりきれない憤りで一杯になります。しかしポーリーンの話では、夫人は私を「たいそう立派だと思っている」ため、私がいると、平素より優しいのだそうです。もしそうなら、私がいないと、どんなだろうと想像すると身ぶるいします。

ポーリーンは母親の許可なしには、何一つしません。服さえ買えないのです——一足の長靴下でさえ。ギブソン夫人の許可を得るためには、何だろうと見せなければなりません。服は二回も生地を裏返し、すり切れるまで着なければなりません。同じ帽子を四年もかぶっています。

ギブソン夫人は、家のどんな音にも、さわやかな風のそよぎにも我慢しません。生まれてから一度も笑ったことがないそうで、私も見たことがありません。そこで夫人を見ると、つい思うのです。もし笑えば、どんな顔かしらと。ポーリーンには、自分の部屋さえありません。母親と同じ部屋で休まなければならないからです。夜は、ほぼ一時間ごとに起きて夫人の背中をこすり、薬をのませ、湯たんぽにお湯を入れて持って来ねばなりません——熱湯です、ぬるいお湯はいけません！——枕を直し、裏庭で不審な音がするとすると見に行くのです。夫人は午後は寝て過ごし、夜はポーリーンに言いつける用事を考えて過ごしています。

にもかかわらず、ポーリーンはつらいと思わないのです。思いやり深く、心が寛く、辛抱強いのです。ポーリーンが犬を飼い、可愛がっているのは幸いです。自分の思い通りにしたことは、犬を飼うことだけです。といっても、町のどこかで強盗があり、犬は用心になると夫人が考えて飼ったにすぎません。ポーリーンはどんなに犬を可愛がっているか、夫人に見せません。夫人は、そのおす犬を嫌い、骨をくわえてくると文句を言うからです。しかし夫人の身勝手な理由で追い払えとは言えないのです。

でも私に、ポーリーンに贈りものができる好機がついに訪れました。実行するつもりです。彼女に、一日をプレゼントするのです。そのために次の週末はグリーン・ゲイブルズへの帰省をあきらめなければなりませんが。

今夜、ギブソン家へ行くと、ポーリーンは泣いていたようでした。なぜなのか、夫人の説明ですぐに判明しました。

「ポーリーンときたら、私を置いて外出したいと言うのですよ、シャーリー先生。なんとまあ、優しい、ありがたい娘でしょう、そうでござんしょ」

「たったの一日よ、お母さん」ポーリーンは涙をこらえ、ほほえもうとしました。

「たったの一日ですと！　ああ、先生は、私の一日がどんなものか、ご承知ですよね。

ええ、みなさまがご存じですとも。いや、患《わずら》っていると一日がどんなに長いか、先生は、まだ、ご存じありませんね。この先も知らずに済むよう願ってますよ」

しかしギブソン夫人は今のところ、どこも悪くないのです。それを知っているので同情しないようにしました。

「お母さんの付き添いを、もちろん頼むつもりだったのよ」それからポーリーンは私に説明しました。「実は、いとこのルイーザが、来週の土曜、ホワイト・サンズで銀婚式のお祝いをするので、招待してくれたんです。ルイーザが、モーリス・ヒルトンと結婚したとき、私は花嫁の付き添い《ブライズメイド》をつとめたもので。だからお母さんが承諾してくれるなら、行きたいんです」

「私が一人ぼっちで死ぬ運命なら、それに甘んじますよ。あとはポーリーンの良心にゆだねましょう」

夫人が、判断を娘の良心にまかせた瞬間、ポーリーンが戦いに敗れたことが、わかりました。ギブソン夫人は生涯を通じて、相手の良心に訴えることで、思い通りにしてきたのです。何年か前、ポーリーンと結婚を望む男性が現れたときも、娘の良心にゆだねると語り、邪魔をしたそうです。

ポーリーンは目もとをぬぐい、悲しげな微笑を無理に浮かべると、仕立て直している服を手にとりました——胸が悪くなるような緑と黒のチェック《プレード》地(6)でした。

「さあさ、ポーリーン、ふてくされるのはおよし。ふてくされている者には我慢なりませんよ。いいかい、この服に襟をおつけなさい。シャーリー先生、信じられますか？あの子ときたら、この服を襟なしにしようとしたんですよ。放っておけば、襟ぐりが深く開いた服を着かねませんよ」

かわいそうなポーリーンを見ると、喉はほっそりして可愛らしく、少しは肉付きもあり、きれいなのです。しかし硬い骨を入れたレースの高い襟におおわれていました。

「最近、襟なしのドレスが流行ってきているんですよ」私が弁護すると、

「襟なしのドレスなぞ、ふしだらです」と夫人が言いました。

（ちなみに、私は襟なしの服を着ていました）

「まだ話はありますよ」夫人は続けました。まるで一事が万事とでも言うように。「私はモーリス・ヒルトンが嫌いでしてね、母親がクロケット家ですから。モーリスは慎みの欠片もない男です。いつも女房の不適切な場所に、キスをするのです！」

（ギルバート、あなたは、私の適切な場所に、キスをしていると思いますか？　たとえば首筋は、ギブソン夫人は最も不適切な場所だとお考えではないか、心配です）

「でもね、お母さん、あの日は、ハーヴェイ・ウィザーの馬が教会の芝生で暴れて、ルイーザが踏みつぶされそうになったのよ。モーリスが少しくらい興奮しても、当然よ」

「ポーリーン、口答えするんじゃありません。誰だろうと、キスをされるには不適切な

場所なんです。私は今でも、そう考えています。もっとも、私の意見なんぞ、誰も構っちゃくれませんがね。そうですとも、私なんか死ねばいいと、みんなが思っているんですよ。ああ、墓場にならね、私の居場所はあるでしょうよ。おまえにとっちゃ、私は重荷。わかってますよ。死んだほうがましだ。誰も、私にいてほしくないんだから」

「お母さん、そんなことを言わないで！」ポーリーンが頼みました。

「いいや、言わせてもらうよ。現におまえは、銀婚式に行く気になっている、親が反対していると知りながら」

「お母さん、行きません。反対するなら、行こうなんて、もう思いません。だからそんなに興奮しないで」

「おやまあ、ちょっとばかし興奮してもいけないのかい。退屈な暮らしを、少しでも景気づけたいのに。シャーリー先生、まさか、もうお帰りじゃないでしょうね」

これ以上いたら頭がどうかなるか、歯が抜けた夫人の顔を平手打ちするか、だったでしょう。そこで試験の採点がありますから、と言い訳しました。

「ああ、そうですか。うちのようなおばあさん二人じゃ、若いお嬢さんの話し相手はつとまりませんよ」ギブソン夫人はため息をつき、「うちの娘は陽気じゃないからね。そうだろ、ポーリーン。おまえは陽気じゃないよ。シャーリー先生が長居したくないのも当り前さ」

ポーリーンは玄関ポーチまで送ってくれました。月明かりが彼女の小さな庭を照らし、港はちらちら瞬いています。気持ちのいいそよ風が、白い花咲く林檎の木に語りかけていました。春——春、まさしく春です！　さしものギブソン夫人も、すももの花が咲くことは止められないのです。しかしポーリーンの穏やかな目は、灰色がかった青に沈み、涙があふれんばかりでした。

「私、ルイーザの銀婚式にとても行きたかったのに」ポーリーンは、やむを得ずあきらめた絶望の吐息を深々とつきました。

「あなたは行くのよ」

「まさか、行けないわ。お母さんが承知してくれないもの。もう考えないことにするわ。今夜は、いい月ね」ポーリーンが声を高くして、明るい声で言ったところ、

「月なんぞ眺めたところで、ご利益《りやく》なんかないよ」ギブソン夫人が、居間から大声で呼んだのです。「ポーリーン、もうおよし、そんなところでぺちゃくちゃして。中へ入って、寝室用の赤い室内ばきをとってきておくれ、上にぐるりと毛皮がついたのだよ。今の靴は、なんだか足が痛くてね。でも、私がどんなに苦しんでも、誰も気にしちゃくれないんだね」

　夫人がどれだけ苦しもうと私は構うものか、という気分でした。かわいそうなポーリーン！　でも彼女は一日の休暇をもらい、銀婚式に出かけるのです。この私、アン・シ

ャーリーがそう言ったのですから。

帰宅すると、レベッカ・デューと未亡人たちに一切を話しました。ギブソン夫人にああ言えばよかった、こうも言えばよかったと、胸のすくほど失礼な言葉を考え、みんなで楽しんだのです。ケイトおばさんは、あのギブソン夫人をしてポーリーンを外出させることなどできませんよ、と言いますが、レベッカ・デューは、私を信頼しています。

「どのみち、先生にできないことなら、誰だって、できやしませんよ」

先日、トム・プリングル夫人の夕食に呼ばれました。私を下宿させなかったご婦人です（レベッカ・デューが言うには、私ほどお得な下宿人はいないそうです。しょっちゅう夕はんに呼ばれに行くから、ですって）。プリングル夫人の家に下宿できなくて、かえってよかったのです。夫人は親切で、上機嫌で、パイは町中の門で称賛されていますが、家は風柳荘《ウインディ・ウイローズ》ではなく、幽霊小路にないからです。それに夫人は、ケイトおばさんでも、チャティおばさんでも、レベッカ・デューでもありませんもの。私はこの三人が大好きで、来年も再来年も、ここに下宿するつもりです。私のいすは「シャーリー先生のいす」と呼ばれ、私が留守のときも、いるときと同じように、レベッカ・デューが食卓に置きます。「そうすれば、あまり寂しく見えないでしょう」とチャティおばさんは言うのです。チャティおばさんの感情が、事態を少々厄介にするときもありますが、おばさんは私を理解したので、わざとおばさんを傷つけることはないとわかったそうです。

小さなエリザベスと私は、今では、週に二度、散歩に出かけます。キャンベル夫人が承知したからです。でもそれより多くてはならず、日曜日は絶対にいけません。春になり、小さなエリザベスの環境はよくなりました。厳めしく古いお屋敷にも陽がさし、表から見ると、木々の梢の影が揺らめいて美しいほどです。それでもエリザベスは、機会があれば屋敷から逃げ出したいと願っています。ときには電灯に照らされた店のウィンドウをエリザベスに見せに、町中《まちなか》へ行きます。でもたいがいは、「世界の果てへ続く道」を行けるかぎりに歩きます。一つ角を曲がるごとに、冒険と期待にわくわくして、まるで角のむこうに「明日」を見つけるような気持ちです。新緑におおわれた夕焼けの低い丘が柔らかに横たわり、遠くに連なっています。「明日」になって、エリザベスがすることの一つは、「フィラデルフィアへ行って教会の天使を見ること(8)」です。でもまだあの子には話していません——これからも言わないでしょう——聖ヨハネが書いたフィラデルフィアは、ペンシルヴェニア州のフィラデルフィアではない(9)ことを。なぜなら私たちはこんな思い違いを、あまりにすぐに失ってしまうからです。それに「明日」に行けば、そこに何があるか、誰にもわからないからです。もしかすると天使が、いたるところにいるかもしれません。

ときには澄みわたる春の大気のなか、色々な船が順風に乗り、きらめく航路を港に入ってくるところを二人でながめます。エリザベスは、この一艘に父親が乗っているかもしれないと思っています。いつか父親が会いに来てくれるかもしれないと願いを温めているのです。なぜ来ないのか、私には想像もできません。かわいい娘が、ここでどんなに父親を待ち焦がれているか、それを知ればきっと会いに来るでしょうに。おそらく、大きな女の子になったとは知らず、いまだに妻の命を犠牲にした小さな赤ん坊だとでも思っているのでしょう。

そろそろサマーサイド高校の一年目が終わります。一学期は悪夢でしたが、残りの二学期と三学期はすこぶる楽しいものでした。プリングル一族は感じのいい人たちです。よくもパイ家などと比較したものです。今日は、シド・プリングルが、えんれいそう(10)の花束を持って来てくれました。そしてジェンは、クラスで一番の成績になるでしょう。あの子を真に理解した教師は私だけ！　とミス・エレンはおっしゃったそうです。唯一の楽しみのぶち壊し(11)は、キャサリン・ブルックです。相変わらず不親切で、よそよそしい人です。彼女と友だちになるのは、あきらめようと思います。つまるところ、レベッカ・デューの言う通り、物事には限界があるのです。

ああ、忘れるところでした。サリー・ネルソンから、花嫁の付き添いの一人になってほしいと頼まれました。六月の終わりに美景荘《ボニービュー》(12)で結婚式をあげるのです。ネルソン医師の夏の別荘で、人里離れたところにあり、そこでサリーは、ゴードン・ヒルと結婚します。これでネルソン医師の六人の娘のうち、独身はノーラ・ネルソンだけになります。ノーラは、ジム・ウィルコックスと何年も交際していますが、レベッカ・デューに言わせると「離れたり、くっついたり」で進展はないとのこと。この先も進まないだろうと周囲は見ています。私はサリーが大好きですが、ノーラとは、なかなか親しくなりません。もちろんノーラは、私よりかなり年上です。それに無口で、気位の高い人です。それでも友だちになりたいのです。美人ではなく、頭が切れるわけでも、魅力的でもありませんが、どことなく趣きがあり、友だちになる価値のある人だと感じます。

結婚式といえば、エズミ・テイラーは、先月、博士と結婚しました。水曜日の午後だったので、教会に会いに行けませんでしたが、エズミはたいそう美しく幸せそうだったと、みなが口をそろえて言います。博士も、自分は正しいことをした、良心にもかなっていると自覚している顔つきだったそうです。サイラス・テイラーと私は、すばらしい友人になりました。サイラスは、しばしばあの夕食会を話題にします。彼はあの夕食会を、誰もが笑うジョークだと考えるようになったのです。「あれ以来、わしは、不機嫌を起こす勇気が出ませんよ」と言います。「今度は、わしがパッチワークをこしらえたと、母さんが言い出しかねませんからな」そして「未亡人たち」に、くれぐれもよろしく愛をお伝えくださいと言うのですからね。ギルバート、人間って楽しいわね、そして人生も楽しいものです。そして私は、

とこしえに
あなたのものよ！

追伸　ハミルトンさんの敷地に放している、うちの赤毛のおばあさん牛が、まだら模様の仔牛を産みました。そこでこの三か月、うちではルー・ハントから牛乳を買っています。でもレベッカ・デューは言います。またそろそろうちもクリームが手に入りますよ、それからハント家の牛乳は無尽蔵だとは聞いてましたけど、これであたしも納得しましたと。レベッカは、仔牛の誕生を望んでいなかったのです。ケイトおばさんは、あの牛はもう年寄りだから仔牛は産まないよ、とハミルトンさんから言ってもらって、先にレベッカの同意を得ておくべきだったのです(13)。

第13章

「ああ、私みたいな年寄りになって、長いこと寝たきりになりゃ、先生も、もっと同情してくださるでしょうがね」ギブソン夫人が哀れっぽく訴えた。

「同情していないだなんて、思わないでください、ギブソン夫人」とは言ったが、三十分も甲斐のない骨折りをした後だったので、アンは夫人の首を絞めたいくらいだった。しかし他でもない、気の毒なポーリーンの物陰からせがむような目を見て、やけをおこして匙を投げ家に帰るところを思いとどまった。「ギブソン夫人、お約束します。お一人きりにはしません。放っておくこともいたしません。一日中おそばにいて、なに不自由ないように、お世話をいたします」

「ええ、わかってますよ、どうせ私は、誰の役にも立ちませんよ」夫人は、アンの言葉とは関係もないことを答えた。「そんなことを、くどくど言う必要はありません、シャーリー先生。私ならいつお迎えが来ても、いいんですから……いつだろうとね。そうなりゃ、ポーリーンは、どこへでも、望む所をほっつき歩けばいいんです。わが子に放っておかれたと思う者がいなくなるんですから。きょうびの若い者は、思慮分別に欠けますよ。軽薄です……まったくもって、軽薄です」

思慮分別に欠ける軽薄な若い者とは、ポーリーンか、それとも自分か、アンにはわからなかった。しかしアンは、弾薬庫から最後の一発をとり出した(1)。

「いいですか、ギブソン夫人、ご存じとは思いますが、ポーリーンがいとこの銀婚式に出なければ、世間は、どんなにひどい噂をすることでしょう」

「噂ですと！」夫人は苛立たしげに言った。「なにを噂するんです」

「いとしのギブソン夫人（「間違った形容詞を使ったわれを許したまえ」とアンは思った）、夫人は長く生きてこられたのですから、暇人たちが何を言うかくらい、おわかりでしょう」

「本人にむかって、わざわざ年の話を引きあいに出す必要はありません」夫人はぴしゃりと言い返した。「世間が詮索好きだということくらい、言われなくとも、わかっていますす。ええ、ええ、重々、承知してますとも。この町はおしゃべりな連中が、ごろごろいますからね。でも、たとえ私を噂しても、年寄りの暴君とは言いませんよ。私は、ポーリーンに行くなとは言っていませんから。あの子の良心にゆだねたのです」

「そんなことを信じる人は、ほとんどいないでしょうねえ」アンは、わざと悲しげに言ってみせた。

ギブソン夫人は、一、二分、薄荷《はっか》の薬用ドロップを舌を鳴らして舐めていた。それから言った。「そういや、ホワイト・サンズじゃ、おたふく風邪が流行《はや》ってるそうだね」

「お母さん、おたふく風邪なら、もうかかったわ」

「二度かかる人もいるんだよ。おまえが、二度かかる人になるかもしれないよ。おまえはいつも色んな流行り病いにかかってきたんだから。朝まで持たないかもしれないと案じながら、何度徹夜して、看病したことか！　ああ、母親の犠牲なんか、すぐに忘れられてしまうんだね。そもそもホワイト・サンズへどうやって行くんだい。おまえは何年も汽車に乗っちゃいないよ。それに土曜の晩に帰る汽車はないんだよ」

「行きは、土曜の朝、汽車に乗るんですよ」アンが言った。「帰りは、ジェイムズ・グレガーさんが、馬車で連れて帰ってくださいますわ」

「私は、ジム・グレガーが嫌いでね。あれの母親はターブッシュ家だから」

「グレガーさんは、二列がけの馬車で金曜から出かけるので、なんならポーリーンを乗せて行くこともできるんです。でもポーリーンは、汽車で大丈夫ですわ、ギブソン夫人。サマーサイドから乗って、ホワイト・サンズでおりるだけ、乗り換えもありません」

「これは、何か裏がありますね」ギブソン夫人は疑わしげに言った。「シャーリー先生、どうしてそんなにポーリーンを行かせたがるんです。お答えくださいな」

ビーズのように目が光る夫人の顔に、アンは笑みかけた。「ポーリーンは、よくできた優しい娘さんですから、たまには一日、休みが必要です。ほかの人たちのように」

アンの微笑に、たいていの人は逆らえなかった。そのためか、あるいは世間の噂を恐れたためか、ギブソン夫人も屈した。

「この私も、できるものなら、一日、休みをもらって、車いすから離れたいものですよ。そんなことは、誰も思っちゃくれませんがね。それができないから、苦しみに堪《た》えるしかありませんね。そうですか、どうしても行かなきゃならないなら、仕方ありませんね。あの子は、いつだって思い通りにしてきたんです。万が一、おたふく風邪にかかっても、変な蚊に刺されてかぶれても、私のせいにしないでおくれよ。私はできる限りのことをして、一日、やりすごしますよ。そういや、先生が来てくださるんでした。先生は、私のやり方に、ポーリーンほど慣れちゃいないでしょうが、一日のことですから、辛抱しますよ。我慢できなかったところで……どうせ、ここ何年も、借りものの年月を生き長らえてきたんです、たいした違いはありませんよ」

快《こころよ》い了解ではなかったが、ひとまず同意してくれたのだ。アンは安堵と感謝から、自分でも思いがけない行動に出た。ギブソン夫人に屈み、皮革《かわ》のような頬にキスをした。

「ありがとうございます」アンは言った。

「ご機嫌とりは結構ですよ。薄荷飴を一つ、おあがり」

「シャーリー先生、なんとお礼を言えばいいか」ポーリーンは表通りに続く小道についてきた。

「晴れ晴れとホワイト・サンズへ出かけて、心ゆくまで楽しんでくだされば、それがお礼になりますわ」

「ええ、そうしますとも！　この外出が私にとって、どれほど大切か、シャーリー先生には、おわかりにならないでしょうね。会いたいのは、ルイーザだけじゃないんです。彼女の家の隣のラックリー家の古い屋敷が売りに出されているので、人手に渡る前に、もう一度、見たいんです。メアリ・ラックリーは……今はハワード・フレミング夫人になって西部に住んでますけど……娘時代に、一番の親友で、姉妹みたいでした。ラックリー家の屋敷へしょっちゅう遊びに行って、大好きな所でした。また行きたいと、たびたび夢見てきたんです。私は夢を見るには年をとりすぎているって、母は言いますけど、先生もそう思われますか」

「夢を見るのに、年をとりすぎている人は、いませんよ。夢は決して年をとらないのですから」

「そうおっしゃってくださって嬉しいです。ああ、シャーリー先生、あのセント・ローレンス湾の海（2）を、また見られるなんて！　十五年も見ていないんです。この港もきれいですけど、あの湾ではありませんから。まるで宙を歩いているような心地です。先生のおかげです。母は先生のことが好きだから、行かせてくれたんです。先生は、私を幸せにしてくださいました。先生はいつも、人を幸せにしているんです。ええ、シャーリー先生が部屋に入ってくるといつも、中にいる人たちは、いっそう幸福な気持ちになるんです」

「今まで言われたなかで、いちばん優しい褒め言葉です、ポーリーン」

「ただ一つ、困ったことがあって。着ていく服が、古い黒のタフタ(3)しかないんです。銀婚式のお祝いには地味すぎないかしら。しかもやせたので、ぶかぶかです。作って六年もたっているんです」

「二人でお母さまに頼んで、ドレスを新調してもらいましょう」アンは楽観的に言った。ところがふたをあけると、歯も立たなかった。ギブソン夫人は頑固で、ルイーザ・ヒルトンの銀婚式は、黒いタフタで充分だと言って譲らなかった。

「六年前、あの服地に一ヤード（約九十一センチ）あたり二ドル、お仕立て代をジェーン・シャープに三ドル、払ったんだよ。ジェーンは腕のいいお針子だったね、あれの母親はスマイリー家でね。ポーリーン・ギブソン、なにか『明るい』色の服がほしいだなんと！　甘い顔をすると、あの子は頭からつま先まで、真っ赤な色を着かねませんよ、シャーリー先生。私が死んだら、そうするつもりで、あの子は待ってるんですよ。ああ、そうだとも、じきに、おまえは私の苦労から解放されるよ、ポーリーン。そうすりゃ、派手だろうと、馬鹿げていようと、好きなものを着ればいい。でも私が生きているかぎりは、上品になさい。それから、帽子はどうしたんだい。今はボンネット(4)をかぶる季節だよ」

　気の毒なポーリーンは、ボンネットをかぶらなければならないのが、ぞっとするほど嫌だった。ボンネットを頭に乗せるくらいなら、死ぬまであの古ぼけた帽子をかぶっているだろう。

「私、心の中は嬉しいので、服のことはきれいに忘れます」ポーリーンはアンに言った。

二人は庭へ出て、未亡人たちに贈る花束を作ろうと、白水仙《ジューン・リリー》とケマン草《ブリーディング・ハート》をつんだ。

「いい考えがあるわ」アンは、居間の窓からこちらを見ているギブソン夫人に聞こえないか、用心してちらりと目をむけ、確かめた。「ほら、私の銀色がかった灰色のポプリン地のドレス、あれを銀婚式にお貸しするわ」

　ポーリーンは動揺して花かごをとり落とし、アンの足もとにピンクと白の香り高い花だまりができた。

「まあ、そんなこと、無理よ！　母がさせてくれないわ」

「お母さまにはわからないわ。ねえ、いいこと！　土曜の朝、黒いタフタの下に、私の服を着るの。ポプリン地の服は、あなたにぴったりよ。でも少し丈が長いから、明日、縫い揚《タック》げをしておくわ……縫い揚げが流行っているの。ポプリン地は襟がなくて、袖も肘《ひじ》までだから、誰にも気づかれないわ。あなたがガル・コーブ《かもめ入江》に着いたら、タフタを脱ぐの。一日が終わったら、そこにポプリン地は置いてくれればいいわ。次の週末、グリーン・ゲイブルズに帰った時、とって来ますから」

「私には派手すぎないかしら」

「ちっとも。灰色は何歳でも着られるわ」

「こんなことをして……いいのかしら、母をだますなんて」ポーリーンはためらった。

「この場合は、全然大丈夫よ」アンは恥じることなく言った。「ポーリーン、おめでたい席に黒い服なんて、あり得ないわ。花嫁に不運をもたらすかもしれないのよ」

「まあ、そんなことはできないわ！　そうね、母を傷つけるわけじゃないものね。土曜日は、母が無事に過ごしてくれるといいけど。私がいないと一口も食べないかもしれない。私がいとこのマティルダの葬式へ出かけたときも、食べなかった。ミス・プラウティがそう言ったわ……母の付き添いをしてくれたのよ。いとこのマティルダが死んで、母は、腹を立てたのよ……母ったら」

「お母さまは、お上がりになるわ。その点は気をつけますから」

「そうね、先生は、母を手なずける才能がおありだものね」ポーリーンも認めた。「決まった時間に薬をのませることも、忘れないでくださいね。ああ、やっぱり、私は行くべきじゃないわ！」

「おまえさんがたや、そんなに長いこと表にいて、花束が四十も、つめるよ」ギブソン夫人が腹立たしげに呼んだ。「あの未亡人たちときたら、どうしてポーリーンの花をほしがるのかね。自分とこの庭に、どっさりあるのに。レベッカ・デューが私に花を送ってよこすのを待ってたら、いつまでたっても花なしだよ。水が飲みたくて死にそうだ。だけど私のことなんか、大事じゃないんだね」

金曜の夜、ポーリーンはひどくうろたえて、アンに電話（5）をかけてきた。喉が痛むが、おたふく風邪だろうかと言う。アンは走って行き、ポーリーンを元気づけた。灰色のポプリン地のドレスは、茶色の紙に包んで持参し、ライラックの茂みに隠した。夜もふけてから、ポーリーンは冷汗をかきながら、こっそり二階の小部屋にもちこんだ。その部屋で眠ることは許されていなかった。衣装をしまい、着替える場所だった。ポーリーンはドレスのことで気を揉んでいた。喉が痛むのは、母を欺《あざむ》く罰があたったのかもしれない。だがルイーザの銀婚式に、あのひどい古くさい黒のタフタで行くことはできない。どうしてもできないのだ。

第14章

土曜の朝、アンは晴れやかな心地で、早々とギブソン家に着いた。この日のように輝く夏の朝、アンは決まってもっとも美しく見える。夏の朝と一緒にアンも輝くようだった。金色にきらめく空気のなかを歩く姿は、ギリシアの壺から抜け出したほっそりした乙女のようだ(1)。アンが入ると、この上なく陰気な部屋が、まばゆく輝き――生きている――ようになった。

「見事な歩きっぷりだこと、まるでこの世の持ち主みたいだ」ギブソン夫人は皮肉っぽく言った。

「ええ、そうですわ」アンは明るく応じた。

「ああ、先生は、お若いこと」夫人は腹立たしげに言った。

「『われ抑えず、喜びを味わうわが心を』(2)」アンは引用した。「聖書の句です、ギブソン夫人にうってつけですわ」

「『人が生まれ苦難に遭うは、火の粉が上へ飛ぶがごとし』(3)、これも聖書にありますよ」夫人は言い返した。文学士のミス・シャーリーに、かくも鮮やかに切り返した事実に、夫人はいくらか気をよくした。「私はお世辞はまず言わないがね、シャーリー先生、青い花のついた麦わら帽子が似合ってますよ。これをかぶると、髪もさほど赤く見えないようだ。ポーリーン、こんなに溌剌《はつらつ》とした若い娘さんを見ると、惚れ惚れしないかね。おまえも、ぴちぴちした若い娘になりたいと思わないかい？」

ポーリーンは、あまりに幸福で有頂天であり、このときは自分以外の誰にもなりたくなかった。アンは、ポーリーンと二階の小部屋へ上がり、着付を手伝った。

「今日はすてきなことが色々あると思うと、嬉しくてたまらないの、シャーリー先生。喉はすっかり治ったし、母もご機嫌ですもの。先生はそうは思われないかもしれないけど、私にはわかるんです。皮肉にしろ、母が口をきいているんですから。怒っていたり、苛々していたら、ふてくされて話もしません。じゃが芋の皮はむいてあります。ステーキの肉は冷蔵庫《アイスボックス》、母のブラマンジェ（4）は地下の食料貯蔵庫、夕食に出す缶詰の鶏肉とスポンジ・ケーキは配膳室《パントリー》です。今に母の気が変わるんじゃないか、はらはらしているんです。そんなことになったら耐えられないわ。ああ、シャーリー先生、灰色のドレスを、本当に着たほうがいいのかしら」

「着るんです！」アンは最良の教師の貫禄で言った。

素直に従うと、ポーリーンの姿は一変した。灰色のドレスはぴったりだった。襟はなく、肘までの袖に優雅なレースのひだ飾り《ラッフル》がついている。アンに髪を結ってもらうと、ポーリーンは自分でも見違えるほどだった。

「この上から、みっともない古ぼけた黒いタフタを着て隠すなんて、嫌だわ」だが、そうしなければならないのだ。念には念を入れてタフタでおおい隠し、古い帽子もかぶった──ルイーザの家に着いたら、これも取るのだ──新しい靴もはいた。ギブソン夫人が、靴は新調してよいと許可したのだ。もっともヒールが「みっともないほど高い」と言ったが。

「私が一人で汽車で遠出するなんて、世間の評判になるでしょうね。ご不幸があったと、思われなければいいけど。ルイーザの銀婚式が、どんなふうにであろうと、誰かの死と結びつけて考えられるなんて嫌ですもの……あら、シャーリー先生、香水ですか！　林檎の花の香り！　いい匂いですね？　ほんの一吹き……とても奥ゆかしいわ、いつもそう思うんです。母は香水を買わせてくれないんです。シャーリー先生、犬に餌を忘れないでくださいね。骨は、蓋のついた皿に入れて配膳室にあります。それから」──決まり悪そうに声をひそめて──「犬が粗相をしなければいいですけど……先生がいらっしゃる間に、家のなかで」

ポーリーンは家を出る前に、母親の念入りな点検に合格しなければならなかった。ポーリーンは遠出の興奮と、ポプリンのドレスを隠している罪の意識がないまぜになり、いつになく頬が赤らんでいた。ギブソン夫人は不満げな目で、まじまじと見つめた。

「おやまあ！　あれまあ！　ロンドンへ、女王様でも見物に行くつもりかい？(5)　おまえ、血色がよすぎるね。世間は化粧をしていると思うよ。よもや化粧なぞ、してないだろうね」

「まさか、していません！　お母さん、していませんとも！」驚きの声をあげた。

「礼儀作法に気をつけるんだよ。腰かけるときは、上品にくるぶしを交差させなさい。隙間《すきま》風《かぜ》の入るとこにすわったり、おしゃべりが過ぎたりしないように」

「わかりました、お母さん」ポーリーンは一生懸命になって約束し、不安げに時計へ目を走らせた。

「ルイーザに、私のサルサパリラのワイン(6)を一瓶、持って行っておやり、乾杯用だよ。ルイーザは好きじゃないが、あの母親はタッカベリー家だからね。空き瓶を忘れずに持って帰るんだよ。子猫をもらって帰るんじゃないよ。ルイーザはいつだって人に子猫をよこすんだから」

「わかりました、お母さん」

「石鹼を、水に、つけっぱなしにしてないだろうね」

「大丈夫です、お母さん」――また心配そうにちらりと時計を見た。

「靴のひもは結んだかい？」

「はい、お母さん」

「おまえの匂いときたら、上品じゃないね……香水でびしょぬれだ」

「まあ、そんなはずはありません、お母さん。少しだけです……ほんのちょっぴりです」

「私が『ぷんぷんしている』と言ったら、『ぷんぷんしている』んだよ。脇の下が、やぶけてないだろうね」

「ありません、お母さん」

「どれ、見せてごらん」――夫人は容赦しなかった。

ポーリーンは震えていた。両腕を上げて、灰色のドレスが見えたらどうしよう？

「よし、では、お行きなさい」それから夫人は長いため息をついた。「おまえが帰ってきて、私がこの世にいなかったら、いいかい、棺桶に寝かすときは、レースのショールに、黒い繻子《サテン》の室内履きだよ。髪はこてで巻いておくれ」

「お母さん、どこか具合でも悪いの」ポプリンの服のために、ポーリーンの良心は敏感になっていた。「もしそうなら、出かけないわ……」

「新しい靴の代金を無駄にするのかい。もちろん、行くんです。だけど、いいかい、階段の手すりを滑っておりるんじゃないよ」

これにはさすがのポーリーンも反論した。「お母さん！　私がそんな真似をするとでも、思って？」

「だっておまえ、ナンシー・パーカーの結婚式で、やったじゃないか」

「三十五年も前ですよ！　今の私がするとでも」

「ささ、もう出かける時間だ。何をここで、いつまでもしゃべっているんだい。汽車に遅れたいのかい」

ポーリーンは慌てて出ていき、アンは安堵の息をもらした。ギブソン夫人が最後の最後になって急につむじを曲げ、汽車が出るまでポーリーンを引き止めやしないか案じていたのだ。

「やれやれ、これで少しは静かになりますよ」ギブソン夫人が言った。「家が散らかって、みっともないことですがね、シャーリー先生、平素もこうだと思わないでくださいよ。ポーリーンときたら、ここ数日、立っているのが足だか頭だか、わからない有様でね。すみませんが、あの花瓶を、一インチ（約二・五センチメートル）左へ寄せてくれませんか……だめだ、元に戻して。あのランプシェードが曲がっているよ……ああ、少しまっ直ぐになった。それから、あの日よけ《ブラインド》は、他のより一インチ下がってる。直してくださいな」

あいにくアンが勢いよく日よけを巻きあげたため、手を離れ、音をたてて上まで巻きあがった。

「あれまあ、ほれまあ、この通りだ！」ギブソン夫人が言った。

何の通りなのか、アンはわからなかったが、細心の注意を払って日よけを直した。

「では、ギブソン夫人、おいしい紅茶を、一杯、いれてさしあげましょう」

「何か飲みたいと思ってたよ。この気苦労やら、騒ぎやらで、すっかり疲れてしまって、胃袋が下がって出てきそうだ(7)」夫人は哀れっぽく言った。「上手にお茶をいれられるのかい？　泥を飲んだほうがましなお茶をいれる人もいるがね」

「マリラ・カスバートが、紅茶のいれ方を教えてくれたんです。今におわかりになりますわ。でもその前に、車いすを押して、ポーチに出してさしあげましょう、日ざしを楽しめますわ」

「私は、何年もポーチにゃ出ていませんよ」ギブソン夫人は反論した。

「まあ、今日はとてもいいお天気ですから、お体に、さわりませんわ。花盛りのクラブ・アップル(8)をお見せしたいんです。外へ出ないと見えませんもの。今日は南風ですから、ノーマン・ジョンソンの畑から吹くクローバーのいい匂いがしますよ。お茶を運びますから、一緒に頂きましょう。私は刺繡をしますわ。ポーチに座って、通る人たちのあら探しをしましょう」

「あら探しだなんて、賛成しませんね」夫人は有徳者ぶって言った。「キリスト教徒のすることじゃありません。さしつかえなければ、教えてもらいたいんだが、その髪は、全部、地毛かい？」

「一本残らず」アンは笑った。

「気の毒に、赤毛とはね。もっとも近ごろ、赤毛が流行ってきたようだがね。先生の笑い声は、なんだか好きですよ。ポーリーンの癇性《かんしょう》なくすくす笑いは、つねづね神経にさわってね。さあて、外へ出なくちゃならんなら、出ますよ。風邪をひいて死ぬかもしれないが、先生の責任ですからね、シャーリー先生。いいですか、私は八十なんですよ……一日とたがわず。ところがデイヴィ・アクマンの爺さんは、私が七十九だってサマーサイド中に言いふらしているそうな。あれの母親はワット家で、嫉妬深いんだよ」

アンは車いすを手際よく押してポーチへ出し、さらに、いくつもの枕の並べ方に才能があることを証明した。ほどなく紅茶を持って出ると、夫人は賞賛を惜しまなかった。

「たしかに、これは飲めるお茶だ、シャーリー先生。一年間、流動食だけで生きてたこともありましてね。私が持ちこたえるとは、誰も思わなかった。回復しないほうがよかったと、しょっちゅう思いますよ。先生が褒めたクラブ・アップルは、あれかい？」

「ええ、きれいじゃありませんこと？　純白の花が、深い青空に映えて」

「詩心はないものでね」というのが、ギブソン夫人の唯一の返事だった。だが、紅茶を二杯飲むと、夫人はかなり穏やかになった。こうして午前は過ぎ、昼食を考える時間となった。

「支度をしてきますわ。それから小さなテーブルを出して、お食事を運びます」

「おお、嫌だ、よしとくれ、先生。そんな馬鹿げたおふざけは、ごめんだよ！　こんな人目につく所で食事なんかしてごらん、頭がおかしいと思われる。表に出るのは、なんとも気持ちがいい、それは否定はしないよ……けれどクローバーの匂いをかぐと、決まって具合が悪くなるんでね……午前中は、いつもよりずっと速く時間がたったよ。でも、誰に頼まれようと、表でお昼は食べないよ。ジプシーじゃあるまいし。いいかい、料理にかかる前に、手をきれいに洗っとくれ。おや、ストーリーの奥さんとこは、またお客があるんだね。客用の寝具をずらりとロープに干して。でもあれは、お客をもてなすためじゃないんだよ。巷《ちまた》の評判になりたいだけさ。あれの母親はケアリー家でね」

アンがこしらえた昼食には、さしものギブソン夫人も満足した。

「新聞にものなんぞ書く人に、料理ができるとは思わなかったよ。でも当然だね、マリラ・カスバートが躾けたんだから。あの人の母親は、ジョンソン家（9）だよ。ポーリーンは、銀婚式で胸が悪くなるまで食べるだろうよ。あの子は存分に食べても、それがわからないんだから。父親にそっくりですよ。私の夫はいちごをがつがつ食べましてね、一時間後には、腹痛《はらいた》で腹を抱えるとわかっているのに。シャーリー先生、夫の写真をお見せしたかしら……それでは、客用寝室へあがって、持っておりてくださいな。ベッドの下です。いいですか、二階へ行っても、引き出しをのぞかないように。だけどタンスの下はのぞいて、埃がたまってないか見てください。ポーリーンはあてになりませんでね……ああ、これが夫です。母親はウォーカー家です。きょうび、あんな男はいなくなりました。堕落した時代ですよ」

「ホメロスは、紀元前八百年に、同じことを言っていますよ」(10)アンは微笑した。

「旧約聖書を書いた人にも、不平たらたらの人物はいましたよ」夫人は言った。「私がこんなことを言って、驚いたでしょう、シャーリー先生。でも、主人は見識が広かったんですよ。聞くところによると、先生は婚約中とか……医学生と。医学生というものは、たいがい酒飲みですよ、そうに決まってます。飲まなきゃ、やれないですよ、解剖を持ちこたえるんですから。酒飲みと一緒になるんじゃありませんよ。稼ぎの悪い男もいけません、シャーリー先生。ふわふわしたあざみの綿毛やきれいなお月さまじゃ、腹の足しにはなりませんからね。いいですか、流しをきれいにして、皿の布巾《ふきん》を濯《すす》いでくださいよ。布巾が油っぽいのは我慢なりませんからね。犬に餌もやらなくてはね。あれは太りすぎなのに、ポーリーンは、たらふく食べさせるんです。いずれ私が始末する羽目になりましょうよ」

「まあ、私ならそんなことはしませんわ、ギブソン夫人。強盗が出るんですよ。お宅は、この辺りでぽつんと一軒離れてますから、本当に用心が必要ですわ」

「そうかい、好きになさいな。人と議論するくらいなら、なんだってしますよ。ことに首の後ろがやけにずきずきするときはね。脳卒中になるかもしれないよ」

「お昼寝をなすったほうが、いいですわ。ぐっと気分がよくなりますよ。よく毛布でくるんで、いすの背もたれを下げてあげましょう。ポーチでお昼寝をなさいますか」

「人前で寝るですと！　表で食べるより、もっと始末におえないよ。やれやれ、奇妙きてれつなことを思いついて。居間でちゃんと寝かせてくださいな。それから日よけを下げて、蠅を入れないようドアを閉めなさい。先生も静かに一休みなさりたいでしょう。舌が動きっぱなしでしたから」

　ギブソン夫人はすやすやと長い午睡をとった。ところが目ざめると不機嫌で、二度と車いすをポーチに出させなかった。

「夜風に当てて、私を死なせたいんだね」不満げに言ったが、まだ五時だった(11)。何をしても夫人は気に入らなかった。アンが持ってきた飲み物は冷たすぎ、次に持ってくるとちゃんと冷えていないと言った。こうなると、何をしても、夫人は苛々した。犬はどこだ？　粗相をしたのだ、間違いない。背中が痛い。膝が痛い。頭が痛い。胸の骨が痛い。誰も同情してくれない。誰も苦労をわかってくれない。いすが高すぎる。低すぎる。肩にショール、膝にアフガン編みの毛布、足にクッション。シャーリー先生、このひどい隙間風はどこから吹くのか、調べておくれ。お茶の一杯もあれば、ありがたい。だが人の迷惑にはなりたくない。私もそろそろ墓場で休むころだろう。死ねば、私のありがた味がわかるだろう。

「一日が短かろうと長かろうと、やがてときは過ぎ、夕べの歌となる」(12)アンにとっては、ときが過ぎるとは思えない瞬間が、幾度もあったものの、一日は終わり、夕暮れとなった。するとギブソン夫人は、なぜポーリーンが帰って来ないのか、疑問に思い始めた。黄昏どきになっても、ポーリーンは帰らなかった。夜になり月光がさしても、ポーリーンは戻らなかった。

「こうなると思ってましたよ」夫人は謎めいた口ぶりで言った。「グレガーさんが帰るまで、ポーリーンも帰れないんですよ。あの人はいつも最後までぐずぐずしていますから」アンがなだめた。「ベッドにお連れしましょうか。お疲れになったでしょう。よく知った身内ならともかく、他人がまわりにいると、気疲れするものですわ」

夫人の口のまわりの細いしわが、強情そうに深くなった。「娘が帰るまで、私は寝ません。でもあなたが帰りたいなら、お帰りなさい。私なら一人でいられます……一人で死ぬことだって、できるんです」

九時半になると、ギブソン夫人は、ジム・グレガーは月曜日まで帰らないだろうと結論を出した。

「ジム・グレガーなんて、全くあてにならない男ですよ、一日のうちに、ころころ気が変わるんだから。あの男は、家に帰るんでも、安息日の日曜日にゃ遠出をしてはならんと思ったんですよ。あれは、先生の学校の理事じゃなかったかい？　実のところ、どうお考えだね、あの男について、あの男の教育の見解《きーいく》について」

アンは意地悪な気分になった。一日、ギブソン夫人の支配に耐えに耐えてきたのだ。

「あの方は、心理学的な時代錯誤《アナクロニズム》だと思います」アンは真面目くさって答えた。

ギブソン夫人は瞬き一つせずに目を見開くと、「私も同感だね」と言った。だがその後は、眠ったふりをしていた。

第15章

十時を回り、ようやくポーリーンは帰宅した——黒タフタの服と古帽子に戻っていたが、頬は紅潮し、目は星のごとく輝き、十歳若返って見えた。持ち帰った美しい花束を憮然《ぶぜん》としている車いすのご婦人に急いでさし出した。

「お母さん、花嫁のルイーザから花束をことづかったの。きれいでしょう。白い薔薇が二十五本よ」

「おやおや！　ウェディング・ケーキの切れっ端でも、私の土産にしようと思ってくれた者は、いなかったんだね。きょうびの連中は、身内の情《じょう》というものがない。ああああ、やれやれ、これが昔なら……」

「ケーキもくださったのよ。とびきり大きな一切れがかばんに入ってます。みんながお母さんのことをたずねてくだすって、よろしくお伝えくださいって」

「楽しかったですか」アンがきいた。

ポーリーンは堅いいすに腰をおろした。柔らかないすにすわると、母親が怒るとわかっていた。

「すばらしかったです」ポーリーンは用心して言った。「銀婚式のお食事はごちそうでしたし、かもめ入江《ガル・コーブ》のフリーマン牧師が、ルイーザとモーリスの結婚式を、もう一度挙げてくだすったんです……」

「そんなことをして、神への冒瀆だね」

「……それから、写真屋が集合写真を撮ってくれました。美しいお花がたくさんあって、客間はあずまやのようでした……」

「葬式みたいだね」

「……それから、お母さん、メアリ・ラックリーが西部から来ていたの……今はフレミング夫人よ。メアリと仲良しだったこと、お母さんも憶えているでしょ。ポーリー、モーリーと呼び合ったものよ(1)」

「下らない呼び名だこと」

「メアリにまた会えて、思い出話がたっぷりできて嬉しかったわ。妹さんのエムも来ていたの、それは愉快《デリシャス》な赤ちゃんを連れて」

「食べものの話でもしているみたいだね」ギブソン夫人は不平をこぼした。「赤ん坊なんて、ありふれているよ」

「まあ、赤ちゃんは決してありふれてなんかいませんわ」アンは、夫人が受けとった薔薇をいける鉢に、水を入れてきて言った。「一人一人の赤ちゃんは、奇跡なんですよ」

「そうかい、私は十人産んだが、どの子にも、奇跡なぞは見なかったよ。ポーリーン、どうか、じっとすわっておくれ。おまえには、いらいらさせられるね。今日、この私がどんなあんばいだったか、きいてくれないんだね。でもいいさ、そんなこと、期待しないさ」

「きかなくてもわかるわ、お母さん。とても生き生きして、明るい顔色だもの」ポーリーンは愉しかった一日に心が弾み、母親にも茶目っ気ある言葉を返した。「シャーリー先生と、楽しくすごしたのね」

「二人でうまくやったよ。先生のやりたいように、してもらったからね。たしかに、ここ何年も、こんなに面白い会話をしたことはなかったよ。誰かの言い分とはちがって、私もまだ冥土《めいど》が近いわけじゃないようだ。ありがたいことに、耳は達者だし、ぼけてもいない。やれやれ、おまえ、今度は月へでも行くつもりだね。それから、サルサパリラのワインは、もしかすると、あの人らの口にあわなかったのかい」

「まあ、みんなが気に入ったわ！　おいしいって」

「それを言うまで、ずいぶん時間がかかったね。瓶は持って帰ったかい？……それとも、そんなことをおまえに期待するのは、無理かね」

「それが……瓶は割れたの」ポーリーンは口ごもった。「誰かが配膳室でひっくり返したのよ。でもルイーザが、そっくり同じのをもたせてくれたから、心配いらないわ」

「あれは私が所帯をもってから、ずっと使ってきた品だよ。ルイーザの瓶と、同《おんな》じはずがない。きょうび、あんな瓶は作っていないんだから。もう一枚ショールをもって来ておくれ。くしゃみが出る。ひどい風邪をひいたんだ。二人とも忘れているようだが、私は夜風に当たっちゃいけないんだよ。神経痛がぶり返すんでね」

ちょうど話がとぎれたとき、通りの先に住むなじみの隣人が立ち寄った。ポーリーンはその機をとらえ、アンを少し送ることにした。

「おやすみなさいよ、シャーリー先生」ギブソン夫人は丁重に言った。「あなたには、大いに感謝しております。あなたのような人がもっといたら、この町はもっとよくなるでしょう」歯の抜けた口もとで、にっと笑った。それからアンを引きよせ、ささやいた。「人がなんと言おうと、私はかまいません。私の考えでは、あなたはほんとに器量よしですよ」

さわやかな新緑の夜、ポーリーンとアンは通りを歩いた。ポーリーンは自由気ままにふるまっていた。母親の前では、そんな真似はできないのだ。

「ああ、シャーリー先生、天国にいるようでした！　どうすればこのお返しができるでしょう。こんなにすばらしい一日はありませんでした。今日の日を思い出して、何年も生きていけるでしょう。花嫁の付き添いをまたさせてもらって、それは楽しかったのです。花婿の付き添いは、アイザック・ケント船長でした。あの人は……以前、ボーイフレンドだったんです。いいえ……ボーイフレンドとは言えなかったかもしれません。あの人にそんなつもりはなかったでしょう。でも、二人で馬車のドライブに出かけたものです。その彼が、今日、二つ、褒めてくれたんです。『ぼくは憶えていますよ、きみは、ルイーザの結婚式で、赤ぶどう酒色のドレスを着ていた、きれいだった』って。服を憶えていてくれたなんて、すてきでしょう？　それから『きみの髪は、いつも糖蜜《モラセス》のタフィー（2）みたいだね、前もそうだったね』と言ってくれました。そう言ったからといって、不作法じゃありませんよね？　シャーリー先生」

「ええ、ちっとも」

「お客さまが帰ると、ルイーザとメアリ、そして私の三人で、楽しいお夕食を頂きました。私、おなかがぺこぺこでした。こんなに空腹をおぼえたことは、何年もなかったくらいです。食べたいものを食べるって、すばらしいですね。これは胃に悪いだの何だのと言う人がいませんでしたから。夕食のあとは、メアリが前に住んでいた懐かしい家へ行き、メアリと思い出話をしながら、庭をのんびり歩きました。すると何年も前に二人で植えたライラックの茂みを見つけました。私たちは少女のころ、すばらしい幾夏を、ともにすごしたのです。それから日が沈むころ、二人で懐かしい海岸へ歩いていき、岩の上に、黙って腰をおろしました。鐘の音が鳴り、港に響き渡っていました。海から吹いてくる風を久しぶりに感じながら、星影が海に揺れるのを見るのは、すばらしいものでした。夜のセント・ローレンス湾がこんなに美しかったなんて、忘れていました。すっかり暗くなって家へ戻ると、グレガーさんの帰り仕度ができていました」そしてポーリーンは笑いながら締めくくった。「そこでおばあさんは、その夜、家へ戻って来ましたとさ」(3)

「ポーリーン……なんというか……あなたが家で、あんなに大変でなければいいのに」

「まあ、ご親切に、シャーリー先生。でも、もう気にしませんわ」ポーリーンは即座に言った。「結局、母はかわいそうなんです。私を必要としているんです。必要とされるのは、いいことですから、先生」

たしかに、必要とされることはすばらしかった。アンは塔の部屋で、そう思った。ダスティ・ミラーは、レベッカ・デューと未亡人たちの目を盗んでこっそり上がり、寝台に丸くなっていた。ポーリーンは束縛の日々に慌ただしく戻ったが、これからは「幸せな一日の不滅の精神」(4)をたずさえて生きていくのだろう。

「いつも、誰かに、必要とされていたいわ」アンは、ダスティ・ミラーに語りかけた。「誰かに幸せを与えることができるって、すばらしいもの、ダスティ・ミラー。ポーリーンに今日という日を贈って、私も豊かな気持ちになったわ。でもね、ダスティ・ミラー、たとえ八十歳まで生きても、私は、アドニラム・ギブソン夫人みたいにはならないわ、そうよね？　ダスティ・ミラー」

ダスティ・ミラーは、ごろごろと喉をまろやかに鳴らし、そうはならないよと請けあってくれた。

第16章

結婚式を翌日にひかえた金曜の夜、アンは美景荘《ボニービュー》へ行った。ネルソン家では、家族の友人や、船に接続する汽車でやってきた結婚式の客人たちに、夕食をふるまっていた。ネルソン家の夏の別荘は、四方に広がった大きな屋敷で、長く突き出た岬のえぞ松林にたっていた。両側は入り江で、入り江のむこう岸には、風について知るべきことをすべて知っている金色《こんじき》の斜面の砂丘が続いていた。

アンは一目でこの屋敷が気にいった。石造りの古い家は安らぎと威厳がそなわり、いかなる風雨や時勢の変化にさらされようと動じることがない。そして六月の今宵《こよい》、屋敷は、若者の生命と興奮にわきたっていた——娘たちの笑い声が響き、旧友たちの再会のあいさつがかわされ、馬車が次々と到着し、また発っていき、いたるところ子どもらがかけまわり、贈り物が届き、誰もが結婚式を迎える喜ばしい喧噪《けんそう》のさなかにあった——その間、バーナバスとサウルというありがたい名前（1）をつけられたネルソン医師の二匹の黒猫は、ヴェランダの手すりにすわり、二頭の黒いスフィンクスさながらに悠然《ゆうぜん》として、すべてを見守っていた。

花嫁のサリーは騒がしさから距離を置くように、アンをすぐさま二階へつれてあがった。

「アンには、北の切妻の部屋をとっておいたわ。もちろん少なくとも三人と一緒の相部屋だけどね。うちはもう大変な騒ぎよ。お父さんは、男の子たちのために、えぞ松林にテントをたてているところよ。裏のガラスばりのポーチに簡易ベッドもならべるの。もちろん、ほとんどの子どもたちは、納屋の二階の干草置き場につめこむわ。ああ、アン、私、わくわくしているの！　結婚するって、楽しいことが山ほどあるのね。ウェディング・ドレスが、ちょうどモントリオール（２）から届いたの。夢のようよ！　クリーム色のうね織りのシルクで、レースの襟が肩までかかっているし、真珠を刺繍して縫いつけてあるの。すてきな贈り物も届いたわ。これがアンのベッドよ。他のベッドは、メイミー・グレイ、ドット・フレイザー、シス・パーマーが使うわ。母は、エイミー・スチュワートもこの部屋に泊まらせるつもりだったけど、私がそうさせなかったの。あの人はアンを妬《ねた》んでいるもの。花嫁の付き添いになりたかったのに、なれなかったからよ。あんなに肥って、ころころした人に、付き添いはできないわ、そうでしょう？　それにあの人ったら、薄い青緑色《ナイル・グリーン》を着ると、船酔いした人みたいに見えるもの。ああ、アン、それから、ねずみ取りおばさん（３）も来ているの！　ちょっと前に着いたところよ。うちの家族は恐れおののいてるわ。もちろん招待しなきゃいけない人だけど、明日来るものと思っていたから」

「ねずみ取りおばさんって、いったい、どなた？」

「父のおばで、ジェイムズ・ジェネディ夫人よ。本当はグレースおばさんだけど、トミーが『ねずみ取りおばさん』って、あだ名をつけたの。四六時中、ねずみを取る猫みたいに辺りをうろついて、人が嗅《か》ぎつけられたくないことを探しては、今にも飛びかかりそうだからよ。おばさんから逃れるすべはないわ。何ごとも見逃すまいと、朝は早く起きて、夜はいちばん最後にベッドに入るの。でも、そんなことは、まだいいの。おばさんは、言ってはいけないことを、必ず言うのよ。人にきいてはいけない質問があることが、いつまでたってもわからないの。父は、おばさんの話を、『ねずみ取りおばさんの名文句』と言っているわ。今夜の夕食会は、おばさんが台無しにするかもしれない。ほら、いらしたわ」

ドアが開き、ねずみ取りおばさんが入ってきた——肥えて、日に焼け、目の出た、背の低い女性で、動くと虫除け《モス・ボール》の匂いが漂い、長年、色々なことを案じてきた顔つきをしていた。ただ、その表情をのぞくと、まさしく獲物を探して狩りをする猫の趣きがあった。

「では、あなたがミス・シャーリーですか。お噂はかねがね聞いてましたよ。わたしの知り合いだったミス・シャーリーとは、ちっとも似てないね。あの人は、そりゃあきれいな目でした。さて、サリーや、おまえさんもやっとこさ嫁にいくんだね。かわいそうに、ノーラだけ残りものになって。でも、母親にとっちゃ、娘が五人も片付いて、めでたいことだよ。八年前、あんたの母さんに言ったんだよ。『ジェーンや、娘を全員、嫁に出せるとでも思ってんのかい』って。そうだよ、男なんぞ、苦労以外の何ものでもないからね、わたしの見たところでは。あてにならないものは色々とあるが、結婚ほど、あてにならないものはないんだよ。だけど女にとっちゃ、結婚の他に、この世に何があろうかね。それで、かわいそうなノーラに今言ってやったとこだ。『いいかい、ノーラ、いい年をして独り身ってのは、たいして楽しいことはないんだよ。ジム・ウィルコックスは、何を考えてんだね』と」

「まあ、グレースおばさん、そんなこと、言わなければよかったのに！　ジムとノーラは一月に口喧嘩みたいになって、以来、ジムは、姿を見せないんですよ」

「わたしゃ、思ったことは口にするのが正しいと信じてましてね。ものごとは口に出したほうがいいんだよ。喧嘩をしたことなら、聞いてるよ。だからこそジムのことをたずねたのさ。ノーラに言ったのさ、『知っといたほうがいいよ、噂じゃ、ジムは、エレノア・プリングルと馬車でドライブしてんだとよ』とね。ノーラは赤くなって怒った挙げ句、飛び出してったよ。おや、ヴェラ・ジョンソンは、ここで何をしてんだい。親戚でもないのに」

「私の長年の親友なんです、グレースおばさん。結婚行進曲（4）を弾いてくれるんです」

「へえ、あの子がね？　そんなら、間違えて葬送行進曲（5）を弾かないよう、願うばかりだよ。トム・スコット夫人が、ドーラ・ベストの結婚式でやったんだよ。ああ、縁起の悪いこった。ここに来たあの騒がしい連中を、今夜、どこに寝かせるつもりか知らないが、物干し綱《づな》の上みたいな狭いとこで、寝る羽目になる人もいるこったろうね」

「まあ、グレースおばさん、みんなに寝る場所はありますわ」

「そうかい、サリーや、最後の最後になって、花嫁のおまえさんの気持ちが変わらないよう、願うばかりだよ。ヘレン・サマーズがやったんだよ。そんなことにでもなりゃ、大騒ぎだからね。おまえの父親ときたら、やけにご機嫌だね。わたしゃ、人の不幸を楽しむような人間じゃないが、あのご機嫌が、卒中の前ぶれじゃないことを、願うばかりだよ。あんなふうにしてて、卒中になった人を見たんでね」

「まあ、父は元気ですわ、グレースおばさん。少し興奮しているだけです」

「ああ、サリーや、おまえさんは若すぎて、色んなことがあるってことが、わかっちゃいないんだよ。おまえの母親の話によると、お式は明日の正午だそうだが、婚礼のやり方も変わったもんだ。なんでもかんでも変わっちまって、しかも、いいほうに変わらないんだからね。わたしが式をあげた時分は、夕方からだったよ。父親は、披露宴に、二十ガロン(6)もお酒を用意したもんだ。ああ、ああ、時代というものは、様変《さまが》わりするんだね。マーシー・ダニエルズは、どうしたんだい? さっき階段のとこで会ったら、顔が土気色だ」

「『慈悲の心は、強《し》いられるべきにあらず』(7)」サリーは小さく笑って言うと、身をよじって夕食会のドレスを着こんだ。

「聖書の言葉を、軽々しく持ちだすんじゃないよ!」ねずみ取りおばさんは非難がましく言った。「ミス・シャーリー、この子を勘弁してやってくださいな。結婚することに慣れちゃいないもんでね。やれやれ、花婿がおびえた顔をしてないことを、願うばかりだよ。花婿というものは、たいがい、そんな顔をしてるからね。ま、そうした気分にもなるんだろうが、そうあからさまに顔に出す必要もないのにさ。それから、花婿が指輪を忘れないよう、願うばかりだよ。アプトン・ハーディがやったんだよ。アプトンとフローラは、カーテンをさげる棒から、輪っか《リング》を一つ外して、結婚する羽目になったのさ。さてと、お祝いのお品を、もいっぺん、見てくるとするか。立派なお品が、どっさり届いてるよ、サリー。もらったスプーンの柄をいつもぴかぴかにしとくのに、おまえさんが苦労しないよう、願うばかりだよ、ありそうなこったと思うがね」

その夜の夕食会は、ガラスばりの広々としたポーチで開かれ、愉快な宴《うたげ》となった。中国風の紙ばりちょうちんが周りにいくつもさがり、柔らかな色調の光を、娘たちの美しいドレス、つややかな髪、しわのない白い額に投げかけていた。バーナバスとサウルは、ネルソン医師のいすの幅の広い肘かけに、黒檀《こくたん》の彫像のように座り、ネルソン医師が代わる代わるにごちそうを一口ずつやっていた。

「なんと始末におえないこと、パーカー・プリングルと同《おんな》じだ」ねずみ取りおばさんが言った。「あの男ときたら、犬を食卓のいすにすわらせて、ナプキンまでしてやってさ。やれやれ、早かれ遅かれ、天罰が下るよ(8)」

　盛大な食事会だった。すでに嫁いだネルソン家の娘たちは、それぞれの夫を伴って里帰りし、新郎新婦それぞれの付き添いも出席したからだ。ねずみ取りおばさんが「名文句」を発したにもかかわらず――あるいはたぶんそのおかげで、愉しい宴会となった。誰一人として、ねずみ取りおばさんの言葉を真に受けなかったのだ。おばさんは、若者にとっては、明らかに冗談めいた存在だった。新郎のゴードン・ヒルを紹介されたおばさんが、「あんれ、まあ、思ってた花婿とは、似ても似つかないね。サリーは、すらりとした美男子を選ぶと、ずっと思ってたのに」と言うと、笑い声がさざ波のようにポーチに広がった。ゴードン・ヒルはどちらかといえば小柄で、親友でさえ、せいぜい「感じのいい顔だち」と言うくらいだった。そのため、おばさんの皮肉がこれで最後になるとは、花婿本人も思っていなかった。おばさんが、ドット・フレイザーに「あんれ、まあ、おまえさんは、会うたんびに、新しいドレスを着て！　父親の財布が、あと何年かもつよう、願うばかりだよ」と言うと、もちろんドットはおばさんを煮えたぎる油に入れてやりたいと思ったが、面白いと思う娘たちもいた。披露宴のしたくの話になると、ねずみ取りおばさんは陰気そうに言った。「おまえさんがたのティー・スプーンが、終わった後にちゃんと戻ってくるよう、願うばかりだよ。ガーティ・ポールの婚礼の後は、五本もなくなって、二度と出てこなかったよ」すると三ダースのスプーンを借りた新婦の母ネルソン夫人と、それを貸した義理の姉妹たちは、一様に、困惑の表情を浮かべた。

だがネルソン医師は、ほがらかに笑いとばした。

「グレースおばさん、お客さんたちが帰る前に、一人一人、ポケットをひっくり返してもらいますから」

「ああ、サミュエルや、おまえは笑ってるが、身内の間で、そんなことが起きりゃ、笑いごとじゃあすまないよ。あのティー・スプーンは、今も、誰かが持ってんだよ。わたしゃ、どこん家《ち》へ行っても、しっかと目を開けて、あのスプーンがないか見てるのさ。見りゃあすぐ、わかるんだから、二十八年も前のことだがね。あんとき、かわいそうなノーラは、ほんの赤ん坊だったね。憶えてるかい、ジェーンや、おまえさんが、あの子をつれてたね、刺繡をした小さな白いドレスを着せて。もう、二十八年も前かい！　どうりで、ノーラも年をとるはずだ。でもこの灯りで見りゃ、そんなに年増《としま》にゃ見えないよ」

笑い声があがったが、ノーラは笑わなかった。今にも稲妻が光りそうな表情をしていた。ノーラは黄水仙色のドレスをまとい、黒髪に真珠を飾っていた。その姿は、アンに、黒い蛾《が》を思わせた。サリーは涼やかで雪のような色白の金髪だった。ノーラは対照的で、たっぷりした黒髪に黒みがちの瞳、太くて黒い眉、天鵞絨《ビロード》のような深みのある赤い頬だった。鼻すじは、わし鼻になりそうな気配を見せ始め、美人だと思われたことは一度もなかった。だがアンは奇妙なことに、不機嫌に黙りこみ、感情を鬱屈《うっくつ》させているノーラに惹かれるものをおぼえた。親友になるなら、人気者のサリーより、ノーラを選ぶだろう。

晩餐会に続いてダンスが始まり、音楽と笑い声が洪水となって石造りの古い屋敷の幅広の低い窓からあふれんばかりに流れた。十時、ノーラの姿が消えた。アンも騒がしさとにぎわいにいささか疲れ、そっと玄関ホールを抜けて裏口へいくと、扉が入り江にむかって開かれていた。アンは軽やかに岩の段々をくだって海岸におり、先のとがったもみの木立を抜けていった。蒸し暑い夕べの後、潮の香の涼しい夜気《やき》は、なんと神々しいのだろう！　入り江にきらめく銀の月影の美しさ！　月の出に船を出し、今しがた港の砂州に帰ってきた一艘の船は、なんとも夢のようだ！　まるで人魚たちの舞踏会にさまよいこめそうな夜だった。

ノーラは、波打ちぎわの暗い岩陰に背を丸くして座り、表情はさらに険しく、今にも雷雨になりそうだった。

「しばらく、一緒にすわってもいいですか」アンは声をかけた。「ダンスに少し疲れたんです。それに、こんなにすばらしい夜を見逃すのは、もったいないんですもの。羨ましいわ、裏庭から、こんなふうに港が見はらせるなんて」

「こんなときに恋人がいなかったら、あなたなら、どんな気がする?」ノーラは唐突に、不機嫌にたずねた。「それに、恋人ができる見こみもなかったら」もっと不機嫌に言い添えた。

「もし、そうなら、あなたにその気がないからよ」アンは隣に腰をおろした。

ノーラは思わずアンに悩みを話していた。アンには、人に悩みを打ち明けさせる何かが備わっているのだ。

「私を傷つけまいと、そう言ってくれるのね。気を使わなくていいの。私は、男の人が恋に落ちるような娘じゃない、私もあなたもわかっている。私は『不器量なミス・ネルソン』よ。恋人がいないのは、私のせいじゃないわ。あの場にいるなんて、もう我慢できなかった。ここへ来て、一人で不幸な気分にひたるしかなかったの。もううんざり、みんなに愛想笑いをして、感じよくして、結婚してないって当てこすられても気にしてない振りをするなんて。もうそんな振りはしない。充分に気にしているもの。苦しいくらい気にしている。私はネルソン家で、ただ一人のいき遅れ。姉妹の五人が結婚した、明日になれば、そうなるの。聞いたでしょ、ねずみ取りおばさんが、夕食の席で、私に年の話をした。食事の前に、おばさんが母に言うのも聞こえたわ。あの子は去年の夏から『ずいぶん老けたもんだね』って。当然よ。二十八歳だもの。あと十二年すれば四十。それまでに身を固められなかったら、四十になって、どうやって人生に耐えればいいの？」

「私なら、愚かな老婦人が何をおっしゃろうと、気にしないわ」

「ええ、気にしないでしょうね。私みたいな鼻じゃないもの。十年すれば、私、父と同じかぎ鼻になるわ。それにアンなら、男の人が求婚してくれるのを何年も待っても……求婚してくれそうもなくても、気にしないんでしょうね」

「あら、そういうことなら、気にすると思うわ」

「そうでしょ、それが私のつらいところよ。ああ、ジム・ウィルコックスと私のこと、聞いたでしょ。前々からの話よ。あの人は何年も私につきまとっているけど、結婚話はしてくれないの」

「彼を好き？」

「もちろんよ。なのに私ったら、好きじゃない振りを、ずっとしてきた。でも、さっきも言ったように、もう振りをするのはよすわ。一月から、あの人は来てくれない。喧嘩をしたの……でも、前も山ほど喧嘩をしたのよ。いつも戻ってきてくれたのに、今回は戻ってこない……二度と来てくれないでしょう。来たくないのよ。ほら、あの人の家は、入り江の向こう岸よ、月の光に輝いている。あの人、家にいると思うわ……そして私はここにいる……二人の間には、ただ港があるだけなのに。これからもずっとそうよ。そんなの……ひどいわ！　私は何もできないなんて」

「手紙か何かで頼めば、来るんじゃないかしら」

「頼むですって！　そんな真似を、私がすると思って？　そんなことをするくらいなら死んだほうがましよ。あの人が来たいなら、妨げるものは何もないのよ。来たくないのよ、それなら、私だって、あの人なんか……本当は、私、来てほしいの！　来てほしいのよ！　ジムを愛している！……結婚したい。家庭を持ちたい、『ミセス』になりたい、そしてねずみ取りおばさんの口を封じてやりたい。ああ、一瞬でも、バーナバスかサウルになれたらいいのに、おばさんを罵ってやるのよ！　『かわいそうなノーラ』って、また呼んだら、石炭入れのバケツを投げつけてやるわ。でもね、結局、おばさんは、みんなが思ってることを口にしているだけ。母は、私の結婚を、とうの昔にあきらめたわ、だからもう何も言わないの。でも他の人たちは、私をからかうのよ。サリーが憎らしいわ。もちろん、私が悪いのよ……でも憎いの。優しい夫とすてきな家庭を手に入れて。不公平よ、あの子はすべてを手にして、私は何もない。サリーは私より優しいわけでも、賢いわけでも、ずっと可愛いわけでもない……ただ運がいいの。呆れたでしょ……でも、どう思われても、気にしないわ」

「あなたはとても疲れているのよ、準備したり、緊張したりが何週間も続いて。ふだんでも大変なことが、いっぺんにきて、もっとつらくなったのよ」

「わかってくれるのね。ええ、そうね、わかってくれると前から思っていたわ。あなたと友だちになりたかったの、アン・シャーリー。あなたの笑い方が好きよ。私もそんなふうに笑えたらいいのにって、いつも思っていた。私は見かけほど不機嫌屋じゃないの。眉毛のせいよ。眉のせいで、男の人が怖がって寄りつかないの。これまで、本当の女友だちがいなかった。でもずっとジムがいてくれた。彼とはずっと……友だちだった、子どものころから。ああ、ジムにどうしても来てほしいときは、屋根裏の小窓に、灯りを置いたの。すると、すぐに帆のついた小舟で港をわたって来てくれた。二人でいろんな所へ出かけたわ。他の男の子とは、一度だってそんな機会はなかった。誰もそんなことを望まなかったからよ。でも今となっては、すべておしまいよ。ジムは、私に飽きたのよ。だから口喧嘩をして、自由の身になれる言い訳ができて、あの人は喜んだのね。ああ、こんな話をして、明日になれば、あなたが憎らしくなるわ！」

「どうして」

「秘密を聞きだす人物を、人は嫌うものよ」ノーラはやるせなく言った。「でも、結婚式には、人の心をつかむものがあるのね。私、もうどうでもいいわ。何もかも、どうだっていいの。ああ、アン・シャーリー、私、とっても惨めよ！　あなたの肩にすがって、思い切り泣かせてちょうだい。明日は、一日中にこにこして、幸せそうな顔をしなければならないもの。サリーは、私が花嫁の付き添いをしないのは、迷信深いからだと思っているわ。『花嫁の付き添いを三回すると、花嫁になれない』……知っているでしょ。でもそうじゃないの！　我慢がならないの、お式で立って、サリーが『誓います』って言うのを聞いて、私はジムにそう言うチャンスはないって思うなんて。後ろにのけぞって、わめくでしょうよ。私も花嫁になりたい……嫁入り道具や……イニシャルを組みあわせて刺繍したリネン……すてきな贈り物がほしい。ねずみ取りおばさんがくれる銀のバター皿でさえ、ほしいわ。おばさんはいつも花嫁にバター皿を贈るの。ひどいしろものよ、サン・ピエトロ寺院のドーム（9）みたいな蓋《ふた》がついているの。朝食の食卓に出して、ジムを笑わせることもできたのに……私、どうにかなりそうよ、アン」

二人の娘が手をつないで屋敷に戻ると、ダンスは終わっていた。来客は、その夜、寝泊まりする場所へつめ込まれているところだった。トミー・ネルソンは、バーナバスとサウルを納屋へ運んでいた。ねずみ取りおばさんはソファに居すわり、翌日起きてほしくない恐ろしいことを、あれこれ考えていた。

「誰かが立ちあがって、二人が結婚すべきじゃない理由をならべたてなきゃ、いいがね。ティリー・ハットフィールドのお式で、そうなったんだよ」

「新郎のゴードンに、そんなラッキーなことは、ありっこないさ」花婿の付き添いが言った。

ねずみ取りおばさんは、冷ややかな茶色い目で、男を見据《みす》えた。「兄さんや、結婚は冗談じゃないんだよ」

「もちろんさ」いっこうに懲りない男は言った。「やあ、ノーラ！　いつになったら、きみの結婚式で、ダンスができるんだい」

ノーラは言葉では答えなかった。男に近づき、堂々と引っぱたいた。まず片頬を、次にもう片頬を。その平手打ちは、遊びではなかった。それから後ろも振り返らず、二階へあがった。

「あの娘《こ》は、気が高ぶってんだよ」ねずみ取りおばさんが言った。

第17章

土曜の朝は、最後の準備に慌ただしくすぎた。アンはネルソン夫人のエプロンに身を包み、台所でノーラを手伝ってサラダをこしらえた。ノーラは始終棘々しく、昨夜本人が話したように、本音を打ち明けたことを後悔しているらしかった。

「うちの家族は、ひと月はくたびれているでしょうよ」険しい口ぶりだった。「父は、本当は支払いがむずかしいの、こんなに豪勢に散財して。でもサリーが、あの子が言うところの『すてきな結婚式』を望んだから、父が折れたのよ。いつもサリーを甘やかすんだから」

「意地悪と、焼き餅だね」ねずみ取りおばさんが、配膳室から顔をのぞかせた。おばさんは配膳室で、こんなことが起きなきゃいいが、あんなことも起きなきゃいいがとならべあげ、ネルソン夫人は半狂乱になっていた。

「おばさんの言う通りね」ノーラは苦々しくアンに言った。「その通りよ。どうせ私は、意地悪で、焼き餅やきよ。幸せそうな顔をしている人が憎らしいの。でもゆうべ、ジュド・テイラーの横っ面を引っぱたいたことは、悪かったとは思っていないわ。ついでに鼻もつまんで、ひねってやればよかった、それだけが心残りよ……さて、サラダができた。おいしそうね。ふだんの私は、にぎやかなことが大好きなのよ。ああ、なんだかんだと言っても、サリーのためを思えば、すべてがうまくいくよう願っているわ。色々あっても、本当はサリーを愛しているもの。でも今は、誰もかれも憎らしい気持ち。なかでもジム・ウィルコックスが、一番、憎らしいわ」

「やれやれ、式の直前になって、花婿が行方知れずにならないよう、願ってるよ」ねずみ取りおばさんの悲しげな口ぶりが、配膳室から聞こえた。「オースティン・クリードが、やったんだよ。あの男ときたら、自分が結婚する日を忘れてたのさ。クリード家は、常々、忘れっぽいが、私に言わせりゃ、忘れすぎだよ」

アンとノーラは、顔を見合わせて笑った。ノーラは、笑うと顔全体が変わった——明るくなり——赤く染まり——笑いが顔中に広がった。そこへ人が来て、バーナバスが階段で吐いたという。チキンのレバーを食べすぎたのだろう。ノーラはすぐに行って汚れを片づけた。ねずみ取りおばさんは配膳室から出るや、ウェディング・ケーキがなくならなきゃいいがね、十年ばかし前、アルマ・クラークの結婚式で、なくなったんだよと語った。

準備は昼までにつつがなく終わった。食卓を整え、寝台を美しく飾り、花籠をいたるところにしつらえた。二階では、広々とした北の部屋で、サリーと三人の花嫁の付き添いが、身もふるえるほど華やかに装っていた。アンは薄い青緑色《ナイル・グリーン》のドレスと帽子を身につけた。姿を鏡に映し、ギルバートが見てくれたらいいのにと思った。

「アン、きれいね！」ノーラが半ば羨ましげに言った。

「あなたこそすばらしいわ、ノーラ。青灰色《スモーク・ブルー》のシフォンのドレスと、花と羽飾りがついたつば広帽が、あなたの髪のつや、目の青さを引き立てているわ」

「どう見えようと、気にかけてくれる人はいないわ」ノーラは辛辣だった。「ねえ、見ててよ、アン。私、にこにこするから。おめでたい席で死人みたいな顔はできないもの。結局、私が結婚行進曲を弾くことになったの。ヴェラがひどい頭痛で。でも、ねずみ取りおばさんが言ったみたいに、むしろ葬送行進曲を弾きたい気分よ」

ねずみ取りおばさんは、午前中は、清潔とはいえない古ぼけたキモノ(1)とくたびれた寝室用キャップでうろつき回り、みなの邪魔になっていたが、今や栗色のグロ・グラン織り(2)のドレスに着替え、まばゆいばかりの出で立ちで現れた。そしてサリーに、袖の片方が浮きあがっていると注意し、ドレスの下からペチコートが出ている者がいなきゃいいが、アニー・クルーソンの結婚式でいたんだよ、とこぼした。そこへ花嫁の母ネルソン夫人が現れ、涙ぐんだ。婚礼衣裳のサリーが、あまりに美しかったのだ。

「おやおや、ジェーン、涙もろいのはいけないよ！」ねずみ取りおばさんが落ちつかせた。「まだ一人、娘が残ってんだよ……この先も片付きそうもないんだから、誰に聞いても。婚礼の涙は、縁起が悪いよ。そうそう、誰かが倒れて死んだりしないよう、願うばかりだよ。ロバータ・プリングルの結婚式で、おじのクロムウェル爺さんが、お式のまっ最中に死んで、花嫁は心労で二週間、寝こんだとさ」

こうした励ましの祝辞を贈られ、花嫁と付き添いたちは、ノーラが、どことなく大嵐のごとく弾く結婚行進曲の調べにあわせて、一階へおりた。サリーとゴードンは、誰かが倒れて死ぬことも、指輪を忘れることもなく、結婚した。それはまことに美しい婚礼の集いだった。ねずみ取りおばさんでさえ、しばし世界を憂えるのをやめたほどだった。

「つまるところ」後で、ねずみ取りおばさんは、サリーに願いをこめて語った。「あんまし幸せな結婚じゃなかったとしても、今よか不幸にゃ、ならないからね」

ノーラは一人ぽつねんとして、苦々しい顔でピアノのいすから見守っていたが、サリーのもとへ行き、ヴェールごと強く抱きしめた。

「これで終わったわ」ノーラは、披露宴がすみ、招待客があらかた帰ると、寂しそうに言った。そして部屋をながめた。宴の後の常として、侘《わ》びしく、散らかっていた……床には踏まれてしおれたコサージュ、斜めになったいす、レースの切れ端、ハンカチが二枚、子どもがこぼしたパンくずが散らばり、天井には黒いしみがあった。ねずみ取りおばさんが二階の客用寝室で水さしをひっくり返し、水がにじんだのだ。

「この散らかった部屋を、私が片づけなくてはならないのよ」ノーラは不機嫌そうに続けた。「船と接続する汽車を待っている若い人たちは、まだたくさんいるし、今夜は泊まって日曜日まで残る人もいる。だからみんなして、浜辺でお祝いのかがり火をたいて、月明かりの岩場でダンスをするのよ。でもこの私が、月に照らされてダンスをする気分だと思う？　私はベッドで泣きたいくらいよ」

「結婚式が終わった家は、なんだかわびしいものね」アンが言った。「片づけを手伝うわ。それから紅茶を一杯、飲みましょう」

「アン・シャーリー、一杯のお茶が、何にでも効く万能薬だと思っているの。オールドミスにふさわしいのは、あなたね、私じゃなくて。気にしないで。私ったら、不愉快な人になりたくないのに、生まれつきの性格ね。浜辺でダンスだなんて、結婚式よりも嫌よ。前は浜辺でダンスをすると、ジムが必ず来てくれた。私、決めたわ。ここを出て、看護婦の勉強をする。きっと嫌になるでしょうけど……天よ、わが未来の患者たちを救いたまえ！……でも、サマーサイドでぐずぐずして、この先も売れ残りだって、からかわれるつもりはないわ。さて、油っぽいお皿の山に取りかかりましょう、皿洗いが好きみたいな顔をして」

「私は大好きよ。もともと皿洗いが好きなの。汚れているものをきれいにして、ぴかぴかにするのは楽しいわ」

「まあ、あなたったら博物館行きね！」ノーラがぴしゃりと言った。

月が昇るころには、浜辺のダンスの仕度も整った。青年たちは岬で流木を燃やし、大きなかがり火をたいた。港の海は月影を映し、乳皮《クリーム》をはったようにちらちら瞬《また》いていた。アンは思いきり楽しむつもりだったが、サンドウィッチのバスケットを抱えて石段をおりてくるノーラの顔を見やり、ためらった。

「ノーラは、心底つらいんだわ。何かできることはないかしら！」

ふと、妙案が浮かんだ。アンは衝動にかられやすい性分である。台所にかけこみ、部屋を照らす小さな手持ちランプをつかむと、裏階段を急いで上がり、さらに別の階段で屋根裏へのぼった。そして港のむこう岸まで見晴らす屋根窓にランプを置いた。木立がさえぎり、ダンスに興じる人々に、灯りは見えなかった。

「灯りを見て、ジムが来るかもしれない。ノーラは私を怒るでしょうけど、ジムがやって来さえすれば、かまわないわ。さて、レベッカ・デューのお土産に、ウェディング・ケーキを少し包みましょう」

だがジム・ウィルコックスは来なかった。やがてアンはジムを探すのをあきらめ、今宵の楽しさに彼のことを忘れてしまった。ノーラは姿を消し、珍しいことにねずみ取りおばさんは先に休んだ。飲めや歌えの騒ぎが終わり、月明かりのもとで楽しんだ連中があくびをしながら二階へ上がると、十一時だった。アンも眠気に襲われ、屋根裏の灯りも思い出さなかった。ところが二時、ねずみ取りおばさんが、アンの寝室に忍び入り、娘たちの顔をいきなりろうそくの光で照らしたのだ。

「まあ、どうしたんです?」ドット・フレイザーが息をのみ、寝台に起き上がった。

「しー!」ねずみ取りおばさんは、目玉が飛び出んばかりの顔で制した。「この屋敷に、誰か、いるんだよ。わたしにゃ、わかるんだ。あの音は、なんだい」

「猫が鳴いているか、犬が吠えているか、でしょう」ドットがくすくす笑った。

「そんなんじゃないよ」ねずみ取りおばさんは険しく言った。「納屋で犬が吠えてんのは知ってるよ。でもわたしが目を覚ましたのは、それじゃない。どしん、と……大きな音がした、たしかに、どしんと聞こえたよ」

「『神よ、幽霊に悪鬼、長い脚の獣《けだもの》たち、そして夜中にどしんと音をたてるものたちから、われらを守りたまえ』(3)」アンがつぶやいた。

「ミス・シャーリー、笑いごとじゃないよ。この家に泥棒がいるんだよ。わたしゃ、サミュエルを呼びにいくよ」

ねずみ取りおばさんは出ていき、娘たちは互いに顔を見合わせた。

「あなたたちも、そう思う……? そういえば、結婚祝いの贈り物は、みんな下の書斎よ」アンが言った。

「とにかく、起きるわ」メイミーが言った。「アン、ねずみ取りおばさんのあの顔、見た? ろうそくを顔の下に持っていたから、影が上へ伸びて、ぼさぼさの髪が顔のまわりに垂れて、エンドーの魔女の物語（4）みたいだったわ！」

キモノを羽織った四人の娘たちは、忍び足で廊下へ出た。ねずみ取りおばさんも現れ、後ろからガウンにスリッパのネルソン医師もやって来た。ネルソン夫人はキモノが見当たらず、寝室の扉からこわごわ顔をのぞかせて言った。

「まあ、サミュエル、危ない真似はよしてください！　泥棒なら、ピストルを撃つかもしれませんよ！」

「まさか！　なんでもないと思うよ」医師は言った。

「どしんという音を聞いたって、言ってるじゃないか」ねずみ取りおばさんは震えていた。

青年二人も加わり、一行は、万全の注意を払いつつ、抜き足さし足で階段をおりた。先頭はネルソン医師。ねずみ取りおばさんは、片手にろうそく、片手に火かき棒を握りしめ、行列の最後《しんがり》についた。

書斎で、たしかに音がしていた。ネルソン医師は扉を開け、踏みこんだ。

するとバーナバスが、この猫は、もう一匹のサウルが納屋へ連れて行かれたとき、うまく書斎に逃げたのだが、布張りソファの背に座り、愉快そうに目をぱちくりさせていた。そして部屋の中央では、別のろうそくの揺らめく灯りにぼんやり照らされ、ノーラと若い男が立っていた。男は両腕をノーラの体にまわし、大きな白いハンカチをノーラの顔にあてがっていた。

「ノーラに、クロロホルムを、かがせてるよ！」ねずみ取りおばさんが鋭く叫んだ。火かき棒が落ち、すさまじい音がした。

若い男ははっと振り返り、ハンカチを落とし、決まり悪そうな顔をした。とは言うものの、かなり男前の青年だった。茶褐色の瞳、その目元には皺がより、赤茶色の髪は縮れ、世界中からお墨付きをもらえる美しいあごをしていた。

ノーラはすぐさまハンカチを拾い上げ、自分の顔にあてた。

「ジム・ウィルコックス、これは、どういうことです」医師が尋常ならざる厳しさでたずねた。

「ぼくの方こそ、どういうことなのか、わかりませんが」ジム・ウィルコックスは不機嫌そうに答えた。「わかっていることは、ノーラがぼくに合図を送って寄こした、ということだけです。フリーメイソン(5)の懇親会があって、サマーサイドから帰って来たのが夜中の一時、そのとき、窓の灯りに気づいて、すぐに小舟で渡ってきたんです」

「合図なんかしていないわ」ノーラが怒鳴り散らした。「お父さん、お願いだから、そんな顔をしないで！　私は起きていて、部屋の窓辺に腰かけていたの……まだ服は脱いでいなかったわよ……すると男の人が岸から上がってくるのが見えて、家に近づいたところで、ジムだとわかったの。だから走っておりたのよ。ところが……私ったら、書斎の扉にぶつかって、鼻血が出たの。ジムは、鼻血を止めようとしていただけよ」

「ぼくはジャンプして窓から入って、あのベンチをひっくり返したんです」

「だから言ったろ、どしんという音を聞いたって」ねずみ取りおばさんが言った。

「ともかく、ノーラは合図をしていないと言うのですから、歓迎されざるぼくは、ご関係のみなさま方にお詫びをして、ただちに失礼します」

「夜の眠りを邪魔されて、ありもしないものを求めて《ワイルド・グース・チェイス》、わざわざ入江を渡って来て、とんだ骨折り損でしたわね」ノーラはできる限りに冷ややかに言うと、ジムのハンカチに、血のしみがないところを探した。

「間抜けな追跡《ワイルド・グース・チェイス》とは、その通りだな」医師が言った。

「裏口のドアも、鍵をかけとくに、越したことありませんよ」ねずみ取りおばさんが言った。

「窓に灯りを置いたのは、私なんです」アンが恥じ入って言った。「それきり忘れてしまって……」

「よくもそんなことを！」ノーラが叫んだ。「絶対に許さないから！」

「みんな、頭がどうにかしているんだな」医師が苛立たしげに言った。「とにかく、いったい、この騒ぎはどういうことだ。ジム、頼むから窓を閉めておくれ！　風が吹きこんで骨の髄まで凍えそうだ。ノーラは頭を後ろにそらしなさい、そうすれば血が止まる」

ノーラは、憤怒《ふんぬ》と羞恥《しゅうち》の涙にかきくれていたが、そこに鼻血もまざり、ひどい形相だった。一方のジム・ウィルコックスは、この床が開いて、自分をそっと地下室に隠してほしいという表情だった。

「いいかね、ジム・ウィルコックス」ねずみ取りおばさんが喧嘩腰で言った。「こうなった以上、おまえさんにできることは、ノーラと結婚することだよ。夜中の二時に、二人っきりでいるとこを見られた、なんて噂が広まったら、この娘《こ》は、嫁のもらい手がなくなるんだよ」

「結婚しろですって！」ジムは怒って言った。「それこそ、ぼくがずっと願ってきたことですよ。ほかに何も望んでいなかったのに！」

「それなら、どうしてもっと前に言わなかったのよ」ノーラはふり返り、ジムを問い詰めた。

「どうしてだって？　だってきみは、何年も、ぼくに肘鉄《ひじてつ》を喰らわして、冷ややかで、馬鹿にしてきたじゃないか。どんなにぼくを嫌っているか、きみは何度も何度も、わざわざ見せつけたんだ。だから、結婚してくれと頼んでも、無駄だと思ったのさ。それに一月、きみは言ったんだよ……」

「あなたが言わせたのよ！」

「ぼくが言わせただって！　そりゃ結構だね！　きみこそぼくを追い払おうとして、喧嘩を売ったくせに……」

「そんなこと、していない。私は……」

「それなのに、ぼくときたら、間抜けもいいところさ。きみが、懐かしい合図の灯りを窓辺に置いて、来てほしがっていると思ったのさ。だから、こんな真夜中に慌ててやって来たのさ！　結婚してくれと頼めだって！　いいとも、今ここで申し込んで、きれいさっぱり終わらせますよ。みなさんの前でぼくを袖にして、きみは楽しむがいいさ。ノーラ・エディス・ネルソン、ぼくと結婚してくれますか？」

「ええ、するわ……しますとも！」ノーラは恥も外聞もなく叫び、バーナバスでさえ顔を赤らめたほどだった。

　ジムは信じられないといった顔でノーラを見つめ、彼女に飛びついた。鼻血は止まったのか、まだ出ているのか、そんなことはかまわなかった。

「今は安息日の朝だってことを、忘れてるようだね」ねずみ取りおばさんが言った、そういう本人も、思い出したばかりだったが。「紅茶を一杯、もらえるとありがたいね、誰かがいれてくれると助かるよ。わたしゃ、この手の感情表現《デモンストレーション》にゃ、不馴れなもんでね。かわいそうなノーラが、やっとこさ、ジムをつかまえることができたって、わたしゃ、願うばかりだよ。少なくとも、証人が何人もいるからね」

台所へ移動すると、ネルソン夫人がおりて、一同にお茶をいれた。ただしジムとノーラは書斎に閉じこもり、バーナバスが行儀監督として付き添った。アンは、夜が明けてから、ノーラと会った……ノーラはなんと変わっていたことだろう、十歳若がえり、幸せに紅潮していた。

「あなたのおかげよ、アン。もしあなたが灯りを置かなかったら……もっとも、昨夜《ゆうべ》の二分半ほどは、アンの耳をかみ切りたいと思ったけど！」

「ぼく、その間、ずっと寝てたなんて！」トミー・ネルソンが残念そうにうめいた。

だが締めくくりは、ねずみ取りおばさんだった。

「やれやれ、慌てて結婚して、ゆっくり後悔する(6)、なんてことにならんよう、わたしゃ、願うばかりだよ」

第18章

ギルバートへの手紙の抜粋

今日、学校が終わりました。グリーン・ゲイブルズでの二か月、朝露にぬれた芳しい羊歯《しだ》が足首まで茂る小川のほとり、木漏れ日がまだら模様を描いてゆるやかに揺れる《恋人たちの小径》、ベルさんのまき場の野いちご、そして《お化けの森》の黒々と美しいもみの木立！　私の魂には翼があるのです。

ジェン・プリングルは鈴蘭の花束をもって来て、楽しい休暇をおすごしくださいと言ってくれました。いずれグリーン・ゲイブルズで一緒に週末を過ごすことになっています。奇跡とは、このことです！

しかし小さなエリザベスは打ちひしがれています。あの子にも来てほしかったのですが、キャンベル夫人が「望ましいとは思いません」とおっしゃるのです。幸い、エリザベスには何も話していませんから、落胆させずに済みました。

「シャーリー先生がお留守の間、私、リジーになっているわ」エリザベスは言いました。

「きっとリジーの気分よ」

「私が戻ってから、二人で遊ぶ楽しいことをお考えなさい。もちろんリジーにはならないわ。あなたの中にリジーなんて人はいないもの。毎週、手紙を書きますからね、小さなエリザベス」

「まあ、シャーリー先生、本当？　生まれてから一度も手紙をもらったことがないの。楽しいでしょうね！　切手をもらえたら、私もお便りします。もらえなくても、先生のことを思っているとわかってくださいね。私、裏庭のしまりすを、先生にちなんで……シャーリーと呼んでいるの。気になさらないでしょ？　最初はアン・シャーリーにするつもりだったけど、失礼じゃないかと思ったの。それに『アン』では、しまりすらしくないわ、紳士のしまりすかもしれないもの。しまりすって、それは可愛い生きものね。なのに侍女は、薔薇の根を食べるって言うの」

「あの人なら、そうでしょうね！」と答えました。

キャサリン・ブルックに、この夏はどこで過ごすのかたずねたら、素っ気ない返事でした。「ここよ。どこだと思ったの」

キャサリンをグリーン・ゲイブルズに招待すべきだと思いましたが、誘えませんでした。どのみち来るとは思いませんし、キャサリンは楽しみに水をさす人ですから、休暇のすべてを台無しにするでしょう。でもキャサリンが夏休みの間、あの安下宿で一人ぼっちだと思うと、良心が痛みます。

先日、ダスティ・ミラーが、生きている蛇をくわえてきて、台所の床に置きました。レベッカ・デューの顔が青くなるものなら、そうなったでしょう。「これこそ、我慢の限界ですよ」と。レベッカ・デューはこのごろ、少々、ご機嫌斜めです。手が空くと、薔薇の木から灰緑色の大きな虫をとり、灯油の缶に入れなければならないからです。まったく、この世は虫が多すぎますよ、とこぼしています。

「世の中は、そのうち虫に食べ尽くされちまいますよ」レベッカ・デューは物憂げに予言しました。

ノーラ・ネルソンとジム・ウィルコックスは、九月に結婚することになりました。内輪の式で、にぎやかな宴会も、招待客も、花嫁の付き添いもありません。ねずみ取りおばさんから逃れるにはこうするしかない、おばさんには私が結婚するところを見せてやるものか、とノーラは言うのです。でも私は、内々に出席することになっています。私が窓に灯りを置かなかったらジムは戻って来なかったと、ノーラは言います。ジムは自分の店を売り、二人は西部へ行くのです。それにしても、私が仲人役をしたカップルをすべて思い返すと――！

サリーの話では、あの二人はしょっちゅう喧嘩しているそうですが、ほかの人と仲良くするより、この相手と喧嘩をしているほうが幸せだそうです。でも私は、二人が喧嘩をするとは思いません――そんなには。世の中のいさかいの大半は、誤解からにすぎないと思うのです。あなたと私も、かなり長い間――。

おやすみなさい、最愛の人よ。あなたの眠りは甘いものになるでしょう、私の願いに効き目があるのならば。

あなたのものより

追伸　右の文章は、チャティおばさんのおばあさまの手紙から、一字一句変えずに写したものです。

二年目

第1章

幽霊小路
風柳荘《ウインディ・ウイローズ》
九月十四日

私たちのすてきな二か月が終わってしまったなんて、なかなか信じられません。すばらしかったわね、最愛の人。そして、あとほんの二年で——。

(数段落、割愛)

でも風柳荘《ウインディ・ウイローズ》へ戻ってきて、とても嬉しいのです——私だけの塔の部屋、私のための特別ないす、高い寝台、そして台所の窓の敷居で日なたぼっこしているダスティ・ミラーのもとにさえも。

未亡人たちも私の顔を見て喜んでくださいました。レベッカ・デューも「お帰りになって嬉しいですよ」と心から言ってくれます。小さなエリザベスも同じ気持ちです。私たち、緑色の木戸のところで熱狂的な再会をしました。

「私、少し心配だったの、先生が私よりも先に『明日』へ行ってしまうかもしれないって」小さなエリザベスは言いました。

「今日は、気持ちのいい夕方ね」

「シャーリー先生がいらっしゃるところでは、いつも気持ちのいい夕方よ」

これこそ褒め言葉ですね！

「可愛いエリザベス、この夏は、どんなふうにすごして？」

「私、考えていたの」小さなエリザベスは優しい声で答えました。「『明日』になったら起きるかもしれない、いろんなすてきなことを」

それから二人で塔の部屋へあがり、象の物語を読みました。小さなエリザベスは、このところ、たいそう象に興味があるのです。

「象《エレファント》という名前そのものに、どこか人をうっとりさせるところがあるの」大まじめに、小さな両手であごをはさんで言ったのです。この子の仕草なのです。「『明日』になれば、象にたくさん会えるかもしれないと期待しているの」

私たちは、妖精の国の地図に、象の大庭園を描きいれました。ギルバート、自分の方が賢いと、軽蔑するような顔をしても、無駄ですよ。この手紙を読んで、あなたはそんな顔をするでしょうからね。でも無意味ですよ。この世界にはこの先もずっと妖精《フェアリー》たちがいるのですから。妖精たちなしでは、世界は、やっていけないのです。ですから、誰かが妖精を与えなければならないのです。

学校に戻るのも、なかなかいいものです。キャサリン・ブルックは、これ以上、人づきあいの悪い人はいないくらいですが、生徒たちは、私との再会を喜んでいます。ジェン・プリングルは、天使の頭につける光の輪をブリキで作るので手伝ってほしいと言いました。日曜学校の演芸会《コンサート》で使うのです。

今年の授業は、去年より面白くなりそうです。カナダ史がカリキュラムに加わったのです。明日は、一八一二年の戦争（1）について、ちょっとした「講義」をしなければなりません。こうした昔の戦争の歴史――二度と起きない出来事について読むのは、奇妙な気がします。「昔の戦い」（2）に、私たちの誰一人として、学問的な興味以上のものは持たないと思うのです。カナダがいつかまた戦争をするなんて考えられません（3）。歴史のそうした段階が終わって、本当にありがたいと思います。

私たちは、すぐに演劇部を再編成して、学校にかかわりがあるすべての家庭に寄付をお願いしてまわることになりました。私はルイス・アレンと一緒にドーリッシュ街道を受けもって、次の土曜日の午後、寄付集めにまわります。ルイスは、一石二鳥を狙っています。というのは、「カントリー・ホームズ」誌が主催する美しい農場写真の最優秀賞をめざしているからです。賞金は二十五ドル、そのお金でルイスはどうしても必要なスーツと外套を新調するのです。ルイスは夏中、ずっと農場で働き、下宿では、今年も家事と食卓の給仕をしています。つらいに違いありませんが、一言もこぼしません。私はルイスが大好きです。勇気があり、高い志を抱き、微笑すると、歯を見せてにこっとするところが愛らしいのです。本当は、さほど丈夫ではないので、体を壊すのではないか、去年は案じましたが、この夏は、農場で働いて、いくらか逞《たくま》しくなったようです。彼は、今年は高校最後の年で、そのあとはクィーン学院を一年で終えたいと望んでいます。未亡人たちは、この冬、ルイスをできるだけ日曜の夕食に招こうとしています。そこで、そのやり方と費用について、ケイトおばさんと話しあい、余分にかかる費用を私に払わせてほしいと説得しました。もちろん、レベッカ・デューを説得しようとは、しませんでした。その代わりに、私は、レベッカの聞こえるところで、ルイスをせめて月に二度、日曜の晩に招待できますかと、ケイトおばさんにたずねました。するとケイトおばさんは、冷たい声で、あいにくだけど、身寄りのない女の子がいつも来ているのに、加えて、もう一人呼べる余裕はありませんね、と言ってくださったのです。

するとレベッカ・デューは苦悩の叫び声をあげました。「これこそ、我慢の限界ですよ！　いくらこのうちが貧乏になったからといって、教育を受けようとがんばってる、働き者で、まじめな、貧しい少年に、ときたま、ちょっとばっかし食べさせてやる余裕もないとは！　あの猫めのレバー代の方が、よっぽどお代《だい》がかかってますよ、今にもはちきれそうな体をしてさ。ようござんす、あたしのお給金から、一ドル引いてくださいまし、その男の子を呼んでくださいましな」

「レベッカによる福音書《ゴスペル》」は受け入れられました(4)。ルイス・アレンは来ることになり、ダスティ・ミラーのレバーも、レベッカ・デューのお給金も、減らされることはありませんでした。なんと愛しいレベッカ・デューでしょう！

ゆうべ、チャティおばさんがこっそり私の部屋に入り、ビーズのついた肩かけを買いたかったけれど、そんなのを羽織るには年をとりすぎてるとケイトおばさんに言われて、心が傷ついたと言うのです。

「私、年をとりすぎていますかしら、シャーリー先生。みっともない真似はしたくありませんけど、ビーズの肩かけがずっとほしかったのです。あれこそハイカラなものですよ、それに近ごろまた流行ってますから」

「年をとりすぎているだなんて！　ちっともそんなことありませんわ、チャティおばさん」と、安心させてあげました。「誰であろうと、自分が着たい服を、年をとりすぎていて着られないなんてことは、決してありませんよ。もし年不相応なら、自分で着たいとは思いませんからね」

「それなら買って、ケイトの前で大いばりしてやりましょう」チャティおばさんは言いましたが、少しもいばっている風情ではありませんでした。でも、チャティおばさんは買うでしょうし、私はケイトおばさんのなだめ方を承知しているつもりです。

塔の部屋で、私は一人です。外は森閑《しんかん》と静まりかえった夜で、その静けさは天鵞絨《ビロード》のようです。柳の葉さえ、そよいでいません。今、窓から身を乗りだして、キングスポートから百マイルと離れていない誰かさんへ、投げキスを一つ、送ったところです。

第2章

ドーリッシュ街道は曲がりくねった道であり、その昼下がりはそぞろ歩くのにふさわしかった——この街道をたどるアンとルイスには、そう思われた。二人はときおり足をとめ、木立の間から不意にあらわれるサファイア色の海峡（1）を眺め、ルイスは、ひときわ美しい風景や、葉の茂る窪地にたつ絵のような小さな家を、写真におさめた。家々を訪ねて演劇クラブの寄付を頼むことは、おそらくはあまり愉快な用むきではないが、アンとルイスは、交代で依頼の言葉を述べることにした。ルイスは女性に頼み、アンは男性にうまく応対した。

「その服と帽子で行かれるんなら、殿方を受けもちなさいましよ」レベッカ・デューが助言した。「あたしも若いころは、ずいぶん寄付集めにまわったもんです。しゃれた服を着てきれいに見えるほど、お金もようけ集まるもんです……あるいは寄付の約束をしてもらえます……相手が殿方ならね。でもご婦人がお相手なら、一番古くて、みっともない服になさいましよ」

「道って面白いわね、ルイス」アンは夢見るように言った。「まっすぐな道だけじゃなくて、行き止まりの道もあれば、美しいものや驚くようなものが隠れている曲がりくねった道もあるわ。私は前から、道の曲がり角が大好きなの」

「ドーリッシュ街道は、どこへ行くんでしょう」ルイスは現実的なことを言いながらも、シャーリー先生の声は、いつも春を思わせると思っていた。

「薄情かもしれないけど、教師らしく言うと、この道はどこにも行きませんよ、ちゃんとここにありますからね。でもそうは言わないわ。この道がどこへ行こうと、どこへ通じていようと、誰が気にするのかしら。もしかしたら世界の果てまで行って、また戻ってくるかもしれない。エマソンの言葉にあるわ。『ああ、私は時と、どんな関係があろうか』(2)これが今日のモットーよ。しばらく宇宙を放っておいても、宇宙はどうにかやっていくわ。あの雲の影をご覧なさい……あの青々とした谷の静けさ……四隅《よすみ》に林檎の木があるあの家。あの家が春になったら、と想像してみて。今日は、生きているって実感して、そして、世界を吹く風という風は姉妹だと実感する一日よ。道ぞいに芳《かぐわ》しく香る羊歯の茂みがたくさんあって嬉しいわ。ぴりっと香る羊歯に細い蜘蛛の糸がかかっているわね。これを見ていると、細い糸の蜘蛛の巣を、妖精たちのテーブルクロスだということにしていた、いいえ、信じていた……そうね、本当に信じていたあのころを思い出すわ」

二人は、金色に色づいた窪地の道ばたに泉を見つけ、細かな羊歯を集めたような苔に腰をおろした。ルイスは、白樺の皮のコップで、水を飲んだ。

「喉がからからに渇いて水を見つけて、ごくごく飲む本当の喜びを、先生はご存じないでしょうね」ルイスが言った。「ある夏、西部へ行って、鉄道の敷設で働いたとき、暑い日に大平原で迷って、何時間もさまよったんです。喉が渇いて、もう死ぬかと思いました。開拓者の小屋へたどりつくと、これくらいの小さな泉が、柳の木立に湧いていたんです。どんなに飲んだことか！　それからは、聖書と聖書に書いてあるよい水を愛する心がよくわかるようになりました」

「私たち、別の方面からも、水をもらうことになりそうよ」アンがいささか不安げに言った。「にわか雨がくるわ……にわか雨は好きだけど、今日は一番上等な帽子に、二番目のよそいきを着ているの。しかもあと半マイルは一軒の家もなさそうだもの」

「むこうに、人の住んでいない古い鍛冶場があります。でも、そこまで走らなくてはなりません」

二人は走っていき、雨宿りをしながら通り雨を楽しんだ。気ままに歩き回ったこの午後、あらゆることを楽しんだように。まず、静寂がヴェールのようにあたりに落ちてきた。ドーリッシュ街道を吹きわたりながら意味ありげにささやき、葉ずれの音を奏でていた若いそよ風たちは、こぞってその翼をたたみ、身じろぎもせず、音を立てなくなった。木の葉一枚そよがず、影一つ揺れなかった。道の曲がり角のかえでは葉を裏返し、恐ろしさに青ざめているようだった。大きな冷たい影が緑の波のようにかえでの葉をのみこみ、雲はかえでの梢《こずえ》まで近づいてきた。それから一陣の激しい風が吹き、雨が降りはじめた。木の葉に音をたてて打ちつけ、雨足は煙《けぶ》る赤土の道に踊り、古い鍛冶場の屋根を楽しげに打ち鳴らした。

「もしふり続いたら……」とルイスは言ったが、雨はあがった。

ふり始めと同じように、突然、雨はやんだ。陽が輝き、濡れた木々がきらめいた。まばゆい青空が、千切れた白い雲からあらわれた。遠くの丘はまだ雨にかすんでいたが、眼下の谷間の杯《カップ》から桃色《ピーチ》のもやがあふれ流れるようだった。あたりの林も春の木々のように光に照り映え、輝いた。鍛冶場に枝を広げるかえでの大木では、小鳥が、春がきたと心から信じたように歌い始めた。それほどに世界は一瞬にして、驚くべきみずみずしさと美しさに転じた。

「この道を探検してみましょう」ふたたび歩き始めると、アンは、あきのきりん草におおわれた古い横木の柵《フェンス》の間にのびる、細い脇道を見ながら言った。

「この道には、誰も住んでいないと思いますよ」ルイスは疑わしげに言った。「港に出るだけでしょう」

「かまわないわ。行ってみましょう。私は脇道が好きなの……踏み固められた道から外れた、人に忘れられて、草深くて、ひっそりした道が。この濡れた草の匂いをかいでごらんなさい、ルイス。それに、この道の先に、家がある予感がするの……ある類いの家……写真にうってつけの家が」

その予感は、アンを裏切らなかった。ほどなく家が——それも写真を撮るにふさわしい家が現れた。趣きのある古風な屋敷だった。軒は低く、小さな四角いガラス窓がある。柳の大木が家長のごとく堂々たる枝を屋根へのばし、辺りには見るからにのび放題の多年草と藪《やぶ》が茂っていた。家は風雨にさらされて灰色にくすみ、みすぼらしかったが、裏にならぶ立派な納屋はよく手入れされ、仕事ぶりは順調に見え、あらゆる点で現代式だった。

「シャーリー先生、聞くところによると、母屋よりも、納屋が立派な家は、収入が支出よりも多い証拠だそうです」深い轍《わだち》のついた草深い小径を歩きながら、ルイスが言った。

「私に言わせると、それは家の主《あるじ》が、家族より、馬を大切にしている証拠よ」アンは笑った。「この家では、クラブに寄付してもらえないかもしれないけど、今まで見たなかでは写真コンテストの賞にぴったりの家ね。灰色にくすんでいるけれど、白黒写真だもの、大丈夫でしょう」

「この小径を見ると、あまり人が行き来していないようですね」ルイスが肩をすくめた。「きっと家の人は、社交的じゃありませんよ。心配ですね、演劇クラブとは何かさえ知らないかもしれません。とにかく、ねぐらから獲物を狩り出す前に、まずは写真を撮ります」

家に人の気配はなかった。だが写真を撮り終えると、二人は白い門戸を開け、庭を横切り、色あせた勝手口の青い戸をたたいた。玄関の扉は、風柳荘《ウインディ・ウィローズ》と同じように、実用というより体裁のために作られたものに見えた――アメリカヅタにすっぽりおおわれた扉が、体裁のためと言えるならばだが。

気前よく寄付されるにしろ、断わられるにしろ、これまで訪れた家々でうけた礼儀くらいは示されるだろうと思っていた。そのため不意に戸が開き、敷居に現れた人が、予想していた愛想のいい農家の主婦や娘ではなく、背が高く、肩幅も広く、白髪まじりの頭に、太い眉をした五十がらみの男で、しかも挨拶もなく「なんの用だ」と問いただしたものだから、二人は面食らった。

「私たち、高校の演劇クラブに、ご興味をもって頂けたらと思いまして、おうかがいしました」アンは不器用にも、どうにか切り出した。だが、その先は苦労はせずに済んだ。

「そんなもの、聞いたことはない。聞きたくもない。うちには関係ない」男は険しく断るや、二人の面前でぴしゃりと戸を閉めたのだ。

「けんもほろろだったわね」歩き出しながら、アンが言った。

「優しくて、感じのいい紳士でしたね、あの人」ルイスがにやりとした。「奥さんが、かわいそうですよ、もしいるならばですけど」

「いないと思うわ。いれば、奥さんが多少は礼儀を教えるもの」と言いながら、アンは粉々になった平静さを取り戻そうとした。「レベッカ・デューが、あの人を躾けてくれたらいいのに。でも、少なくとも家の写真は撮ったし、写真は賞がとれそうだという予感がするわ……あら！　靴に石ころが入った。お許しが出ようが出まいが、あの紳士の石塀《いしべい》に腰かけて、石を出しましょう」

「幸い、家からは見えませんよ」

アンが靴ひもを結び直していると、二人の右手から、低木の茂みをそっと押し分ける音がした。ほどなく、八つくらいの小さな男の子が現れた。子どもらしくはにかみながら、二人を探るように見つめている。ぷっくりした両手に、大きな林檎の半月パイ(3)を握っていた。可愛い男の子だった。つややかな茶色の巻き毛、人を信じて疑わない茶色の目、繊細な顔だちをしている。帽子もかぶらず、靴もはかず、身につけているものは色あせた青い木綿のシャツに、すりきれた天鵞絨《ビロード》のニッカーボッカーズ(4)だけだったが、どことなく優雅な雰囲気があり、小さな王子が身をやつして変装したようだった。

子どものすぐ後ろには、大きな黒毛のニューファンドランド犬(5)が付き従い、犬の頭は、男の子の肩に届くほどだった。

アンは男の子に笑みかけた。この笑みが、いつも子どもの心をつかむのだ。

「やあ、坊や！」ルイスは声をかけた。「どこの子かい」

男の子は答えるようににこにこして近づき、半月パイをさし出した。

「これ、食べて」恥ずかしそうに言った。「お父ちゃんがぼくにこしらえてくれたんだけど、あげたいの。ぼく、食べるものは、たんとあるから」

気の利かないルイスは、幼な子のおやつをとりあげることなどできないと、今にも断ろうとした。すぐさまアンは、ルイスを肘でつついた。意味を解したルイスは、生まじめに受けとり、アンに渡した。アンも同じようにまじめな顔で二つに割り、半分をルイスに返した。食べなければならないと思ったが、「お父ちゃんの」料理の腕前が、はなはだ疑問だった。ところが最初の一口で安心した。「お父ちゃん」は礼儀こそ不得手だが、半月パイの腕前は確かだった。

「おいしいわ」アンが言った。「ぼく、名前はなんというの」

「テディ・アームストロング(6)」パイをくれた小さき恩恵者は答えた。「でもお父ちゃんは『ちびっこ《リトル・フェロー》』(7)って呼ぶんだよ。お父ちゃんにはぼくしかいないんだ。お父ちゃんは、ぼくが大好きなの。ぼくも、お父ちゃんが大好き。お父ちゃんのことを、お行儀が悪いと思ったかもしれないね、ばたんと戸を閉めたもの。でも、感じ悪くするつもりはなかったんだよ。何か食べるものがほしいって話すのが聞こえて（実際は言わなかったが、そんなことはどうでもいいとアンは思った）、ぼくはお庭で立葵《たちあおい》の後ろにいたから、半月パイを持ってってあげようと思ったの。食べるものがない貧乏な人を、いつもかわいそうに思ってるの。ぼくにはいつだって、たんとあるもの。お父ちゃんは、とびきりの料理上手なんだ。お父ちゃんのライス・プディング（8）を味見しなきゃいけないよ」

「干しぶどう《レーズン》は入れるのかい」ルイスが、ちかっと瞬きしてたずねた。

「とってもたくさん。お父ちゃんは、ちっともけちんぼじゃないんだよ」

「坊や、お母さんはいないの」アンがたずねた。

「うん、死んだの。メリルのおばさんが、前に、お母ちゃんは天国へ行ったって教えてくれたけど、お父ちゃんは、そんな所はないって言うの。でもお父ちゃんはわかってるにちがいないの。とても賢いんだもの。本を何千冊も読んだの。ぼく、大きくなったら、お父ちゃんみたいになるよ……ただ、ぼくなら、おなかを空かしてる人には、食べものをあげるよ。お父ちゃんは、あまり人が好きじゃないの。でも、ぼくには、とても優しいんだよ」

「学校へは行っているのかい」ルイスが問いかけた。

「いいや、お父ちゃんに家で教わってるの。でも、学校の理事さんたちが、来年は通わせなくちゃいけませんって、お父ちゃんに言ったんだ。ぼく、学校へ行って、よその男の子たちと遊びたいな。もちろん、ぼくにはわんちゃんのカーロウがいるし、お父ちゃんも手がすいてるときは、すてきに遊んでくれるよ。でもお父ちゃんは忙しいもの。農場をして、家もきれいにしなくちゃいけないの。だから人に邪魔されたくないんだ、わかるでしょう。もっと大きくなったら、お父ちゃんをうんと手伝ってあげるんだよ。そうすればお父ちゃんは時間ができて、お客さんに親切にするからね」

「半月パイ、とてもおいしかったよ、ちびっこくん」最後のひとかけらをのみこむと、ルイスが言った。

ちびっこの目が輝いた。「気に入ってくれて、とっても嬉しいな」

「お写真を撮ってほしい？」アンは言った。物惜しみしないこの幼な子に、お金をあげようなどと言ってはいけない気がした。「もしよかったら、ルイスが撮ってくれるわよ」

「わあ、撮ってちょうだい！」ちびっこはせがんだ。「カーロウも一緒に？」

「もちろん、カーロウもいいわよ」

アンは、男の子と犬に、茂みの前で愛らしいポーズをとらせた。男の子は、巻き毛の大きな遊び友だちの首に、腕をまわした。犬も男の子も等しく大喜びしていた。ルイスは、最後に一枚残っていた感光板で撮影した。

「うまく撮れていたら、一枚、郵便で送ってあげよう」ルイスが約束した。「宛先はどう書くのかい」

「グレンコーブ街道⑼、ジェイムズ⑽・アームストロング様気付、テディ・アームストロング」ちびっこは答えた。「ああ、郵便局から、ぼくに何かが届くなんて、楽しいな！　ぼく、とっても誇らしい気持ちになるね。でもお父ちゃんには言わないでおくよ。びっくり仰天させるんだ」

「じゃあ、二、三週間したら、小包みが届くから、注意して見ておくれよ」別れの挨拶を告げるとき、ルイスが言った。アンはつと身をかがめ、日に焼けた小さな顔にキスをした。その面ざしには、アンの心を強く引きつけるものがあった。この子はあまりに可愛く――あまりに優しく――母のない子どものいじらしさがあった！

二人が小径の曲がり角でふり返ると、男の子は犬と並んで石堤に立ち、手をふっていた。

レベッカ・デューは、アームストロング家のことを、もちろん何もかも知っていた。

「ジェイムズ・アームストロングは、五年前に奥さんを亡くしてから、立ち直っちゃないんですよ。前はあんなに悪かなかったんですけどね。まずまず感じのいい男でしたよ。少々、世捨て人みたいな気《け》はありましたけども。どうやら、あんな性格に変わっちまったんですね。あれは、小柄な奥さんに、ぞっこんでね……二十歳も年下でしたよ。その女房に死なれて、ひどくこたえたって話ですよ。生まれ持っての性分《しょうぶん》もすっかり変わって、無愛想な、ひねくれ者になったんです。家政婦すら置こうとしないんですよ。家事から子どもの世話まで、男手一つでしてるんです。もっとも、結婚前は長いこと独身者《ひとりもん》でしたから、不得手じゃないんですよ」

「でも、子どもにとっては、いい暮らしじゃありませんね」チャティおばさんが言った。「息子を、教会にも、どこにも、人に会うような場所へ連れて行かないのですから」

「息子を崇拝してると、聞いたことがあります」ケイトおばさんが言った。

「汝《なんじ》、われをおいてほかに神があってはならない」(11)突然、レベッカ・デューが引用した。

第3章

三週間後、ルイスは時間を見つけて写真を現像した。そして初めて風柳荘《ウインデイ・ウイローズ》の夕食に招かれた日曜日、写真を持参した。家の写真も、ちびっこの写真も、見事な仕上がりだった。男の子は写真の中からほほえみかけていた。「まるで生きてるみたいですよ」レベッカ・デューが言った。

「あら、この子はルイスにそっくりね！」アンが高い声をあげた。

「よく似てること」レベッカ・デューは判定でもするように、目を細めてながめ、うなずいた。「この子の顔を見た瞬間、誰かを思い出したんだけども、誰だかわからなかったんですよ」

「まあ、目といい……おでこといい……顔つき全体が、ルイスにそっくり！」アンが言った。

「ぼくが、こんなに器量のいい男の子だったとは、とても思えませんけど」ルイスは両掌を上へむけて肩をすくめた。「七つくらいのとき、どこかで撮った写真がありますから、探して、比べてみます。でも、シャーリー先生がご覧になったら、笑われますよ。

長い巻き毛をたらして、レースの襟なんかつけて、まじめくさっているんです、直立不動でこちこちになって。あのころ使われていた三本爪の妙な装置を頭にはめていたと思います（1）。かりにこの写真が、ぼくにそっくりだとしても、ほんの偶然でしょう。ちびっことぼくに、関係があるはずがないんです。この島に親戚は一人もいませんから……今は」

「お生まれは、どちらで」ケイトおばさんがたずねた。

「ニュー・ブランズウィック（2）です。ぼくが十歳のとき、父も母も亡くなり、この島へ来て、母のいとこと暮らすようになったんです……アイダおばさんと呼んでいました。でもおばさんも、ご存じの通り、三年前に亡くなりました」

「ジム・アームストロングも、ニュー・ブランズウィックから来たんだよ」レベッカ・デューが言った。「あの男は、根っからの島の者《アイランダー》（3）じゃないからね。島の者なら、あんなにへそ曲がりのわけがない。もちろん、島にも変人はいるけども、あたしらは、文明の礼儀というものを弁《わきま》えてますからね」

「あの愛想のいいアームストロングさんと縁続きかどうか、ぼくはあんまり知りたくないなあ」ルイスはにやにやして言うと、チャティおばさんのシナモン・トーストにかぶりついた。「でも、この写真を仕上げて台紙に貼ったら、グレンコーブ街道へ持って行って、少し調べてみます。もしかすると遠い親戚か何かかもしれない。でも、母方《ははかた》の身内は、生きていたとしても、全然知らないんです。いないものだと思っていましたから。父の身内は、いないことはわかっています」

「ルイスがじかに写真をもって行くと、ちびっこは、郵便局から受けとる楽しみがなくなって、ちょっとがっかりするんじゃないかしら」アンが言った。

「その埋めあわせはします。ほかのものを郵便で送りましょう」

次の土曜の午後、ルイスは古色蒼然とした馬車を、さらに古色蒼然とした雌馬《めすうま》に引かせて幽霊小路にやってきた。

「シャーリー先生、これからグレンコーブへ行きます。テディ・アームストロングの坊やに写真を届けるんです。この颯爽《さっそう》とした馬と馬車をご覧になって、先生が心臓麻痺を起こされないなら、一緒に来て頂きたいんです。車輪が外れることは、ないと思いますけど」

「ルイス、おまえさんは、いったいまたどこで、こんな骨董品を借りてきたのかね」レベッカ・デューがたずねた。

「ぼくの立派な馬をからかわないでくださいよ、デューさん。年寄りの馬には、敬意を払うものです。馬と馬車は、ベンダーさんから借りました、ドーリッシュ街道へ行って、あの人の用事をしてあげるという約束で。グレンコーブへ歩いて行って帰ってくる時間の余裕が、今日はないもので」

「時間の余裕とはね！」レベッカ・デューが言った。「私なら、この馬より、ずっと早いとこ、自分の足で歩いてって、帰ってきますよ」

「じゃあ、じゃが芋を一袋かついで、ベンダーさんのところへ歩いて帰るんですか？　たいしたご婦人だ！」

レベッカ・デューの赤ら顔が、さらに赤らんだ。「年寄りをからかうなんて、よかありませんよ」と若造をとがめたが、仇《あだ》を恩で返す（4）つもりで、声をかけた。「出かける前に、ドーナツでも、ちょっとどうかね」

ところが馬車が郊外へ出ると、白い雌馬は驚くべき力で走った。馬車で街道をがたごと進みながら、アンは内心、笑っていた。ガードナー夫人やジェイムジーナおばさん（5）が、今の自分を見たら、なんと言うだろう。だが彼女は気にしなかった。その日は、遠乗りにふさわしい一日だった。馬車は、太古から変わらぬ秋の紅葉という美しい儀式を行っている田園を走り抜けていく。ルイスは、アンのよき仲間だった。これから彼は、野心の数々をかなえていくだろう。思うに、ベンダー家の馬車に、ベンダー家の馬をつないで遠乗りに人を誘うような者は、アンの知りあいに、ルイスしかいないだろう。だが彼は少しもおかしいと思わなかった。目的地に着きさえすれば、どうやって行こうが違いはない。どんな乗り物に乗ろうと、高い丘の静かなふもとは青く、道は赤く、かえでは華やかに紅葉している。ルイスは物事の真理を見る者であり、人がなんと言おうと、少しも気にかけなかった。ルイスは下宿先で家事をしているために、高校の生徒の中には「めめしい奴」と呼ぶ者もいたが、やはり気にしなかった。言いたい奴には言わせておけ！　いずれは、こちらが笑う番になるのだ。懐《ふところ》は空っぽかもしれないが、頭は空ではないのだ。一方、この昼下がりは一篇の田園牧歌であった。二人は、あのちびっこに会いにいくのだ。ベンダーさんの義理の弟のメリルさんが、じゃが芋を一袋、馬車の後ろにのせると、二人は遠出の目的を、彼に話した。

「てえことは、あのテディ・アームストロング坊やの写真を、撮ったのけえ」メリルさんが声を張りあげた。

「ええ、撮りましたとも、いい写真ですよ」ルイスは包みをほどき、誇らしげにさし出した。「プロの写真家でも、こんなにうまくは撮れないと思います」

メリルさんはぴしゃりと自分の足を叩き、「はあ、こりゃあ、たまげた！　てえのはな、テディ・アームストロングの坊やは、死んだんだよ……」

「死んだですって！」アンは愕然《がくぜん》として声をあげた。「まあ、メリルさん、まさか！　そんなこと……あの可愛い坊やが……」

「かわいそうだがね、お嬢さん、でもほんとさね。あれの父親は、もう気も狂わんばかりでな。なお悪いことに、せがれの写真を一枚も持っちゃいねえんだ。でもこうして、いい写真をもってくんだから、よかったさ、ありがてえことだ！」

「そんなこと……本当のこととは思えないわ」アンの目に涙があふれた。石堤から別れの手をふってくれた小さくて可憐な男の子の姿が、目に浮かぶようだった。

「残念だがなあ、ほんとなんだ。三週間くらい前に死んじまってよ。肺炎で、えらく苦しんでな。だがあの子は、誰よりも立派で、我慢強かったそうな。ジム・アームストロングが、どうなることか。人の話じゃ、気がふれた者みてえになってるらしい……ふさぎこんで、四六時中、独り言をつぶやいてなあ。『ちびっこの写真さえあれば！』って、くり返してるそうな」

「気の毒な人ですよ」不意に、メリルのおかみさんが口をはさんだ。亭主のかたわらに立つその人は、やつれてやせた体つきに、白髪が混じり、洗いざらしのキャラコの服にチェックのエプロンをかけていた。それまでは黙っていたのだった。「アームストロングさんはお金持ちですよ。ところがうちは貧乏なもんで、いつも見下されてる気がしたもんです。でも私らには、息子がおりますからね。愛する者がいれば、どんなに貧しくても、そんなことは、問題じゃないんです」

アンは、新たな尊敬の念をこめて、メリルのおかみさんを見つめた。おかみさんは美しい人ではなかったが、その窪んだ灰色の瞳が、アンの目とあったとき、何か親《ちか》しい魂が二人に通いあうのが感じられた。このおかみさんに会うのは初めてであり、この先も二度と顔をあわせることはなかった。しかし、愛しく思うものがあれば、人は決して貧しくないという、人生の根本的な真理を悟った女性として、アンはいつまでも憶えていた。

アンの楽しい一日は台無しになった。ちびっことは短い出会いだったが、どういうわけか、アンの心をわし摑《づか》みにしたのだ。アンとルイスは言葉もなく馬車を走らせ、グレンコーブ街道を進み、やがて草深い小径へ入っていった。犬のカーロウは、勝手口の青い扉の前に横たわっていた。二人が馬車からおりると、起きあがり、近づいてきた。犬はアンの手をなめながら、小さな遊び仲間の行方《ゆくえ》をたずねるように、悲しみに沈む大きな目で、アンを見上げた。家の扉は開いていた。薄暗い部屋の奥に男がいて、テーブルに頭《こうべ》をたれていた。

アンがノックすると、男は驚いた様子で立ちあがり、戸口に現れた。その姿の変わりように、アンは胸をつかれた。頰はこけ、顔は憔悴《しょうすい》し、髭《ひげ》もそらず、深く落ち窪んだ目が、気まぐれな炎のようにぎらりと光った。

最初のうち、アンは追い払われると思った。ところが彼は、誰なのか気づくと、弱々しい声で言った。「ああ、また来たのか。ちびっこが言っていたよ。うちの子に話しかけて、キスをしてくれたって。あの子は、おまえさんを好きになったんだ。それなのに私は、あんな無礼をして、すまなかった。それで、なんの用だい」

「お見せしたいものがあるんです」アンは優しく話しかけた。

「中へ入って、おかけなさい」男は寂しげに答えた。言葉で言うよりもと、ルイスは、ちびっこの写真を包みからほどき、さし出した。男は写真をつかみとった。驚きの表情を浮かべ、恋い焦がれるような目で見つめていたが、写真をいすに置き、男泣きに泣いた。男がこんなに激しくむせび泣く姿を、アンは見たことがなかった。アンとルイスは同情のあまり何も言えないまま、かたわらに立ちつくし、男が落ち着きをとり戻すのを待った。

「ああ、この写真が、私にとってどんなにありがたいか、おわかりになりますまい」男はようやく口をひらき、途切れ途切れに話しだした。「あの子の写真が、一枚もないんです。他の人と違って、私は人の顔を思い出すことができないのです。たいていの連中なら、人の顔を思い浮かべることができるだろうが、私にはできない。だからちびっこが死んで、つらかった。あの子がどんな顔つきをしていたか、思い出せなかった。ところが今、写真をもって来てくれた……あんな失礼を働いたというのに。さあ、すわって！　すわってください！　感謝している気持ちをどうにかして伝えられたらいいんだが。あなたがたは、私が正気を失うところを、救ってくれた……おそらく、私の命も。ああ、お嬢さん、この写真は、あの子そのものだ。今にも話しかけそうだ。そうだろう？　私の可愛いちびっこや！　あの子なしで、これから、どうやって生きていけばいいのか。こうなっては、生きていく甲斐もない。あの子の母親に死なれ、今度は息子に先立たれ」

「ああ、可愛い坊やでしたね」アンは心をこめて言った。

「可愛い子だった。小さなテディ……セオドアという名は、あれの母親がつけたんです。あの子は『神さまからの贈りもの』だと家内は言っていました。死ぬなんて、あの子にとっても、なんとむごいことか。あの子はほがらかで、元気いっぱいでした……それなのに、あんなふうに死ぬ運命だったとは！　あの子は我慢強くて、決して愚痴をこぼさなかった。ただ一度だけ、にっこりして、私の顔を見上げて言ったのです。『お父ちゃん、お父ちゃんは一つ、思い違いをしてるよ……たった一つ。ぼく、天国はあると思うんだ、そうでしょう？　天国って、あるんじゃないのかな、お父ちゃん』と。そこで『そうだね、あるよ』と答えたんです。神よ、お許しください、あの子に天国はないと教えたことを。するとあの子は、またにっこり笑ったんです、まるで満足したように。そして言いました。『よかった。お父ちゃん、ぼくは、その天国へ行くよ。そこには、お母ちゃんと神さまがいるんだよ。だからぼく、うまくやっていけるよ。でも、お父ちゃんのことが、心配だよ。ぼくがいなくなったら、とても寂しいでしょう。でも、なるたけ、きちんと暮らしてね。お客さんには、礼儀正しくしてね。それから、あとで、ぼくと、お母ちゃんのとこに来てね』そう言って、わしに約束させたのです。ところがあの子がいなくなると、この空っぽな家と空っぽな気持ちに耐えられないのです。写真をもって来てくださらなかったら、頭がどうにかなったでしょう。写真のおかげで、これからは、さほどつらくないかもしれないが……」

男はひとしきりちびっこの話をした。亡き人の思い出を語ることに、救いと慰めを見出すようだった。冷ややかさも、荒々しさも、服を脱ぎ捨てたように男から消え失せていた。最後にルイスは、自分が写る色あせた小さな写真をとり出し、男に見せた。

「アームストロングさん、この男の子に似た人を、ご存じですか」アンがたずねた。

男は狐につままれた顔つきで見入っていたが、やっと口を開いた。「ちびっこに、そっくりだ。誰の写真です」

「ぼくです」ルイスが答えた。「七歳のぼくです。不思議なほどテディと似ているので、シャーリー先生が、こちらへ持ってきて、お見せするようにおっしゃったんです。もしかすると、私はあなたと、あるいはちびっこくんと、遠い親戚かもしれないと思ったんです。ぼくはルイス・アレンと言います。父はジョージ・アレンです。ぼくは、ニュー・ブランズウィックの生まれです」

ジェイムズ・アームストロングは首をふった。しかしたずねた。「では、お母さんの名前は」

「メアリ・ガーデナー」

ジェイムズ・アームストロングは黙ったまま、しばらくルイスを見つめていた。「それは、私の父親違いの妹だ」ようやく口を開いた。「その妹のことは、ほとんど知らない……一度しか会ったことがないんでね。私は父を亡くして、おじの家で育った。母は再婚して、遠くへ行ってしまったんだ。一度母が会いに来てくれて、幼い娘をつれていた。ほどなく母親も死んでしまい、父親違いの妹に会うことは、二度となかった。この島へ来て暮らすようになって、妹の行方もわからなくなった。おまえさんは、私の甥っ子なんだな、ちびっこのいとこだったんだな」

自分は天涯孤独の身だと思っていた若者ルイスにとって、それは驚くべき新事実だった。ルイスとアンは、アームストロング氏とともに日暮れまですごした。男は読書家で、知的な人物だった。どういうわけか二人とも、彼が好きになった。初対面の無愛想な応対は忘れ、好ましからざる殻に隠されていた真実の気質と人柄だけを、見てとったのだ。

「そうよね、いい人でなきゃ、ちびっこくんが、あんなにお父さんを好きになるはずがないもの」夕焼けのなか、馬車で風柳荘《ウインディ・ウイローズ》へ帰る道すがら、アンはルイスに言った。

次の週末、ルイス・アレンが伯父を訪ねると、男は言った。「ルイスや、うちへおいで、一緒に暮らそう。おまえは私の甥っ子だ。私は、おまえの面倒をみてやることができる……ちびっこが生きていたら、あの子のためにしたことを。おまえは、この世に身寄りがない。それは私も同じだ。私には、おまえが必要だ。ここで独りで暮らしたら、私はまた無愛想な、気むずかしい男になるだろう。ちびっことの約束を守っていけるように、力を貸してほしいんだ。あの子の部屋は空いている。うちへ来て、がらんとした部屋を使っておくれ」

「ありがとう、伯父さん。やってみましょう」ルイスは片手をさし出した。

「それから、たまには、あの女の先生を連れて来ておくれ。あの娘さんが気に入ったんだ。ちびっこも好いていた。あの子は言ったんだ。『お父ちゃんじゃない人にキスされるのは好きじゃなかったけど、あのお姉ちゃんにキスされて、嬉しかったんだ。あの人の目のなかには、何かがあったんだよ、お父ちゃん』

第4章

「ポーチの古い温度計は零度《れいど》をさしているのに、お勝手口の新しい温度計は十度なんです」十二月の凍える寒い宵、アンが言った。「マフ(1)をもって行くべきかどうか、わからないわ」

「古い温度計で判断なさいましよ」レベッカ・デューが用心するように言った。「このへんの気候になじんでますからね。それにしても、この冷えこむ晩に、どちらへお出かけで」

「テンプル通りよ。クリスマス休暇をグリーン・ゲイブルズですごしましょうって、キャサリン・ブルックを誘いにいくの」

「そんなことをすりゃあ、せっかくのお休みが散々ですよ」レベッカ・デューは真顔になった。「あれは、天使さまにだって剣突《けんつく》を喰らわしますよ……そうですとも。もっとも、あの人が威張りくさらずに天国に行けたらの話ですけども。もっと始末に負えないことに、あの人は、自分の無作法を得意にしてんですからね。つんけんすることで、根性があるって、示せるとでも思ってんです、そうに決まってますよ！」

「頭では、あなたの言うことは、一つ一つ、もっともだと思うけど、心では、そう単純にうなずけないの。色々あるにしても、キャサリン・ブルックは、無愛想な見かけを一皮むけば、ただ内気で、不幸せな人だっていう気がするの。サマーサイドでは親しくなれなかったけれど、グリーン・ゲイブルズへおつれしたら、あの人の態度も、丸くなるかもしれないわ」

「無理ですね。あの人は行きっこありませんから」レベッカ・デューは予言した。「休暇に誘ったりすると、侮辱されたって、うけ取りますよ。要するに、先生から施《ほどこ》しをもちかけられたって思うんです。うちでも、前に一度、クリスマス・ディナーに呼んだんです、先生が来なさる前の年でしたよ……ねえ、マコーマー夫人、憶えておいででしょう、七面鳥を二羽もらった年ですよ。どうやったら食べ切れるか、途方にくれてましてね……ところが、あの人の返事ときたら、『いいえ、結構です。「クリスマス」という言葉ほど嫌いなものはありませんから』と、これっきりですよ」

「まあ、それは大変……クリスマスが嫌いだなんて！　何とかしなくては、レベッカ・デュー。やっぱりキャサリンを誘いにいくわ。親指に妙な感じがするの。キャサリンが、グリーン・ゲイブルズへ来るという予感よ」

「どういうわけだか、先生が、何かが起きそうだっておっしゃると、こっちもほんとにそうなる気がするんですよ」レベッカ・デューはしぶしぶ認めた。「先生にゃ、予知能力《セカンド・サイト》がおありじゃないですか。マコーマー船長のお母さんも、あったんです。あたしゃ、ぞっとしたもんですよ」

「レベッカをぞっとさせるようなものは、私にはないと思うわ。ただ……時々、思うの。キャサリン・ブルックは苦虫をかみつぶしたような顔つきをしているけど、本当は寂しくて、どうにかなりそうなんじゃないかしら。だからクリスマスに誘うのは、心理学的な時機としてぴったりだと思うの、レベッカ・デュー」

「あたしゃ、文学士さまじゃございませんからね」レベッカ・デューはひどくへりくだって言った。「だけども先生が、あたしにゃとうてい理解できない言葉をお使いになる権利を、否定するものではありませんし、先生が思った通りに人を動かせることも、否定しませんよ。なにしろ、あのプリングル一族を、手玉にとったんですから。でも、氷山とナツメグのおろし金(2)を一つに合わせたみたいな人を、クリスマスに家へつれてくなんて、憐《あわ》れみ申し上げますよ」

テンプル通りへむかう道中、アンに、見せかけほどの自信はまるでなかった。近ごろのキャサリン・ブルックは、実際、耐えがたかった。アンは、くり返し肘鉄《ひじてつ》を喰らった挙げ句、ポーの詩の「大鴉《おおがらす》」のように「もう二度とするもんか!」と、顔をしかめて言ったのだ(3)。つい昨日の職員会議でも、キャサリンは、はなはだしく失礼だった。しかし、ふと無防備になった瞬間、若くはない彼女の目に浮かぶ表情を、アンは見たのだ。

それは檻に閉じこめられている生きものさながらに激しく、半狂乱になった表情だった。そこで昨夜のアンは、キャサリン・ブルックを、グリーン・ゲイブルズに呼ぶべきか呼ぶまいか、夜半まで悩んですごし、最終的に、もう考えは変えないと固く決意して眠りについたのだった。

キャサリンの下宿の女主人は、客間に通してくれたものの、アンが、ブルックさんにお会いしたいと告げると、肉付きのいい肩をすくめた。

「お見えになったことは、伝えますよ。でも、おりて来るかどうか、わかりませんよ。あの人は、ふてくされてますから。今夜の夕はんのとき、ブルックさんの服はサマーサイド高校の教師にふさわしくないって、ローリンズのおかみさんが言ってますよって話したら、いつもみたいに、つっけんどんになったんです」

「そんなこと、おっしゃらなければよかったのに」アンはとがめる口調になった。

「でも、言ったほうがいいと思ったんで」デニス夫人はいささか腹を立てた。

「それでは、ブルックさんは沿海州地方（４）で最も優秀な教師の一人だと、視察官がおっしゃったことも、言ったほうがいいと思われましたか」アンはたずねた。「それとも、これはご存じなかったんですか」

「話にゃ、聞いてましたよ。でも今だって、これ以上悪くなりようがないくらい、高慢ちきですからね。あの自惚《うぬぼ》れを言い表す言葉は、ないくらいですよ……もっとも、何がそんなに得意なのか、見当もつきませんけれど。そうですとも、とにかく、今夜のあの人は不機嫌ですよ。犬を飼うことはならないって、あたしが言ったからです。あの人は犬を飼いたいって、急に思いついて、えさ代は払うだの、迷惑をかけないように気をつけるだの、って言うんですけど、あの人が学校へ行ってる間は、どうすりゃいいんです。きっぱりお断りしましたよ。『うちは、犬の下宿はしてません』とね」

「まあ、デニスさん、犬を飼わせてあげてくださいませんか。手間はかかりませんわ……そんなには。学校にいる間は地下室に入れておくこともできますよ。それに犬がいれば、夜も用心になりますよ。飼わせてあげてください……お願いします！」

アン・シャーリーが「お願いします」と言うと、その目には決まって抵抗しがたい何かがあった。デニス夫人は肥《ふと》り肉《じし》の肩をしたお節介なおしゃべりではあるが、根は不親切ではなかった。キャサリン・ブルックの無礼な態度が、時々、癪にさわるだけだった。

「あの人が犬を飼えるかどうか、どうしてそんなに気になさるんですか。そんなに親しいとは知りませんでしたよ。あの人には、一人も友だちがありませんから。あんなに人づきあいの悪い下宿人は初めてですよ」

「だから犬がほしいのですよ、デニスさん。私たちは誰しも、仲間がいないと生きていけないのです」

「そうですね。あの人にも人間らしいところがあるって、初めて気がつきましたよ」デニス夫人は言った。「犬を飼うことに猛反対してるわけじゃ、ないんです。あの人の口ぶりに、ちょっと腹が立ったんです。『デニス夫人、犬を飼ってもよろしいでしょうかって、おたずねしたところで、どうせ、同意はしてくださらないと思いますけど』だなんて言うんですから、それも偉そうに。あの人に一言言ってやらなくては！　だから『お察しの通りですよ』って言い返してやりましたよ、同じくらい偉そうに。自分が言ったことを取り消すのは人一倍嫌いですけど、犬に客間で粗相をさせないと約束するなら飼ってもいいと、ブルックさんに言ってもいいですよ」

犬が粗相をしたところで、客間はこれ以上ひどくなりようがないとアンには思われた。薄汚れたレースのカーテン、紫の薔薇をちらした趣味の悪い絨毯に目をやり、アンは身ぶるいした。

「こんな下宿でクリスマスをすごすなんて、誰であろうとかわいそうだわ」とアンは思った。「キャサリンが、クリスマスという言葉を毛嫌いするのも、無理もないわ。この部屋に風を通して、新鮮な空気を入れたいくらい。何千回もの食事の匂いが、しみついているもの。キャサリンは、いい給料をもらっているのに、どうして、ここに下宿しているのかしら」

「上がってきて、いいそうですよ」戻ってきたデニス夫人は、いささか不思議そうに伝えた。というのもミス・ブルックは、いつものように不機嫌だったからだ。

階段は狭くて急で、人を追い返そうとするようだった。階段そのものが、人を望んでいないのだ。だから用のないものは、誰も上がろうとしなかった。廊下に敷いたリノリウムはすり切れて裂けていた。廊下の奥の小さな寝室へ行くと、客間よりもさらに陰気だった。笠のないガス灯(5)が一つあり、ぎらぎら燃える光で照らしていた。中央がへこんだ鉄製のベッド、貧弱なひだをとったカーテンのさがる狭い窓は裏庭に面していたが、大量のブリキ缶が散らばっていた。しかし、そのむこうには奇跡のような夕空が広がり、遠くに連なる紫色の丘に、ロンバルディ・ポプラの並木が、鮮やかに映えていた。

「まあ、ブルックさん、あの夕焼けをご覧なさいよ!」アンは、キャサリンがすわるように指さした、きしんだ音を立てるクッションもない揺りいすから、うっとりした声で言った。

「夕焼けなら、飽きるほど見たわ」キャサリンは動きもせず、冷ややかに言った。胸のうちでは、「たかが夕焼けぐらいで、私を見下しているんだわ!」と苦々しく思っていた。

「この夕焼けは見たことはないでしょう。同じ夕焼けは二つとないのよ。さあ、ここにすわって、この夕日を私たちの魂に沈ませましょうよ」とアンは言ったものの、心では、「あなたは、一度でも、楽しいことを言ったことがあるのかしら」と思っていた。

「馬鹿みたい、やめて！」

これほど人を侮蔑する言葉が、この世にあろうか！　キャサリンの人を小馬鹿にした口ぶりに、軽蔑の鋭さも加わっていた。夕焼けを眺めていたアンはふり返り、キャサリンを見た。よほど立ち上がって出ていこうかと思った。ところがキャサリンの目が少し妙だった。泣いていたのだろうか。まさか、キャサリン・ブルックが泣くなど、想像もできない。

「私、あまり歓迎されていないようね」アンはゆっくり言った。

「私は、うまいこととり繕《つくろ》うことができないの。女王様みたいにふるまうあなたの卓越した才能も、持ちあわせていませんから。あなたのように、誰にでも、ふさわしいことを言う才能もない。ええ、あなたは、歓迎されていないわ。そもそもここが、人を歓迎できる部屋かしら」

キャサリンは蔑《さげす》むような身ぶりで、色あせた壁、クッションもないみすぼらしいいす、くたびれたモスリン地のひだ飾りが下がるぐらついた化粧台を指さした。

「いい部屋ではないわ。でも好みじゃないなら、なぜここに暮らしているの」

「まあ、なぜ、なぜですって？　あなたには、わかりっこないわ。でもいいわ。人がどう思おうと、私は気にしない。ところで、今夜は何の用？　まさか夕焼けを見に来たわけじゃないでしょ」

「クリスマス休暇を、グリーン・ゲイブルズですごしましょうと、お誘いに来たの」

「そら」アンは思った。「また皮肉の一斉攻撃よ！　せめてキャサリンも、すわればいいのに。私が帰るのを待っているみたいに、つっ立っているんだもの」

ところが、しばらく沈黙が続いた。やがてキャサリンはゆっくり話し出した。「どうして誘ってくれるの。まさか、私が好きだから、ではないでしょう。いくらあなたでも、そんなふりは、できないもの」

「こんなところでクリスマスをすごすなんて、考えただけでも、たまらないからよ」アンは思ったままを言った。

すると皮肉が始まった。「ああ、そういうこと。クリスマスという季節柄、慈善でもしようという衝動に、かられたのね。でも私は、お情けをかけてもらうには、適任じゃないわ、今のところは、まだね、シャーリーさん」

アンは立ち上がった。無愛想で高慢ちきな人がらに、堪忍袋《かんにんぶくろ》の緒《お》も切れたのだ。アンは部屋を横切り、キャサリンの目を真正面から見定めた。「キャサリン・ブルック、あなたがわかってようが、いまいが、あなたに必要なものは、ぴしゃりと尻を叩かれる(6)ことよ」

二人は、しばし、じっと見つめ合った。

「そう言って、さぞ気がすんだでしょう」キャサリンは言った。しかしその声色からは、どういうわけか、人を馬鹿にする気配が消えていた。唇は、かすかに引きつれてさえいた。

「ええ、気がすんだわ」アンは言った。「いつか言いたいと、ずっと思っていたもの。私は慈善の気持ちから、あなたをグリーン・ゲイブルズに誘ったんじゃない。あなたも、それはよくわかってるでしょう。私は、本当の理由を言いました。ここでクリスマスをすごすなんて、誰であろうと、そんなことはすべきじゃない。そんなことは、考えるだけでも論外よ」

「私が気の毒だから、グリーン・ゲイブルズに誘ったのね」

「そうよ、あなたをかわいそうに思っているわ。だってあなたは、今までずっと人生を閉め出してきたんだもの……今では、人生が、あなたを閉め出している。キャサリン、そんなことは、もうやめて。人生にむかって、あなたの扉を次々と開くのよ、そうすれば、人生が入ってくるわ」

「古くさい陳腐な決まり文句を、アン・シャーリー風に言い直したのね。

　微笑みを、鏡によせれば

　微笑みに、出逢うだろう」（7）

そう言うと、キャサリンは肩をすくめた。

「そうよ、これは紛《まぎ》れもない真実よ、陳腐な決まり文句が、すべて真実であるように。さあ、グリーン・ゲイブルズに来るの、来ないの」

「もしあなたの誘いをお受けしたら、あなたはなんと言うの？……私にではなく、あなた自身の胸に」

「今まであなたのなかに探していた常識のかすかな光を、あなたが初めて見せてくれた、そう言うと思うわ」アンは返した。

驚いたことに、キャサリンは笑った。部屋を横切って窓辺により、炎のように赤い光を、顔をしかめて見つめた。先ほど彼女が小馬鹿にした夕焼けの名残りだった。それからキャサリンはむき返った。

「いいわ、行くわ。まあ嬉しいとか、楽しくすごしましょうねとか、お義理で言ってもいいのよ」

「お義理じゃない、私は心から嬉しいわ。でも、あなたが楽しくすごせるかどうかは、私にはわからない。それはかなりの部分、あなた次第だもの、ミス・ブルック」

「もちろん礼儀正しくふるまうわ。びっくりするでしょうよ。私は陽気なお客というわけにはいかないかもしれないけど、ナイフで物を食べたり、いい天気ですねなんて言う人がいても、馬鹿にしたりしないと、約束する。正直に言うと、行く理由は、ただ一つ。

この私でさえ、この下宿で冬休みを一人きりですごすと思うと、耐えられないの。クリスマスの一週間、デニス夫人は、シャーロットタウンの娘さんのところへ行くの。その間、自分で食事を作るなんて、考えただけでうんざり。料理はてんでだめだから。つまり物質が、精神に勝利した、そんなところよ。でも私にむかって、メリー・クリスマスなんて言わないと、あなたの名誉にかけて誓ってくれる？　クリスマスにおめでたい気分になんか、なりたくないわ」

「わかったたわ。でも双子のことは、私には約束できないわ」

「ここに腰かけてくださいなんて、言わないわ。あなたが凍えてしまうもの。でも、あなたが褒めた夕焼けの後に、きれいな月が昇っている。もしよかったら、家まで送って行くわ。あなたが月を誉めたたえるお手伝いを、してもいいのよ」

「ぜひ望むところよ。でも憶えておいてほしいの、アヴォンリーに昇る月は、もっときれいなのよ」

「ということは、あの人、行くことになったんですか」レベッカ・デューが、アンの湯たんぽの瓶に熱い湯をそそぎながら言った。「いいですか、シャーリー先生、私にむかって、イスラム教に改宗しろだなんて、説得しないでくださいましよ……先生なら、うまくやってのけそうですからね。それにしても、あの猫めときたら、いったい、どこにいるんだろう。あの猫めは、サマーサイド中をほっつき歩いてんですよ、気温が零度だっていうのに」

「新しい温度計では、零度じゃありませんよ。それにダスティ・ミラーは、塔の部屋にいて、ストーブのそばの揺りいすに丸くなっています、幸せそうにいびきをかいて」

「そんなら、結構ですよ」レベッカ・デューは勝手口の戸を閉めながら、外の寒さに、かすかに身をふるわせた。「世界中の誰もがみんな、今夜の私らみたいに、ぬくぬくと、家にいられるといいですね」

第５章

アンは、馬車で風柳荘《ウインディ・ウイローズ》を去っていく自分を、小さなエリザベスが常磐木荘《エヴァーグリーンズ》のマンサード屋根の窓から物思いに沈んで見送っていたとは知らなかった。エリザベスは目に涙をため、生き甲斐のあるものがなにもかも、しばらく暮らしから去っていったこと、そして自分はリジーのなかでも最もリジーらしいと感じていた。しかし馬《ば》そりが賑やかな音をたてて幽霊小路の角を曲がり、視界から消えると、窓を離れ、寝台のそばにひざまずいた。

「親愛なる神さま」小さな声で言った。「私に楽しい《メリー》クリスマスをお与えくださいとお願いしても、無駄だとわかってます。だって、おばあさまも、侍女も、楽しい《メリー》人になんてなれないもの。でも、私の大好きなシャーリー先生には、楽しい、愉しい《メリー》クリスマスをさしあげてください。そしてお休みが終わったら、先生を無事に私のもとへお返しください」

「さあ」エリザベスは立ち上がりながら言った。「私のできることは、みんなしたわ」

アンは、すでにクリスマスの幸せを味わっていた。汽車が駅を出るとき、アンの顔はまさに輝いていた。汚れた町の往来が、アンの後ろへすべるように去っていく。私は家へ帰っていく――グリーン・ゲイブルズへ帰っていくのだ。広々とした田舎へ出ると、世界はどこもかしこも、金色に光る雪の白と淡いすみれ色におおわれ、そこかしこに黒々として魔法のようなえぞ松と葉の落ちた繊細な白樺が立っていた。午後の太陽は、葉の落ちた森のむこうに低くかかり、汽車が速度をあげるにつれ、木立の合間から、壮麗な神のごとく、まばゆく射してきた。キャサリンは黙っていたが、不機嫌ではないようだった。

「アン、私におしゃべりを期待しないで」キャサリンはあらかじめそっけなく言った。

「わかったわ。でも私のことを、四六時中、話をしなければならない気にさせる、うんざりするような人だと思わないで。私たち、話したい気持ちになったときにだけ、お話をしましょう。もっとも私は、ほとんどの時間、話したい気分でしょうけど、私の言うことに、すべて注意を払わなくてもいいのよ」

ブライト・リヴァー駅では、デイヴィが、毛皮の膝掛けをたっぷり敷き積んだ馬そりで二人を出迎え、アンを思い切り抱きしめた。二人の娘たちは、後部座席に心地よく寄り添ってすわった。週末に帰省するアンにとって、駅からグリーン・ゲイブルズへむかう馬車の道ゆきは、いつも心から楽しいひとときだった。アンは、マシューと一緒に、ブライト・リヴァー駅からグリーン・ゲイブルズへ初めてむかった馬車の道ゆきを、必ずや思い出すのだった。あれは春の終わりだった、そして今は十二月だったが、道沿いのあらゆるものたちが「憶えているかしら」と、アンにたえず語りかけていた。雪はそりの下できしきし鳴り、そりの鈴の音《ね》は、白雪をのせた高くとがったもみに響きわたっていた。《歓びの白い路》では、木々にかかる雪が星のごとくきらめき、小さな花綵《はなづな》(1)のようだった。道のりの最後から二つめの丘にのぼると、月明かりに白く神秘的に輝く雄大なセント・ローレンス湾を見晴らした。海はまだ氷に閉ざされてはいなかった。

「この街道には、『家に帰ってきたな』って、いつもはっと感じる所が一つあるの」アンが言った。「次の丘の頂きよ。そこからグリーン・ゲイブルズの灯りが見えるの。私は今、マリラが私たちにこしらえてくれる夕ごはんのことを考えているの。ここからでも、そのいい匂いがするようよ。ああ、いいわね……嬉しいわね、また家に帰るって、すばらしいわね！」

グリーン・ゲイブルズでは、庭の木という木が、アンの帰りを歓び迎え、灯りのこぼれる窓という窓が、アンを招き入れるように、うなずきかけていた。扉を開けると、マリラの台所は、なんとおいしそうな匂いがしただろう！　何度も抱きあい、感嘆の声をあげ、笑い声が響いた。どういうわけか、キャサリンもよその人ではなく、仲間うちの一人のようだった。レイチェル・リンド夫人は大切にしている客間用のランプを、夕餉《ゆうげ》の食卓に置いて、灯りをともしていた。それは趣味の悪い赤いほやのついた代物《しろもの》であったが、なんと暖かな、薔薇色の、その情景にふさわしい光を、すべてに投げかけていただろう！　その影のいかに暖かく、親しげなことだろう！　ドーラはなんときれいな少女に育ったろう！　デイヴィも、まるで一人前の若者のようだった。

話すべきニュースもあった。ダイアナに女の子が生まれたのだ。驚いたことに、ジョージー・パイに若い恋人ができた。そしてチャーリー・スローンは婚約したらしい。すべてが大英帝国のニュースと同じほど興味をそそった。リンド夫人が仕上げたばかりの新しいパッチワークは、五千枚の布きれ《ピース》を縫いあわせたもので、お披露目されると、当然うけるべき賞賛を浴びた。

「アンが帰ってくると、何もかもが生き生きするよ」デイヴィが言った。

「ああ、これが人生のあるべき姿だ」ドーラの子猫もごろごろ喉を鳴らした。

「私、前々から、月夜の魅力に抵抗できないの」夕食のあと、アンが言った。「かんじき《スノーシュー》(2)をはいて、雪の上を散歩するのはどうかしら、ブルックさん。あなたもかんじきで歩くって聞いたことがあるわ」

「ええ、それだけはできるの。でも六年ほど、したことがないけど」キャサリンは肩をすくめた。

アンは屋根裏から、自分のかんじきを探し出してきた。キャサリンには、デイヴィがオーチャード・スロープへ急ぎ、ダイアナの古い一足を借りた。アンとキャサリンが

《恋人たちの小径》を通ると、月光が木々の美しい影をいたるところに落としていた。小さなもみが柵をふちどるまき場をわたり、森へ入った。森は秘密に満ち、今にもその秘密をささやきそうだが、決して語ることはないのだ。木立の合間にひらけた空き地を通ると、月光がふりそそぎ銀の水たまりのようだった。

二人は言葉をかわさなかった、そうしたいとも思わなかった。口を開けば、何か美しいものが損われるのを恐れているように。しかしアンは、キャサリン・ブルックをこれほど近しく感じたことはなかった。冬の夜そのものがもつ独特の魔法が、二人を一つにしたのだ――完全に一つではなかったが、ほとんど心が通じあっていた。

街道に出ると、一台のそりが走りすぎ、鈴が鳴り、笑い声が軽やかに流れた。二人の娘は、思わずため息をついた。二人が今、あとに残して去ろうとしている世界は、これから戻っていく世界と、なんら共通するものがないように思われたのだ。この夜の世界に時はなく、不滅の若さにみずみずしく、言葉という不完全なものを必要としない媒介によって、魂と魂が通いあうところだった。

「すばらしかったわ」キャサリンがつぶやいた。独り言なのは明らかで、アンは言葉を返さなかった。

二人は街道をくだり、それからグリーン・ゲイブルズへ続く長い小径《レーン》をのぼっていった。しかし庭の木戸にさしかかる手前で、二人は同じ衝撃に心うたれたように、歩みをとめた。沈黙のまま立ちつくし、苔むした古い柵にもたれて、木立のヴェールのむこうにぼんやりと浮かびあがる、雛を抱える母のごとき古い家を見つめた。冬の夜のグリーン・ゲイブルズのなんという美しさ！

その下では、《輝く湖水》が氷に閉ざされ、池のふちに木々の影が模様を映していた。静寂があたりを満たしていた。ただ、木橋をわたって駈けていく馬のスタッカートの小気味よい足音だけが聞こえていた。アンはほほえんだ。かつて切妻の部屋に横たわり、この音を幾たびも耳にしたことを、そしてこの音色は夜をわたる妖精の馬たちの駈け足だと空想したことを思い出したのだ。

不意に、別の音がして、静けさが破られた。

「キャサリン！　あなた……まあ、泣いているの！」

どういうわけか彼女が泣くなど、あり得ないように思えた。しかし彼女は泣いていた。その涙のために、キャサリンがにわかに人間らしく感じられた。アンは、もう彼女を怖いと思わなかった。

「キャサリン、愛しのキャサリン、どうしたの、私にできることはある？」

「いいえ、あなたには理解できないわ！」キャサリンは泣き声をつまらせた。「あなたは、ずっと順調に生きてきたんだもの。そうよ……あなたは、美しいものとロマンスから出来ている小さな魔法の世界に住んでいるみたいだもの。『今日の私は、どんな喜ばしい発見をするのかしら』……これがあなたの生きる態度よ、アン。ところが私は、どうやって生きればいいのか、忘れてしまった……いいえ、もとから少しもわかっていなかった。私は……罠《わな》にかかった生きものみたい。そこから抜け出せないの。しかも檻の間から、いつも誰かが棒で私を突《つ》いているみたい。それに引きかえ、あなたは……自分でもどうしていいのか、わからないくらい、たくさんの幸せを手にしている。あらゆるところに友だちがいて(3)……恋人もいる！　なにも恋人がほしいんじゃない、男は嫌いだもの。でも、もし今夜、私が死んでも、誰も寂しがってくれない。世界中に一人も友だちがいないなんて、どんな気がすると思う？」キャサリンはむせび泣き、声が途切れた。

「キャサリン、あなたは、ざっくばらんなのが好きだって言うから、率直に話すわ。もし、あなたが言うように、友だちがいないとすれば、それはあなたの責任よ。私はずっと友だちになりたかった。それなのに、あなたはいつも棘々しくて、つっけんどんだったわ」

「ええ、わかってる、自分でもわかっているの！　あなたが初めて学校に来たとき、どんなに憎らしかったか！　真珠がついた指輪を見せびらかして……」

「見せびらかしてなんていないわ！　キャサリン」

「ええ、たぶんそうでしょう。これが私の生まれつき嫌なところよ。でも、指輪そのものが、見せびらかしているように思えた。恋人がいるから羨ましいんじゃない。結婚なんて、したいと思ったこともない。父と母を見て、あんなもの、うんざりだった。でもあなたは年下なのに、私よりも立場が上で、それが憎らしかった。プリングル一族があなたを困らせたときは、いい気味だった。私がもっていないものを、すべて、あなたはもっているように思えた……魅力や、友情や、青春を。そう、青春よ！　私には、飢えた青春しかなかった。あなたには見当もつかないでしょう。わかりっこないわ。誰も……誰一人として、私をほしがってくれなかった(4)、それがどんなことか、あなたには少しもわからないでしょう」

「まあ、わからないですって？」アンは叫び、胸の張り裂けるような言葉で、グリーン・ゲイブルズに来る前の子ども時代を手短に話した(5)。

「それを前から知ってたら、よかったのに」キャサリンは言った。「知っていたら、違っていたのに。私は、あなたのことを、幸運に愛される寵児《ちょうじ》の一人だと、思っていた。あなたを妬《ねた》むことで、私はずっと、自分の心を蝕《むしば》んでいたのね。私が望んでいた地位を、あなたは手にした。ええ、わかっている、あなたの教員資格は、私よりも上よ(6)。それでも、妬《ねた》ましかった。それにあなたはきれいよ……少なくとも、人にきれいだと思われるわ。私のいちばん最初の思い出は、『なんてみっともない子だろう！』って誰かに言われたこと。あなたは浮き浮きして部屋に入ってくる。ああ、今も目に浮かぶわ、あなたが初めて学校に来た朝、どんなふうに入ってきたか。でも、あなたを憎んでいた本当の理由は、あなたは、まるで人生の一日一日が冒険だとでもいうように、いつも心に秘密の喜びを抱えているように見えたからよ。憎らしく思いながらも、あなたは、どこか遠く離れた星から来たのかもしれない、そう思うときもあった」

「まあ、キャサリン、こんなにお世辞をならべてもらって、驚いて息が止まりそうよ。でも、もう私が憎くないでしょう？　私たち、これからは友だちになれるわ」

「わからない。今までどんな友だちもいなかった、ましてや同じ年ごろの友だちもいなかった。私はどこにも属していないの。今までも、どこにも属したことがなかった。どうすれば友だちになれるのか、わからない。もちろん、あなたのことは、もう憎らしくないわ。でも、あなたをどんなふうに思っていいのか、わからない……あら、あなたの有名な魔法が、私にも影響を及ぼし始めたみたい。私がこれまでどんな人生を生きて来たか、話したくなってきた。あなたがグリーン・ゲイブルズに来る前の生活を話してくれなかったら、私も言えなかったでしょうね。どうして私がこんなふうになったのか、あなたには知ってほしい。なぜだかわからないけど、あなたには、わかってもらいたい」

「話してちょうだい、キャサリン。私もあなたを知り*たい*わ」

「人から望まれないってどんなことか、あなたは、よくわかっている、それは認めるわ。

でも、自分の父親と母親からも望まれないことが、どんなことか、それはわからないでしょう。両親は私をほしくなかった。あの人たちは、私が生まれた時から……いいえ、生まれる前から、望まない子どもの私を憎んでいた……父と母は、たがいに憎みあっていた。ええ、そうよ、喧嘩ばかりしていた……二人は意地悪で、いがみあって、口喧嘩が絶えなかった。私の子ども時代は悪夢だった。七つになると、父も母も死んだ。それでヘンリーおじさんの家族と暮らすことになった。あの人たちも、私を望んでいなかった。一家みんなして、私を見下した。私が、『あの人たちのお情けにすがって生きて』いたからよ。冷たくされたことは、何もかも憶えている……一つ残らず。優しい言葉は、一つも思い出せない。服は、いとこたちのお古を着るしかなかった。とりわけ帽子は忘れられない。それをかぶると、私は茸《きのこ》みたいに見えて、かぶるたびに、あの人たちはからかった。だからある日、帽子を脱ぎ捨て、火の中に投げた。するとその冬はずっと、みっともない古ぼけたタモシャンター帽（7）で教会へ通う羽目になった。犬も飼わせてもらえなかった。犬がとても欲しかったのに。頭はそこそこよかったから、文学の学士号に憧れた。もちろん、月をほしがるようなものよ。ところが、ヘンリーおじさんは、クィーン学院に進むことは同意してくれた、卒業したら費用を返すという条件で。おじさんは、下宿代を払ってくれた。みじめな三流の下宿よ。台所の真上の部屋で、冬は氷みたいに寒かった。夏はうだるように暑かった。年中、むっとする料理の匂いがたちこめていた。しかも、クィーン学院へ通う服といったら！　でも教師の免状をとって、サマーサイド高校で二番目の地位の副校長についた……私が手にした、たった一つの幸運よ。それからはずっと節約して、切り詰めて、おじさんにお金を返してきた。クィーン学院の学費はもちろん、おじさんの家で暮らした年月にかかった費用をすべて返してきた。一銭の借りも残すまいと決意した。だからデニス夫人のところに下宿して、粗末な服を着た。今は、おじへの支払いが、ちょうど終わったところよ。私は生まれて初めて、自由だって気がする。でも、こんなことを続けた間に、悪い習慣が身についてしまった。私は社交的じゃない、それはわかっている。人づきあいにふさわしい言葉が少しも出てこない、それもわかっている。色々な集まりで、いつも人から無視されて、見ないふりをされるのは、自分のせいだ、それをわかってる。無愛想にすることが、私の特技のようになったことも、わかっている。私は皮肉屋、それをわかっている。生徒たちから暴君だと思われている、それもわかっている。生徒から嫌われている、わかっている。全部わかっていて、私が傷ついていないとでも思うの？　生徒たちは、いつも私を怖がる顔をする……おびえた目で私を見る人たちが、憎らしい。ああ、アン、憎しみは、私の病いになってしまった。私も、ほかの人みたいになりたい……でも今の私にはできない。だから、こんなにつらいの」

「まあ、あなたなら、できるわ！」アンはキャサリンに腕をまわした。「あなたの心から、憎しみを追い出すのよ。あなたの心を、あなたが治すのよ。あなたの人生は、今、始まったばかりよ。あなたは今、やっと完全に自由になって、独立したんだもの。それに、次の道の曲がり角をまわったら、そこに何があるか、誰にもわからないのよ(8)」

「あなたがそう話すのを、前にも聞いたわ。あなたの言う『道の曲がり角』を、私は嘲《わら》ったものよ。でも問題は、私の道には、曲がり角なんてないことよ。私の道は、地の果てまで、まっすぐ続いている……どこまでも、退屈に。ああ、アン、生きることの虚しさ、冷たくて興味も持てない人たちの群れ、そんなもので一杯の人生に、あなたはおびえたことはないの？　ああ、もちろん、ないでしょうね。あなたは、一生、教え続けなくてもいいもの。しかも、誰にでも、興味をもてるようだもの。あのレベッカ・デューとかいう、小柄で、丸っこい、赤ら顔の人にさえも。正直に言うと、教えることは嫌い……でも他にできることがないから。学校の教師は、時間の奴隷よ。ええ、あなたが教師の仕事を好きなことは知っている。でも私は、どうやったら好きになれるのか、わからない。アン、私は旅行がしたい。旅こそ、ずっと憧れていたことよ。私の部屋は、ヘンリーおじさんの家の屋根裏だった。壁に、一枚だけ、絵がかかっていた。色あせた古い印刷で、他の部屋では要らないからって、ぽいと棄《す》てられたものよ。その絵には、椰《や》子《し》の木が、砂漠の泉のほとりにならんでいて、らくだの隊列がはるか遠くへ去っていくの。文字通り、心をうばわれた。私もそこへ行って、この情景を見たいと、ずっと思っていた。私、南十字星を見たい、タージマハル(9)を見たい、カルナックの神殿(10)を見たい。地球が丸いと……信じるのではなく、この目でわかりたい。でも教師の月給じゃ、無理。私は、永遠にしゃべり続けるしかないの、ヘンリー八世の何人もの妻(11)や、自治領カナダ(12)の無尽蔵の資源やらを」

アンは笑った。もう笑っても大丈夫だった。キャサリンの声から険しさが消えていた。彼女の声はただ悲しく、叶わぬ夢を追い求めるものだった。

「とにかく、私たち、友だちになりましょう。十日間、ここで楽しくすごして、友情を始めましょう。私はずっと友だちになりたかったのよ、Kの字で始まる……キャサリン！　あなたの棘々しさの下には何かがあって、それは友だちになるに値するものだと、前から思っていたの」

「本当にそんなふうに思っていたの？　私、しばしば不思議に思ったものよ。もし変えられるものなら、豹《ひょう》だって、毛皮の斑点を変えようとするだろう(13)って。もしかすると、私、できるかもしれない。あなたのグリーン・ゲイブルズにいると、たいていのことが信じられる。今まで行った所で、家のように感じたのは、ここが初めて。私も、ほかの人みたいになりたい……もし手遅れでなければ。明日の晩、あなたのギルバートが来たら、太陽のような笑顔で迎えられるように、練習する。もっとも、若い男性に、どんなふうに話しかけるのか、忘れてしまった。もともと知っていたら、の話だけど。

ギルバートは、私をオールドミスのおじゃま虫だと思うわね。今夜、ベッドに入るとき、自分のことが腹立たしくなるんじゃないかしら、私の仮面をはぎとって、こんなにふるえている心の内側をあなたに見せてしまったから」

「いいえ、そんなことにはならないわ。『よかった、私が人間だって、アンはわかってくれた』って思うことよ。私たち、暖かくてふわふわの毛布にくるまって居心地よく眠りましょう。たぶん湯たんぽが二つ、入っているわ。マリラとリンド夫人が、一つずつ入れてくれるの。あとは気持ちよく眠くなって、次に気がついたら、朝よ。凍える月夜を歩いて帰ったら、あとは気持ちよく眠くなって、おたがいに相手が忘れるといけないと思って。空が青いことを最初に発見した人のような気持ちになるでしょうね。それからあなたは、プラム・プディング作りの秘伝のこつをおぼえるの。火曜日の夕食にそなえて、私を手伝ってこしらえるんだもの……プラムがたっぷりで、大きくて、それはすばらしいプディングよ」

家に入ると、アンはキャサリンの美しさに感嘆した。身を切る寒さのなかを長く歩いて、彼女の顔色は輝き、血色のおかげで見違えるようだった。

「ああ、キャサリンは、ちゃんとした帽子と服を身につけたら、美人になれるのに」アンは胸につぶやき、サマーサイドの商店で見かけた、こっくりした深い色合いの天鵞絨《ビロード》の帽子をキャサリンがその黒髪にかぶり、琥珀《こはく》色の瞳まで深く引きおろした姿を思い浮かべた。「私にできることを、とにかく考えなくては」

第6章

土曜日と月曜日、グリーン・ゲイブルズは愉しい行事に満ちていた。プラム・プディングをこしらえ、クリスマス・ツリーを家に運んだ。キャサリンとアン、デイヴィとドーラは、ツリーにする木を探しに森へ出かけた。姿のいい小さなもみを切り倒すとき、アンは、ここはハリソン氏の森の小さな開墾地で、どのみち春になれば根こそぎ引き抜いて鋤《すき》で耕すのだからと自分に言い聞かせ、ようやく承諾した。

四人はのんびり散策しながら、輪飾り《リース》にする這《は》いえぞ松と這い松（1）を集めた。森の深い窪地には、冬の間も青々とした羊歯があった。やがて昼の光が、白雪の丘のむこうの夜へほほえみを返す（2）ころには、一同は意気揚々とグリーン・ゲイブルズに帰った。すると、はしばみ色の瞳をした背の高い青年が出迎えた。伸ばし始めた口髭のために、ぐっと年かさに大人びて見え、本当にギルバートなのか、それとも見知らぬ人なのか、アンは一瞬、怖くなったほどだった。

キャサリンは、皮肉っぽくふるまうつもりで、かすかに微笑を浮かべたが、うまくいかなかった。彼女は二人を客間に残していき、夕方は双子と台所で遊んですごした。キャサリン自身、驚いたことに、それは楽しかった。またデイヴィと地下貯蔵庫へおり、甘い林檎のようなものがまだ世界に本当に残されているのを知るのは、なんと心楽しいだろう！

キャサリンは田舎家《いなかや》の地下貯蔵庫に入ったことがなく、ろうそくの灯りに照らされた地下室が、いかに胸ときめき、お化けが出そうで、物影に満ちているか知らなかった。すでに人生は、今までより暖かなものに感じられた。人生は、自分のようなものにさえ美しいのかもしれないと、キャサリンは生まれて初めて深く感じていた。

クリスマスの朝は、とてつもなく早い時間から、デイヴィが、牛の首に下げる古いベルを鳴らしながら階段を上がり下りして、七眠者でも目をさます騒々《そうぞう》しい音をたてた(3)。マリラは、お客さんがお泊まりなのになんてことを、と仰天したが、キャサリンは笑いながらおりてきた。どういうわけか、彼女とデイヴィの間には不思議な仲間意識が芽生えていたのだ。キャサリンがアンに正直に打ち明けたところによると、非の打ちどころのないドーラに興味はわかないが、デイヴィにはどこかしら自分と同じ欠点があるという。

朝食の前に、客間を開き、一同は贈り物を配った。なぜなら双子が——あのドーラでさえ、プレゼントをもらうまでは、食事が喉を通らないからだ。キャサリンは、アンからおそらくはお義理の品をもらうほかは、期待していなかった。ところが全員からプレゼントを贈られたのだ。リンド夫人から、かぎ針編みの華やかなショール、ドーラから、匂い菖蒲《あやめ》の根をつめた香袋《サシエ》(4)、デイヴィから、ペイパー・ナイフ、マリラから、ジャムとゼリーの小瓶(5)をつめた籠《かご》、ギルバートからは小さな青銅製のチェシャ猫(6)の文鎮が贈られた。さらにクリスマス・ツリーの下につながれて、温かな羊毛《ウール》の毛布に丸くなっていたのは、茶色い目をした可愛い子犬だった。絹のように柔らかな耳をぴくぴく動かし、愛想よく尻尾をふっていた。首にはカードが結ばれ、メッセージが書かれていた。「やっぱり思い切って、あなたに楽しい《メリー》クリスマスをお祈りします、アンより」

キャサリンは元気よくもがく小さな犬を両腕に抱くと、ふるえながら言った。「アン、この子、なんて可愛いんでしょう！　でも、デニス夫人が飼わせてくれないわ。飼ってもいいか、たずねたら、断わられたもの」

「デニス夫人とは、もう手はずはついているの。夫人は反対なさらないわ。それにキャサリン、どのみちあなたは、あの下宿には長くいないのよ。まともな部屋を探すべきよ。返すのが義務だと思っていたお金は、払い終えたのだから。文房具が入ったあのきれいな箱を見て。ダイアナが送ってくれたの。真っ白いページを眺めて、そこに、これから何が書かれるのか思い浮かべると、すてきじゃないこと」

リンド夫人は、ホワイト・クリスマスになり、ありがたがっていた――クリスマスに雪があれば墓場は肥えない(7)からだ――だがキャサリンにとっては、紫色に深紅、そして金色に輝くクリスマスだった。続く一週間も同じように美しかった。かつてキャサリンは、幸せでいるとはどんな感じだろうかと、しばしば苦々しい思いで考えたが、今、その答えを見つけたのだ。彼女は驚きに目を見張るほどに花開いた。気づけば、アンは彼女との交際を楽しんでいた。

「思えば、キャサリンが、クリスマス休暇を台無しにするかもしれないと、心配していたなんて！」アンは驚嘆して思い返した。

「思えば」キャサリンも独り言をつぶやいた。「アンが誘ってくれたとき、危うく断わるところだったなんて！」

二人は、何度か長い散歩に出かけた。静けさが友のように親しみ深い《恋人たちの小径》と《お化けの森》を通った。小鬼《ゴブリン》たちが冬の踊りをするなかに粉雪が舞う丘を越えて行った。すみれ色の影に満ちている古い果樹園をぬけ、夕焼けに輝く森を歩いた。小鳥たちのさえずりや歌声、小川のせせらぎ、りすたちのおしゃべりは聞こえなかったが、ときおり吹く風が、量には欠けるものの質において上まわる音楽を奏でていた(8)。

「人は、見るべき美しいもの、聞くべきすてきなことを、いつも見つけるのね」アンが言った。

二人は「キャベツと王様」(9)のごとき様々なことを話し、馬車を星まで引いて上がるような高邁な理想を語らい、グリーン・ゲイブルズの配膳室でも賄《まかな》えないほどの食欲を抱えて家に帰った。ある一日は、嵐で外出できなかった。東の風がひさしを叩くように吹きつけ、灰色のセント・ローレンス湾はうなりをあげていた。しかし嵐の日でさえ、グリーン・ゲイブルズにはこの家だけの魅力があった。ストーブのそばに腰をおろし、林檎とキャンデーをかじりながら、天井にちらちら映る炎の灯りを夢見るように見ていると、居心地がよかった。外に嵐が吹き荒れようと、家ではなんと楽しい夕餉だろう！

ある晩は、ダイアナと、生まれて間もない女の子に会いに、ギルバートが二人を連れていった。

「私、一度も赤ちゃんを抱いたことがなかったの」馬そりで帰る道すがら、キャサリンが言った。「一つには、したいと思わなかったし、もう一つには、私が抱くと、赤ちゃんがばらばらになるんじゃないか怖かった。でも、さっきの私が、どんな気持ちだったか、アンには想像もできないでしょう……あんなに小さくて、すばらしいものを両腕に抱いてると、自分がとてつもなく大きくて、不器用に感じた。ライト夫人は、私が今にも落とすんじゃないか、心配していたわ。その不安を隠そうと、懸命に努めていることもわかった。でも私は、何かを受けとったの……あの赤ちゃんが、私に与えてくれたの。それが何か、まだわからないけど」

「赤ちゃんには、とても心が惹かれるわ」アンは夢見るように語った。「『レッドモンド』で、誰かが言っていたわ。赤ん坊とは『可能性を束ねたすばらしきものである』って。

考えてもみてよ、キャサリン。ホメロスだって、最初は赤ちゃんだったのよ。えくぼがあって、明るく光る大きな目をした赤ちゃん。もちろん、そのときはまだ盲目じゃなかったのよ(10)」

「彼のお母さんは、じぶんの赤ん坊がホメロスになるとは知らなかったから、かわいそうね！」キャサリンが言った。

「でも、ユダのお母さんは、息子がユダになると知らなくて、良かった(11)と思うわ」アンは優しく言った。「知らなかったと、願いたいわ」

ある夜、公会堂で演芸会《コンサート》があり、続いてアブナー・スローンの家でパーティが開かれることになった。両方に行くよう、アンはキャサリンを説得した。

「演芸会で朗読してもらいたいの。あなたのすばらしい朗読を聴いたことがあるわ」

「前は暗誦をしたの。むしろ好きだった。でも、おととしの夏、避暑客が海辺で開いた演芸会で暗誦したら、後で私を笑っているのが聞こえた」

「あなたを笑っていたって、どうしてわかるの」

「そうに決まっている。ほかに笑うものなんて、何もなかった」

アンは微笑を隠し、なおも朗読を頼んだ。「アンコールには『ジェネヴラ』(12)をしてね。あなたがこれを暗誦すると見事だと聞いたわ。ステファン・プリングル夫人は、あなたの暗誦を聴いた晩は、一睡もできなかったんですって」

「無理よ。『ジェネヴラ』は好きじゃない。国語の読本に載っているから、読み方を教えるために、教室で、時々、朗読するだけ。ジェネヴラには我慢ならないの。閉じこめられたと気づいたとき、なぜ叫び声をあげなかったのかしら。みんながそこら中でジェネヴラを捜していたんだから、声を出せば、聞こえたでしょうに(13)」

結局、キャサリンは詩の朗読は約束してくれたが、パーティは乗り気ではなかった。

「パーティには行くけど、どうせ誰もダンスを申しこんでくれないわ。それで私は、皮肉の一つでも言いたい気分になって、思いこみで人を毛嫌いして、自分が恥ずかしくなるのよ。パーティって、いつもみじめだもの。といっても、少ししか行ったことはないけど。私にダンスができるとは、誰も思っていないけど、かなり上手よ。ヘンリーおじさんの家でおぼえたの。あの一家がダンスをおぼえたがっていたとき、みすぼらしいメイドが一人いて、夜、客間から音楽が聞こえてくると、二人して台所で踊ったの。私、ダンスは好きだと思うわ……ちゃんとした相手がいれば」

「今夜のパーティでは、みじめにならないことよ、キャサリン。あなたはもう外から中を見るんじゃないの。中にいて外を見るのと、外にいて中を見るのとでは、世界は、まったく違うの。キャサリンの髪はとてもきれいね。新しい結い方を試しても、いいかしら」

キャサリンは両手を上げ、肩をすくめた。「まあ、どうぞ。私の髪はひどい有様よ、ふだんは巻く時間なんかないもの。それにパーティに着るドレスがないわ。私の緑色のタフタでもいいかしら」

「あれを着るしかないわね。でも緑は、どんな色にもまして、あなたが着てはいけない色よ、私のキャサリン。でも、あなたに作ってあげた、赤いシフォンをピンタックした襟をつけましょう……まあ、あなた、なんてすてきになって！　あなたは赤いドレスを着るべきよ、キャサリン」

「赤は、昔から大嫌い。ヘンリーおじさんの家で暮らすようになったとき、ガートルードおばさんが、いつも真っ赤なトルコ赤(14)のエプロンをさせたの。それをかけて学校へ行くと、ほかの子たちが『火事だ！』って叫んだのよ。とにかく、服のことは面倒よ」

「天よ、われに忍耐を与えたまえ！　服装はとても大切よ」アンは、キャサリンの髪を編んだり巻いたりしながら厳しく言った。そしてアンは、結い上げた彼女の髪をながめ、よくできたと思った(15)。アンは彼女の肩に腕をそえ、顔を鏡へむけさせた。「ねえ、私たち、とても見栄えがすると思わないこと？」アンが笑った。「それに私たちを見て、人が楽しい気持ちになってくれたらと思うと、すばらしいわ。あか抜けなくても、少し工夫すれば、ぐっと魅力的になる人はたくさんいるのよ。三週間前の日曜日、教会で……憶えているでしょう、あの日は、年輩のミルヴェイン牧師がお説教をなすったけど、かわいそうに、ひどい鼻風邪で、何をおっしゃっているのか、誰もわからなかったわ……だから私、暇つぶしに、想像で、まわりの人たちをきれいにしていたの。ブレント夫人には新しい鼻をつけて、メアリ・アンディソンの髪をウェーブさせて、ジェーン・マーデンの髪はレモンでリンスして。それからエマ・ディルには茶色ではなく青いドレスを、シャーロット・ブレアにはチェックではなく縦縞を着せてあげて、ほくろもとったわ。それからトーマス・アンダーソンの長くて砂色の滑稽なひげは、そり落としたの。みんなを仕上げた姿は、あなたでも見違えたでしょうよ。ブレント夫人の鼻はともかく、私がしたことは、どれもご本人でも、できたのよ。ああ、キャサリン、あなたの瞳は、まさに紅茶の色ね……琥珀《こはく》色の紅茶。さあ、今夜は、あなたの名に恥じない行動をしてちょうだい。何しろ小川《ブルック》は、生き生きして、清らかに澄んで、ほがらかよ」

「どれも、私にあてはまらないわ」

「どれも、この一週間のあなたよ。ということは、あなたはそんなふうになれるのよ」

「そんなこと、グリーン・ゲイブルズの魔法にすぎない。サマーサイドへ帰ったら、シンデレラには、十二時の鐘が鳴り終わっている」

「その魔法も、あなたと一緒に連れて帰るのよ。鏡にうつるご自分をごらんなさい、鏡のなかに、あなたが常にあるべき姿を探すのよ」

キャサリンは、これが自分なのかと、いぶかしむように鏡に見入った。

「ずっと若く見える」彼女も認めた。「あなたの言う通りね。服は、人にとって本当に大切ね。ええ、私が老けて見えたことはわかっている。そんなこと気にしなかったもの。なぜ気にかけなきゃいけないの。誰も私を気にかけてくれないのに。それに私は、あなたみたいじゃない。あなたは、人生をどう生きていくべきか、生まれながらに知っている、それは確かよ。でも私には、見当もつかない……初歩なことすら。生き方を学ぶには、もう遅すぎるんじゃないかしら。私はずっと皮肉屋だったから、そうじゃない自分になれるかどうか、わからない。皮肉っぽくふるまうことが、人に印象を与えられる唯一の方法だと思っていた。それに、人の仲間に入るのも怖かった……何か馬鹿なことを言って、それで笑われることも、怖かった」

「キャサリン・ブルック、鏡をごらんなさい。このあなたを、いつも連れて歩くのよ……きれいな髪が、あなたの顔をふちどっているわ、だから引っつめ髪にしてはだめよ。目は星の光があるし、頬はときめきにほんのり赤らんでいる……だからもう怖がることはないわ。さあ、出かけましょう！　遅れてしまうわ。でもありがたいことに、出演者はみんな、ドーラの言うところの『保存席』(16)があるそうよ」

ギルバートが二人を公会堂へ馬そりで送ってくれた。道中はなんと懐かしく、昔のようだったろう！　ただダイアナの代わりに、キャサリンがいるのだ。アンはため息をついた。今のダイアナは、他に興味を惹かれる大切なものが幾つもあり、演芸会やパーティに出かけることは、もはやないのだ。

だが、なんと美しい夕方だろう！　粉雪は降りやみ、淡い緑色に光る西空をうつして、雪道は銀色の繻子《サテン》のようだった！　天空を、オリオン座が堂々と行進するように渡っていく。三人をとりまく丘も、まき場も、森も、真珠のごとき静寂のなかに横たわっていた。

キャサリンの朗読は、最初の一行から聴衆の心をつかんだ。パーティでは、ダンスの相手をしたがる者が多く、全員と踊りきれなかった、キャサリンはふと、自分が無理をせずに笑っていることに気づいた。グリーン・ゲイブルズに帰ると、炉棚から二本のろうそくが、友のごとき光を投げかけている居間で暖炉にあたり、つま先を温めた。レイチェル・リンド夫人は夜ふけにもかかわらず、二人の寝室にそっと入り、もう一枚毛布はいるかとたずね、子犬は台所のストーブの後ろの籠《かご》で暖かくしているから大丈夫だと言って、キャサリンを安心させた。

「私は、新しい人生の見方を学んだのね」キャサリンはまどろみへ漂いながら思った。「こんな人たちがいるとは、知らなかった」

「また、おいでなさいよ」キャサリンが発つとき、マリラが言った。マリラは本心から思わないかぎり、そんなことは言わないのだ。

「もちろん、来てくださるわ」アンが言った。「週末に……それから夏は、何週間も。

私たち、たき火をして、庭の草とりをして、林檎をもいで、牝牛《めうし》を呼び戻しに行って、池で舟をこいで、それから森では迷子になりましょうね。キャサリン、あなたにお見せしたいわ、ヘスター・グレイの庭を、こだま荘を(17)、すみれの花でいっぱいの《すみれの谷》を」

第7章

幽霊が歩く（はずの）道《ストリート》
風柳荘《ウインデイ・ウイローズ》
一月五日

尊敬したてまつるわが友へ
これは、チャティおばさんのおばあさまが書いた言葉ではありません。ただ、おばあさまが考えたら、こう書かれたことでしょう。

私は新年の誓いを立て、これからは分別のある恋文を書くことにしました。でも、そんなことができると思いますか？

懐かしいグリーン・ゲイブルズを去り、懐かしい風柳荘《ウインデイ・ウイローズ》に帰りました。レベッカ・デューは私のために塔の部屋のストーブに火を入れ、寝台に湯たんぽの瓶を入れてくれました。

私は風柳荘《ウインデイ・ウイローズ》が好きで嬉しいのです。好きではない家や、友だちのように思えない家、私が帰ってきて嬉しいと言ってくれない家に暮らすのは、つまらないでしょうからね。でも風柳荘《ウインディ・ウイローズ》は言ってくれるのです。この家は少々古風でとり澄ましていますが、私を好いてくれます。

そしてケイトおばさん、チャティおばさん、レベッカ・デューに再会して、私は嬉しかったのです。三人に滑稽な一面を見ないではいられませんが、私はこの人たちを愛しています。

昨日、レベッカ・デューは、それは優しいことを言ってくれました。シャーリー先生がここへ来なすってから、幽霊小路は見違えるほど変わりましたよと。

ギルバート、あなたがキャサリンを気に入ってくれて嬉しいのです。彼女は、驚くほどあなたに感じがよかったですね。あの人もその気になれば、感じよくできるのだとわかり、驚いています。キャサリン自身も、ほかの人に劣らず驚いていることでしょう。あの人は、そんなに容易《たやす》くはないと思っていたのですから。

協力して一緒に働ける副校長を得たので、学校生活もさぞ変わるでしょう。キャサリンは下宿を移ることになりました。そして私はあの天鵞絨《ビロード》の帽子を買うよう、彼女を説きふせました。聖歌隊で歌うように勧める望みも、まだあきらめていません。

昨日、ハミルトンさんの犬が来て、ダスティ・ミラーを追いかけまわしました。「これこそ、我慢も限界ですよ」レベッカ・デューは赤い頰をいっそう赤くして、肉づきのいい背中を怒りに震《ふる》わせましたが、あんまり慌てて、帽子を後ろ前にかぶったことに気づかないまま通りへちょこまか出て、ハミルトンさんを怒鳴りつけました。レベッカ・デューに叱られたハミルトンさんの間の抜けた、人のいい顔が目に浮かびます。

「あたしは、あの猫めを、好いちゃおりませんよ」レベッカ・デューは私に言いました。「でも、あれはうちの猫ですからね。ハミルトンの犬がここへ来て、自分の縄張りとばかりに勝手な真似をするなんぞ、なりません。『犬はただ面白がって、猫を追いかけただけさ』と、ジェイブズ・ハミルトンが言ったんで、『ハミルトン家の考える面白がるは、マコーマー家の考える面白がるとも、マクレーン家の考える面白がるとも、違いますね……もっと言うなら、デュー家の考える面白がるとも、違います』って、あの男に言ってやりましたよ。そしたら、『ちぇっ、ちぇっ！　デューさん、夕はんにキャベツを食べたに違いあるまいね』って言うもんだから、『いいえ、食べちゃいませんよ。食べようと思えば、食べられましたよ。マコーマー船長夫人は、去年の秋、キャベツを全部、売らずに、家族の分は、残しといてくだすったんですから。キャベツの値段がいいからって、あるったけ売ったりはなさいません。世間にゃ、そうした人もいますがね』って言い返してやりました。『ポケットでちゃりんと銭《ぜに》の音がすりゃ、何を言われようと、耳を貸さないって人たちですよ』それであたしは、あの男を残して帰って、しょげさせてやりましたよ。でも、ハミルトンの者に、何を期待できるもんですかね。下品な人ですよ！」

雪をかぶった「嵐の王《ストーム・キング》」の上に、深紅の星が低くかかっています。あなたもここにいて、一緒に眺めてくださったらいいのに。あなたがここにいたら、尊敬や友情以上の、ひとときになることでしょう。

一月十二日

二日前の夕方、小さなエリザベスが来て、教皇勅書《ペイパル・ブルズ》（1）というのは、どんなに奇妙で恐ろしい動物か、教えてほしいと言いました。それから公立学校が開く学芸会《コンサート》で歌うように受けもちの先生から頼まれたのに、キャンベル夫人は聞く耳をもたず、「なりません」と頑として言ったのだと、涙ながらに語りました。エリザベスが夫人に嘆願しようとすると、「お願いだから、わたくしに口答えをしないでちょうだい、エリザベス」と言われたそうです。

その晩、小さなエリザベスは、塔の部屋で、悲痛の涙を少しこぼし、これで永遠にリジーになってしまうような気がすると言いました。もう二度と他の名前にはなれないそうよ。

「先週は、私、神さまが大好きだったの。でも今週は好きじゃないわ」と反抗的に言いました。

クラスのみんなが学芸会の演目に出演するので、エリザベスは「豹《レパード》のような」気がするそうです。この可愛い子は、ハンセン病患者《レパー》のような気がすると言うつもりだった(2)のでしょうが、あまりにむごいことです。可愛いエリザベスに病人の思いをさせてはなりません。

そこで次の夕方、常磐木荘《エヴァーグリーンズ》へ赴《おもむ》く用事をこしらえました。すると侍女が——この人はノアの洪水(3)の前から生きているに違いありません、それほどお年寄りに見えます——ぎょろりとした灰色の無表情な目で、冷ややかに私を見すえ、無愛想に応接室へ通し、私が訪ねたことをキャンベル夫人に伝えに行きました。

応接室は、家が建ってから陽がさしたことがないのでしょう。ピアノもありましたが、一度も弾かれたことがないに違いありません。絹の紋織《もんおり》をかけた固いいすが、壁ぎわにならんでいました。大理石を天板にはった中央のテーブルをのぞくと、家具はすべて壁ぞいにあり、どの家具も、ほかの家具とうちとけない風情でした。

キャンベル夫人が入って来ました。前にお目にかかったことはありません。上品で彫りが深く、年老いた顔だちは、男性のようです。目は黒く、白髪のしたに黒い眉がふさふさしています。もっとも、虚栄心から身を飾ることを、ことごとく避けているわけではありません。肩まで垂れる大きな黒い縞瑪瑙《ブラック・オニキス》の耳飾りをしていたからです。夫人は堅苦しいほど丁重でしたので、私も堅苦しいほど丁重に接しました。私たちは腰かけ、しばらくは天候の挨拶をかわしました。二人とも、タキトゥスが数千年前に語ったように「いかにもその場につかわしい顔つきで」(4)。そして私は話したのです――正直に――ジェイムズ・ウォレス・キャンベル牧師の『回想録』(5)を、少しの間、拝借させて頂けたらと思って、参りました、プリンス郡(6)の初期の歴史がかなり書かれていると存じますので、学校で使いたいと思いまして。

するとキャンベル夫人は見るからに打ちとけ、エリザベスを呼び、夫人の部屋に上がって『回想録』をもって来るよう言いつけました。エリザベスの顔に涙の跡が見えたので、夫人はもったいぶった口調で釈明しました。小さなエリザベスの教師からまた手紙があり、彼女を学芸会で歌わせる許しをもとめてきたので、夫人は容赦ない断わりの返信を書き、翌朝、小さなエリザベスに届けさせるというのです。

「エリザベスのような年ごろの子どもが、人前で歌うなぞ、わたくしは賛成しかねます」キャンベル夫人は言いました。「図々しい、出しゃばりな子になります」

まるで、どうかすれば、小さなエリザベスが図々しい出しゃばりになるとでも言うように!

「賢明でいらっしゃいますわ、キャンベル夫人」私は恩を着せるように言いました。

「というのも、メイベル・フィリップスが歌うことになっているのです。聞くところによると、メイベルの歌声はそれはすばらしく、他の子たちはみな、形無しになるそうです。そんな子どもと競い合うような場に、エリザベスを出すべきではありませんわ。おやめになったほうが、はるかに、よろしゅうございます」

夫人は、上の空になりました。夫人は外側はキャンベル家かもしれませんが、芯はプリングル家なのです。しかし、何もおっしゃいませんでした。私も、話をやめるべき心理的な引き際をわきまえていたため、『回想録』の御礼を述べて帰りました。

明くる日の夕方、牛乳をもらいに庭の木戸へ来た小さなエリザベスは、いつもの青白い花のような顔に、文字どおり星のような輝きがありました。結局、キャンベル夫人は、自慢げにならないように気を配るなら歌ってもいいと、おっしゃったのです。

実は、レベッカ・デューから聞いていたのです。フィリップス家とキャンベル家の一族《クラン》は、美声をめぐって、前々から張りあっているのです！

エリザベスには、クリスマスの贈り物に、寝台の上にかける小さな絵を渡しました。明るい木もれ日のさす森の小道が丘の上へ続き、丘の頂きには、木立にかこまれた風雅な小さな家が描かれています。絵のおかげで、小さなエリザベスは、暗いところで眠るのも怖くないそうです。寝台に入るとすぐ、この小道を家へ歩くところを想像するのです。そして家に入ると、どこもかしこも灯りがともり、お父さんがいると言うのです。

なんとかわいそうな子！　あの子の父親を憎まずにいられません！

一月十九日

昨晩、キャリー・プリングルの家でダンスがありました。キャサリンは、濃赤色《ダークレッド》のシルクのドレス、それも片側にひだ飾り《フラウンス》がついた新しいデザインのドレスを着こなし、美容師が結った髪で現われたのです。信じられますか？　キャサリンが部屋に入ってくると、彼女がサマーサイドで教鞭をとってから、ずっと知っている人たちが、あの女《ひと》は誰かしらと、たずねあっていたのです。でも、キャサリンを変えたのは、ドレスや髪ではなく、彼女自身のなかに、何か言葉では説明できない変化があったからだと思います。以前のキャサリンは、いつも人から距離を置き、その態度も「あの人たちは退屈、たぶんむこうも私に退屈している、むしろそのほうがいい」という感じでした。ところが昨夜は、彼女の人生という家の窓すべてに、ろうそくの火を灯したようでした。

キャサリンの友情を勝ち得るには、苦労しました。でも価値あるものは、容易には手に入らないのです。そして彼女の友情は価値があると、私はずっと感じていました。

チャティおばさんは風邪で熱をだし、二日間、寝込んでいます。肺炎になるといけないので、明日、お医者に診てもらうそうです。そこでレベッカ・デューは、髪を結わえてタオルで巻き、お医者さまが見える前に、家が完璧に片づくよう、一日中、猛烈な勢いで掃除をしています。今は台所で、かぎ針編みのヨークがついたチャティおばさんの白木綿のガウンに、アイロンをかけています。おばさんがフランネルの寝巻きの上からさっと羽織れるように準備しているのです。このガウンはしみ一つなく清潔ですが、レベッカ・デューはたんすの引き出しにしまいこんで、黄ばんだと思っています。

一月二十八日

一月は、これまでのところ寒く灰色の曇りの日が続く月で、ときおり、嵐が港をわたって吹き荒れ、幽霊小路に雪の吹きだまりをこしらえました。しかし昨夜は銀色の雪も溶け、今日は太陽が輝きました。私のかえでの森は想像もできないほどの輝かしさです。ありふれた場所でさえ、美しくなったのです。針金の柵の一つ一つも、水晶《クリスタル》のレースのような見事さでした。

今宵、レベッカ・デューは、私の雑誌を読みふけっています。写真で見る「美女のタイプさまざま」という記事が載っているのです。

「もし、誰かが魔法の杖をふって、みんなを美人にできたら、すてきじゃありませんか？　シャーリー先生」レベッカ・デューはあこがれる顔つきで言いました。「ただの想像ですけどね、シャーリー先生、もし、あたしが、突然、美人になってたら！　でも、そうなったら」――ため息をつき――「あたしらがみんな別嬪《べっぴん》さんなら、いったい誰が家事をするんですか」

第8章

「あたしゃ、もうくたくただよ」いとこのアーネスティーン・ビューグル(1)はため息をつき、風柳荘《ウインディ・ウイローズ》の夕食の席に倒れこむように腰かけた。「あたしゃ、すわったら最後、二度と立てないんじゃないか、時々、心配になるんだよ」

いとこのアーネスティーンは、故マコーマー船長のまたいとこ(2)だが、それでもまだ縁が近すぎると、ケイトおばさんは考えていた。そうした人物が、この日の午後、ロウヴェイルから風柳荘《ウインディ・ウイローズ》を訪れたのだ。親族の神聖な絆《きずな》にもかかわらず、未亡人たちはどちらも、アーネスティーンを心から歓迎したとは言いがたかった。いとこのアーネスティーンは気分の晴れる人物ではなかったのである。彼女は自分のことばかりか人のことまで絶えず案じる不幸な人種の一人で、自分も他人も決して安らかな気分にさせなかった。あの人の顔を見るだけで、浮き世は涙の谷間って気がしますよ、とレベッカ・デューは言うのだった。

たしかにいとこのアーネスティーンは美人ではなかった。かつて美しいときがあったかどうかも、大いに疑わしかった。干からびた小さな顔、淡い青色の目、妙なところに点々とあるほくろ、そして哀れっぽい声の持ち主だった。色のさめた黒い服に、模造あざらし(3)の古ぼけた襟巻《えりま》きをして、隙間風が心配だと食卓でも外さなかった。レベッカ・デューは、もし彼女自身が望むなら、一緒に食卓につくこともできた。未亡人たちは、いとこのアーネスティーンを特別な「来客」とは見なさなかったからだ。だがレベッカ・デューは、あんな興ざめのする老人《ばあさん》の相手をしたんじゃ、「食事を味わう」ことなどできやしませんと、常々言い放っていた。台所《だいどこ》で「おやつでもつまむ」ほうがましですよと。とはいうものの、食卓の給仕をしながら、言いたい放題言うことは遠慮しなかった。

「たぶん春の寒さが、骨の髄までこたえたんですね」レベッカ・デューは同情も見せずに言った。

「ああ、デューさん、そんだけなら、いいんだがね。あたしゃ、あのかわいそうなオリヴァー・ゲイジの奥さんみたいになんじゃないか、心配してんだよ。あの人は、前の夏、茸《きのこ》を喰った(4)んで、毒茸が混じってたに違いないよ。というのもあれから、あの人は、前のような気分じゃないんだとさ」

「でも、こんな早い時期に、まだ茸は食べられないでしょう」チャティおばさんが言った。

「そうだよ。だけどあたしゃ、何か変なもんでも喰っちまったんじゃないか、心配してんだよ。無理して励まさなくていいよ、シャーロット。親切心だろうが、なんにもならないからね。あたしゃ、そりゃそりゃ、色んな経験をしたんだよ。ケイトや、クリームのつぼの中に、蜘蛛がいなかったかい。おまえさんがカップについでくれたとき、一匹、見えたんじゃないか、心配してんだよ」

「うちのクリームのつぼに、蜘蛛なんかいないよ」レベッカ・デューは険しく言い、台所の戸をばたんと閉めた。

「たぶん、ただの影だったかもしんない」いとこのアーネスティーンはおとなしく引き下がった。「あたしの目も、昔のようじゃないんでね。じきに見えなくなんじゃないか、心配してんだよ。それで思い出した。今日の午後、マーシャ・マッカイ(5)のとこに寄ったら、あの人は熱があって、発疹みたいなもんが、体中に出てたんで、『はしかじゃないかね』と言ったんだよ。『そのうち、ろくすっぽ目が見えなくなるかもしんないよ。おまえさんの家系は、目が弱いから』とね。覚悟しといた方が、いいと思ってね。あれのおっかさんも、加減が悪くてね。お医者は消化不良だと言ってるが、腫瘍じゃないか、あたしゃ、心配してんだよ。『もし手術にでもなって、麻酔のクロロホルムをかける羽目になったら(6)、二度と目がさめないんじゃないか、心配してんだよ。いいかい、おまえさんはヒリス家だよ。ヒリス家の衆《しゅう》は、そろって心臓が弱いからね。いいかい、おまえさんのおとっつぁんは、心臓麻痺で死んだんだよ、そうだろう』」

「八十七でね！」とレベッカ・デューは言うと、空いた皿をさっさと片づけて去った。

「それに聖書には、人生七十年とあるんですから(7)」チャティおばさんが、明るく言った。

ところが、いとこのアーネスティーンは、匙に三杯目の砂糖をすくうと、紅茶を物憂げにかき回した。「たしかにダヴィデ王(8)はそう言ってるよ、シャーロット。だけど、ダヴィデは、ある面じゃ、あんましご立派な男じゃなかったって、あたしゃ、心配してんだよ」

アンは、チャティおばさんと目があい、思わず笑った(9)。

いとこのアーネスティーンは、不満げな目をアンにむけた。「おまえさんは笑い上戸だって聞いてたよ。やれやれ、いつまでも続きゃいいが、そうはなんないだろうと、心配してんだよ。人生とは憂うつなもんだって、じきにわかるよ。ああ、ああ、このあたしだって、昔は若かったんだから」

「ほんとですか」マフィン(10)を持ってきたレベッカ・デューが皮肉っぽくたずねた。

「おたくさんは、若いってことを、始終、心配してたんじゃないですか。若いってことは、勇気が要《い》りますからね。そのことは、はっきり、おたくさんに言えますよ、ビューグルさん」

「レベッカ・デューは、なんと妙な物言いをすんだろう」いとこのアーネスティーンは愚痴をこぼした。「だけど、あの人の言うことなんか、気にしないよ、あたりまえさ。それからミス・シャーリー、笑えるときに、笑うに越したことたないよ。でも、そんなに幸せそうにしてると、罰が当たんじゃないか、心配してんだよ。おまえさんは、前の牧師の、奥さんの、おばさんに、恐ろしいほどそっくりだ。あの人ときたら、四六時中、笑いころげた挙げ句、脳卒中から麻痺《まひ》になって、死んだんだよ。人は、三度目の発作で死ぬんだね。ロウヴェイルに来た新しい牧師は軽薄じゃないか、心配してんだよ。あの男を一目見るなり、あたしゃ、ルイージィに言ったもんだ。『ああした脚の男は、ダンス中毒じゃないか、心配してんだよ』とね。牧師になったからにゃ、ダンスはやめたろうが、ああした血筋は、いずれ家系に出んじゃないか、心配してんだよ。それに、若い嫁さんをもらったんだが、その嫁というのがまた、はしたないほど亭主に惚れてんだとさ。牧師に惚れた腫《は》れたで結婚する女がいるなんぞ、考えただけで、おぞましい。神さまへの不敬じゃないか、心配してんだよ。あの牧師は、お説教は、なかなか立派だが、先週の日曜、美味しい食べ物《ティドビット》のエリヤ(11)の話を聞いたところ、聖書の解釈が自由すぎんじゃないか、心配してんだよ」

「新聞を見たら、ピーター・エリスは、ファニー・ビューグルと、先週、結婚したそうですね」チャティおばさんが言った。

「ああ、そうだよ。慌てて結婚して、ゆっくり後悔する、ってことになりゃしないか、心配してんだよ。二人は知り合って、まだ三年だよ。きれいな羽だからといって、必ずしも立派な鳥じゃない(12)ってことを思い知るんじゃないか、心配してんだよ。というのも、ファニーという娘は不精者じゃないか心配してんだよ。あの娘は、テーブル・ナプキンの表にしかアイロンをかけないそうな。あれの死んだおっかさんとは、大違いだ。ああ、あの人こそ、徹底した人だった。喪に服すとなると、寝巻きも黒で通したんだよ。昼間と同じくらい、夜も悲しいと言ってね。あたしゃ、アンディー・ビューグルの家へ、結婚式の料理の手伝いに行って、ファニーの結婚式の朝、一階へおりたところが、花嫁のファニーが、なんと、朝はんに玉子を喰ってたんだよ……結婚するっていう日に！　信じてくれまいだろうがね。あたしだって、この目で見なきゃ、信じなかったよ。あたしの死んだ姉さんなんざ、結婚する前の三日間、なんにも食べなかった。だから姉の亭主が死んだときゃ、姉さんが二度と食べないんじゃないか、みんなして案じたもんさ。もうビューグル家の人間のことは、わからない。そう思うことがあんだよ。昔は、親戚と一緒にいりゃあ、わかったもんだが、きょうびは、そうしたふうじゃないんでね」

「ジーン・ヤングが再婚するのは、本当かい？」ケイトおばさんが言った。

「ほんとかもしんないと、心配してんだよ。というのも、ジーンの前の亭主のフレッド・ヤングは、死んだことになってるが、ひょっこり生きて現われんじゃないか、心配してんだよ。あれは信用のならない男だったからね。ジーンの再婚相手は、アイラ・ロバーツだとさ。アイラは、ジーンを喜ばせるためだけに一緒になんじゃないか、心配してんだよ。その昔、アイラのおじのフィリップは、あたしに結婚してほしいって言ったんだよ。でも、あたしゃ言ったのさ。『あたしはビューグルとして生まれ、ビューグルとして死ぬつもりです(13)。結婚なんてものは、暗闇の中で跳びはねるような、向こう見ずなものです。そこに引きずりこまれるつもりは、ありません』とね。この冬は、ロウヴェイルで結婚式がたんとあるんで、その埋め合わせに、今年の夏は、葬式ばっかじゃないか、心配してんだよ。アニー・エドワーズと、クリス・ハンターが、先月、結婚したんだが、二、三年もすりゃ、おたがい、今ほど好きじゃなくなんじゃないか、心配してんだよ。あの娘は、クリスの颯爽《さっそう》としたとこに、ころっと参っただけじゃないか、心配してんだよ。クリスのおじのハイラムは、頭がおかしかったからね。あの男は自分が犬だって、何年も信じてたんだから」

「一人で吠えてるだけなら、本人が喜んでやってるものを、他人が気にする必要はありませんよ」レベッカ・デューが、洋梨の砂糖煮とレイヤーケーキ(14)を持ってきて言った。

「あたしゃ、あの男が吠えてんのを、一度も、聞《け》いたことはないよ」いとこのアーネスティーンが言った。「ただね、あの男は、骨をかじっちゃ、誰も見てないときに、埋めたそうな。女房《にょうぼ》は、うすうす、勘づいてたんだとさ」

「リリー・ハンター夫人は、この冬は、どちらにいらっしゃるの」チャティおばさんがたずねた。

「サンフランシスコの息子んとこだよ。あの人がサンフランシスコから帰る前に、また地震が起きんじゃないか(15)、心配してんだよ。そうなりゃ、あの人は色んな品物を持ち出すだろうから、国境で面倒なことになるよ。旅行をすると、あれやこれや起きるもんだ。なのに世間は、旅行に夢中なようだね。あたしのいとこのジム・ビューグルは、この冬、フロリダですごしたんだよ(16)。あの男は金持ちになって、俗っぽくなんじゃないか、心配してんだよ。だからジムが行く前に、言ってやりましたよ……いや、あれはコールマンとこの犬が、死ぬ前の晩だったけか……それとも……ああ、そうだった。それで、『奢《おご》りは滅びに先立ち、高慢な心は堕落に先立つ』(17)とね。ジムの娘は、ビユーグル街道の学校で教えてんだが、どの男友だちを選んでいいか、決めかねてるんだとさ。だから言ってやったよ。『おまえさんに言えることは、一つだよ、メアリ・アネッタ。それは、一番に惚れてる男は、手に入らないってことだ。だから、おまえさんに惚《こ》れてる男をお選びよ……その男が、おまえさんに惚れてるって、わかればだがね』とね。あの娘が、ジェシー・チャプマンより、ましな相手を選ぶよう、願ってるよ。というのも、ジェシーは、オスカー・グリーンが、いつもそばにいてくれたもんで、あれの嫁になるんじゃないか、心配してんだよ。『それだから、あの男を選んだのかい』ときいてやりましたよ。なにしろオスカーの兄さんは、進行性の肺結核で死んだんだよ。『それと、五月に結婚しちゃならないよ。五月は、結婚式にゃ、縁起が悪いんだよ』って教えてやりましたよ」

「おたくさんは、いつも人を励ましてるんですね！」レベッカ・デューがマカロン(18)の皿を持って来て言った。

「ええと、教えてくれないかね」いとこのアーネスティーンは、レベッカ・デューを無視して、洋梨の砂糖煮をお代わりしながら、たずねた。「カルセオラリア(19)ってのは、花だっけ、病気だっけ」

「花ですよ」チャティおばさんが答えた。

いとこのアーネスティーンは、いささか失望の顔つきをした。「そうかい。それが何であれ、サンディ・ビューグルの未亡人が、それを手に入れたんだとさ。先だっての日曜に、教会で、あの未亡人が、とうとうカルセオラリアが手に入ったたって、妹さんに話してたんだ。おまえさんとこのゼラニウムは、ひどく貧相だね、シャーロット。ちゃんと肥料をやってないんじゃないか、心配してんだよ。それから、そのサンディの未亡人は、喪が明けたんだとさ。かわいそうに亭主のサンディが死んで、まだ四年なのに(20)。ああ、ああ、きょうび、死人は、すぐに忘れられちまうんだね。あたしの妹なんざ、亭主が死んで二十五年、喪章(21)をつけてたっていうのに」

「おたくさん、スカートの脇が開いてるって、ご存じでしたか」レベッカ・デューは、ケイトおばさんの前にココナッツ・パイを置きながら言った。

「あたしゃ、四六時中、鏡をのぞいてる暇はないもんでね」いとこのアーネスティーンは棘々しく言った。「スカートの脇が開いてるからって、なんだって言うんだい。あたしゃ、ペチコートを三枚はいてんだよ。ああ、そうだとも。きょうびの娘ときたら、一枚しかはかないそうだね。世の中、ますます浮わついて、軽薄になってんじゃないかね。最後の審判(22)の日のことを、考えたことがあんのかね」

「最後の審判で、ペチコートを何枚はいてるか、聞かれるとでも」なんと恐ろしいことを、と誰かが言う前に、レベッカ・デューはさっさと台所へ逃げた。チャティおばさんでさえ、レベッカ・デューは少々言い過ぎたと思った。

「アレック・クラウディーのご老体が、先週死んだって、新聞に出てたよ、見たろう」いとこのアーネスティーンは、ため息をついた「あれの奥さんは、二年前に死んでね。あの奥さんは、文字通り、墓場に死に急いだんだよ、かわいそうな奥さんだった。女房《にょうぼ》に死なれて、あの男はひどく寂しがったという話だが、できすぎた話で、ほんとじゃないんじゃないか、心配してんだよ。それにあの爺さんは、たとえ墓に埋められても、まだ問題が片づいてないんじゃないか、心配してんだよ。遺言を書かなかったそうな。家土地や財産をめぐって、騒動になんじゃないか、心配してんだよ。アナベル・クラウディーは、万屋《よろずや》に嫁入りするそうだが、あれの母親も、最初の亭主は万屋だった。ということは、遺伝だね。アナベルは、今まで苦労してきたんだ。今度は、相手にゃ女房《にょうぼ》がいた、なんてこた、ないにしろ、一難去ってまた一難、なんてことになんじゃないか、心配してんだよ」

「ジェーン・ゴールドウィンは、この冬、どうしているの」ケイトおばさんがたずねた。

「長いこと町に出て来ないけれど」

「やれやれ、ジェーンも、かわいそうなこった！　どういうわけだか、どんどんやつれてくんだよ。どうしてなのか、誰もわからないんだとさ。だけどあたしゃ、何か裏があんじゃないか、心配してんだよ……台所のレベッカ・デューは、何を笑ってんだい。ハイエナみたいじゃないか(23)。そのうちレベッカが、あんたがたのお荷物になんじゃないか、心配してんだよ。デュー家にゃ、おつむの弱い者《もん》が、たんといるからね」

「サイラ・クーパーに、赤ちゃんが生まれたそうですよ」チャティおばさんが言った。

「ああ、そうそう、哀れな人だよ！　生まれた子が一人で、ありがたいこったね。双子じゃないかって、心配してたんだよ。クーパー家にゃ、双子が山ほど生まれるからね」

「サイラとネッドは、感じのいい若夫婦だよ」ケイトおばさんが、壊れた世界の残骸から何かしら救い出そうと、決意したかのように言った。

ところがいとこのアーネスティーンは、ギレアドに慰めの香油がある（24）とは認めず、ましてやロウヴェイルにはないと考えていた。

「やれやれ、サイラは、ネッドがやっと自分のもんになって、そりゃあ喜んでたよ。ネッドが西部から戻って来ないんじゃないか、案じた時分もあったんでね。あたしゃ、サイラに警告したもんさ。『ネッドはいつか、おまえさんをがっかりさせるよ。あれは、ずっと人をがっかりさせてきたんだから。あの男は一歳になる前に死ぬって、みんなが思ってたのに、まだ生きてんだよ』とね。それにネッドが、ホリー家の屋敷を買ったとき、あたしゃ、もいっぺん、サイラに警告したんだよ。『井戸に、チフス菌がうようよしてんじゃないか、心配してんだよ。五年前、あのうちの雇い人が、チフスで死んだんだよ』とね。だから何か起きても、あたしのせいにゃ、できないよ。ジョセフ・ホリーは腰が痛むんだとよ。本人は腰痛だと言ってるが、脊髄膜炎(25)の始まりじゃないか、心配してんだよ」

「ジョセフ・ホリーの爺さんは、この世にまたとないほど、いい人だよ」レベッカ・デューが、紅茶のポットをいっぱいに満たして戻って来た。

「ああ、いい人だとも」いとこのアーネスティーンは、いかにも悲しげに言った。「よすぎだよ！　そのせいで、せがれがそろって悪くなんじゃないか、心配してんだよ。そういうこた、よくあるんでね。まるで均《なら》して、釣り合いをとるみたいに……いや、もう結構だよ、ケイト、お茶は結構……じゃ、マカロンを一つ、胃にもたれないからね。でも、食べすぎたんじゃないか、心配してんだよ。ご挨拶は抜きで、そろそろおいとまするよ。家に着く前に、暗くなんじゃないか、心配してんだよ。夜露で足を濡らしたくないんでね。アンモニアを、心配してんだよ(26)。この冬は、腕から足へむけてあちこち痛んだおかげで、毎晩、眠れやしない。やれやれ、あたしがどんな目に遭ったか、誰もわかっちゃくれないよ。でもあたしゃ、愚痴っぽい人間じゃないからね。おまえさんがたに、もいっぺん会いたいと思って、床から起きる決心をして来たのさ。というのも、来年の春にゃ、あたしゃ、もう居ないかもしれないよ。ところが、おまえさんがたの方が、めっきり弱っちまって、先に逝くかもしれないね。でも、棺桶に入れてくれる身内がいるうちに死ぬのが、一番だよ。あんれま、風があんなに吹いて！ 大風になると、納屋の屋根が吹き飛ぶんじゃないか、心配してんだよ。この春は、風がようけ吹いて、天候が変わってんじゃないか、心配してんだよ……ありがと、ミス・シャーリー」――コートを着るのに、アンが手を貸したのだ。「おまえさん、体に気をつけんだよ。ひどく疲れて見えるよ。残念なことに、赤毛の者は、丈夫な体質《たち》じゃないんでね」

「私の体なら、大丈夫ですわ」アンはほほえんで帽子を渡した。それは、だちょうの羽が紐のように後ろから垂れさがった、何とも言いようのない代物《しろもの》だった。「今夜は少し喉が痛みますけど、それだけですわ、ミス・ビューグル」

「それだよ！」いとこのアーネスティーンの不吉な予言が、また寄せられた。「喉の痛みにゃ、気をつけなきゃ、いけないよ。ジフテリアと扁桃腺炎は、三日めまでは、同《おん》じ《な》症状だ(27)からね。でも、一つは慰めがあるよ。早死にすりゃ、余計な苦労をしなくて済むからね」

第9章

風柳荘《ウインディ・ウイローズ》
塔の部屋
四月二十日

かわいそうな、愛しいギルバートへ

「私は笑いについて言った、それは狂気である。快楽について言った、それは何になろう？」（1）私は若白髪になりはしないか、心配です。救貧院で最期《さいご》を終えるのではないか、心配です。生徒が一人も年度末試験に合格しないのではないか、心配です。ハミルトンさんの犬が、土曜の夜、私に吠えたので狂犬病になりはしないか、心配です。今夜、キャサリンと会うとき、傘がひっくり返るのではないか、心配です。今ではキャサリンが私を好きすぎるので、この先は同じほど好いてくれないのではないか、心配です。私の髪は、結局は金褐色ではないのではないか、心配です。五十歳になったら鼻の頭にほくろができはしないか、心配です。学校が燃えやすい建物なのではないか、心配です。

今夜、寝台にねずみを見つけるのではないか、心配です。あなたが婚約してくれた理由は、ただ私がいつもそばにいたからではないか、心配です。私は近いうちに急死するのではないか、心配です。

違うのよ、愛しい人、頭がどうにかなったのではありません――今のところは。いとこのアーネスティーン・ビューグルの癖がうつっただけです。

なぜレベッカ・デューが、いつもあの人を「ミス心配性」と呼んでいたか、今はわかります。かわいそうに、アーネスティーンは余計な心配を山ほどしてきて、運命に対して返せないほど借りがあるに違いありません(2)。

世の中には大勢のビューグル族がいます。いとこのアーネスティーンほどのビューグル主義《ビューグリズム》は多くないにしろ、人の楽しみを台無しにすることを言う人はたくさんいます。明日はどうなるかわからないという理由で、今日を楽しむことを恐れているのです。

愛しいギルバート、私たち、色々なことを心配するのはよしましょうね。そんなことをすれば、大変な苦労になりますもの。私たちは勇気をもって、冒険心いっぱいで、期待に満ち満ちていましょう。人生と、人生が私たちにもたらすものすべてに向きあって踊りましょう！　たとえ人生が、多くの困難や、腸チフスや、双子をもたらしたとしても(3)。

今日は、四月のなかに、六月の一日がこぼれ落ちてきたような日でした。雪はすっかり消え、淡い黄褐色のまき場と金色の丘は、ひたすらに春を歌っています。私のかえでの森の小さな新緑の窪地では、牧神《パン》が笛を吹く(4)音色が聞こえ、「嵐の王《ストーム・キング》」には紫色の旗をかかげたように淡紫のかすみがかかっていました。このところ雨が続き、静かなしっとりした春の夕暮れに、塔の部屋にすわるひとときを好んでいます。しかし今夜は突風が吹いて、せきたてるような晩です。雲でさえ空を急ぎ渡り、雲間からさっと流れる月明かりも、急ぐように世界を光で満たしています。

想像してみて、ギルバート、今夜、私と手をつないでアヴォンリーの長い道のどこかを歩くところを！

ギルバート、私はみっともないほどあなたに恋をしているのではないか、心配です。あなたは、神への冒瀆だと思うかしら。でもそうだとしても、あなたは牧師ではないものね。

第10章

「私は、とても変わっているの」ヘイゼルがため息をついた。

人とあまりに異なっていると実際には困りものだが、他の星から迷いこんで来たようですばらしくもある。ヘイゼルは人と違っていることにどんなに苦しもうと、平凡なその他大勢の一人になるつもりは決してなかった。

「人はそれぞれ、違うものよ」アンはおかしそうに言った。

「アンったら、笑っているのね！」ヘイゼルは、小さなくぼみのある、たいそう色白の両手を胸に組みあわせ、憧憬《しょうけい》のまなざしでアンを見つめた。ヘイゼルは話すたびに、一つの文に少なくとも一語は強めて言うのだった。「あなたのほほえみは、とても魅惑的ね……心に残る、ほほえみ。初めてお会いした瞬間、なんでも、理解してくださるとわかったわ。私たち、同じ水準、にいるの。時々、私は霊能者、に違いないと思うの、ミス・シャーリー。誰だろうと、会った瞬間、その人を好きになるかどうか、いつも本能的に、わかるの。私、すぐに感じたわ、あなたは思いやりのある人で、理解して、くださるって。理解してもらえるのは嬉しいもの。誰も私を理解しないのよ、ミス・シャーリー……誰一人。でもあなたに会って、内なる声がささやいたわ。『この人は、わかってくださる。一緒にいると、本当の自分で、いられる』と。ああ、ミス・シャーリー、私たち、ありのままで、いましょう！　いつも、ありのままで！　おお、ミス・シャーリー、私のことを少しは、ほんの少しは愛してくださる？」

「可愛い人だと思うわ」アンは少し笑い、ほっそりした指で、ヘイゼルの金髪の巻き毛をかき乱した。ヘイゼルを好きになることは造作なかった。

ヘイゼルは塔の部屋で、胸のうちをアンに吐露していた。部屋からは港にかかる三日月と、窓の下の深紅の盃《さかずき》のごときチューリップを満たす五月末の黄昏が見えた。

「まだ灯りは、点《つ》けないでおきましょう」ヘイゼルが頼むと、アンが答えた。「そうしましょう。夕闇を友とすると、この部屋はすばらしいでしょう？　灯りを点けると、夕闇は敵になってしまう、そして灯りは、怒ってにらみつけるように照らすのよ」

「私もそんな風に思う、ことはできるけど、こんなにきれいに言い表せないわ」ヘイゼルは、恍惚《こうこつ》とした苦悩にうめいた。「あなたは、すみれの言葉で話すのね、ミス・シャーリー」

それがどういう意味か、ヘイゼルは説明できなかっただろうが、構わなかった。実に、詩的に響いたのだから。

その日、塔の部屋は、家で唯一、心安まる部屋だった。朝、レベッカ・デューがせっぱつまった顔で言ったのだ。「うちで婦人会が開かれる前に、客間と客用寝室の壁紙をはる準備をしなくちゃならないんです」それから壁紙屋の邪魔にならないよう、すぐさま二つの部屋から家具はすべて運び出されたが、壁紙屋が明日まで来れないと断わってきたのだ。風柳荘《ウインディ・ウイローズ》はひどく散らかり、ただ一つのオアシスが、塔の部屋だった。

ヘイゼル・マー（1）がアンに「のぼせている」ことは、悪い意味で評判になっていた。マー家は、サマーサイドでは新参者で、この冬、シャーロットタウンから越してきた。ヘイゼルは、本人が好む表現によれば「十月の金髪女性」（2）で、金色がかった銅色《ブロンズ》の髪に茶色の瞳をしていた。レベッカ・デューは、あの娘は自分がきれいだと気づいてからというもの、世間のためになっちゃいませんよと断言した。だがヘイゼルは人気があった。とりわけ青年たちの人気を集め、その瞳と巻き毛は、まことに悩殺的な組み合わせだった。

アンもヘイゼルを好んでいた。その夕方、まだ早い時分のアンは疲労をおぼえていた。午後も遅くなると、教室で仕事に疲れ、やや悲観的にもなっていた。ところが今は、癒やされた気分だった。五月のそよ風が林檎の花の甘い香りを乗せて窓から吹いてきたせいか、ヘイゼルのおしゃべりのせいか、わからなかった。おそらくは両方だろう。どういうわけかヘイゼルは、アンの少女時代を彷彿とさせた、その陶酔ぶり、憧れ、ロマンチックな想像において。

ヘイゼルはアンの手をとり、うやうやしく唇を押しあてた。「ミス・シャーリー、私に会う前に、あなたが愛した人がみな憎らしい。今、あなたが愛する人もみな憎らしい。あなたを独り占めしたいの」

「少し理不尽じゃないこと、可愛い人《ハニー》。あなたも、私以外の人を愛しているでしょう。たとえばテリーを」

「ああ、ミス・シャーリー、それを話したいの。これ以上、黙って我慢するなんて、できない。不可能よ！　誰かに話さなくてはならないの、理解して、くださる人に。一昨日《おとつい》の夜、外へ出て、私、池のほとりを歩いたわ、一晩中……とにかく十二時くらいまで。すべてに苦しんできたの、あらゆることに」

ヘイゼルは、血色のよい色白の丸顔、長い睫毛の目、神々しい輝きの巻き毛が許すかぎりに悲劇的な様子をしてみせた。

「まあ、ヘイゼル、あなたとテリーは幸せで、話は決まったものと思っていたわ」

アンがそう思うのも無理はなかった。この三週間、ヘイゼルは、テリー・ガーランドのことを夢中で語り、誰かに話せないなら恋人などいても無意味だといわんばかりのありさまだった。

「誰もが、そう思っているの」ヘイゼルは悲痛に返した。「ああ、ミス・シャーリー、人生とは、複雑な問題に、こんなにも満ちているのね。時々、どこかに横たわりたい気がする……どこでもいい……両手を組みあわせ、もう考えないようにしたいと」

「ヘイゼル、何がいけないの」

「何でもないわ……いいえ、すべてよ。ああ、ミス・シャーリー、すっかりお話ししてもいい？　思いのたけを打ち明けてもいいかしら」

「もちろんですとも」

「心を打ち明ける場所が、本当に、どこにもないの」ヘイゼルは悲愁をこめて言った。「もちろん日記は別よ。いつか日記をお見せしてもいいかしら？　ミス・シャーリー。日記には自分を包み隠さず書くわ。しかし、それでも、私の魂に燃えているものを書くことはできない。それが……私を窒息させるのよ！」

ヘイゼルは劇的な仕草で、おのが喉をつかんだ。

「もちろん拝見するわ、見てほしいなら。でも、テリーとの間で、何が問題なの」

「おお、テリー！　彼が、見も知らぬ人に思えると言ったら、信じてくださるかしら。見ず知らずの人！　一度も会ったことがない人よ」ヘイゼルは誤解のないように付け加えた。

「彼のことを愛していると思っていたわ。だっておっしゃったでしょう……」

「ええ、わかっている。愛してると思っていた。でも今はわかる、すべてはどうしようもない勘違いだった。ああ、ミス・シャーリーには、夢にもわかってもらえないわ、私の人生が、いかに困難か、いかに不可能か」

「そういうことなら、少しは知っててよ」アンは同情しながら、ロイ・ガードナーを思い出していた(3)。

「ああ、ミス・シャーリー。私、結婚するほどには彼を愛していない。それを今になって気づいたの……手遅れだという今になって。私はただ、月の光に浮かれて、彼を愛していると思っただけ。月さえ出ていなければ、よく考える時間をくださいと言ったはずよ。ところが私は、ぽおっとなってしまった。それが今はわかるの。ああ、もう逃げ出すわ！　自棄《やけ》なことでもするわ！」

「でもね、ヘイゼル、間違いだったと思うなら、なぜテリーに言わないの……」

「ああ、ミス・シャーリー、それができないの！　あの人、死んでしまうわ。私を崇拝しきっているもの。逃れる方法はない、そうよ。テリーは結婚話をするようになった。考えてもみて、私のような子どもが！　まだ十八よ。婚約したことを内緒に打ち明けた友だちは、みな、お祝いを言ってくれる。でも、なんという道化。みんなは、私が玉の輿に乗ったと思っている。彼は二十五歳になったら、一万ドル入るの。お祖母さんが遺したのよ。まるで私がお金、という浅ましいものに目が眩《くら》んだみたい！　ああ、ミス・シャーリー、どうして、世の中は、こんなに欲得ずくなの、どうして」

「ある面では欲得ずくかもしれないけれど、すべてがそうじゃないわ。それにテリーをそんなふうに思っているなら……私たちはみんな間違いをするものよ。自分の気持ちを理解することは、ときには、とてもむずかしい……」

「まあ、そうなのね？　あなたは私を理解してくださるって、わかっていた。私、テリーを好きだと、本当に、思っていた。初めて会ったとき、その夕べはずっと、ただすわり、あの人に見惚《みと》れていた。目が合うと、波が、続々と私に押しよせてきた。彼はそれは、美男子で……といっても、そのときでさえ、髪の毛は巻きすぎているし、睫毛《まつげ》は白すぎると思った。その、警告に、気づくべきだった。ところが私はいつも、何にでものめり込んでしまう。情熱的なのよ。テリーがそばに来るたびに、陶酔して、かすかに震える心地だった。それが今では、なんとも感じない。何も！　ああ、私、この数週間で年をとってしまった。年老いたのよ！　婚約して以来、ほとんど食べていないの。母もそう話してくれるでしょう。わかっているの、結婚するほどには彼を愛していない。ほかのことは不確かだとしても、それだけは、わかっている」

「そうなら、あなたはすべきでは……」

「あの月夜の晩、テリーが求婚したときでさえ、私、ジョーン・プリングルの仮装パーティにどんなドレスを着ようか、考えていた。五月の女王（4）に扮して、薄緑のドレスに深緑の腰帯《サシュ》をまき、髪に淡いピンクの薔薇を一房さし、手には、小薔薇を飾ってピンクと緑のリボンを垂らしたメイポールを持てば、すてきだろうと思っていた。人目を惹いたでしょうよ。ところが、ジョーンのおじさまが亡くなり、パーティは開けなくなり、すべてが無駄になった。でも、肝心なことは、こんな風にあれこれ考えているときに、彼を本気で愛することはできない、そうでしょう」

「どうかしらね。考えは、ときどき、妙ないたずらをするものよ」

「私、一度も結婚したいと思ったことがないの、ミス・シャーリー。ひょっとして、オレンジ材の爪とぎ棒(5)をおもちかしら……ありがとう。爪の半月のあたりがでこぼこしているから、お話ししながら、手入れするわ。こんなふうに秘密を打ち明けるのは、いいものね。こんな機会は滅多にないわ。世間は邪魔をするもの。それで、何を話していたかしら……ああ、そう、テリーよ。どうしたらいいの、ミス・シャーリー。アドバイスを頂きたいの。ああ、まるで罠にかかった動物のような気がする！」

「でも、ヘイゼル、とても簡単な……」

「ああ、それが少しも簡単ではないの、ミス・シャーリー。かなりややこしいの。ママは大喜びしている。でも、ジーンおばさんはそうじゃない。おばさんは、テリーが気に入らないの。おばさんは正しい判断をすると、みんなが言うわ。私は誰とも結婚したくない。私には野心があるの。仕事のキャリアがほしい。修道女になりたいと思うときもある。神の花嫁になるのは、すばらしいでしょう？　カトリックの教会は、まさしく、絵のように美しい。でも私は、カトリック教徒じゃない……それにこれは、キャリアとは言えないもの。私、看護婦になりたいとずっと思っていた。ロマンチックな職業ではないこと？　熱にうなされている額をなでて、看病してあげるの。すると、どこかの美男の百万長者の患者に愛され、さらわれて、新婚旅行はリビエラ海岸（6）の別荘ですごすの、朝日と青い地中海に面した別荘よ。そこにいる自分を思い描いたわ。馬鹿みたいな夢よ、おそらく。でも、なんてすてきでしょう！　テリー・ガーランドと結婚して、サマーサイドに落ち着くという、味気ない現実のために、夢をあきらめるなんて、できない！」

ヘイゼルは思い浮かべただけで体を震わせ、それから、爪の半月の仕上がりをしげしげと眺めた。

「私が思うには……」とアンが言いかけた。

「私とテリーには、何も、共通点がない、ミス・シャーリー。あの人は詩や小説《ロマンス》に関心がない。でも私にとっては、まさに命。私、時々、クレオパトラの生まれ変わりに違いないと思うの……あるいはトロイのヘレン（7）かも。とにかく、物憂くて、魅惑的な誰かよ。私には、こんなにすばらしい、思想と感情がある。生まれ変わりでなければ、どこで身につけたのか見当もつかないわ。ところがテリーは、恐ろしいほど現実的。あの人が誰かの生まれ変わりだなんて、あり得ないわ。私がヴェラ・フライの羽ペンの話をしたとき、あの人がなんと言ったか、それが証拠よ、そうでしょう、ミス・シャーリ

――」

「でも、ヴェラ・フライの羽ペンの話は、聞いたことがないわ」アンは、辛抱強く答えた。

「あら、そうでした？　てっきりお話ししたと思っていたわ。あなたには色々なお話をしたものだから。ヴェラの婚約者が、彼女に羽ペンを贈ったの。からすの翼から落ちた羽を拾って、作ったのよ。そしてヴェラに言った。『これを使うたびに、かつてこの羽を身につけていた鳥のごとく、あなたの心を、天高く舞い上がらせてください』と。実にすてきじゃないこと？　ところがテリーは、そんなペンはじきにすり減るさ、ヴェラの口数ほど書けばなおさらだ、そもそも、からすは天高くなんか飛ばないよ、と言ったの。あの人ったら、全体の意味を、その真髄を、まるで間違えて」

「その意味とは、何だったの？」

「まあ、それは……ええと……舞い上がること、地上の肉体から離れることよ。ヴェラの指輪に気がついた？　サファイアよ。でもサファイアは、婚約指輪には色が暗すぎるわ。私はむしろ、あなたの、パールがついた、可愛くて、ロマンチックな小さな指輪が好きよ。テリーはすぐにでも、私に指輪を贈りたがった。けれど、少し待って、と言ったの。枷《かせ》のように思えて……取り返しがつかないわ。本気で彼を愛していたら、こんなふうには感じなかった、そうでしょう」

「そうね、残念ながら」

「本当の気持ちを話して、すばらしかった。ああ、ミス・シャーリー、また自由になれさえしたら、人生のより深い意味を、自由に探し求めたい！　テリーにそう言っても、意味をわかってくれないでしょう。それに彼は短気よ。ガーランド家はみなそう。ああ、ミス・シャーリー、この気持ちを、あの人に伝えて頂けたら……彼は、あなたをすばらしい、と思っている。あなたの言葉なら、従うでしょう」

「ヘイゼル、そんなこと、どうやってこの私にできて」

「なぜできないの」ヘイゼルは、最後の爪の半月を仕上げると、オレンジ材の棒を悲劇的な身ぶりで置いた。「あなたにできないなら、どこにも、助けはない。私は、決して、絶対に、どうしても、テリー・ガーランドとは結婚できない」

「彼を愛していないなら、ヘイゼル、あなたが行って話すべきよ、彼がどんなに気分を害しても。あなたもいつか本当に愛せる人に出逢うわ、可愛いヘイゼル。そのときは、迷わないのよ。自分でわかるもの」

「私はもう、誰も、愛さない」ヘイゼルは固い表情で、落ち着いて言った。「愛は、悲しみだけをもたらす。年は若くとも、それは、学んだわ。これは、あなたの小説の筋書きに役に立つわね、ミス・シャーリー……もう帰らなくては。こんなに遅いとは、気がつかなかった。打ち明けて、ずっと、気分がよくなったわ……『影の国にて、君が心に触れぬ』とシェイクスピアにあるように」

「ポーリーン・ジョンソンだと思うわ」(8)アンは優しく言った。「そうね、誰か、昔生きていた、誰かだということは、わかっていたわ。今夜は眠れると思うわ、ミス・シャーリー。ほとんど寝ていないの、テリーと婚約してから……どうしてこんなことになったのか、まるで、わからないわ」

ヘイゼルは髪の毛をふくらませ、帽子をのせた。帽子はつばまで薔薇色の布で裏打ちされ、薔薇色の花がとりまいていた。帽子をかぶったヘイゼルは心がかき乱されるほど愛らしく、アンは衝動的に接吻をした。

「あなたほど美しい人はいないわ、可愛い人」アンは感嘆して言った。

ヘイゼルは身じろぎもせず立っていた。それから目を上げ、塔の部屋の天井を突きぬけ、さらに上の屋根裏部屋まで突きぬけて、星を探し求めるかのように見上げた。

「このすばらしい瞬間を、決して、決して、忘れないわ、ミス・シャーリー」恍惚の面《おも》もちでつぶやいた。「私の美しさが……そんなものがあればだけど……浄《きよ》められた、思いよ。ああ、美貌を噂されるのが、どんなにつらいか、わかってくださらないでしょう。人と会ったとき、評判ほど美しくはないと思われはしないか、たえず気になるの。責め苦よ。ときには、人が落胆するところを想像すると、恥ずかしくて、死にそうに、なる。想像にすぎないのよ。私は想像力が豊か、だもの……豊かすぎて、ためにならないと、怖くなるくらい。私、テリーを愛していたと、想像、していたのね。あら、林檎の花の香り、ミス・シャーリー、おわかりになって」

アンも鼻がきくので、わかった。

「神々しい香りね。天国はいたるところ、花ばかりだといいわ。百合の花の中に暮らせたら、善人になれるでしょうね」

「少し窮屈ではないかしら」アンはつむじ曲がりなことを言ってみた。

「まあ、ミス・シャーリー、どうか、あなたの若き崇拝者を、皮肉らないで！　皮肉は、私を一枚の葉のようにしおれさせるの」

「あの娘《むすめ》に、喋り殺されは、しなかったと見えますね」アンが幽霊小路の外れまでヘイゼルを送って帰ると、レベッカ・デューが言った。「よくもまあ、我慢できるもんですよ」

「彼女のことが好きなのよ、レベッカ。本当に好きよ。子どものころは、私も大変なおしゃべりだったの。私の話を聞かされる羽目になった人は、馬鹿みたいだと思ったんじゃないかしら、ヘイゼルの話が、時々、そう聞こえるように」

「あたしゃ、先生の子ども時分のことは知りませんけども、先生なら、そんなことはなかったと思いますよ」レベッカは言った。「どんな言葉で言うにしろ、先生が言ったことは、本気だったでしょうからね。ところがヘイゼル・マーは、そうじゃない。あの娘は、脱脂乳でしかないのに、クリームの振りをしてんだから」

「まあ、たしかに、少々、芝居がかっているわね、女の子はたいていそうよ。でも本気で言っていることも、あると思うわ」アンは、テリーを思い浮かべつつ言った。アンは彼をさほど買っていなかった。そこでヘイゼルが彼について語った言葉は、すべて本音だろうと考えた。ヘイゼルは、たとえ一万ドル「転がり込む」にしろ、テリーという男にはもったいない。彼は見た目はいいが、気の弱い若者で、初めて気のあるそぶりをしてくれた可愛い娘に恋をしたものの、最初の恋人に振られるか、長らく放っておかれるかすれば、同じ容易《たやす》さで次の娘と恋に落ちるだろう。

その春、アンは、テリーとよく会った。ヘイゼルが、アンに付き添いを、しばしば頼んだからだ。しかもさらに彼と会う運命となった。ヘイゼルがキングスポートへ友人を訪ねていくと、留守の間、テリーはアンを慕い、馬車のドライブにつれ出し、外出先から「彼女の家へ送り届けた」のだ。二人は「アン」、「テリー」と呼びあった。ほぼ同い年だったが、アンは彼に母親のような感情を抱いていた。一方のテリーは、「頭のいいミス・シャーリー」が好んで自分の相手をしてくれるらしいと得意になり、メイ・コネリーのパーティの夜、アカシアの葉影が狂おしく揺れる月明かりの庭で、恋愛めいた気配を見せた。アンは冗談めかしつつ、不在のヘイゼルを彼に思い出させた。

「ああ、ヘイゼルね！」テリーは言った。「あんな子ども！」

『あんな子ども』と、あなたは婚約しているのでしょう？」アンは厳しく言った。

「本当に婚約したわけじゃない。男の子と女の子の馬鹿げた真似ごとにすぎないよ。ぼくは……たぶん月明かりで、ぼおっとなっただけさ」

アンはすばやく頭を働かせた。テリーが本当にこのように思っているだけなら、ヘイゼルは彼から離れる方がいい。おそらくこれは、二人が迷いこんだ愚かなしがらみから、彼らを救い出すために天が与えた好機《チャンス》だろう。二人は若さゆえに物事を深刻に受けとり、しがらみから抜け出すすべを知らないのだ。

「もちろん」テリーは、アンの沈黙を勘違いして続けた。「僕は、少し苦しい立場にいる、それは認めるよ。ヘイゼルは、僕のことを、少しばかり真剣に受けとめすぎているから、心配なんだ。あの子に、自分の過ちを気づかせるには、どうしたらいいのか、わからないよ」

衝動にかられやすいアンは、精一杯、母親らしい顔つきをした。「テリー、あなたたちは、大人の真似をしている子どものカップルね。ヘイゼルは、少しもあなたを好いていないわ、あなたが彼女を好いていない以上よ。たしかにあなたたちは、月明かりに惑わされたのね。彼女は自由になりたがっているけれど、あなたを傷つけるのが怖くて言い出せないの。ヘイゼルは途方にくれたロマンチックな女の子、そしてあなたは恋に恋する男の子よ。いつか二人とも、自分たちを大笑いする日が来るわ」

「これでうまく片がついたわ」アンは満足して思った。

テリーは深い吐息をついた。「きみのおかげで、胸の重荷がなくなったよ。ヘイゼルは、もちろん可愛い子だ。あの子を傷つけるなんて、考えただけでも嫌さ。でも、ここ数週間、僕は、自分の……いや、二人の間違いに気がついていたんだ。男が、一人の女性に……ただ一人の女性に出逢ったら……おや、もう帰るの、アン。このきれいな月明かりを、無駄にするのかい。月の光を浴びて、きみは白い薔薇のようだ……アン……」

だがすでにアンは逃げ去っていた。

第11章

　六月半ばの夕暮れ、アンは塔の部屋で試験の採点をする手をとめ、鼻をふいた。その夕方、幾度もこすった鼻は薔薇のように赤く、むしろ痛々しかった。実のところアンは、まことにひどく、まことにロマンチックではない鼻風邪を引いていた。そのおかげで常磐木荘《エヴァーグリーンズ》のつが（1）の木立のむこうに広がる柔らかな緑色の空も、「嵐の王《ストーム・キング》」にかかる銀白色の月も、窓辺に漂うライラックの香りも、机の花瓶にさした、白みがかった青の色鉛筆で描いたようなアイリスの花も楽しめなかった。鼻風邪は、アンの過去をことごとく暗いものにし、未来もすべて翳らせた。

「六月の鼻風邪だなんて、不道徳ね」アンは、窓の敷居で瞑想にふけるダスティ・ミラーに語りかけた。「でも、あと二週間で、懐かしいグリーン・ゲイブルズへ帰るのよ。この部屋で、間違いだらけの答案用紙にいらいらしながら、すりむけた鼻をふくこともないわ。それを思いましょう、ダスティ・ミラー！」

　ダスティ・ミラーは、それを思ったようだった。彼はまた、年若い娘が幽霊小路をこちらへ急ぎ、多年草の植わる小径に入ったものの、その顔は怒りに心乱れ、六月らしからぬとも考えただろう。それはヘイゼル・マーだった。キングスポートから昨日帰ったばかりの見るからに心乱れたヘイゼル・マーであった。数分後、彼女は激しく扉を叩き、返事も待たずに塔の部屋へ嵐のごとく飛び込んできた。

「まあ、ヘイゼル、ようこそ（くしょん《カーシュー》）（2）、もうキングスポートから帰ったの。来週だと思っていたわ」

「ええ、そうでしょうとも」皮肉っぽい口調で言った。「でも、ミス・シャーリー、私はちゃんと、帰っているわ。そうしたら、どうでしょう。あなたが懸命にテリーを誘惑して、私から引き離そうとしていたなんて……それも成功寸前だとは！」

「ヘイゼル！」（くしょん！）

「どう、何もかも知っているのよ。テリーに言ったでしょ、私はテリーを愛していない、婚約を解消したがっていると……私たちの神聖な、婚約を！」

「ヘイゼル、まあ！」（くしょん！）

「ええ、私を馬鹿にすればいい……何もかも馬鹿になさい。でも、そんなことはしていない、とは、言わないで。あなたはしたのよ、それもわざと」

「もちろんしたわ、あなたに頼まれたんですもの」

「私が……あなたに……頼んだ……ですって！」

「まさしくこの部屋で、彼を愛していない、絶対に結婚できない、とおっしゃったわ」

「あら、あのときの気分よ。真《ま》に受けるとは、夢にも思わなかった。あなたなら、芸術家気質を理解してくださる、そう思ったのよ。あなたはずっと年上だけど、女の子の無我夢中な話し方や……感じ方を、忘れていないでしょう。友人のふりをしていた、あなたでさえも！」

「これは悪い夢に違いないわ」哀れなアンは鼻をふきつつ思った。「おかけなさい、ヘイゼル、さあ！」

「おかけなさい、ですって！」ヘイゼルは荒々しく部屋を行き来した。「すわっていられるわけがないでしょ。人生が破滅するときに、誰が、すわっていられるものですか。年をとると、そんな真似をするなら……若い人の幸せを妬んで、台無しにしてやろうと思うなら……私は決して年をとらないよう、祈るわ」

アンはふと、わが手に、不可解で恐ろしい原始的な欲望のうずきを感じ、ヘイゼルを平手打ちしたい衝動に駆られた。すぐさま押し殺したため、後々、本気だったのか、信じられなかった。だが、多少は軽い懲《こ》らしめが必要だと思った。

「ヘイゼル、腰かけて、分別をわきまえて話せないなら、帰って頂きたいわ」（かなり激しく、くしょん）「しなくてはならない仕事がありますから」（鼻をすすり……またすすり……さらにすすった！）

「あなたをどう思っているか、それを言うまで、帰らないわ。ええ、私の自業自得よ。

気づくべきだったのよ……いや、ちゃんとわかってた。初めて会ったとき、危険だ、と本能的に感じたもの。その赤い髪、緑色の目！(3) でも、まさか私とテリーの仲を裂くとは、夢にも、思わなかった。少なくともキリスト教徒、だと思っていたもの。こんなことをする人がいるなんて、聞いた、こともない。とにかくあなたは、私の心を引き裂いた、これで満足かしら」

「なんて困った人……」

「あなたとは口をきかない！　ああ、あなたがぶち壊すまで、テリーと私はあんなに幸せだった。私は、幸せだった……仲間うちでいちばん最初に婚約した女の子だった。結婚式も、すっかり考えていた。花嫁の付き添いは四人、きれいな淡い空色の絹のドレスを着て、裾の襞飾りには黒い天鵞絨《ビロード》のリボンをつけて。とてもシックよ！　ああ、あなたを一番に憎むべきか、一番に憐れむべきか、わからない！　ああ、どうすればこんな仕打ちができて？　あんなにあなたを愛し……あんなに信頼し……いい人だと、あんなに信じていたのに！」

　ヘイゼルの声は途切れた。涙があふれたのだ。彼女は揺りいすにくずおれた。

　アンは胸に思った。「感嘆符は、もうさほど残っていないようね。でも、強調の傍点なら、たっぷりありそうね」

「こんなことになって、可哀想なママは、死ぬ思いをするでしょう」ヘイゼルはすすり泣いた。「とても喜んでいたもの……誰もが、大喜びしていた……みんなが理想的な、縁談だと思っていた。ああ、どうにかすれば、いつか、元通りになるかしら？」

「次の月夜の晩まで待って、試してみたら」アンは優しく言った。

「まあ、笑えばいいわ、ミス・シャーリー……私の苦しむ姿を、笑えばいい。きっと面白がっているのよ、ああ面白いと！　苦しみがどんなものか、あなたには、わからないのね！　つらい……ひどくつらいわ！」

アンは時計を見て、くしゃみをした。「それなら、苦しまなければいいのよ」アンは無慈悲に言った。

「苦しみますとも。私の感情の奥行きは、はるかに、深いの。魂が浅い人は、苦しまない。でも、ありがたいことに、他のことはともかく、私の魂は浅くはない。あなたは、恋をするとはどういうことか、少しは、おわかりかしら、ミス・シャーリー。本気で、恐ろしいほどに深く、不思議なくらいに、恋をするということが。そして信頼していたのに、裏切られることが、どういうことか。私は幸せ一杯で、キングスポートへ行った、世界中を愛していると感じながら！　留守の間、あなたが寂しがらないように、よくしてあげて、とテリーに頼んだ。そしてゆうべ、幸せ一杯で、家に帰ると、彼が言ったの。もう愛していない、何もかも間違いだった……間違いだったと！……おまけに、私も彼を好きではないから自由になりたいと、あなたから聞いたと！」

「私の気持ちとしては、褒められたものだったけど」アンは笑って答えた。アンの茶目っ気あるユーモアのセンス《インピッシュ》が彼女を救っていた。ヘイゼルを笑うように、アンは自分自身をも笑っていたのだ。

「ああ、ゆうべ、どんな思いで過ごしたか」ヘイゼルは激しい口ぶりで言った。「ただ部屋を歩きまわった。あなたは知らないのよ……想像、すらできないわ……今日、どんな苦しみを経験したか。ただすわって、聞く羽目になったのよ……実際に聞いた、のよ……テリーがあなたに、のぼせていると、色々な人が話してくれた。ああ、みんなが、あなたたちを見ていた！　あなたたちが何をしていたか、みんなが、知っている！　ねえ、どうして、どうしてなの？　理解できない。あなたは恋人がいるのに、なぜ私に恋人を残してくれないの？　なぜひどいことをするの？　私があなたに、何をした、というの」

「私の考えでは」アンは憤慨して言った。「あなたもテリーも、平手打ちが必要ね。そんなに頭にきて、訳《わけ》も聞けないなら」

「あら、怒って、なんかないわ、ミス・シャーリー、ただ傷ついて、いるの……それもひどく」ヘイゼルの声が涙にかすれた。「すべてに、裏切られた気がする……恋にも、友情にも。そういえば、胸が張り裂ければ、もう苦しむことはないと言うわね。本当ならいいけど、そうとも思えないわ」

「ヘイゼル、あなたの野心はどうなったの。それに百万長者の患者さんや、新婚旅行に青い地中海の別荘へ行く話はどうなのよ」

「何をおっしゃっているのか、わからないわ。私に野心なんて少しもない。あの恐ろしい新しい女の仲間じゃないもの。私の、一番の野心は、幸せな妻になって、夫のために幸福な家庭を築くこと。そうだった、そうだった、のに！過去形で考えなければならないとは！　ええ、誰だろうと、信用してはならない。それを、学んだわ。苦い、苦い教訓よ！」

ヘイゼルは涙をふき、アンは鼻をふいた。そしてダスティ・ミラーは、人間なぞ嫌だと言わんばかりの顔で、宵の明星をにらんだ。

「もう帰った方がいいわ、ヘイゼル。本当に忙しいの。話しあいを続けても、何も得られないと思うわ」

ヘイゼルは、断頭台に進みゆくスコットランド女王メアリ（4）さながらのそぶりで扉に歩み寄ると、芝居がかってふり返った。

「さらば《フェアウエル》、ミス・シャーリー！　あなたのことは、あなたの良心にお任せするわ」

良心と共に一人残されたアンは、ペンを置き、三度くしゃみをする（5）と、自分の胸に、思うままに語りかけた。「アン・シャーリー、おまえは文学士かもしれない。だが、まだ学ぶべきことが、いくつかある。それはレベッカ・デューでも教えられることだ……実際、彼女は教えてくれたのだ。自分に正直になりなさい。そして、身から出た錆《さび》を、甘んじて受け入れなさい。月明かりに照らされ……お世辞を言われ……つい調子に乗ったと認めなさい。ヘイゼルに憧れていると言われ、大喜びしたと認めなさい。崇拝されて、嬉しかったと認めなさい。自分が救世主（6）のごときものになったという考えが、気に入ったと認めなさい……当人たちは少しも救われたいと願っていないにもかかわらず、彼らを愚かさから救い出そうとした。これらをすべて認め、自分がより賢く、より悲しく、数千年も年老いた気がしたら、ペンをとり、また試験の採点を続けなさい。ついでに少し手をとめ、マイラ・プリングルが、熾天使《してんし》はアフリカにたくさんいる動物だと思っている（7）ことを書き留めておきなさい」

第12章

一週間後、アンに手紙が届いた。便箋は水色で、銀の縁どりがあった。

ミス・シャーリー様

このお手紙をさしあげるのは、私とテリーの間に生じた誤解はすべてとけ、私たち二人は、心より深く、烈《はげ》しく、すばらしく幸せであり、あなたを許そうと決めたことをお伝えするためです。テリーは、ただ月明かりに惑わされて、あなたに言い寄ったものの、実際は、私への忠誠は決して揺らがなかったと言います。テリーは、優しく純真な娘を好み、また全男性がそうであること、策略をめぐらす腹黒い娘に用はないと言っております。なぜあなたがあのような振る舞いをなさったのか、理解に苦しみます。これからも決して理解することはないでしょう。もしかすると、あなたは小説の材料がほしかっただけであり、初めての甘美で震えるような恋をしている娘にちょっかいを出せば、それが見つかると思われたのかもしれません。しかし私たちはあなたに感謝しております。私たち本来の姿をあらわにしてくださったからです。テリーは、人生のより深い意味に初めて気づいたと言っています。ですから、あらゆることが最善の結果になったのです。私たちはとても心が通じあい、互いの思いを感じとることができます。誰も彼を理解しませんが、私だけはできます。私は、永遠に彼のインスピレーションの源泉でありたいと願っています。私は、あなたほど利口ではありませんが、それはできるでしょう。というのは、私と彼はソウル・メイトだからです。たとえいかに多くの妬み深い人々や、偽りの友が、私たちの仲に艱難《かんなん》を与えようと、永遠の誠と貞節を互いに誓いました。

婚礼衣裳が整い次第、私たちは結婚することになりました。衣裳はボストンへ行き、調達します。サマーサイドには何にもありませんもの。ウェディング・ドレスは白いモアレ(1)で、新婚旅行のスーツは紫がかった灰色《ダヴグレイ》、そこに帽子と手袋と、デルフィニウム・ブルーのブラウスをあわせます(2)。私は若すぎるかもしれませんが、若くあるうちに結婚したいのです、花盛りが人生から去りゆく前に。

テリーは、すべて私の情熱的な夢が描き出しうる理想であり、私の心に浮かぶどんな思いも、彼のためだけにあります。私たちは恍惚とするほど幸せになると、私にはわかっています。かつては、すべての友が、私の幸せを共に喜んでくれるものと信じておりました。しかしその後、私は世間を知り、苦い教訓を学んだのです。

真実にあなたの
ヘイゼル・マーより

追伸　あなたは、テリーは大変な癇癪持ちだとおっしゃいましたね。しかし彼の妹の話では、子羊のようにおとなしいそうです。

H・M

追伸の二　レモン・ジュースはそばかすを漂白するそうです。鼻にお試しになるとよいですわ。

H・M

「レベッカ・デューの言い草を借りるなら」アンは、ダスティ・ミラーに語りかけた。

「追伸の二は、これこそ、我慢の限界ですよ」

第13章

サマーサイドへ来て二度目の夏休み、アンは複雑な気持ちをいだいて帰省した。この夏、ギルバートはアヴォンリーへ帰らない。西部へ行き、敷設中の新しい鉄道現場(1)で働いているのだ。だがグリーン・ゲイブルズは、やはりグリーン・ゲイブルズであり、アヴォンリーも、またアヴォンリーだった。《輝く湖水》はかつてと変わらぬ輝きできらめいている。羊歯《しだ》は今も《木の精の泉《ドライアド》》に茂り、丸木橋は年ごとに少しずつくずれ苔におおわれていたが、今なお木陰と静寂と風の歌声の《お化けの森》へ導いてくれた。

アンは、キャンベル夫人を説きふせ、小さなエリザベスをつれてグリーン・ゲイブルズに帰った、二週間……それ以上は無理だった。しかしエリザベスは二週間丸々、ミス・シャーリーといられることを楽しみにして、それ以上を人生に望まなかった。

「今日、私は、エリザベス嬢の気持ちよ」馬車で風柳《ウインデイ・ウイローズ》荘を発つとき、彼女は喜びと興奮のため息をもらした。「グリーン・ゲイブルズで、先生のお知りあいにご紹介してくださるとき、『エリザベス嬢』って呼んでくださる？　大人になった気がするもの」

「そうするわ」アンは大まじめに約束した。かつてコーデリアと呼んでほしいと頼んだ、小さな赤毛の女の子を思い出したのだ(2)。

ブライト・リヴァー駅からグリーン・ゲイブルズへ、六月のプリンス・エドワード島でしか見られない街道(3)を馬車でいく道ゆきは、何年も前のあの忘れがたい春の夕べ、アンにとってそうだったように、エリザベスにもうっとりするものだった。世界は美しく、あたりに広がる草原は風にさざ波が立ち、一つの角を曲がるたびに驚きの光景が現れた。これから二週間、エリザベスは愛するミス・シャーリーとすごし、侍女から離れ、自由になるのだ。エリザベスは新調したピンクのギンガムのワンピースに、おろしたての茶色の可愛らしいブーツをはいていた。まるで「明日」がすでに来たかのようだった、しかも十四日も「明日」が続くのだ。馬車がグリーン・ゲイブルズの小径へ入ると、そこにはピンク色の野薔薇が咲き(4)、エリザベスの瞳は夢見るように輝いた。

グリーン・ゲイブルズに着いた瞬間、エリザベスには、すべてが魔法のごとく変わったように感じられた。それから二週間、彼女はロマンスの世界に暮らした。一歩、ドアの外へ出ると、何かしらロマンチックなものに足を踏み入れるのだ。アヴォンリーでは、そうしたことが起きる運命になっていた、今日でなければ、明日に。エリザベスは自分がまだ「明日」には少し及ばないと知っていた。だがそのすぐ周りにいるのだとわかっていた。

グリーン・ゲイブルズにあるものと、その周りにあるものは、何もかも、エリザベスには親しく感じられた。マリラのピンク色の薔薇のつぼみのティーセットですら古い友のようだった。どの部屋も、エリザベスが前から知って愛していたように、彼女を迎えた。草原はどこよりも青かった。グリーン・ゲイブルズの住人は「明日」に暮らす心優しき人々だった。エリザベスは家の人たちを愛し、また愛された。デイヴィとドーラは彼女を崇拝し甘やかした。マリラとリンド夫人は、よい子だと感嘆した。エリザベスはこざっぱりして、しとやかで、目上の人に礼儀正しかった。アンがキャンベル夫人の育て方を好んでいないことを二人は知っていたが、夫人が曾孫《ひまご》をきちんと躾けていることは明らかに見てとれた。

「ああ、私、眠りたくないわ、ミス・シャーリー」うっとりするような宵を過ごし、玄関上の切妻の小部屋の寝台に入ると、エリザベスはささやいた。「このすばらしい二週間、一分たりとも眠りたくないの。ここにいる間、眠らずに暮らせたらいいのに」

少しの間、エリザベスは眠らなかった。寝台に横たわり、ミス・シャーリーが海鳴りだと教えてくれた快い低いうなりに耳を傾けていると、天国にいるようだった。海の響きをエリザベスは愛した。軒先に吹く風の吐息も同じように愛した。それまでは、いつも夜は怖かった――夜の闇から恐ろしい何かが飛びかかってくるかもしれない――だが、もう恐れなかった。生まれて初めて、夜を友のごとく感じた。

明日は海岸へ行きましょうと、ミス・シャーリーは約束してくれた。ここへ来る馬車の道ゆきで最後の丘を越えたとき、アヴォンリーの緑の砂丘の彼方に砕《くだ》けるのが見えた、あの銀色の波頭の海で水浴びをしましょうと。エリザベスには、後から後から波がやってくるのが見えた。その一つは、眠りへ誘《いざな》う偉大にして暗い波だった。波がまた彼女に押し寄せ、エリザベスは心地良い吐息をもらして身をゆだね、波に包まれていった。

「ここでは……神さまを……愛する……ことが……とても……たやすいわ」それが最後に意識に残った思いだった。

だがグリーン・ゲイブルズに滞在中、エリザベスは、夜ごと、シャーリー先生が眠った後も、様々なことを考え、しばし目をさましていた。なぜ常磐木荘《エヴァーグリーンズ》の暮らしは、グリーン・ゲイブルズの暮らしのようにならないのだろう。

エリザベスは音を立てたくとも、音を立ててもいい家に暮らしたことがなかった。常磐木荘《エヴァーグリーンズ》では、だれもがそっと動き、そっと話さねばならなかった。エリザベスには、考えるときも、そっと考えねばならないとさえ感じられた。エリザベスも、時には天《あま》の邪鬼《じゃく》な気持ちになり、大声で長く叫びたいと思うこともあった。

「ここでは、好きなように、どんな音を立ててもいいのよ」アンは言った。だが不思議なことに、妨げるものが何もないと、もはや叫びたくはなかった。彼女をとりまく美しいものたちの中に優しく足を踏み入れたとき、そっと歩くことが好きになったのだ。しかしグリーン・ゲイブルズに滞在中、エリザベスは笑うことをおぼえた。サマーサイドに帰るときは、幾多の喜ばしい思い出をつれて帰り、それにおとらぬ幾多の喜ばしい思い出を、去った後に残したのだった。グリーン・ゲイブルズの住人にとって、小さなエリザベスの思い出は、何か月もの間、そこに満ちているかのようだった。アンが大まじめに「エリザベス嬢です」と紹介したにもかかわらず、一同にとって、彼女はやはり「小さなエリザベス」だった。あまりに華奢《きゃしゃ》で、あまりに金髪で、あまりに小妖精《エルフ》のようで、小さなエリザベスとしか考えられなかった。白水仙《ジューン・リリー》の咲く夕暮れの庭で踊っていた小さなエリザベス、ダッチェス・アップル（5）の大木の枝の上に丸くなり、誰にも邪魔されずに妖精の物語《フェアリー・テイル》を読んでいた小さなエリザベス、きんぽうげの咲く野に半分埋もれていた小さなエリザベス、そこにいると彼女の金髪の頭も大輪のきんぽうげのようだった。銀緑色の蛾を追いかけ、《恋人たちの小径》を飛ぶ蛍を数えようとした小さなエリザベス、風鈴草《ふうりんそう》の花のなかで羽音を立てている丸花蜂《まるはなばち》（6）に耳をすましていた小さなエリザベス、配膳室でドーラに生クリームをかけた苺《いちご》を食べさせてもらい、庭でドーラと赤カシス（7）を食べていた小さなエリザベス——「赤カシスって、なんてきれいでしょう、ドーラ、まるで宝石を食べているみたい」、耳をぴくぴく動かす方法を教えてとデイヴィに頼んだ小さなエリザベス、幽霊の出そうな夕暮れのもみの森でひとり歌をうたっていた小さなエリザベス、客間の窓の下の赤と白のひなぎく《デイジー》の花壇にかがみ込んでいた小さなエリザベス、丸々とした大輪の桃色の西洋薔薇をつみ、指まで甘い香りがしみた小さなエリザベス、小川の谷にかかる大きな月を見つめていた小さなエリザベス――「お月さまは、心配そうな目をしていると思うの(8)、そう思わないこと、リンドのおばさん」デイヴィの雑誌の連載小説のある章で、ヒーローがつらい苦境に置かれているといって、悲しげに泣いていた小さなエリザベス――「ああ、ミス・シャーリー、主人公《ヒーロー》はとても生きて切り抜けられないと思うの」台所のソファに丸くなり、ドーラの子猫たちに寄り添って昼寝をして、野薔薇のように顔を赤くしていた可愛い小さなエリザベス。大きな年寄りのめんどりの尾が、風に吹き上げられ背になびくのを見て、声をあげて笑っていた小さなエリザベス――あんな風に笑っているのが、小さなエリザベスであろうか？　アンがカップ・ケーキに砂糖飾り《フロスト》をかけるのを手伝い、リンド夫人が新しい「ダブル・アイリッシュ・チェーン」(9)のキルトの布きれを裁つのを手伝い、ドーラが真鍮《しんちゅう》のろうそく立てを二人の顔が映るまで磨くのを手伝っていた小さなエリザベス。「クレメンタイン」の歌をおぼえ、いたるところで「蓋《ふた》のない鰊《にしん》の箱」と喜び歌っていた(10)小さなエリザベス。マリラの手ほどきのもと、指貫を型にして(11)、ごく小さなビスケットの生地を抜いていた小さなエリザベス。かように、グリーン・ゲイブルズの人々は、どこを、また何を見ようと、小さなエリザベスを思い出さずにはいられなかった。

「いつかまた、こんなに幸せな二週間があるのかしら」グリーン・ゲイブルズを馬車で去るとき、小さなエリザベスは思った。駅までの道すがらは二週間前と同じように美しかった。しかし道中の半分は、涙がにじんで見えなかった。

「子どもが一人いなくなったからって、こんなに寂しくなるとは、前は、思いもよらなかったよ」リンド夫人が言った。

小さなエリザベスが帰ると、キャサリン・ブルックと犬が訪れ、夏の残りをすごした。キャサリンはこの学年末に高校の職を辞し、秋からはレッドモンド大学へ行き、秘書課程《セクレタリーコース》を学ぶことになっていた。アンが勧めたのだ。

「あなたは大学を気に入ると思うわ。教えることは好きじゃなかったものね」アンは言った。二人はその夕方、羊歯がしげるクローバーの野の一隅《いちぐう》に腰をおろし、燦然《さんぜん》と光り輝く夕焼け空を見つめていた。

「人生は、これまで私に支払ってくれた以上に、私から何かを借りているの。だからこれからは私、外へ出ていって、回収するつもりよ」キャサリンは心に決めたように言った。「私、去年の今ごろより、ずっと若くなった気がする」笑いながら付け加えた。

「そうするのが、きっといちばんね。でも、あなたのいないサマーサイドと高校を、考えたくないわ。二人で色んな人や物を冗談にして、おしゃべりしたり、話し合ったり、楽しいひとときをすごした夕方がなくなったら、塔の部屋は、どんなふうになるのかしら」

三年目

第1章

風柳荘《ウインデイ・ウイローズ》
幽霊小路
九月八日

最愛の人へ

夏が終わりました。この夏、あなたとは、五月の週末にお会いできただけでしたね。私は風柳荘《ウインデイ・ウイローズ》に戻り、サマーサイド高校の三年目の——そして最後の——一年を迎えました。キャサリンとグリーン・ゲイブルズで楽しくすごしたので、これからの一年は彼女がいなくて、ひどく寂しいことでしょう。下級生を受け持つ新しい教師は、ほがらかで小柄な人です。ふくよかで薔薇の頬をして、子犬のように親しみやすいのですが、なぜかそれ以上のものはありません。きらきらする深みのない青い瞳の後ろに何の思索もないのです。彼女のことは好ましく思っています。これからもずっと好きでしょう——しかしそれ以上にも、それ以下にもならないでしょう。彼女には発見する何かがないのです。キャサリンは、ひとたびあの人の鎧《よろい》を通り抜けると、発見することが幾つもありました。

風柳荘《ウインディ・ウイローズ》では何の変わりもありません……いいえ、ありました。年寄りの赤牛が永遠の家へ行った(1)のです。月曜の夜、夕食に下りると、レベッカ・デューが悲しげに教えてくれました。未亡人たちは、もう牛に手間をかけるのはやめ、牛乳と生クリームはチェリーさんから手に入れることにしました。つまり小さなエリザベスは、もはや新鮮な牛乳をもらいに庭の木戸へ来ないのです。ところが彼女が行きたいときは行ってもよいと、キャンベル夫人が承諾したらしく、今もさほど大きな変わりはありません。

そしてもう一つ変化が起きようとしています。ケイトおばさんが話してくれました。実に悲しいことですが、未亡人たちは、ダスティ・ミラーにふさわしい家が見つかり次第、よそへやることにしたのです。私は反対しましたが、家内の平和のために、そうするしかないと、おばさんは言うのです。夏中、レベッカ・デューがしきりにあの猫の不満をこぼし、彼女を納得させるには、これよりすべがないのです。かわいそうなダスティ・ミラー、あんなに優しくて、歩き回って、喉をごろごろ鳴らす可愛い猫なのに！

明日は土曜なので、レイモンド夫人の双子の面倒を見ることになりました。夫人は親戚のどなたかのお葬式で、シャーロットタウンへ出かけるのです。夫人は、去年の冬、この町に来た未亡人です。レベッカ・デューと風柳荘《ウインディ・ウイローズ》の未亡人たちは――サマーサイドは本当に未亡人が多いのです――あの夫人は、サマーサイドの住人にしちゃ「少々、気取っている」と考えていますが、演劇部の活動で、キャサリンと私に多大な支援をしてくださったのです。世の中は持ちつ持たれつ（2）ですものね。

双子は、ジェラルドとジェラルディーンといい、八歳で、天使のごとき風貌をしています。ところがレベッカ・デューは、私が子守りに行くと言うと、顔つきで意思表示をして、「口をゆがめ」ました。

「でもね、レベッカ、私は子どもが好きなのよ」

「相手が子どもなら、そうでしょうとも。でもあの二人は、ただ恐ろしいだけですよ、シャーリー先生。レイモンド夫人ときたら、あの子らが何をしようと、罰を与えるのはよくないって、考えてるんです。子どもたちに『自然な生活』をさせることに決めた、とかなんとか言って。あの双子は聖人みたいな顔をして世間をだまくらかしてますがね、ご近所がどう言ってるか、あたしは、小耳にはさんでますよ。ある午後、牧師の奥さんが訪ねてったところ、もちろん、レイモンド夫人はシュガーパイみたいに愛想よくしたんですよ。ところが牧師の奥さんがおいとまするとき、階段からスペイン玉ねぎ（3）が雨あられと降ってきて、その一つが奥さんの帽子にぶちあたって、脱げたんですと。ところがレイモンド夫人ときたら、『子どもというものは、いい子でいてほしいと思うときに限って、忌まわしい振る舞いをするものですわね』と、ますます親切そうに言っただけで、まるで子どもが手に負えないのを自慢してるみたいだったそうな。『あの子たちは、ご存じのとおり、合衆国から参りましたもので』って……そう言えば何でもかんでも説明できるみたいに！」

レベッカは、リンド夫人におとらず「米国人《ヤンキー》」を持ち出します。

第2章

土曜日の朝、アンは美しく古風な家へ出かけた。それは町外れの田舎へ続く通りにあり、レイモンド夫人と有名な双子が住んでいた。夫人は出かけるばかりに身仕度を終えていた。葬式には、いささか派手な装いだったが、おそらく花で飾った帽子が、流れるようなウェーブを頭のまわりに巡らせた艶やかな茶色の髪にのっていたからだろう。だが、たいそうきれいだった。その美貌をうけついだ八歳の双子は、優雅な顔に童天使(1)の表情をたたえ、階段にすわっていた。色白で桃色の肌に、明るい青色の大きな瞳、ふわふわした淡黄色の細い髪は光の輪《オレオール》(2)のようだった。

夫人が、アンに双子を紹介すると、二人は愛想のよい甘い微笑を返した。それから夫人は、この優しいシャーリー先生がご親切にも来てくださり、お母さんがエラおばちゃんのご葬儀に出かけている間、面倒を見てくださるのですから、ちゃんとお利口さんにして、ほんの小さなご面倒でもおかけしてはなりませんよ、よろしいですね、可愛い子たち、と言ったのだった。

その可愛い子たちは、大まじめにうなずき、言いつけは守れないと思ったにしろ、ますます天使のごとき顔つきをしてみせた。

レイモンド夫人は、門へ通じる小径へアンをつれ出した「あの子たちは、わたくしのすべてなのです……今となっては」いかにも悲しげに語った。「もしかすると、少々、甘やかしてきたかもしれません。世間がそう噂していることは存じてますわ。でも世間というものは、常々、わが子よりも他人の子をどう育てるべきか、はるかにわかっているものですのよ。そのことにお気づきでしたかしら、シャーリー先生。でも、わたくしは、どんなときであろうと、お尻を叩く《スパンキング》より、愛する方が勝ると考えておりますの。先生ならきっと、あの子たちと難なくやってくださいますわ。子どもは、誰ならつけ込めるか、できないか、いつもわかっているのです。そう思われませんこと？　通りの上手《かみて》の、あのかわいそうなお年寄りのミス・プラウティに、ある日、子守りを頼みましたところ、わたくしの可愛い子たちは困ったことに、あの人に我慢ならなかったのです。もちろんうちの子たちは、あの人を少しはからかいましたよ……先生も、子どもはそうしたものだとご存じですわね。ところがあの人は、仕返しに馬鹿げた作り話を町中に言いふらしたのです。でも先生なら、あの子たちも大好きになり、きっと天使みたいになりますわ。もちろん二人は元気一杯ですが、子どもはそうでなくてはなりません、そう思われませんこと？　おどおどした子どもを見ると胸が痛むのです。わたくしは、自然体の子どもが好きですの。あまりに行儀のよい子どもは、不自然ですわ、そうですわね。

あの子たちに、バスタブの中でボートを浮かべたり、池の中を歩いたり、させないでくださいましね。風邪を引きはしないか、心配でたまらないのです。あの子たちの父親は、肺炎で亡くなりましたもので」

レイモンド夫人の大きな青い目に涙があふれかけたが、凜々《りり》しく瞬きをして引っ込めた。

「あの子たちが少々喧嘩をしても気になさらないでください……子どもは喧嘩をするものです、そう思われませんこと？　ところが、よそさまが二人を悪く言うと……なんと、あの子たちは！　たがいをひたすらに誉めあうんですの。双子の片方だけなら、葬儀につれて行けたでしょうが、二人とも聞き入れなかったのです。生まれてから一日も離れ離れになったことがありませんので。といって、わたくしも葬式に出ながら二人の面倒は見られませんもので」

「ご心配なく、レイモンド夫人」アンは快く言った。「ジェラルドとジェラルディーンと一緒に、すばらしい一日をすごしますわ。私は子どもが大好きですから」

「承知しておりますわ。お目にかかってすぐ、子どもがお好きとわかりました。いつだって、わかるものです、そう思われませんこと？　子ども好きの人には、何かがございます。かわいそうなお年寄りのミス・プラウティは、子どもがお嫌いで、子どもの欠点を探すのです。そんなですから、もちろん見つけるのです。わたくしの可愛い子どもたちが、子ども好きで理解のある方に見て頂いて、どんなにほっとしていることか。わたくしも一日、気が楽ですすわ」

「ぼくたちも、お葬式につれてってよ」ジェラルドが、いきなり二階の窓から顔を出し、叫んだ。「お葬式ほど面白いこと、ないんだもん」

「まあ、あの子たちったら、浴室に！」夫人は悲劇のごとく叫んだ。「シャーリー先生、浴室へ行って、つれ出してきてくださいな。可愛いジェラルドや、お母さんは、二人をつれて行けないのです。まあ、シャーリー先生、ジェラルドったら、客間の床のコヨーテ(3)の毛皮をかぶって、前足を首のところで結んでいますわ！　敷物が駄目になります、早く脱がせてください。わたくしは急ぎませんと、汽車に遅れますので」

レイモンド夫人は滑るように、優雅に去った。アンが階段をかけ上がると、天使のようなジェラルディーンは、ジェラルドの両足をつかみ、体ごと窓から放り出そうとしていた。

「シャーリー先生、ジェラルドったら、私に舌を出すの。やめさせて」ジェラルディーンが激しい口調で頼んだ。

「そうされると、あなたは痛いの」アンは微笑してたずねた。

「だって、ジェラルドは、私に、舌なんか出しちゃ、駄目」ジェラルディーンは言い返し、鋭いまなざしをジェラルドにむけた。するとジェラルドは、おまけをつけて返した。

「ぼくの舌は、ぼくのもんだ。好きなときに出すんだ、おまえなんかに指図《さしず》されるもんか。そうでしょ、シャーリー先生」

アンは質問を無視した。「双子たち、いいこと、お昼までにちょうど一時間あるわ。お庭へ出てすわって、ゲームをしたり、物語をお話ししてあげましょう。それからジェラルド、コヨーテの毛皮を、客間の床に戻しなさい」

「だって、狼《おおかみ》ごっこがしたいんだもん」ジェラルドが言った。

「お兄ちゃんは、狼ごっこがしたいのよ」ジェラルディーンは一転して兄の味方になり、どなった。

「狼ごっこが、したいんだよ」二人して一緒に叫ぶ。

そこへドアベルが響き、アンは窮地から救われた。

「おいで、誰が来たか、見て来よっ」ジェラルディーンが叫んだ。

二人は階段へ走り、手すりを滑りおりたので、アンよりも先に戸口についた。コヨーテの毛皮は途中でほどけて脱げ落ちた。

「うちは、絶対に、行商人から物を買わないんだよ」ジェラルドが、玄関の上がり段にいる婦人に言った。

「お母さんは、いらっしゃるかしら」訪問者はたずねた。

「いないよ。エラおばさんのお葬式に行ったんだ。それでシャーリー先生が、ぼくたちの面倒を見ているの。ほら、階段からおりてくる。おばさんなんか、先生が、追っ払っちゃうぞ」

誰が来たのかわかったアンこそ、その人物を「追い払いたい」気持ちになった。ミス・パメラ・ドレイク(4)は、サマーサイドでは歓迎されない訪問者だった。彼女は、常々、何かしら注文をとって家々をまわり、買うまでは、まずもって追い返せないのだ。肘鉄を喰らおうが、あてこすりを言われようが、まるで動じず、この世の時間はすべてわが意のままになると思っていた。

今回は、百科事典の「注文をとって」いた。学校の教師には必要欠くべからざる代物《しろもの》である。アンは、百科事典は要らない、高校に上等なものがあると抗弁したが、無駄だった。

「それは十年、古いものです」ミス・パメラは断言した。「こちらの丸木のベンチに、すわりましょう、シャーリー先生。内容紹介のパンフレットをご覧に入れます」

「申し訳ありませんが、時間がないんです、ミス・ドレイク。子どもたちの面倒を見るので」

「ほんの数分です。ちょうどシャーリー先生をお訪ねしようと思っていたところでした。こちらでお会いできて、これ幸いというものです。お子たちや、むこうへ行って、遊んでおいで。その間、シャーリー先生と、このきれいな見本をさっと見てますから」

「お母さんは、あたしたちの世話をするために、シャーリー先生を雇ったのよ」ジェラルディーンがふんわりしたカールの頭をそらせた。しかしジェラルドが、家の中へ強く引き入れ、二人は玄関扉を音をたてて閉めた。

「シャーリー先生、ご覧の通りです。この百科事典がどういうものか、おわかりでしょう。この美しい紙を、ご覧くださいな……触ってご覧なさい……すばらしい図版です……市場に出回っている百科事典は、この半分の図版しかありません。印刷もすばらしく……目の見えない人でも読めます……全部で八十ドルですが、即金八ドルで、結構です。あとは支払いが終わるまで、八ドルの月賦でよいのです。こんなチャンスはまたとありませんよ。今は事典を紹介するために、こうしてますが、来年は百二十ドルになるのですよ」

「でも、どんな百科事典も必要ありません、ミス・ドレイク」アンは必死になって言った。

「もちろん先生には必要ですとも。誰であろうと、百科事典は必要です……しかも国民《ナショナル》百科ですよ。以前の私は、国民百科も知らずに、よく生きていたものです。生きていた！ いいえ、本当は生きていなかった、存在していただけでした。この火食鳥《ひくいどり》（5）の図版をご覧なさい、シャーリー先生。実際に、火食鳥を見たことはおありで？」

「でも、ミス・ドレイク、私は……」

「お支払いの条件が、少々、大変とお考えでしたら、特約を結んでさしあげましょう、学校の先生でいらっしゃいますからね。月八ドルのところを、六ドルにします。これほどの提案は、もう断れませんよ、シャーリー先生」

アンはもう断わりきれないと思いかけていた。注文をとるまでは立ち去るまいと明らかに決意しているこの厄介な女を追い払えるなら、月に六ドル払う価値は、あるのではないか。それにしても、双子は何をしているのだろう。危険なくらいに静かだ。もしバスタブの中でボートを浮かべていたら、それとも裏口から抜けだして池を歩きまわっていたら。

アンは逃れようと、もう一度、哀れな努力をした。「この件はよく考えます、ミス・ドレイク、それからご連絡しますわ」

「今のような機会はもうありませんよ」ミス・ドレイクはすばやく万年筆をとりだした。「いいですか、いずれ先生は、国民百科を手に入れるのです。ですから、いつか、ではなく、今、署名する方がよいのです。先延ばしにしては、何一つ得られません。値段はいずれ上がります。するとあなたは、百二十ドル、払う羽目になるのですよ。ここに署名なさい、シャーリー先生」

アンは、わが手に万年筆が押しつけられるのを感じた、次の瞬間——血も凍る悲鳴が、ミス・ドレイクから上がり、アンは万年筆を、丸木ベンチの脇に茂るゴールデン・グロウ（6）にとり落とし、驚きと恐怖におののきながらミス・ドレイクを見つめた。

これがミス・ドレイクであろうか——帽子もなく、眼鏡もなく、ほとんど頭髪さえもない、何とも表現できないものが？　彼女の帽子と眼鏡、前髪のかつらは、ミス・ドレイクの頭上に浮かび、浴室の窓へ上がっていくところだった。窓からは金髪の頭が二つのぞき、ジェラルドが釣り竿をにぎっていた。竿の先から二本の糸がさがり、釣り針がついていた。

いったいどんなマジックを操《あやつ》り、この三つの獲物を釣り上げたのか、わかるのはジェラルドだけだろう。あるいは単なる幸運な偶然かもしれない。

アンは家へ駆けこみ、二階へ上がった。浴室へつく前に双子は逃げ出し、ジェラルドの釣り竿が残っていた。アンが窓から見おろすと、激高したミス・ドレイクが、持ちものを、万年筆も含めて拾い集め、門へ突進するところだった。ミス・パメラ・ドレイクは、生まれて初めて注文をとり損ねたのだ。

アンが探すと、双子は裏口のポーチで、天使のような顔をして林檎を食べていた。どうするべきであろうか。あんなふるまいを叱りもせずに、許すことはできない。それは確かだ。だがジェラルドは間違いなく、アンを窮地から救ってくれたのだ。またミス・ドレイクは実に不愉快な人物で、懲らしめが必要だった。そうは言っても——。

「おまえ、でっかい青虫を食べちゃったぞ！」ジェラルドが金切り声をあげた。「おまえの喉をおりてくのが、見えたもん」

ジェラルディーンは林檎を置き、にわかに青ざめ——吐き気をもよおした。しばらくアンは大忙しだった。ようやくジェラルディーンの具合がおさまると、昼食の時間だった。アンは軽い小言を言っただけで、ジェラルドを放免することにした。つまるところ、ミス・ドレイクに、たいした害はなかったのだ。それにミス・ドレイクは、この件については、自分自身のためにも徹底して沈黙を守るだろう。

「ねえ、ジェラルド」アンは優しく言った。「あなたがしたことは、紳士的な行いだと思いますか」

「いんや《ノウプ》」ジェラルドは答えた。「でも、とっても面白かったな。ぼくって、漁師さんみたいだね」

昼食はすばらしかった。レイモンド夫人が出かける前に用意していたのだ。夫人は、躾の点では不足があるにしろ、見事な料理人だった。ジェラルドとジェラルディーンは食べるのに夢中で、喧嘩をしなかった。食卓の作法も、普通の子と比べて、とりわけ悪くもなかった。食後にアンは皿を洗った。ジェラルディーンには皿を拭かせ、ジェラルドには注意深く食器棚に戻す手伝いをさせた。二人ともたいそう手際がよかった。アンは、この子たちに必要なのは、賢明な躾と、多少の断固たる態度だと、一人で満足して思った。

第3章

　午後二時、ジェイムズ・グランド氏が訪れた。グランド氏は高校の理事会の議長であり、重要な用件でアンに話があったのだ。彼は、月曜にキングスポートの教育学会へ発つ前に、充分に話し合いたいと考えていた。アンは、夕方、風柳荘《ウインディ・ウイローズ》へ来てもらえないかとたずねたが、あいにく無理だという。

　グランド氏は、この人なりに善人ではあるが、慎重に対応すべき人物だと、アンはかなり前から気づいていた。しかも今、新しい設備をめぐる大きな論争が浮上しつつあり、彼を味方につけたいと思っていた。そこでアンは双子のところへ行った。

「可愛い子たち、グランドさんと少しばかりお話をする間、裏庭で、いい子にして遊んでいてちょうだい。そんなに長くないわ。そうしたら、午後は池の土手で、ピクニックをしておやつにしましょう。赤い色をつけたシャボン玉の吹き方も教えてあげるわ……とてもきれいよ」

「いい子にしてたら、一人に二十五セントずつ、くれる?」ジェラルドがたずねた。

「あげませんよ、ジェラルド」アンはきっぱり言った。「お金で言うことを聞かせるなんてしません。あなたはちゃんといい子にすると、わかっていますよ。だって、あなたにお願いしているのですから、紳士たるものは、そうすべきですよ」

「ぼくたち、いい子にするよ、シャーリー先生」ジェラルドは大まじめに答えた。

「とってもいい子にするわ」ジェラルディーンも、同じく大まじめにくり返した。

アンがグランド氏と話をしようと客間に入ってすぐ、アイヴィ・トレントが来なければ、双子は約束を守ることもできただろう。だが、アイヴィ・トレントは来たのだ。レイモンド家の双子は、彼女を目の敵《かたき》にしていた。非の打ち所のないアイヴィ・トレントは一度も悪いことをせず、いつも帽子箱からとり出したばかりのようだった。

よりにもよってこの午後、アイヴィ・トレントは新品のきれいな茶色のブーツと、紅色の帯《サシュ》、肩の蝶結び、髪のリボンを見せびらかしに来たのは、疑いようがなかった。レイモンド夫人は、ある面ではどんな欠点があるにしろ、子どもの服については、かなり分別のある考え方をしていた――もっとも、慈悲深い近隣の住民たちは、夫人は自分に金をかけすぎて双子にまわす分がないと言っていた――そのため、ジェラルディーンは、アイヴィ・トレントのような身なりで通りをしゃなりしゃなり歩く機会に一度も恵まれなかった。それに引きかえ、アイヴィは、週の毎午後、違ったドレスを着ていた。トレント夫人は、常々、娘に「しみ一つない白い」装いをさせていた。少なくとも、娘が家を出るときは、しみ一つなかった。帰宅したときに多少しみがあったとしたら、それはもちろん、近所に大勢いる「嫉妬深い」子どもたちのせいだった。

そしてジェラルディーンは、かなり嫉妬深かった。紅色の帯《サシュ》や肩の蝶結び、白い刺繍のドレスに憧れていたのだ。ボタンでとめるあの茶色のブーツが手に入るなら、どんなものでも差し出すだろう。

「私の新しい帯《サシュ》と、肩の蝶結び、どうかしら?」アイヴィは自慢げに言った。

「私の新しい帯《サシュ》と、肩の蝶結び、どうかしら?」ジェラルディーンは、あざけるように口真似をした。

「でも、あんたに、肩の蝶結びはないわ」アイヴィは堂々と答えた。

「でも、あんたに、肩の蝶結びはないわ」ジェラルディーンは甲高い声で返した。

アイヴィは困惑顔になった。「私の服には、ついてるわ。見えないの?」

「私の服には、ついてるわ。見えないの?」ジェラルディーンはまた真似をした。アイヴィの言葉をそのまま小馬鹿にしてくり返す抜群のアイディアに、すっかり嬉しくなった。

「まだ勘定を払ってないんだよ」ジェラルドが言った。

アイヴィ・トレントは癇癪持ちだった。それが顔に表れ、肩の蝶結びに負けずおとらず赤くなった。

「払いましたとも。う、うちのお母さんは、ちゃんとお勘定を払います」

「うちのお母さんは、ちゃんとお勘定を払います」ジェラルディーンは単調にくり返した。

アイヴィは不愉快だった。どう対処すればよいか、まるでわからなかった。そこでジェラルドの方にむいた。彼は間違いなく、通りで一番の美少年だった。アイヴィはかねてより彼を恋人にしたいと心に決めていた。

「私、あんたを恋人にするつもりだって、言いに来たのよ」アイヴィは茶色の双眸《そうぼう》に物言わせるように、彼を見つめた。まだ七歳とはいえ、自分の瞳が、知りあいの男子の大半に壊滅的《かいめつてき》な効果を及ぼすことを知っていた。

ジェラルドは赤面した。「恋人になんか、なるもんか」

「でも、ならなきゃいけないの」アイヴィは悠々と言った。

「でも、ならなきゃいけないの」ジェラルディーンは、ジェラルドへむけて頭をふりたてた。

「なるもんか！」ジェラルドは怒ってどなった。「もう二度と口をきくな、アイヴィ・トレント」

「あんたは、ならなきゃいけないの」アイヴィは頑固にくり返した。

「あんたは、ならなきゃいけないの」ジェラルディーンも言った。

アイヴィは、ジェラルディーンを睨みつけた。「黙ってて、ジェラルディーン・レイモンド！」

「うちの庭だもん、口をきいたって、いいと思うわ」ジェラルディーンが言った。

「そうだとも」ジェラルドが加勢した。「アイヴィ・トレント、おまえが黙んないなら、おまえんちへ行って、人形の目ん玉、くり抜いてやる」

「そんなことをしたら、うちのお母さんが、あんたを引っぱたくわよ」アイヴィは叫んだ。

「そうかい、引っぱたくのかい。いいさ、そんなことをしたら、ぼくの母さんが、おまえんちの母さんに何をするか、わかってんのか。鼻を殴りつけるぞ」

「あらそう。とにかく、あんたは、私の恋人になるのよ」アイヴィは落ち着いて、彼にとって致命的なこの案件に話を戻した。

「そんなら……お前の頭を、雨水の樽に、突っこんでやる！」ジェラルドは逆上して、わめいた。「お前の顔を、ありんこの巣にこすりつけてやる！　蝶結びと帯《サシュ》を引き裂いて、むしりとってやる！」——彼は勝ち誇って言った。少なくともこれは実行できるからだ。

「じゃあ、そうしよう！」ジェラルディーンが金切り声をあげた。

双子は、復讐の女神たち（1）のごとく、不運なアイヴィに飛びかかった。アイヴィは足を蹴りあげ、叫び、嚙みつこうとしたが、二人がかりには敵《かな》わなかった。双子は一緒にアイヴィを引きずって庭を横切り、薪小屋《まきごや》へ入った。ここならアイヴィのわめき声も聞こえないだろう。

「早く」ジェラルディーンが息も荒く言った。「シャーリー先生が来る前に！」

もたもたしている時間はなかった。ジェラルドがアイヴィの両足を押さえ、一方、ジェラルディーンは片手で両腕を押さえつけ、空いた手で、髪と肩のリボン、帯《サシュ》をむしりとった。

「足にペンキを塗ろう！」ジェラルドが叫んだ。先週、職人が残していったペンキの缶を二つ、見つけたのだ。「ぼくが押さえてるから、塗るんだ」

アイヴィはやけくその悲鳴をあげたが、無駄だった。長靴下がおろされ、両足は、たちまち赤と緑の幅広のしま模様になった。そうするうちに大量のペンキが、刺繍のドレスと新品のブーツにとび散った。仕上げに、アイヴィの巻き毛に、毬々《いがいが》をたっぷりつけた。

ようやく解放されると、アイヴィは見るも哀れな姿になっていた。そのなりに双子は嬉しさ一杯で歓声をあげた。何週間にもわたって、つんと気どり、もったいつけていたアイヴィに復讐したのだ。

「さあ、うちへ帰るんだ」ジェラルドが言った。「恋人になれだなんて、人に言って歩きまわると、こうなるんだよ」

「お母さんに、言いつけてやる」アイヴィはすすり泣いた。「まっすぐ帰って、お母さんに言いつけてやる。あんたなんか、嫌らしくて、感じが悪くて、憎たらしくて、不細工なくせに！」

「私の兄さんを、不細工だなんて、呼ばないで。あんたこそ、高慢ちきなくせに！」ジェラルディーンが叫んだ。「あんたも、肩の蝶リボンも、高慢ちきよ！ さあ、蝶リボンをもって帰って。あんたのリボンで、うちの薪小屋が散らかるなんて、まっぴら」

後ろからジェラルディーンが投げつけた蝶リボンに追い立てられ、アイヴィは泣きじゃくりながら庭から通りへ走り出た。

「早く！ 裏の階段をこっそり上がって、お風呂へ行こう、シャーリー先生に見つかる前に、きれいにしなくちゃ」ジェラルディーンが息を切らせて言った。

第4章

　グランド氏は心ゆくまで話すと、会釈《えしやく》をして帰った。アンはしばし玄関の石段にたたずみ、預かった子どもたちはどこにいるのか不安をおぼえた。そこへ通りの向こうから現れ、門を入って来たのは、一人の憤慨したご婦人だった。その婦人は、惨めなりで今なおすすり泣いている小さき人《アトム・オブ・ヒューマン》の手を引いていた。

「シャーリー先生、レイモンド夫人はどちらですの」トレント夫人が詰問《きつもん》した。

「レイモンドさんは……」

「ぜひともレイモンド夫人に、お目にかからせて頂きます。あの人のお子さんが、かわいそうに、か弱くて罪もないアイヴィに何をしたか、ご自分の目で、見て頂きます。シャーリー先生も、ご覧になってください。この子を、見てください！」

「まあ、トレント夫人、本当に申し訳ありません！　すべて私が悪いのです。レイモンド夫人はお留守で、私が双子の面倒をみるお約束をしたんです。ところがグランドさんがおいでになって……」

「いいえ、先生のせいではありません。先生を責めているのではありませんよ。あんな悪魔のような子どもは、誰の手にも負えません。この通りの住人は、みなわかっています。夫人がご不在なら、ここにいても、しようがありませんわ。かわいそうなこの子をつれて帰ります。でも、このことは、私から、レイモンド夫人にお話しします。そうですとも……あら、あれを、お聞きなさいまし、シャーリー先生。あの双子は、手足のもぎとりごっこでも、しているのでしょうか」

「あれ」とは、二人が絶叫し、吠え、わめきたてる大合唱であり、階段から響いていた。アンが階段をかけ上がると、一つの塊が踊り場で身をよじり、のたうち回り、噛みつき、搔《か》きむしり、ひっかき合っていた。アンは、怒り狂う二人をやっと引き離し、もがき暴れる肩を、それぞれ押さえつけ、この振る舞いは何ごとか、問いただした。

「ぼくに、アイヴィ・トレントの恋人になれって、ジェラルディーンが言うんだもん!」ジェラルドが怒鳴った。

「そうよ、なるのよ!」ジェラルディーンが金切り声をあげた。

「なるもんか……」

「なるの……」

「子どもたち!」アンが言った。

その声に、双子は静まり返った。アンに目をむけると、見たこともないシャーリー先生がいた。二人は幼い生涯で初めて大人の気迫を感じた。

「ジェラルディーン」アンは静かに告げた。「あなたは二時間ほど、ベッドに入ってなさい。ジェラルド、あなたも同じ時間、廊下の物置にいるんです。問答無用です！　言語道断の振る舞いをしたのですから、罰を受けなさい。お母さんは、あなたがたを、この私に任せたのです。私に従うのです」

「じゃあ、二人一緒に、罰を与えてよ」ジェラルディーンが泣き出した。

「そうだよ、ぼくたちを離れ離れにする権利は、先生にないよ。一度も離れ離れになったことがないんだから」ジェラルドが不平を言った。

「それなら、今、離れ離れになるんです」アンはなおも静かに言った。

ジェラルディーンはおとなしく服を脱ぎ、自分たちの部屋の子ども用寝台の片方に入った。ジェラルドもしおしおと廊下の物置へ行った。物置は広く、風通しもよく、窓といすもある。不当に厳しい罰だと言う者はいないだろう。アンは物置に鍵をかけると、本を手に、廊下の窓辺のいすに腰かけた。少なくとも二時間は、ささやかな心の平安を得られるだろう。

数分後、ジェラルディーンをのぞくと、すやすや眠っていた。寝顔があまりに愛らしく、アンは、自分の厳しさをあやうく後悔しそうになった。だが、ともかく昼寝は、この子にもいいだろう。目をさましたら、まだ二時間たたなくとも、起きてよいと許してやろう。

一時間がすぎ、ジェラルディーンは、まだ眠っていた。ジェラルドもまことに静かだった。アンは、彼が男らしく罰を受けたのだと結論を出し、許してもいいと考えた。つまるところ、アイヴィ・トレントは自惚《うぬぼ》れ屋の愚かな子どもで、今まで何かと煩《わずら》わしかったのだろう。

アンは物置の鍵をはずし、戸を開けた。ジェラルドはいなかった。窓が開いていた。そのすぐ下に、家の横のポーチの屋根が張り出していた。アンは唇を引き結んだ。一階へおり、裏庭へ出てみたが、ジェラルドは影も形もない。薪小屋を探した。通りの前と後ろも見た。やはりいなかった。

庭を走って門から出たアンは、小さな雑木林を抜ける小道を走った。ロバート・クリードモア氏の畑の小さな池に出ると、ジェラルドは、クリードモア氏が置いている平底舟に乗り、幸せいっぱいで池に竿さして漕《こ》いでいた。ちょうどアンが木立から走り出たそのとき、ジェラルドの竿が、泥の深みに刺さり、彼が力任せに、三度引っぱったところだった。しかし竿は思いがけず、するりと抜け、ジェラルドは後ろにのけぞり、池に落ちたのだ。

アンは思わず悲鳴をあげた。気が動転したが、実際は、案ずる必要はなかった。池は一番深いところでもジェラルドの肩までしかなく、落ちたところは、彼の腰よりやや深いくらいだった。ジェラルドはどうにか立ち上がると、頭にはりついた金髪からしずくを垂らし、決まり悪そうに立っていた。その時、アンの悲鳴がこだましたかのような声が、後ろから聞こえたかと思うと、寝間着のジェラルディーンが木立を猛烈な勢いで走って来た。そして日ごろ、平底舟がつないである小さな木の桟橋の端《はし》から、現れたのだ。「ジェラルド！」と悲痛な叫びをあげて飛びこみ、盛大な水しぶきをあげながら、兄のそばに着水した。彼はふたたび水にもぐる羽目になるところだった。

「ジェラルド、溺れたの？」ジェラルディーンが叫んだ。「溺れて、死んじゃったの？ダーリン」

「いいや……死なないよ……ダーリン」ジェラルドは歯をがちがち鳴らして言い、安心させた。

二人は抱き合い、情熱的にキスを交わした。

「あなたたち、今すぐ、ここへ上がりなさい！」アンが命じた。

二人は水のなかを岸へ歩いてきた。九月のその日、朝は暖かかったが、午後も遅くなると寒くなり風が出てきた。二人はひどく震え、顔が青ざめていた。アンは叱りつける言葉もさておき、急いで家に帰らせ、服を脱がせ、レイモンド夫人の寝台に入れると、足もとに熱湯の瓶を置いた。それでも二人はまだ震えている。これは風邪の悪《お》寒《かん》だろうか。このまま肺炎になるのだろうか。

「シャーリー先生が、ぼくらを、もっとちゃんと見ててくれたらよかったのに」ジェラルドは、まだ寒さに歯を鳴らしていた。

「そうよ、その通りよ」ジェラルディーンも言った。

アンはとり乱して一階へ駆けおり、医者に電話して往診を頼んだ。しかし来たころには、双子も暖まり、心配はいらないと医師は言った。明日まで寝台で休めば、元気になるだろう。

ところが医者は帰る途中で、駅から戻るレイモンド夫人に行きあったのだ。そして今しがた家に駆けこんで来たのは、顔面蒼白にしてヒステリー寸前の夫人であった。

「まあ、シャーリー先生、よくも、わたくしの可愛い宝物を、こんな危険な目に遭わせて！」

「ぼくたちも、同じことを先生に言ったんだよ、お母さん」双子が声をあわせた。

「わたくし、先生を信頼しておりましたのに。先生にお願いしましたでしょう……」

「レイモンド夫人、どうして私が責められるのか、よくわかりませんわ」アンは答えた。その瞳は、灰色の霧のように冷たかった。「少し落ち着かれましたら、理解されると思いますが、お子さんたちは、ご無事です。私はただ、用心のために、お医者さまをお呼びしたまでです。ジェラルドとジェラルディーンが、私の言うことを聞いていれば、こんなことにはならなかったんです」

「先生というものは、子どもたちに、多少なりとも威厳があると思っておりましたのに」レイモンド夫人は辛辣に言った。

「よその子なら、たぶんそうでしょう。でも、おたくの小悪魔は無理です」とアンは思ったが、次の言葉を告げたのみだった。「夫人がお帰りになったのですから、おいとまします。私にお役に立てることはもうないでしょう。今夜しなければならない学校の仕事もございますから」

すると双子は、まるで一人の子どものようにそろって寝台から勢いよく飛び出し、アンに抱きついた。

「毎週、お葬式があったらいいのにな」ジェラルドが声を張りあげた。「ぼく、シャーリー先生が好きだよ。お母さんのお出かけのたびに、面倒を見に来てくれたらいいな」

「私もよ」ジェラルディーンも言った。

「ぼく、プラウティさんより、ずっと、ずっと、先生が好きだよ」

「そうよ、ずっと、ずっとよ！」ジェラルディーンも言葉をそえた。

「ぼくたちのこと、お話に書いてくれる？」ジェラルドが頼んだ。

「ねえ、書いて！」ジェラルディーンが言った。

「先生もよかれと思ってなさったと、思うことにしますわ」レイモンド夫人はまごついて言った。

「ありがとうございます」アンは、しがみつく双子の腕を離しながら、冷ややかに応《こた》えた。

「ああ、このことで言い争うのは、よしましょう！」レイモンド夫人は、大きな目に涙を浮かべて頼んだ。「どなたとも、争いごとは耐えられませんの」

「もちろんですわ」アンは最大限の威厳をもって答えた。アンは立派に威厳を示すこともできるのだ。「言い争いをする必要など、微塵《みじん》もありません。ジェラルドとジェラルディーンは、一日を存分に楽しんだことでしょう。かわいそうなアイヴィ・トレントは別ですけれど」

アンは、何歳も年をとったような気持ちで、家路についた。

「考えてみると、前は、デイヴィを悪戯っ子だと思っていたなんて！」アンはつくづく思った。

帰ると、黄昏の庭で、レベッカが遅咲きのパンジーをつんでいた。

「レベッカ・デュー、『子どもは姿を見るもので、声を聞くものではない』(1)という格言を、以前はひどいと思ったものだけど、今は、一理あるって、わかったわ」

「かわいそうな先生だこと、おいしい夕食をこさえてあげますからね」レベッカ・デューは言葉をかけた。「だから言ったでしょう」とは口にしなかった。

第5章

ギルバートへの手紙からの抜粋

昨夜、レイモンド夫人が見え、早とちりの振る舞いを許してくださいと目に涙をためておっしゃいました。「母心というものをご存じなら、許してくださることは、むずかしくはないと存じます」

許すことは、もちろんむずかしくありません。レイモンド夫人には、どこか好きにならずにはいられないところがあります。演劇部にもご協力を頂いたのです。しかしながら、「土曜日にお出かけになるときは、いつでもお子さんの面倒を見てあげますわ」とは言いませんでした。人間は経験から学ぶものです、たとえ私のように徹底して楽観的で人を信じやすい者でも。

サマーサイドの社交界の一部では、目下、ジャーヴィス・モローとダヴィ・ウェスコットの恋愛に注目しています。レベッカ・デューに言わせると、二人は「一年から上、婚約していながら、にっちもさっちも進まない」のです。ケイトおばさんは、ダヴィの遠縁のおばで――正確には、ダヴィの母方のまたいとこのおばだと思います――二人の恋に、深い関心をよせています。なぜならダヴィにとって、ジャーヴィスは、最高の結婚相手だと考えているからです。それにケイトおばさんは、ダヴィの父のフランクリン・ウェスコットを憎んでいて、彼の騎兵も歩兵も全軍が敗走するのを見届けたいのです。ケイトおばさんが「誰かを憎む」など、ご本人は認めないでしょうが、フランクリン・ウェスコットの妻は、おばさんの娘時代の大親友で、夫に殺されたと、おばさんは真顔で断言するのです。

私もこの恋愛には興味があります。ジャーヴィスにはたいそう好感を持っていますし、ダヴィもそこそこ好きだからです。また近ごろ思うのですが、私は人の世話を焼く根っからのお節介だからです――もちろん、いつも善意からですよ。

状況をかいつまんで言うと、こういうことです。フランクリン・ウェスコットは背が高くて陰鬱で、したたかな商売人であり、無口な非社交家です。町外れの上の港通りにあるにれの木農園《エルムクロフト》という大きな昔風の屋敷に住んでいます。一、二度、会ったことはありますが、何か言うと、声も出さずに含み笑いをする薄気味悪い癖があるというほかは、ほとんど知りません。あの人は、賛美歌が歌われるようになって以来、一度も教会へ行っていません。しかも冬の嵐の最中《さなか》でも、窓を全部開けろと命じるそうです。この点に関しては、私も秘かに共感しています。もっとも、サマーサイドでも私だけでしょうけれど。彼は有力な市民であり、市政は彼の承諾なくしては何事もできません。

妻は亡くなっています。妻はまるで奴隷で、自分の意志などなかったという風評です。フランクリンは妻を家に連れて来たとき、これからは自分が主人《マスター》だと告げたのです。

娘のダヴィは、本名をシビルといい、一人っ子です。たいそう美しく、ぽちゃぽちゃして、人好きのする十九歳の乙女です。いつも開き加減の赤い唇から小さな白い歯がこぼれ、茶色の髪は栗色に光り、魅惑的な青い瞳、そして煤《すす》のように黒い睫毛はあまりに長く、本物かしらと疑うほどです。ジャーヴィスが心から恋をしているのは彼女の瞳だと、ジェン・プリングルは言います。ジェンのお気に入りのいとこだからです。実は、この恋愛について、ジェンと話しあったのです。ジャーヴィスは、ジェンのお気に入りのいとこだからです。

(ちなみにジェンがいかに私を好み、私もいかに彼女を好むか、あなたは信じられないでしょう。ジェンは、こよなく可愛い子です）

フランクリン・ウェスコットは、娘のダヴィが恋人を作るのを決して許さず、ジャーヴィス・モローが「娘の気をひこう」とすると、彼に家への出入りを禁じました。さらに娘には「あの男と出歩くこと」は、金輪際、まかりならんと宣告したのです。ところが、運命の悪戯はもう起きていたのです。ダヴィとジャーヴィスはすでに、何尋《なんひろ》も深く(1)愛しあっているのです。

町の人はみな、この恋人たちに同情しています。フランクリン・ウェスコットが理不尽だからです。ジャーヴィスは成功した青年弁護士で、家柄はよく、前途有望で、本人もまことに優しく、上品な若者です。

「あれよりふさわしい男なんぞ、いやしませんよ」レベッカ・デューも断言します。「ジャーヴィス・モローがその気になりゃ、サマーサイドのどんな娘だろうと、いちころですよ。ところがフランクリン・ウェスコットは、娘のダヴィを、オールドミスにすると決めたんですよ。マギーおばさんが死んだ後に、家事をする者を残しときたいからですよ」

「フランクリンを説き伏せる人はいないの」と聞いたところ、

「フランクリン・ウェスコットと言い合いができる者なんぞ、おりませんよ。大した皮肉屋ですからね。しかもあの男は、言い争いに負けでもしたら、癇癪を起こすんです。大した皮あたしは、あれの癇癪を見たことはありませんけども、ミス・プラウティが、いつだったか、あの男のうちで縫い物をしたとき、どんなだったか、聞いたことはありますよ。誰も理由がわからないようなことに、むかっ腹を立てて、目につく物を手当たり次第につかんじゃ、窓の外へ放り投げたそうですよ。ミルトンの詩集(2)が垣根をきれいに越えて、ジョージ・クラークさんの睡蓮池《すいれんいけ》へ飛んでったそうな。あの男はずっと、なんというか、人生に怨《うら》みを持ってきたんですよ。ミス・プラウティの話じゃ、あの男の産《うぶ》声《ごえ》ときたら、今までに聞いたどんな声よりすごかったって、あれの母親が言ったそうですからね。神さまも、それなりの理由があって、あんな男をお創りになったんでしょうが、あたしは首を傾げますよ。ジャーヴィスとダヴィは、駆け落ちでもしない限り、もうチャンスはありませんね。駆け落ちについちゃ、ロマンチックな戯言《たわごと》が山ほど言われてますけども、堕落した振る舞いですよ。だけども、この場合は、誰もが大目に見てくれますよ」

私には、どうすればいいかわかりませんが、なんとかしなくてはなりません。目と鼻の先で、人の人生が台無しになるのを、手を拱《こまね》いて見ていられませんもの、たとえフランクリン・ウェスコットに癇癪を起こされようと。ジャーヴィス・モローも永遠に待つつもりはないでしょう。噂によると、彼はもう辛抱の限界に近く、自分でダヴィの名前を彫りつけた木から、怒ったように名前を削り取っているのを誰かが見たそうです。またパーマー家には魅力的な娘がいて、彼と一緒になりたがっているそうですし、ジャーヴィスの姉の話では、彼の母親が、うちの息子はどんな娘であれ、何年もしがみつく必要などない、と語っているそうです。

ギルバート、私はこの件を考えると、不幸せな気持ちになります。

今宵は月夜です、愛しい人よ。月の光が庭の柳にそそぎ、港は一面に月光のさざ波が立ち、幽霊船が沖へ漂い出ていきます。月明かりは古い墓地と、私が手紙を読む谷間と、「嵐の王《ストーム・キング》」を照らしています。そして《恋人たちの小径》と《輝く湖水》、懐かしい《お化けの森》、《すみれの谷》も月光を浴びていることでしょう。今夜は丘で妖精《フェアリー》たちが踊っているに違いありません。でもね、愛しいギルバート、一緒に見る人がいない月の光は、ただの……月明かりでしかありません。

小さなエリザベスを少しでも散歩に連れ出せればいいのですが。あの子は月夜の散歩が大好きなのです。グリーン・ゲイブルズにいたときは、二人で月の晩に楽しいそぞろ歩きをしました。でも家にいる小さなエリザベスは、窓から月を眺めるだけです。

あの子のことも少々、気にかかってきました。もうじき十歳なのに、二人の老婦人は、彼女の精神面と感情面に何が必要か、まるでわかっていません。よい食事とよい服があれば、その上に必要なものがあろうとは、想像もつかないのです。事態は年ごとに悪くなっていくでしょう。かわいそうに、あの子は、どんな少女時代を送ることでしょう。

第6章

高校の卒業式から帰路につくと、ジャーヴィス・モローもアンと歩いて、苦しい胸のうちを語った。

「ジャーヴィス、彼女をつれてお逃げなさい。みんながそう言ってるわ。私は、原則としては、駆け落ちには賛成しませんよ」(まるで四十年の経験をつんだ教師のような口ぶりだとアンは思い、内心、にやりとした)「でも、あらゆる原則には例外がつきものですから」

「契約には、二人の人間が必要ですよ、アン。一人で駆け落ちはできません。ダヴィは父親を怖がって、どうしても承諾してくれないのです。そもそも駆け落ちじゃありません。ダヴィは、僕の姉のジュリア……ご存じでしょう、スティーヴンズ夫人の家へ、夕方、行くだけでいいのです。牧師を呼んで、みんなの満足のゆく、正式な結婚式を挙げます。それから新婚旅行へ出かけて、キングスポートのバーサおばの所に泊まります。それほどことは簡単なのです。そんなことでも、ダヴィに思い切ってさせることができないんです。かわいそうに、彼女は、ずっと父親の気まぐれや変わった考えの言いなりで、意志の力をなくしてしまったのです」

「ジャーヴィス、どうにかして、彼女にさせなくては」

「まさか、僕がしてこなかったとでも？　僕の顔が紫に染まるほど頼みましたよ。一緒にいるときは、彼女も約束しそうになるんです。ところが家に帰ると、すぐに無理だと言《こと》づてを寄越すんです。おかしなことですよ、アン。でもかわいそうに、彼女は本当に父親が好きで、一生許してもらえないと思うと耐えられないのです」

「父親か、あなたか、選ばなくてはならないと言うべきですよ」

「お父さんを選んだら」

「そんな心配はないでしょう」

「わかりませんよ」ジャーヴィスは物憂げに言った。「でも、近いうちに決断しなくてはなりませんね。こんなこと、いつまでも続けられません。僕はどうにかなりそうなほどダヴィに夢中です。サマーサイド中が知ってます。彼女は、ぎりぎり手が届かないところに咲く小さな赤い薔薇。そんな彼女に、僕は手を伸ばさなくてはならないのです」

「詩は、ふさわしい場所ではよいものだけれど、この場合は役に立たないわ、ジャーヴィス」アンは冷ややかに言った。「こんなことを言うと、レベッカ・デューみたいだけど、その通りよ。この件であなたに必要なことは、ごく当たり前のしっかりした常識よ。ダヴィに言いなさい。煮え切らない態度には、もう飽き飽きした、僕をとるか、僕と別れるか、どちらかにしてほしいと。彼女がそれほどあなたを好きではなくて、父親から離れられないなら、その現実を知ることは、あなたにとっても、むしろ好都合でしょう」

ジャーヴィスはうめき声をあげた。「アン、あなたはフランクリン・ウェスコットの言いなりになったことが一度もない。だからどんな人か、わかっていないのです。でもわかりました。僕は、最後の、今度こそ最後の努力をしてみます。あなたが言うように、ダヴィが心から僕を思っているなら、僕のところに来るでしょう。もしそうでないなら、僕は最悪の事態を認める方がいいのです。僕はずっと、自分を笑い者にしてきたのではないか、そんな気がしてきました」

「そんな気がするなら、ダヴィは用心したほうがいいわね」アンは胸に思った。

数日後、そのダヴィは人目をしのぶようにして風柳荘《ウインデイ・ウイローズ》に現れ、アンに相談を持ちかけた。

「どうすればいいのかしら、アン。私に何ができるというの。ジャーヴィスが駆け落ちしてほしいって言うの……あれは実際は、駆け落ちよ。来週の夜、うちの父がフリーメイソンの晩餐会でシャーロットタウンへ行くことになっているの。もしするなら、その晩がチャンスかもしれない。マギーおばさんは絶対に疑わないわ。ジャーヴィスは、スティーヴンズ夫人の家に行って、そこで結婚してほしいと言うの」

「なぜそうしないの、ダヴィ」

「ああ、アン。そうすべきだと、本当に思って？」ダヴィは愛らしい、甘えるような顔で見上げた。「どうか、どうか、私の代わりに、決心して。悩みすぎて、どうにかなりそう」ダヴィは涙声になった。「アンは父を知らないもの。父はジャーヴィスをとにかく毛嫌いしているの……なぜかしら、想像もつかないわ。アンにはわかる？　いったい誰が、ジャーヴィスを憎めるでしょう。あの人が初めて訪ねてきたとき、父は出入りを禁じて、また来たら犬をけしかけると言ったの……うちの大きなブルドッグを。ブルドッグは一度嚙みついたら、二度と離さないのよ。もし私が、ジャーヴィスと逃げたら、父は絶対に許してくれないわ」

「彼か、お父さんか、選ばなくてはね、ダヴィ」

「あの人も同じことを言うの」ダヴィは涙を流して、すすり泣いた。「ああ、あの人、とても毅然《きぜん》としていた。あんな彼、見たことがなかった。私、私、あの人なしで、い、生きていけない、アン」

「それなら、彼と生きるのよ、ダヴィ。それに駆け落ちだなんて言わないの。ただサマーサイドに来て、彼の友だちに囲まれて結婚するの、それは駆け落ちではないわ」

「でも父なら、駆け落ちだって言うわ」ダヴィはむせび泣きを飲みこんで言った。「だけど、アンの忠告を受け入れるわ。あなたなら、間違った方に行くような忠告はしないもの。ジャーヴィスには話を進めてもらって、結婚許可証（1）を手に入れるように頼むわ。そして私は、父がシャーロットタウンに出かける晩、彼のお姉さんのところへ行くわ」

ダヴィがついに承諾したと、ジャーヴィスは勝利の喜び一杯でアンに告げた。

「次の火曜日の晩、彼女の家の小径の一番外れで、落ち合うことになりました……僕に家まで来てもらいたくないと言うのです。マギーおばさんに見つかりやしないか、恐れて……それから二人で姉のジュリアの家へ行き、ただちに結婚します。僕の身内はみんな来ますから、不安がっている彼女も安心するでしょう。フランクリン・ウェスコットは、わしの娘は、絶対にやらんと言いましたが、間違っていたと思い知らせてやりますよ」

第7章

火曜日は、十一月も終わりの陰々滅々たる一日だった。時折、冷たい雨が急に激しく丘に吹きつけ、灰色の霧雨を透かして見る世界は荒涼として、生きものが死に絶えた土地のようだった。

「ダヴィもかわいそうに、結婚式におあつらえ向きの日ではないわ」アンは思った。「もし……もしも」――アンは身震いし、おののいた。「最終的にうまくいかなかったら、私のせいね。私がダヴィに勧めなければ、彼女は承諾しなかったもの。それにフランクリン・ウェスコットが、どうしても娘を許さなかったら……アン・シャーリー、こんなことを考えるのはよしましょう！　このお天気のせいで、何もかも悪い方に考えるのよ」

雨は夜には上がった。しかし空気は冷たく湿り気を帯び、雲は低かった。アンは塔の部屋で試験の答案を添削し、ダスティ・ミラーはストーブのもとで丸くなっていた。そこへ玄関ドアを叩く雷鳴のごとき音が聞こえた。

アンが走っておりると、レベッカ・デューが、寝室の戸から驚いた顔を突きだした。

アンは戻るように身ぶりで伝えた。

「誰かが、玄関のドアに、おりますよ！」レベッカ・デューが声をひそめた。

「大丈夫よ、レベッカ・デュー。というか、残念だけど、だめだったのね。表にいるのは、ジャーヴィス・モローだけよ。塔の部屋の横の窓から見えたの。私に会いに来たのよ」

「ジャーヴィス・モローとはね！」レベッカは頭をひっこめ、戸を閉めた。「これこそ、我慢の限界ですよ」

「ジャーヴィス、いったい、どうしたの」

「ダヴィが来ないんです！」彼は気も狂わんばかりだった。「もう何時間も待っているんです。牧師さんはおいでになり……友人たちも……ジュリアは食事を用意して……それなのに、ダヴィが来ない。僕は約束の小径の外れで待ったんですよ、もう頭がどうにかなるまで。でも家まで行く勇気はありませんでした。何が起きたのかわからなかったもので。あの残忍なフランクリン・ウェスコットの親爺が帰って来たのかもしれない。あるいはマギーおばさんが鍵をかけて、閉じこめたのかもしれない。でも僕はわけを知らなくてはならないんです。アン、にれの木農園《エルムクロフト》へ行って、なぜ来ないのか、見て来てください」

「私を？」アンは信じられない顔つきになり、間違った文法で言った(1)。

「ええ、あなたです。信頼できる人はほかに誰もいません。事情を知る人も、誰もいないのです。ああ、アン、今になって、僕を見捨てないでください！　ずっと僕たちを支えてくださったんですよ。あなたはただ一人の真実の友だちだと、ダヴィは言っています。遅い時間ではありません……まだ九時です。どうか行ってください！」

「それで、ブルドッグに嚙まれろと？」アンは皮肉を言った。

「あんな老いぼれの犬！」ジャーヴィスは軽蔑するように言った。「あの犬は乞食《こじき》にだって吠えませんよ。まさか僕が犬を怖がっているとでも？　そもそも夜は、いつも小屋に閉じこめられています。僕はただ、もし家族にばれたなら、家にいるダヴィを大変な目に遭わせたくないだけなんです。アン、お願いです！」

「私は、のっぴきならないことになっているのね」アンは肩をすくめた。

ジャーヴィスは、アンを馬車に乗せ、にれの木農園《エルムクロフト》の長い小径へ連れていった。しかしアンは、彼をその先へ行かせなかった。

「あなたの言う通りね、もしもお父さんが帰っていたら、ダヴィが面倒なことになるわ」

アンは、木に縁どられた長い小径を急いだ。ときおり風に流れる雲間から月がさしたが、あとはぞっとする暗闇だった。アンは少なからず犬を用心した。

にれの木農園《エルムクロフト》からこぼれる灯りは一つきりで、台所の窓が明るかった。マギーおばさんはみずから、勝手口の戸を開けてくれた。彼女はフランクリン・ウェスコットのかなり年の離れた姉で、少々腰の曲がった、しわの深い老女で、頭の働きがよいとは思われていなかったが、卓越した家事の担い手だった。

「マギーおばさん、ダヴィはご在宅ですか」

「寝てますよ」マギーおばさんは、何の感情もまじえずに答えた。

「寝ている？　ご病気ですの」

「いいや、あたしの知る限りはね。でも、あの子は一日中、おろおろしてましたっけね。それで夕はんがすむと、疲れたと言って、上がって寝ましたよ」

「少しお会いしたいのです、マギーおばさん。私……その、ちょっと大事なことを知りたいんです」

「そんなら、あの子の部屋へ上がるといいですよ。二階へ上がって、右側だよ」マギーおばさんは階段を示すと、よろよろ歩いて台所に消えた。

アンがせわしなくドアを叩き、挨拶もなしに部屋に入ると、ダヴィは起きあがった。小さなろうそくの明かりが照らすダヴィは、泣いていた。しかしその涙は、アンを苛立たせただけだった。

「ダヴィ・ウェスコット、今夜、ジャーヴィス・モローと結婚する約束でしょ、忘れたの……今夜よ」

「いいえ……忘れてないわ」ダヴィはすすり泣いた。「ああ、アン、私、とても不幸せなの！ 気の重い一日だった。どんな気持ちですごしたか、あなたには、絶対に、わかりっこないわ」

「かわいそうなジャーヴィスが、どんな気持ちですごしたか、それはわかっているわ。この寒さと小《こ》糠雨《ぬかあめ》のなか、あの小径で、二時間もあなたを待っていたのよ」アンは情け容赦なく言った。

「あの人……ひどく怒っていて？ アン」

「それくらい、わかるでしょう」――手厳しく言った。

「ああ、私、怖くなったの。ゆうべは一睡もできなかった。だから、できなかった……できなかったのよ！ 私……駆け落ちなんて、ほんとに恥さらしだもの。それに、すてきな贈り物も、もらえないわ……そうよ、たくさんは、もらえないわ、どのみち。私、教会で、け、結婚したかったの(2)……きれいに飾りつけた教会で……白いヴェールとドレスと……ぎ、ぎ、銀色の上靴をはいて！」

「ダヴィ・ウェスコット、すぐにベッドから出なさい……今すぐ……服を着て、一緒に来るんです」

「もう手遅れよ、アン」

「手遅れじゃないわ。今を逃したら、二度とないのよ。わかっているはずよ、ダヴィ、分別のかけらでもあるならね。いいこと、こんなふうに彼を馬鹿にすると、ジャーヴィス・モローは、二度と口をきいてくれないわよ」

「まあ、アン、あの人もわかれば、許してくれるわ」

「許してくれない。ジャーヴィス・モローのことは、わかっています。あなたにいつまでも人生を弄《もてあそ》ばれるなんてこと、もうさせないわ。ダヴィ、ベッドから体ごと引きずり出されたいの」

ダヴィは身震いして、ため息をついた。「ちゃんとした服が一枚もないの」

「きれいなドレスが六着もあるわ。薔薇色のタフタを着なさい」

「それに嫁入り道具だって、一つもない。モロー家の人たちに、ずっとちくちく言われるんだわ」

「後から揃《そろ》えればいいわよ。ダヴィ、前もって考えておかなかったの？　みんな未解決のままにして」

「ええ……そうよ……だから困ってるの。ほんのゆうべから考え始めたんだもの。それに父が……あなたは父を知らないから、アン」

「ダヴィ、十分ほどあげる、服を着なさい！」

ダヴィは、時間内に身支度をした。

「このドレス、き、き、きつくなりすぎて」アンがフックを留めると、ダヴィはすすり泣いた。「あたしがもっと肥ったら、ジャーヴィスは、あ、あ、愛してくれなくなるわ。アンみたいにすらりとして、ほっそりして、色白だったらよかったのに。ああ、アン、マギーおばさんに聞こえたら、どうしよう」

「大丈夫、台所にこもっているわ。それに少し耳が遠いようよ。さあ、帽子と、外套。それからこの鞄に、要りそうな物を二、三、入れておいたから」

「ああ、心臓がこんなにどきどきして。私、ひどい顔をしてる?」

「きれいよ」アンは心から言った。

ダヴィのクリーム色と薔薇色の肌は繻子《サテン》のようになめらかで、あれほどの涙を流した瞳も損なわれていなかった。だが暗がりにいたジャーヴィスに、その瞳は見えず、崇拝する美しい娘に、いささかうんざりしていた。馬車で町へむかう道中も、彼は冷静だった。

「ダヴィ、お願いだ、僕と結婚しなければならないからといって、そんなにおびえた顔をしないでおくれ」スティーヴンズ家の階段を降りるとき、ジャーヴィスは辛抱強く言った。「それに泣かないで、鼻がはれてしまうよ。もうすぐ十時だ。僕たち、十一時の汽車に乗るんだよ」

ダヴィは、ジャーヴィスとついに結婚した。そしてもはや引き返せないと悟ると、すっかり落ち着いた。アンがギルバート宛ての手紙に、やや意地悪く表現したように、

「新婚旅行の表情」が、すでに花嫁の顔に浮かんでいた。

「アンは優しい人ね、すべてはあなたのおかげよ。私たち、絶対に忘れないわ。そうよね、ジャーヴィス。それからアン、もう一つだけ、お願いがあるの。結婚したことを父に伝えてくださいい。父は明日の夕方早くに帰ってくるわ……誰かが、言わなくてはならないの。父を宥《なだ》められる人がいるとすれば、あなたよ。父が私を許してくれるように、取り計らってもらいたいの」

それならアンの方こそ、宥められる必要があると思ったが、この出来事のいきさつには責任を感じている居心地の悪さもあり、求められるままに約束した。

「もちろん、父は怒るでしょう……手がつけられないくらい。でも、アンを殺しはしないわ」ダヴィは慰めるつもりで言った。「ああ、アンにはわからないでしょうね、ジャーヴィスといると、どんなにほっとするか、理解できないでしょうよ」

アンが帰ると、レベッカ・デューは、話を聞いて好奇心を満足させるか、それとも頭がどうにかなるかの瀬戸際だった。彼女は、フランネルの四角い布きれで頭をくるみ、寝巻きも着ていたが、アンについて塔の部屋へ上がり、一部始終を聞いた。

「なるほどね、これが世間さまの言う、『人生』というもんでしょうかね」レベッカは皮肉もまじえて言った。「でも、フランクリン・ウェスコットに、やっと罰《ばち》があたって、せいせいしましたよ。マコーマー船長の奥さんも、そう思いなさるでしょう。だけども、あの男に知らせに行く役目は、羨ましかありませんよ。あの男はかんかんに怒って、非常識なことを言いますよ。あたしがシャーリー先生なら、今夜はまんじりともできませんね」

「そうね、あまり楽しい役目じゃないわね」アンは憂鬱そうにうなずいた。

第8章

次の夕方、アンはにれの木農園《エルムクロフト》に足を運んだ。十一月の霧に包まれた夢のような景色を歩きながら、重苦しい動揺がアンに広がっていった。それはたしかに愉快な用事ではなかった。ダヴィが言ったように、もちろんフランクリン・ウェスコットに殺されることはないだろう。アンは暴力は恐れていなかった。しかし彼にまつわる噂がすべて真実なら、あの男は何かを投げつけるかもしれない。激怒して、どなり散らすかもしれない。アンは怒ってどなり散らす男を見たことがなかった。だが想像するに、かなり不愉快な情景であろう。それとも彼は気にさわる皮肉をいう有名な才能を、駆使《くし》するだろうか。皮肉は男から言われるにしろ、女からにしろ、皮肉は、アンが恐れる唯一の武器だった。皮肉はいつもアンを傷つけ、魂に火ぶくれをこしらえ、何か月もうずいて痛むのだ。

「ジェイムジーナおばさんが、『できることなら、悪い知らせを持っていく役には決してならないように』と、よく言ってなすったわ」アンは思い返した。「ほかのこともそうだったけど、おばさんは、この点でも正しかったのね。さて、着いたわ」

それは古風な屋敷で、四隅《よすみ》に塔があり、屋根には球根のような円蓋《キューポラ》がのっていた。そして正面階段の一番上に、例の犬がすわっていた。

「ブルドッグは、ひとたび嚙みつくと、絶対に離さない」と言われたことを、アンは思い出した。勝手口へまわるべきだろうか。だがそのとき、フランクリン・ウェスコットが窓からこちらを見ているかもしれないと思い、勇気をふるい起こした。犬を怖がる姿を見せて、あの男を喜ばせてなるものか。心を決めると、アンは頭をそびやかし、堂々と階段をあがり、犬のそばを通って呼鈴を鳴らした。犬は身動きもしなかった。アンが肩越しに見ると、どうやら寝ているようだった。

フランクリン・ウェスコットは、まだ帰宅していなかった。だがシャーロットタウンを出た汽車は着く予定であり、今にも帰ってくるだろう。マギーおばさんは、彼女が「書斎《ライベリー》(1)」と呼ぶ部屋へ案内すると、アンを残して出ていった。犬は起きあがって二人について家に入り、アンの足もとにすわった。

アンは「書斎《ライベリー》」が気に入った。それは気持ちのいい素朴な部屋だった。暖炉に火が暖かく燃え、すり切れた赤い絨毯に熊の毛皮があった。フランクリン・ウェスコットは、蔵書とパイプにかけては、見るからに贅沢をしていた。

ほどなく家に入る音が聞こえた。フランクリン・ウェスコットは帽子と外套を玄関にかけ、書斎の入口に立つと、見るからに顔をしかめ、眉根をよせた。初めて会ったとき、紳士的な海賊という印象を受けたことを、アンは思い出し、今また同じ感慨をあらたにした。

「おお、きみか」実に無愛想だった。「それで、何の用です」

握手の手をさしのべることすらなかった。この男と犬なら、犬の方が断然、行儀がいいとアンは思った。

「ウェスコットさん、その前に、どうか話を最後まで辛抱して聞いてください」

「わしは辛抱づよい、きわめて辛抱づよい。続けなさい！」

フランクリン・ウェスコットのような男に遠まわしに言っても無駄だと、アンは覚悟を決めた。

「お話があって参りました」アンは落ち着いた口ぶりで切り出した。「ダヴィは、ジャーヴィス・モローと結婚しました」

次は大激震が来るぞ。アンは身がまえた。だが何も起きなかった。やせて日に焼けたフランクリン・ウェスコットの顔は、筋肉一つ動かなかった。彼は部屋に入り、アンの向かいの猫脚の革張りいすに、腰をおろした。

「いつですか」

「ゆうべです、ジャーヴィスのお姉さんのお宅で」

フランクリン・ウェスコットは、八の字によせた白髪まじりの眉の下に、深くくぼんだ黄褐色《おうかっしょく》の瞳で、しばしアンを見つめた。アンは一瞬、この男は赤ん坊のころ、どんな顔をしていたのだろうと思った。それからウェスコットは頭を後ろへそらし、声も立てずに、ひとしきり笑い続けた。

「ダヴィを責めないでください、ウェスコットさん」恐ろしい事実の暴露が終わったので、アンは話す力をとり戻し、懸命に頼んだ。「ダヴィのせいでは、ないんです……」

「そうでしょうとも」フランクリン・ウェスコットは言った。

彼は、皮肉を言おうとしているのだろうか？

「そうです、すべて私のせいなんです」アンは勇気を出して率直に言った。「私が駆落《お》……結婚するよう、勧めたのです。私がさせたのです。だから、どうか、お嬢さんを許してあげてください、ウェスコットさん」

フランクリン・ウェスコットは悠々とパイプをとりあげ、煙草を詰《つ》め始めた。「娘がジャーヴィス・モローと駆け落ちするように、仕向けてくださったんですね、もしそうなら、誰もできないだろうとわしが思っていた以上のことを、あなたは、なし遂げたんですな、ミス・シャーリー。あの子は駆け落ちをする気骨もないのではと、案じていたところでした。そうなれば、わしは、負けを認める羽目になるところだった。いやはや、われわれウェスコット家が、負けを認めるなんぞ、もってのほか！　あなたは、わしの面目《めんぼく》を守ってくれたのです、ミス・シャーリー、深くお礼を申しあげますぞ」

フランクリン・ウェスコットはパイプを軽く叩きながら煙草を詰め、面白そうに目くばせしてアンの顔を見つめた。その間、雄弁なる沈黙が続いた。アンはまるで意味がわからず、何を言えばいいのか見当もつかなかった。

「あなたは、恐ろしい話をわしに伝えなきゃならんというので、こわごわ、震えながら、おいでになったんでしょうな」

「ええ」アンは手短に答えた。

フランクリン・ウェスコットは、また声を立てずに含み笑いをした。「怖がる必要はなかったのです。こんなにありがたい知らせはありませんからな。実のところ、わしは前々からシビルの相手に、ジャーヴィス・モローを選んでいたのです、二人がまだ子どもの時分からですよ。だからほかの男どもが娘に興味を持ち始めると、さっさと連中を追っ払いました。するとジャーヴィスは、初めて娘が気になったのです。あの親爺《おやじ》に目に物見せてやれと！　ところがジャーヴィスは、若い娘に、たいそうもてましてな。だからうちの子を本気で好いてくれた時は、あり得ない幸運だと、信じられない思いでした。そこで戦略を練ったのです。モロー家の気質なら、知り尽くしておりますからな。あなたはご存じないでしょうがね。つまりモロー家は立派な家柄だが、あの一族の男は、たやすく手に入るものはほしがらない。おまえのものにはならんぞ、と言われると、よっしゃ、手に入れてやる、と決意する。常々、逆を行くのです。ジャーヴィスの父親は、三人の娘を袖にしたのですが、それは女たちの身内が、あからさまに奴《やつ》と結婚させようとしたからです。ジャーヴィスの場合も、どうなるか、目に見えていました。うちの娘《こ》が惚れて夢中になれば、あの男はすぐに飽きるだろうとね。娘が造作なく手に入るなら、ジャーヴィスはいつまでも追いかけない。だからわしは、あの男が家に近づくことを禁じて、娘には一言も口をきいてはならんと言い渡したのです。だいたいのところ、わしは気むずかしい親を完璧に演じました。つかまえられないものの魅力、というやつですよ！　手に入らないものの魅力に、匹敵するものはありませんからな。すべては予定通りに運びました。ところが、思わぬ障害にぶち当たった。娘の意気地なしです。あれは心根の優しい子ですが、決断力がない。親に逆らってまで結婚する勇気がないのが、ずっと気がかりでした。さあ、お嬢さんや、気分が落ち着いたら、最初から話してもらえまいか」

アンは自分のユーモアのセンスに、またも救われた。たとえ自分自身のおめでたさを笑うにしても、心から笑うチャンスを拒《こば》めなかったのだ。アンはふと、フランクリン・ウェスコットと親しくなったように感じた。

彼は愉快そうにパイプ煙草をくゆらしながら、黙ったまま耳を傾けていた。アンが話し終えると、満足げにうなずいた。

「思っていた以上に、お世話になったんですね。娘は、あなたがいなければ、勇気が出なかったでしょう。ジャーヴィス・モローも、あの一族の気性をわしが知らなかったとしても、二度も馬鹿にされる危ない真似はしなかっただろう。ああ、わしは間一髪で助かったのです！　あなたには、一生、頭が上がりませんよ。しかも、わしの噂をあることないこと聞かされてからここに来るとは、実に頼もしい。山ほど聞かされましたでしょうな、どうです」

アンはうなずいた。ブルドッグは、アンの膝に頭をのせ、至福《しふく》の心地で鼾《いびき》をかいていた。

「あなたは怒りっぽくて、気むずかしくて、無愛想だと、誰もが言いました」アンは正直に答えた。

「おまけに、暴君で、家内にはみじめな生涯を送らせ、鉄の棒をふるって家の者を支配しているとな？」

「ええ、でも割り引いて聞いてました、ウェスコットさん。もし噂通りのひどい方なら、ダヴィがあんなに慕うはずがありませんもの」

「なんと頭のいい娘《ギャル》っこだ！　ええ、家内は幸せな女でしたよ、ミス・シャーリー。ですから、わしが家内をいじめ殺したなぞと、マコーマー船長夫人が言おうものなら、わしに代わって、叱りとばしてください。失礼、品のないもの言いでしたな。モリーは美人でした……シビルよりもきれいでした。色白で桃色の肌、見事な金茶色の髪、露に濡れたような青い瞳！　サマーサイド一の別嬪《べっぴん》でした。当然ですよ。家内よりいい女をつれて教会へ来る男がいようものなら、我慢ならなかったでしょう。わしは男として当然、家のことを指図《さしず》しましたが、暴君ではなかった。ああ、もちろん、ときには癇癪を起こしましたが、モリーも慣れてからは気にしなかった。男には、時たま、女房と口喧嘩をする権利くらいありますよ、そうですな？　女というものは、退屈な亭主には飽きるものです。それにわしも気がおさまると、指輪やら、ネックレスやら、ちょっとした装飾品を家内にやったものです。きれいな宝石をあんなに持っていた女は、サマーサイドにおりませんでした。あれを出してきて、シビルにやりませんとな」

アンは悪戯っけがあった。「ミルトンの詩集は、どうなんです」

「ミルトンの詩集……ああ、あれか！　ミルトンではない、テニスンの詩集だ。わしはミルトンは尊敬しておりますが、アルフレッド・テニスンには我慢がならんのです。テニスンは嫌になるほど甘ったるい。それである晩、『イノック・アーデン』の最後の二行に腹が立って、窓から放り出したのです(2)。でも次の日、「角笛の歌」(3)に免じて、拾いましたよ。あの詩のためなら、誰が何をしようと許せましょう。だから詩集は、ジョージ・クラークの睡蓮池には落ちなかった。プラウティの婆さんが、大げさに言ったんだ……まだお帰りではありますまいな。ゆっくりして、一人娘を奪われた寂しい年寄りと、夕食を少しばかりあがってください」

「本当に残念ですが、ウェスコットさん。今夜は職員会議があるもので」

「では、シビルが戻りましたら、お目にかかりましょう。あの二人に盛大な祝宴を開いてやらねばなりません。ああ、ありがたい、これで気が楽になった！　万が一、わしが降参して、『娘をもらってくれ』とあの若造に頼む羽目になっていたら、どんなに苦痛だったか。それが今じゃ、わしは悲嘆にくれて、仕方がないと諦め、あれの死んだ母親に免じて、しぶしぶ娘を許す振りをするだけで済むんですから。わしは、うまくやってのけますよ。ジャーヴィスは疑いもしないでしょう。あなたも、秘密をもらさぬように」

「もらしませんとも」アンは約束した。

フランクリン・ウェスコットは、礼儀にかなって、アンを玄関まで見送った。ブルドッグはおすわりをして、アンの後ろから吠えた。

戸口で、フランクリン・ウェスコットは口からパイプを外し、アンの肩を軽く叩いた。

「先々、憶えておくんですぞ」彼はまじめくさって言った。「猫の皮をはぐ方法は、一つではない(4)。猫が皮をなくしたと気づかぬように、やることだってできるんだ。レベッカ・デューによろしくお伝えください。あれは気だてのいいばあさん猫ですよ……うまく撫でてやれば。ありがとう……ありがとう」

穏やかで静かな夕暮れのなか、アンは家路をたどった。霧は晴れ、風向きは変わり、薄緑色の空に霜がおりる気配があった。

「私はフランクリン・ウェスコットを知らないと、みんなに言われたけれど」アンは思った。「その通りだったわ。たしかに知らなかった。でも、他の人たちも知らなかったのよ」

「あの男、どうでした」レベッカ・デューは知りたくてうずうずしていた。アンの留守中、しきりに気を揉んでいたのだ。

「結局、そんなにひどくはなかったわ」アンは秘密を守って言った。「私が思うに、いずれ、ダヴィを許すでしょうよ」

「人を説得することにかけちゃ、シャーリー先生に勝《まさ》る人はいませんね」レベッカ・デューは感嘆の面《おも》もちで言った。「よほどこつを心得てるんですね」

『何かを試み、何かをなし遂げ、ひと夜《よ》の憩《いこ》いを得る』（5）」その夜、アンは疲れた様子で引用しながら、階段を三段上がって寝台に入った。「でも今度からは、駆け落ちについて意見をもとめられるまで何も言わないようにするわ」

第9章

ギルバートへの手紙の抜粋

サマーサイドのさるご婦人から、明日の晩、夕食に招かれました。ギルバート、その人の名前がトムギャロンだと言っても、あなたは信じないでしょうね(1)――ミナーヴァ(2)・トムギャロンというのです。私がディケンズをあまりに長い間、夜ふけまで読みすぎているからだ(3)と、あなたは言うかしら。

愛する人よ、あなたはブライスという名前でよかったです、そうですよ。もしトムギャロンだったら、私は結婚できなかったでしょう。考えてもみてください、アン・トムギャロン！　無理です、想像もできません。

サマーサイドで与えられる最高の栄誉――それはトムギャロン邸に招待されることです。屋敷に名前はありません。トムギャロン家にとって、にれの木荘《エルムズ》、栗の木荘《チェスナッツ》、なんとか農園《クロフツ》などという名前はくだらない《ナンセンス》のです。

かつては、あの一家が「王族《ロイヤル・ファミリー》」だったのでしょう。それにくらべると、プリングル家は成りあがりです。しかし今ではミナーヴァ嬢だけが残っているのです。六代にわたるトムギャロン家のただ一人の生き残りです。ミナーヴァ嬢は、クィーン街の大邸宅に一人で暮らしています。立派な煙突がいくつもあり、鎧戸《よろいど》は緑色で、町の一般家庭では唯一のステンドグラスの窓があります。四家族が暮らしても広いところに、ミナーヴァ嬢と料理人、女中だけがいます。よく手入れされていますが、通りかかるたびに、なぜかしら人生に忘れ去られた場所という気がします。

ミナーヴァ嬢はアングリカン教会（4）へ行くほかは滅多に外出しませんので、数週間前、初めてお会いしました。その日、ミナーヴァ嬢は、教職員と評議員の会合に出席なさり、お父さまの貴重な蔵書を正式に寄贈してくださったのです。その風貌は、まさしくミナーヴァ・トムギャロンという名にふさわしいものでした——上背があり、やせていて、面長の白い顔に、細長い鼻、長くて薄い唇です。というと、あまり魅力的に聞こえませんが、堂々とした貴族的な雰囲気がそなわり、たいそう美しく、いつも盛大に着飾っています。もっとも、どこか古めかしい優雅さではありますが。若いころは大した美人だったと、レベッカ・デューは言います。今でも、大きな黒い瞳は炎と深い輝きに満ちています。ミナーヴァ嬢は言葉につまって困ることもなく、あんなに楽しげに贈呈のスピーチをする人は聞いたこともありません。

とりわけ私にご親切にしてくださり、正式な晩餐会のご招待状を、昨日いただいたのです。レベッカ・デューに話すと、まるでバッキンガム宮殿（５）に招かれたように目を丸くしました。

「トムギャロン邸にご招待されるとは、大変な名誉ですよ」畏《おそ》れ多いような口ぶりで言うのです。「ミナーヴァ嬢が、校長先生をお招きなすったという話は、聞いたことがありませんからね。もっとも、これまでは男の校長さんでしたから、あんましふさわしくなかったんでしょう。でもあの人が、先生をしゃべり殺しにしないよう、願ってますよ。トムギャロン家は、ひっきりなしにしゃべくりますからね。あの一族は、先頭に立つのが好きなんです。あの人が引っ込んでるのは、年をとって、昔みたいに最前列に立てなくなったからだ、と言う者もおりますよ。あの人は、人の二番手につくなんてことは、しませんからね。シャーリー先生、何を着ていかれるんですか。クリーム色のシルクの紗のドレスに、黒い天鵞絨《ビロード》のボレロを羽織った姿が見たいものですね。そりゃあ、おしゃれですから」

「静かな夕方のお呼ばれには、『おしゃれ』すぎるんじゃないかしら」

「ミナーヴァ嬢なら気に入りますよ。トムギャロン家はみんな、お客がきれいに着飾ってるのが好きなんですよ。話によると、ミナーヴァ嬢のお祖父《じい》さんという人は、前に、舞踏会に招いたご婦人が二番目の晴れ着で来たからというので、目の前で、ぴしゃりと扉を閉めたそうな。しかもそのご婦人にむかって、一番上等な装いでも、トムギャロン家には物足りないと言ったそうですよ」

しかしながら、私は緑色のボイル地(6)にするつもりです。トムギャロン家の幽霊たちには、どうにか我慢してもらいましょう。

ギルバート、先週、私がしたことを白状します。また人の世話を焼いて、と思うでしょうけれど、どうにかかせずにはいられなかったのです。来年はサマーサイドにいませんので、小さなエリザベスを、愛情のない二人のおばあさんたちの元に残して、ひどい目に遭わせるのだと思うと、耐えられなかったのです。あの二人は、年ごとに厳しさと狭量さを増しています。小さなエリザベスは、あの人たちと、陰気な古い屋敷で、どんな少女時代をすごすのでしょう。

先だって、あの子は物思いに沈んだ様子で言いました。「怖くないおばあさまがいるって、どんな感じかしら」

これが私のしたことです。私は、あの子の父親に手紙を書きました。父親はパリにいて、住所はわかりませんでしたが、父親の会社名をレベッカ・デューが聞いたことがあり、憶えていたのです。父親はパリ支社を監督しています。そこで運を天に任せて、会社の気付で出しました。できるだけ婉曲的に書きましたが、エリザベスを引きとるべきだということは、はっきり伝えました。エリザベスがどんなに父を恋い慕い、夢に見ているか、キャンベル夫人がいかに情け容赦なく、手厳しいか書きました。おそらく何も変わらないかもしれませんが、手紙を出さなければ、出すべきだったという罪の意識が、いつまでもつきまとうことでしょう。

これを思いたったのは、ある日、エリザベスがひどくまじめな顔つきで、「神さまにお手紙を書いているの」と言ったからです。お父さんを私のところに返してください、私を愛してくれるようにしてください、と神さまに頼んだというのです。そして学校の帰りに、あの子は空き地のまん中に立ち、空を見上げながら手紙を読みあげたそうです。あの子が少し変わった振る舞いをしたことは、知っていました。ミス・プラウティが見かけて、次の日、未亡人たちの縫い物をしに来たときに話してくれたのです。プラウティのおばあさんは、「あんなふうに空に話しかける」とは、あの子はだんだん変ちくりんになっていく、と思ったそうです。

そこでエリザベスにたずねたところ、

「お祈りよりも、お手紙のほうが、神さまが気にとめてくださると思ったの」と言うのです。「今まではずっとお祈りをしてきたわ。でも神さまのところには、山ほどお祈りが届いているにちがいないもの」

そこでその夜、私は父親へ手紙を書いたのです。

このおたよりを終える前に、ダスティ・ミラーのことを書かなくてはなりません。先日、ケイトおばさんが、あの猫に別の家を見つけてやらなくてはならない、レベッカ・

デューがあんまり猫の愚痴をこぼすので、耐えられないとおっしゃったのです。そして先週の夕方、学校から帰ると、ダスティ・ミラーはいませんでした。チャティおばさんが、猫はエドモンズ夫人にさし上げたと教えてくださいました。エドモンズ夫人は、サマーサイドの風柳荘《ウインディ・ウイローズ》とは反対側に住んでいます。私は寂しく思いました。ダスティ・ミラーと私はすてきな友だちだったからです。でも「これでレベッカ・デューも幸せな女性になれるわ」と思い直しました。

その一日、レベッカは留守でした。親戚の敷物《フックラグ》（7）作りを手伝いに、田舎へ行っていたのです。日暮れに帰って来て、何も知らされないまま、寝る時刻になって、レベッカが裏のポーチからダスティ・ミラーを呼んだところ、ケイトおばさんが静かに話したのです。「レベッカや、もうダスティ・ミラーを呼ばなくてもいいのですよ。ここにはいないのですから。よそに家を見つけてやりました。これであなたも手間がなくなりますよ」

レベッカ・デューの赤ら顔が青くなるものなら、きっとそうなったでしょう。

「ここにいないですと？　家を見つけてやった？　なんてことを！　ここが、あの猫の家じゃありませんか」

「エドモンズ夫人にさし上げたのです。娘さんが嫁いでから、ずいぶん寂しがっておいでで、行儀のいい猫がいれば、いい話相手になると思って」

レベッカ・デューは家に入り、扉を閉めました。ひどく怒っている様子でした。「これこそ、我慢の限界ですよ！」実際、そのようでした。レベッカ・デューの目から、あんなに怒りの火花がほとばしったのは見たことがありません。「今月いっぱいで、お暇《いとま》を頂きます、マコーマー夫人。ご都合がよろしければ、もっと早くにでも」

「でも、レベッカ」ケイトおばさんは困惑顔で言いました。「どういうことかしら、あなたは、常々、ダスティ・ミラーを毛嫌いしていたのに。つい先週も、あなたは言いましたよ……」

「その通りですとも」レベッカは苦々しく答えました。「どうぞ前のことを持ちだして、あたしを罵《ののし》ってくださいな！　あたしの気持ちなんか、かまわなくてもいいんです！　かわいそうに、あの可愛い猫や！　あたしは今までずっと、あの猫めの世話を焼いてきたんです、甘やかして、夜も起きて、家に入れてやったもんです。それが今ごろになって、あたしのいないとこで、断りもなしに、こっそり連れだすとは。しかもジェーン・エドモンズにやるとは。あのかわいそうな猫めがほしがっても、あの人は、レバーのかけらだって買ってやらないでしょう。あの猫めは、あたしにとっちゃ、台所のただ一人の仲間だったのに！」

「でも、レベッカ、あなたはいつも……」

「ええ、続けてくださいな、さあ、どうぞ！　あたしには口出しをさせずにね、マコーマー夫人。あたしは、あれを子猫の時分から育ててきたんです。体調に気をつけてやって、躾もしてやりました。なんのためです、ジェーン・エドモンズが、よく躾けてある猫を話相手にするためですか。ああ、霜の降りるような晩は、あたしがしてやったみたいに、あの人が表に出て、外で猫が凍えないよう、何時間も呼んでくれればいいんですが。だけども、わかりゃしませんよ。ええ、わかりゃしませんとも。ともかく、今度、氷点下十度になった晩、マコーマー夫人の良心が痛まなきゃ、いいですけどね。そんなことにでもなりゃ、あたしは、一睡もできませんよ。だけども、そんなことは、誰にとっても、どうだっていいんですね」

「レベッカ、もしあなたが……」

「マコーマー夫人、あたしは芋虫じゃありませんし、靴ぬぐい《ドアマット》でもないんです。いいですとも、いい教訓になりました……得がたい教訓です！　どんな種類の動物だろうと、もう二度と愛情はかけません……それに隠しだてなく、正々堂々としたならともかく……あたしのいないとこで……あたしが知らないのをいいことに、こんなふうにやるとは！　こんなに卑怯なやり口は、聞いたこともありません。だけども、あたしの気持ちも考えてもらいたいだなんて、言えるご身分じゃありませんから」

「レベッカ」ケイトおばさんは途方に暮れて言いました。「ダスティ・ミラーを返してもらいたいなら、できますよ」

「そんなら、どうして先に、言わないんです」レベッカ・デューが問い詰めた。「だけども、わかりませんよ。ジェーン・エドモンズは、猫を自分のものにしたんですから、諦めてくれるでしょうか」

「そうしてくれるでしょうよ」ケイトおばさんは、見るからに言い負かされた様子で答えました。「もし猫が戻ってきたら、レベッカや、出ていかないでしょうね」

「考えてもいいでしょう」レベッカは、大変な譲歩をしたような口ぶりで言いました。

明くる日、チャティおばさんが、ダスティ・ミラーをふた付きの籠に入れて帰りました。そしてレベッカがダスティ・ミラーを台所へ運んでいき、戸を閉めると、二人のおばさんたちが目くばせを交わしたのを、私は見たのです。驚きました！　つまり、すべては、ジェーン・エドモンズの助けを借りて、未亡人たちが用意周到に仕組んだ筋書きだったのではないでしょうか。

以来、レベッカは、一言もダスティ・ミラーの愚痴をこぼしません。寝る前に猫を呼ぶ声には、まぎれもなく勝利の響きがあります。その大声は、まるでダスティ・ミラーが元の家に帰って来たこと、さらにはレベッカが、未亡人たちにまた勝ったことを、サマーサイド中に知ってもらいたいかのように聞こえます。

第10章

三月の暗く風の強い日暮れだった。空を流れる雲さえ慌ただしくすぎていく。アンは、トムギャロン邸の重厚な正面玄関へつづく階段を軽やかに上がっていった。階段は幅広く、踊り場が二つあるものの、その一段一段は浅かった。両側に石の壺《つぼ》が置かれ、さらに冷ややかで堅苦しいライオンの石像が鎮座していた。日ごろ、アンが日没後に通りかかると、この屋敷はうす暗く厳めしく、わずか一つ、二つの窓から、ぼんやり光がこぼれるのみだった。しかし今はミナーヴァ嬢が町中の人々を招待したかのように建物の両翼に明かりが灯り、屋敷中が煌々《こうこう》と輝いていた。アンは、自分に敬意を表して灯《とも》された華やかな照明に圧倒され、クリーム色の紗のドレスを着ればよかったと思った。

とはいうものの、緑のボイル地をまとったアンはたいそう魅力的だった。玄関ホールで出迎えたミナーヴァ嬢も、そう思ったのだろう。表情にも声にも真心がこもり、愛想がよかった。ミナーヴァ嬢自身は黒の天鵞絨《ビロード》のドレスをまとい、風格ある装いであった。豊かに結いあげた鉄灰色の髪（1）にダイヤモンドの櫛《くし》をさし、ドレスには、トムギャロン家の亡き人々の髪を三編みにしてまわりをとりまいた大きなカメオのブローチ

(2)を飾っていた。その装いは全体にやや流行遅れではあったが、ミナーヴァ嬢は堂々たる態度で着こなし、王族の装束と同じく時を超越しているかのようだった。
「ようこそ、トムギャロン邸へおいで遊ばしました、可愛いお方や！」やせた手をアンにさし出した。その手にもダイヤモンドが散りばめられていた。「あなたをお客様としてお迎えして、たいそう嬉しゅうございますよ」

「私は……」

「かつてのトムギャロン邸には、常々、お美しい人々やお若い方々が集《つど》ったのでございます。盛大なパーティをあまた開き、当地にお見えになる名士《セレブリティ》をおもてなししたものです」ミナーヴァ嬢は色のさめた赤い天鵞絨の絨毯の上を、大階段へアンを案内した。「ところが、きょうびは、何もかも変わってしまいました。客人をお招きすることも、ほとんどございません。わたくしは、トムギャロン家の最後の一人なのでございます。おそらく、それも道理にかなっているのでしょう。わが一族は、呪われているのでございますから」

ミナーヴァ嬢は、謎《ミステリー》と怪奇《ホラー》の漂う、おぞましい声を出し、アンは身震いしそうになった。トムギャロン家の呪い！　小説の題のようではないか！

「わたくしの曾祖父トムギャロンは、この階段から落ちて、首の骨を折ったのです。屋敷が完成して、曾祖父が新築祝いの宴《うたげ》を開いた晩でございました。この屋敷は、人間の血で浄《きよ》められたのです。曾祖父は、あそこに、落ちたのでございますよ」

ミナーヴァ嬢は、いかにも芝居がかったそぶりで、玄関ホールの虎の皮の敷物を、長く白い指でさし示し、そこにトムギャロンが今しも息絶えようとするさまが見えるようだった。アンは何と言っていいかわからず、意味もなく「まあ！」と応じた。

ミナーヴァ嬢がアンを廊下へ導くと、肖像画と色あせた美しい写真がかかり、つきあたりには名高いステンドグラスの窓がはまっていた。続いて広く天井の高い壮麗な客用寝室があった。くるみ材の高い寝台は、巨大な頭板《ヘッドボード》をそなえ、豪華な絹のベッドカバーがかかり、アンはそこに自分の外套と帽子をのせると、神聖を汚すかに感じられた。

「あなたの髪は、なんとお美しい、可愛いお方や」ミナーヴァ嬢は感嘆した。「わたくしは、常々、赤毛を好んでおりました。おばのリディアがそうでした。トムギャロン家で、唯一の赤毛でした。ある晩、おばが北の部屋で髪をといていたところ、ろうそくの火が燃え移り、おばは炎に包まれ、悲鳴をあげながら玄関ホールを駆けおりたのです。それも不思議はありません、呪いなのです、可愛いお方や、いつもの呪いなのでございます」

「その方は……」

「いいえ、焼け死にはしませんでしたが、美貌はすっかり失いました。おばはとびきりの美女で、虚栄心が強かったのです。その夜から、死ぬ日まで、二度と表へ出ませんでした。しかも自分の棺《ひつぎ》を閉めておくよう、遺言したのでございます、やけどの跡がある顔を誰にも見られぬように。可愛いお方や、ここに腰かけて、ゴムのオーバーシューズをお脱ぎ遊ばせ。これは、とてもかけ心地のいいいすですよ。わたくしの姉は、このいすにすわって、脳卒中で息絶えたのでございます。未亡人でした。夫が亡くなって、このうちに戻って暮らしていたのです。姉の幼い娘は、この屋敷の台所で、煮えたぎった鍋のお湯を浴び、やけどをして死にました。子どもがそんなふうに死ぬとは、悲劇ではございませんか」

「まあ、どのようにして……」

「とにかく、その子はどのようにして死んだか、少なくともわかったのです。というのも、わたくしの義理のおばのイライザは……生きてさえいたら、義理のおばになったのですが……そのイライザは、六歳の時、忽然《こつぜん》と消えたのでございます。彼女がどうなったか、誰にもわかりませんでした」

「でも、きっと……」

「あらゆる手を尽くして捜したのです。しかし、何も見つからなかった。話によると、イライザおばの母親は……わたくしの祖父の再婚相手ですが……親を亡くしてこの屋敷で育てられたわたくしの祖父の姪に、ひどくつらく当たったのだそうです。夏の暑い日、女の子を、おしおきとして階段の上の物置に閉じこめ、出してやろうと行ってみると、その子は死んでいたのでございます。娘のイライザがいなくなったのは、その天罰だと考える者もおりました。でもわたくしは、これぞ、一族の呪いだと思っております」

「誰が……」

「可愛いお方や、あなたの足の甲は、なんと高いのでしょう！　わたくしの足の甲も、褒めそやされたものです。土踏まずの下を、水が流れるほどだと言われましたよ……貴族かどうかの試金石《しきんせき》でございますわ」

ミナーヴァ嬢は、天鵞絨のスカートの下から、遠慮がちに上靴の足をつきだし、正真正銘の美しい足とはいかなるものか、見せたのであった。

「これはたしかに……」

「お夕食の前に、屋敷をご覧遊ばしますか？　かつてわが家は、サマーサイドの誇りだったのです。今では何もかも時代遅れになりましたが、ご興味を惹く品も、二、三は、ございましょう。階段の一番上にかかっている剣《つるぎ》は、高祖父のものです、英国陸軍の将校でございました。軍務の褒賞《ほうしょう》として、プリンス・エドワード島の土地を下賜《かし》されたのです。高祖父はこの屋敷に住むことはございませんでしたが、高祖母は数週間、暮らしました。息子が悲劇的な死を遂げた後、高祖母は長く生きられなかったのです。息子の死後、心臓がひどく弱ったのです。そして高祖母の末っ子で、わたくしの大おじ（3）にあたるジェイムズが、地下室でピストル自殺をとげ、その衝撃から、高祖母は死んだのです。大おじのジェイムズは、結婚を望んでいた娘に棄てられ、そんな真似をしたのです。たいそう美しい女《ひと》でした……残念ながら、美しすぎると、完璧に善良とはいかないのですね、可愛いお方や。美貌は、大変な誘惑ですから。おそらく、哀れな大おじだけでなく、大勢の殿方《とのがた》が、彼女に失恋して絶望したことでしょう」

　ミナーヴァ嬢は、容赦なくアンを引ったてるように広大な屋敷を歩いた。古めかしい広々とした部屋があまたあった。舞踏室、温室、玉突き室《ビリヤード》、三つの客間、朝食室、きりがないほどある寝室、そして途方もなく広い屋根裏。すべてが豪華であり陰鬱であった。

「こちらは、ロナルドおじと、ルーベンおじですの」ミナーヴァ嬢は、二人の立派な紳士の肖像を指さした。二人は、暖炉の両側から睨みあうように見えた。「おじたちは双子でしたが、生まれた時から激しく憎みあっていたのです。喧嘩する声が屋敷中に響き渡りました。そのために、二人の母親の一生は、暗いものとなったのです。おじたちは、まさしくこの部屋で、最後の口論をしたのです。雷鳴が轟《とどろ》き、嵐が吹き荒れておりました。稲妻の閃光を受けて、ルーベンは死んだのでございます。ロナルドは、二度と立ち直れませんでした。その日から、おじは取り憑かれてしまったのです。おじの妻は」ミナーヴァ嬢は、思い出してつけ加えた。「結婚指輪を、飲みこんだのです」

「なんと極《きょく》……」

「ロナルドは、単なる不注意だと思い、何ら手を打とうとしませんでした。すぐに嘔吐剤でも飲ませていたなら……しかし二度と指輪の話は、出ませんでした。そのために妻の人生は、台無しになったのでございます。指輪がないために、いつも結婚していない気がしてならなかったのです」

「なんと美しい……」

「ええ、そうです、あれは、おばのエミリアです。もちろん本当のおばではありません、アレグザンダーおじの妻です。精神的な顔だちで評判でしたが、夫を、茸《きのこ》のシチューで毒殺したのです……ええ、毒茸を入れたのです。わたくしどもはずっと、あれは事故だったということにしておりました。一族に殺人があったなぞ、まことに人聞きが悪いものですから。しかし誰もが真相を知っておりました。というのも彼女にとっては、意に染《そ》まぬ結婚だったのです。陽気な若い娘でしたが、おじはあまりに年をとりすぎておりました。十二月と五月のようなものですよ、可愛いお方や。だからといって、毒茸を入れていいわけではありません。ほどなく彼女は肺病になり、夫と一緒にシャーロットタウンに埋葬されました。トムギャロン家はみな、シャーロットタウンに埋葬されるのでございます……こちらは、おばのルイーズですわ。彼女は阿片《あへん》チンキ（4）を飲んだのです。医者が吐き出させて、一命をとりとめましたが、以来、あのおばは用心しなければならないと、周囲は感じたものです。ですから、肺炎というまともな病気で死んでくれた時は、心底、安堵いたしました。もちろん、一族の中には、おばをさほど責めなかった者もおりました。というのも、可愛いお方や、あれの夫は、彼女のお尻を叩いていたのです(5)」

「お尻を叩いた……」

「その通りです。紳士たる者、すべきでないことは幾つかございますが、その一つが、女房の尻を叩くことです。妻を殴り倒すことなら、まあ、あり得ましょう。しかし、妻のお尻を平手打ちするなぞ、決してあってはなりません」そしてミナーヴァ嬢は、厳《おごそ》かに言った。「もっとも、このわたくしの尻を叩く勇気ある殿方がおられるなら、お目にかかりたいものですが」

アンも、そんな人物がいるなら見たいと思った。そしてアンは、自分の想像力にも限界があるのだと悟った。いかに想像力を働かせようとも、ミナーヴァ・トムギャロン嬢の尻を叩く夫は思い浮かべられなかった。

「ここは、わたくしの哀れなる兄のアーサーが、婚礼を終えて花嫁をつれて帰った晩、口喧嘩をした部屋でございます。花嫁は出て行き、二度と戻って参りませんでした。何がいけなかったのか、誰にもさっぱりわかりませんでした。花嫁という人は、たいそう麗《うるわ》しく、威厳がございましたから、わたくしどもは、平素より、『女王さま』と呼んでおったのです。彼女は、求婚を断わって兄を傷つけたくないばかりに結婚したものの、もう手遅れだと後悔したのだと言う者もおります。おかげで、かわいそうに、兄の人生して」ミナーヴァ嬢は悲劇的な面《おも》もちで語った。「巡回セールスマンはおりませんでした……こちらは、舞踏室ですわ。もちろん、今では使っておりません。でも、かつては、ここで山ほど舞踏会が開かれました。トムギャロン家の舞踏会は有名だったのです。島中から客人がお見えになりました。あのシャンデリアは、父が五百ドルもかけたのです。大おばのペイシェンスは、ある晩、この部屋で踊っているさなかに、ばったり倒れて死にました……あの隅の、ちょうどそこですわ。大おばは、自分から去っていった男性のことで、悩んでおりました。男のことで絶望する女心など、わたくしには想像もできません。わたくしにとって、男というものは」ミナーヴァ嬢は、自身の父親の肖像写真を、じっと見つめて言った。その男の頬髭《ほほひげ》は逆立ち、鷹《たか》のごとき鼻をしていた。「まことにとるに足らない生きものに思えるのです。わたくしどもには、古い言い伝えがございます。祖父の時代のことですが、祖父と祖母が留守にしていた、ある土曜の晩、ここで家族が舞踏会を開き、夜遅くまで踊ったところ」――ミナーヴァ嬢が声をひそめ、アンは身の毛がよだつようだった――「悪魔が入ってきたのです。港に面したあの窓辺の床に、奇妙な跡がございましょう、焼けこげた足跡のような。もちろんわたくしは、そんな話は信じておりませんが」

ミナーヴァ嬢は、信じられないことが無念でならないように、ため息をついた。

第11章

食堂《ダイニング・ルーム》も、屋敷のほかの部屋と釣りあっていた。別の豪華なシャンデリアがさがり、同じく豪華な金縁《きんぶち》の鏡が炉棚の上にかかり、食卓には銀食器やクリスタル・グラス、古いクラウン・ダービー(1)の食器が美しくしつらえてあった。厳めしく年老いたメイドが給仕する晩餐は量がたっぷりして、きわめて美味であり、アンの若く健康な食欲を大いに楽しませた。ミナーヴァ嬢は、しばらく黙っていた。アンもあえて何も言わなかった。悲劇の数々が、またもや雪崩《なだれ》をうって始まるのを恐れたのである。一度、つややかな毛並みの大きな黒猫が部屋に入り、しわがれ声でみゃあと鳴いて、ミナーヴァ嬢のそばにすわった。ミナーヴァ嬢は、受け皿《ソーサー》にクリームをついでやり、猫の前に置いた。それからは、ミナーヴァ嬢がぐっと人間らしく感じられ、トムギャロン家の最後の一人への畏《おそ》れの念も、あらかた消えた。

「もっと桃をおあがり遊ばせ、可愛いお方や。何もあがっていませんよ……まったく何も」

「まあ、トムギャロン嬢、私はもう頂き……」

「トムギャロン家では、かねがね、いい食事をお出しするのです」ミナーヴァ嬢は満足げに言った。「おばのソフィアは、最高のスポンジ・ケーキを焼きました、あのようなケーキは味わったことがございません。父が、わが家に来ることを嫌った唯一の人物は、父の妹のメアリでした。まことに食が細かったのです。メアリは、食べものを細かく切り刻んでは、わずかしか口にせず、それを父は、自分への侮辱と受けとったのでございます。父は、まことに情け容赦のない男でした。わたくしの兄のリチャードが、父にそむいて結婚すると、決して許さなかったのです。兄に出ていくよう命じて、二度と屋敷に入れませんでした。父は毎朝、家族で礼拝をするとき、主の祈り(2)を唱えておりましたが、リチャードに侮《あなど》られてからは、『われらに罪をおかした者をわれらが許すごとく、われらの罪も許したまえ』(3)という一文を、決まって抜かしたのです。「今も、この目に浮かぶようですわ」ミナーヴァ嬢は遠い夢でも見るように言った。「父が、そこにひざまずいて、この一文を抜かしてお祈りをするところが」

夕食後、二人は、三つある客間のうち最も小さな部屋へ行き——それでもかなり広く、厳めしかった——大きな暖炉の前で、夕べをすごした。燃える炎は気持ちがよく親しみやすかった。アンは、かぎ針で、凝ったドイリーの一そろい(4)を編んだ。ミナーヴァ嬢は棒針で膝かけ《アフガン》を編みながら(5)一人語りを続けたが、大部分はトムギャロン家の波乱の歴史であった。この人は、夫に嘘をついたために二度と夫から信用されなかったのですよ、可愛いお方や。それからあの人は、自分の夫が死ぬものと思い喪服をそっくりあつらえたのに、夫が元気になり、がっかりしたのです。オスカー・トムギャロンは、一度死んでから、生き返りました。「ところがまわりの者は、生き返ってほしくなかったのです、可愛いお方や。それこそが、悲劇でございました」クロード・トムギャロンは、誤って息子を銃で撃ったのです。エドガー・トムギャロンは、暗いところで間違った薬を飲み、その挙げ句、死にました。デイヴィッド・トムギャロンは、嫉妬深い妻が息を引きとる間際に、二度と結婚しないと約束したにもかかわらず、別の女性と再婚したところ、嫉妬深い先妻の亡霊に取り憑かれることになったのです。「そのデイヴィッドの目は、可愛いお方や……前にいる人を通り越して、いつもその後ろにある何かを見つめておりました。だから人は、彼と同じ部屋にいるのを嫌がったものです。先妻の幽霊を見た者は、誰もおりません。おそらくは、デイヴィッドの良心が咎《とが》めただけでしょう。あなたは幽霊を信じますか、可愛いお方や」

「私は……」

「もちろん、わが家には、本物の幽霊が出ます、北の棟《むね》です。たいそうきれいな若い娘です……大おばのエセルで、娘盛りに死んだのでございます。彼女は、なにがなんでも生きたかったのです……結婚することになっておりましたから。ここは悲劇的な思い出がつまった屋敷なのですよ、可愛いお方や」

「ミス・トムギャロン、このお屋敷で、楽しいことは、何も起きなかったのですか」アンはたまたま偶然、文章を最後まで話せたので質問した……さしものミナーヴァ嬢も、鼻をかむ間は、話をやめねばならなかった。

「まあ、あったとは思いますよ」ミナーヴァ嬢は、認めたくないかのようだった。「ええ、ございましたね。わたくしも娘の時分は、ここで楽しくすごしたものです。あなたは、サマーサイド中の人たちについて本を書いているそうですね、可愛いお方や」

「それは本当ではありません」

「おや、まあ!」ミナーヴァ嬢がいささか落胆したのは明らかであった。「でも、もし書いておいでなら、わたくしどもの物語に、お気に召すものがあれば、ご自由にお使い遊ばせ。ただし名前を変えて。さあ、では、インド双六《すごろく》(6)でも、いかがでしょう」

「残念ですが、そろそろおいとまします」

「まあ、可愛いお方や、今夜は帰れません。土砂降りです。それにあの風の音を、お聞き遊ばせ。今では、うちに馬車はございません……ほとんど必要がないもので……この大雨の中、半マイルも歩いて行けませんよ。今夜はお泊まりなさい」

もちろんアンは、トムギャロン邸で一夜を送りたくなかった。しかし三月の嵐のなか、風柳《ウィンディ・ウィローズ》荘まで歩いて帰ることも望まなかった。そこでインド双六をした——ミナーヴァ嬢は大いに興《きょう》に乗り、恐ろしい話をするのも忘れた——それから「夜食」をとった。

シナモン・トーストを食べ、トムギャロン家に古くから伝わる驚嘆するほど薄く美しいカップでココアを飲んだ。

最後にミナーヴァ嬢は、アンを客用寝室へ案内した。最初はアンも安堵した。ミナーヴァ嬢の姉が脳卒中で死んだ寝室ではなかったからだ。

「ここは、おばのアナベラの部屋でございました」ミナーヴァ嬢は、優雅な緑色の化粧台に置かれた銀の燭台にろうそくをともし、ガス灯の栓をひねって消した――ちなみにマシュー・トムギャロンは、ある晩、ガス灯に息を吹きかけて消し、その結果、死んだのだ。「アナベラは、トムギャロン家一の美女でございました。鏡の上のあれが肖像画です。あの誇り高い口もとに、お気づきですか。あのおばが、このベッドのクレイジー・キルト(7)を縫ったのです。気持ちよくお休みいただきたいものですわ、可愛いお方や。メアリが寝具を空気にさらして、熱い煉瓦《れんが》を二つ、ベッドに入れておきましたから。メアリは、この寝巻き《ナイトドレス》を、空気にさらしてくれましたよ」と、いすにかかるたっぷりしたフランネルの長い衣を指さした。防虫剤の匂いが強烈だった。

「ぴったりだといいのですが。わたくしの母が、これを着て死んでから、袖を通していないのです。ああ、危うく言い忘れるところでした」――ミナーヴァ嬢は戸口でふり返った――「おばのアナベラは、このクローゼットの中で、首を吊ったのです。おばは――ふさぎ込んでおりました……長いこと。そして最後は、招かれるはずの結婚式に招待されず、ひどく気に病《や》んだのです。アナベラおばは、いつも注目を集めることが好きでしたから。では、ぐっすりお眠り遊ばせ、可愛いお方や」

アンは、まんじりともできないだろうと思った。にわかに室内に、何か異様で異質なもの、いささか敵意のようなものが感じられた。だが、幾世代にもわたって使われた部屋には、何かしら異様なものがあるのではないだろうか。死は、どんな部屋にも隠れ潜んでいる。だが愛も、赤い薔薇のごとく花開いただろう。赤ん坊が、ここで生まれただろう。あらゆる情熱、あらゆる希望も語られただろう。部屋とは、そうしたものの亡霊に満ちているのだ。

しかしここは実際に、かなり恐ろしい古い館であり、憎悪と悲嘆に暮れて死んだ人々の幽霊に満ち、日の目を見ることなく、いまだ部屋の隅《すみ》や隠れた穴に膿《う》んでいる悪事がひしめきあっていた。あまりに多くの女たちが、ここでむせび泣いたに違いない。風は窓辺のえぞ松《とうひ》に吹きすさび、不気味な声をあげ、嘆き悲しんでいた。一瞬、アンは、嵐であろうがなかろうが、外へ駆け出したい気がした。

そのときアンは、決然として自分自身をとり戻し、常識を持つよう命じた。ここで陰気な歳月が何年もすぎ、恐ろしい事件や悲劇が起きたとしても、愉しく嬉しいことも起きたに違いないのだ。ほがらかな可愛い娘たちがここで踊り、楽しい秘密を語りあった。えくぼのある赤ん坊たちが、ここで生まれた。結婚式や舞踏会が開かれ、音楽と笑いさざめく声が響いたのだ。スポンジ・ケーキを上手に焼くご婦人は、気だてのいい人だったに違いない。父に許されなかったリチャードは、女性には優しい恋人だったろう。

「そういうことを考えながら眠ることにするわ。こんなにすてきなクレイジー・キルトにくるまって眠るなんて！　私も朝までに、このキルトみたいに頭がどうにか《クレイジー》なるかもしれない。でもここは客用寝室よ！　前の私は、よその客用寝室で寝ると、どんなにわくわくしたか忘れられないわ」

アンは、アナベラ・トムギャロンの肖像画の鼻先で、結った髪をほどき、ブラシをかけた。アナベラは、自尊心と虚栄心、絶世の美女の傲慢さを顔に浮かべ、アンを見おろしていた。鏡を見ているうちに、アンは、少々、身震いをおぼえた。鏡の中から、どんな顔がアンを見返しているのか、わからなかったのだ。この鏡をのぞきこんだ悲劇の幽霊婦人たちが、おそらく、そろってこちらを見ているのだろう。

アンは、骸骨がいくたりも転がり出るのではないか半ば覚悟しつつ、勇敢にクローゼットの戸を開け、そしてドレスをかけた。堅いいすに、ゆうゆうと腰をおろし、靴を脱いだ。そのいすは、人がすわると侮辱されたという顔つきをするような代物だった。それからフランネルの寝巻きを着て、ろうそくを吹き消し、寝台に入ると、寝床はメアリが入れた煉瓦で気持ちよくぬくもっていた。雨は窓ガラスを流れ、風は古い軒先のまわりに叫び、アンはしばらく眠りを妨げられたが、やがてトムギャロン家の悲劇はみな忘れ去り、夢も見ずにまどろみに落ちていった。次に気がつくと、赤い日の出を背景に、黒々としたもみの木が見えた。

「おいでいただいて、まことに楽しかったですわ、可愛いお方や」朝食を終え、アンがいとまを告げるとき、ミナーヴァ嬢は言った。「実に愉快でございました。もっとも、わたくしは長いこと一人で暮らしておりますから、話し方をほとんど忘れておりましたが。真《しん》に魅力的で、この軽薄な時代にも損《そこ》なわれぬ若いお嬢さんをお迎えして、どんなに喜ばしいか、言うまでもありません。お話ししませんでしたが、昨日は、わたくしの誕生日だったのです。この屋敷に、若々しさを少しばかり頂いて、たいそう嬉しいことでした。今では、わたくしの誕生日を憶えている人も、おりませんから」――ミナーヴァ嬢は、かすかにため息をもらした――「昔は、大勢いたものですが」

「それでは、かなり薄気味の悪い年代記を聞かされたことでしょうね」その夜、チャティおばさんが言った。

「チャティおばさん、ミナーヴァ嬢が話したことは、みんな、本当に起きたのですか」

「ええ、不思議なことに、起きたのです。奇妙ですけどね、トムギャロン家には恐ろしいことが山ほどあったのですよ」

「六代も続く大家族なら、どの家でも、そんなことが起きるのは当然ではないかしら」

ケイトおばさんが言った。

「あら、それはないと思いますよ。本当に呪いがかかっていたのでしょうよ。あまりにも大勢の人たちが、急死とか、非業の死を、遂げてるんですから。もっとも、あの一族には狂気の傾向はありますよ……みなが知ってることです。それだけで充分に呪いですよ。でも、古い話を聞いたことがありますよ……細かいことは憶えてませんがね……屋敷を建てた大工が、呪いをかけたという話です。契約のことで揉めたのです……それなのにポール・トムギャロン老人が、元の契約を守らせようとして、大工は破産したのですよ。大工の見積もりより、はるかに費用がかさんだのです」

「ミナーヴァ嬢は、呪いがあって、むしろ得意なようでしたわ」アンが言った。

「かわいそうな年寄りですよ。あの人には、それよかないんですから」レベッカが言った。

あの威厳あるミナーヴァ嬢が「かわいそうな年寄り」呼ばわりされ、アンは微笑した。それでもアンは塔の部屋へ行き、ギルバートへの手紙に書いた。

トムギャロン邸は、結局は何も起きない、眠っているような古いお屋敷だと思いました。そうです。昔は色々なことが起きたのは確かですが、たぶん今では、もう何も起きないのです。小さなエリザベスは、いつも「明日」の話をしますが、あの古めかしいトムギャロン邸は「昨日」なのです。私は「昨日」に生きていないこと——そして「明日」が今もまだ友であることを、嬉しく思います。

もちろん、ミナーヴァ嬢は、トムギャロン家のご多分にもれず、注目を集めるのがお好きで、悲劇の数々を語ることに際限なく満足をおぼえておいででしょう。ミナーヴァ嬢にとって悲劇は、ほかの女性にとっての夫や子どもにあたるのです。でもね、ああ、ギルバート、私たちは、これからの歳月、どんなに年をとろうと、人生をすべて悲劇と見なして、そんな考えにふけらないようにしましょう。私は、百二十年もたった家なんて嫌です。二人が夢の家(8)を見つけるときは、新しくて、幽霊も言い伝えもない家にしましょう。それが無理なら、せめて、それなりに幸せな人が暮らした家にしましょう。トムギャロン邸での一夜は、決して忘れないでしょう。それに私は生まれて初めて、この私をしゃべり負かす人に会ったのです。

第12章

小さなエリザベス・グレイソンは、生まれながらに何かが起きるだろうと期待していた。おばあさまと侍女の徹底した監視のもとでは、そうしたことは滅多に起きなかったけれど、エリザベスの待ちもうける思いは少しも損《そこ》なわれていなかった。いつか、何かが起きることになっているのだ——もし今日でないにしても、明日。

シャーリー先生が風柳荘《ウインディ・ウイローズ》で暮らすようになったとき、エリザベスは、「明日」はもうすぐに違いないという気がした。そしてグリーン・ゲイブルズを訪れたことは、「明日」の前ぶれのように思った。しかし今、シャーリー先生のサマーサイド高校三年目にして最後の年の六月（1）となり、小さなエリザベスの心は、おばあさまがいつも買ってくださるボタンつきのきれいなブーツの底まで沈んでいくようだった。彼女が通う学校の子どもたちの大勢が、小さなエリザベスのボタンで留める子山羊革《キッド》の美しいブーツを羨ましがっていた（2）。しかし小さなエリザベスにとっては、そのブーツをはいて自由への道をたどれないなら、何の興味もわかなかった。そして今、憧れのシャーリー先生が、自分から永遠に去っていこうとしているのだ。六月の終わりに、先生はサマーサイドを離れ、あの美しいグリーン・ゲイブルズへ帰ってしまう。そう思うだけで、小さなエリザベスは耐えられなかった。シャーリー先生は結婚する前に、夏の間、グリーン・ゲイブルズへつれていってあげようと約束してくださった。でも、無駄だろう。おばあさまは、もう行かせてくれないだろうと、うすうすわかっていた。シャーリー先生と親しくすることを、おばあさまは本当は快《こころよ》く思っていないのだ。

「何もかもおしまいよ、シャーリー先生」エリザベスは、すすり泣いた。

「可愛い子《ダーリン》、これは新しい始まりが来ただけよ、そう希望を持ちましょう」アンは励ますように言った。だがアン自身も気落ちしていた。エリザベスの父親からは何の音沙汰もなかった。手紙が届かなかったか、彼が気にも留めなかったか、いずれかだろう。だがもし父親が気にかけないなら、エリザベスはどうなるのだろう。子ども時代の今でも充分ひどいのに、この先どうなるだろう。

「あの二人の婆《ばあ》さまどもは、あの子に指図《さしず》しすぎて、殺しちまいますよ」レベッカ・デューが言ったことがあった。言葉は上品ではなかったが、真実をついているとアンは感じた。

エリザベスは、自分が「指図」されているとわかっていた。とくに侍女に指図されると腹立たしかった。おばあさまに指図されることも、もちろん好きではなかったけれど、たぶんおばあさまというものには指図する権利があるだろうと、しぶしぶ認めていた。

だが侍女には何の権利があるのだろう。はっきりたずねてみたいと、エリザベスはいつも思っていた。いつかきいてみよう――「明日」が来たら。ああ、侍女がどんな顔をするか見たら、どんなにせいせいするかしら！

おばあさまは、小さなエリザベスを一人で外出させなかった。ジプシーにさらわれるのが心配だと言う。四十年前に一度、子どもが誘拐されたのだ。けれど今、ジプシーは滅多に島へ来ない。だから言い訳にすぎないと、小さなエリザベスは感じていた。それにしてもおばあさまはなぜ、自分がさらわれるかどうか、気にかけるのかしら。おばあさまと侍女が、自分を少しも愛していないことを、エリザベスは知っていた。というのも二人は、エリザベスの話をするときでさえ、名前を言わずにすむなら、言わないからだ。いつも「あの子」だった。「あの子」と呼ばれて、エリザベスはどんなに嫌だったか。犬や猫を飼って、「あの犬」、「あの猫」と言うようなものだ。エリザベスが思い切って抗議すると、おばあさまの顔色は曇り、怒ったあげく、生意気だとおしおきを受けた。その間、侍女は、さも満足そうに見守っていた。なぜ侍女は私を毛嫌いするのかしら、小さなエリザベスはしばしば不思議に思った。誰であろうと、小さな子どもを、どうして憎まなければならないのだろう。憎むことに価値でもあるのだろうか。小さなエリザベスは、自分が生まれたために命を犠牲にした母親を、あの厳しい老女がずっと可愛がっていたことを知らなかった。知っていたとしても、実らなかった愛がいかに歪んだ形をとるか、理解できなかっただろう。

小さなエリザベスは、陰気で豪華な常磐木荘《エヴァーグリーンズ》が嫌いだった。生まれてからずっと暮らしてきたにもかかわらず、あらゆるものがよそよそしく感じられた。ところがシャーリー先生が風柳荘《ウインディ・ウイローズ》に来て、何もかもが魔法のように変わったのだ。先生が来て、小さなエリザベスは物語《ロマンス》の世界に暮らした。見るところすべてに美しさがあった。幸い、おばあさまと侍女も、見ることまでは妨げられなかった。とはいうものの、もしできたなら、間違いなく邪魔しただろうとエリザベスは思った。魔法のような赤土の港通りを、シャーリー先生と少し散歩することは、エリザベスの陰気な暮らしの一番の楽しみ《ハイライト》だった。もっとも、まれにしか許してもらえなかった。エリザベスは目に映るものすべてを愛した。風変わりな赤と白の横縞に塗られた遠くの燈台、かなたに霞む青い岸辺、銀色に光る青い小波《さざなみ》、すみれ色の夕闇をすかして小さく輝くマスト灯(3)、そうしたものすべてにエリザベスは歓びをおぼえ、胸が痛くなるほどだった。そして夕焼けに照り輝く港、灰色に煙《けぶ》る島々！　エリザベスはいつもマンサード屋根の部屋の窓辺（4）へあがり、木々の梢の間から、そうしたものを眺め、月の出に航海する船を見晴らした。帰ってくる船もあれば、二度と帰らぬ船もあった。エリザベスは、その一艘に乗り、「幸福の島」へ船旅をしたいと憧れていた。二度と帰らぬ船は、「幸福の島」に停泊するだろう、そしてそこではいつも「明日」なのだ。

あの神秘的な赤土の街道は、どこまでも続いていた。その道を歩きたくて、足がうずうずした。道はどこへ行くのかしら。知らないままでは、胸がはり裂けそうだと思うこともあった。本当に「明日」が来たら、出発して、あの道を歩いていこう、そうすれば自分だけの島を見つけるかもしれない。その島で、シャーリー先生と二人で暮らそう。おばあさまと侍女は、決して来ることはできないのだ。二人とも水を嫌うから、何があろうとボートに足を踏み入れないだろう。小さなエリザベスは好んで想像した。私はその島に立って、本土の岸から睨《にら》みつけるしかない二人を、からかってやるのよ。「ここは『明日』よ」と言って、二人を嘲《あざけ》ってやるわ。「もう私をつかまえられないわよ。あなたたちは『今日』にしかいないんだもの」

どんなに楽しいかしら！　侍女の顔が見たいわ！

そして六月も終わりの夕方、驚くようなことが起きた。シャーリー先生が、おばあさまのキャンベル夫人に言ったのだ。明日、トムプソン夫人という方にお目にかかるため、「飛ぶ雲《フライング・クラウド》」へ行く用事があるのです。その方は、婦人援護会（5）で会食委員会を主催なさっています。エリザベスをつれていってもよろしいでしょうか。するとおばあさまは、いつもの気むずかしい顔で承諾してくれたのだ――エリザベスは、プリングル一族を震撼《しんかん》させる情報を、少しばかりシャーリー先生が握っているとはつゆ知らず、おばあさまがなぜ承知したのか見当もつかなかった――でも賛成してくれたのだ。

「『飛ぶ雲《フライング・クラウド》』でご用がすんだら、私たち、まっすぐ港の入口へ行きましょうね」先生が小声でささやいてくださった。

小さなエリザベスは寝室へあがったものの、嬉しさのあまり一睡もできないだろうと思った。これまでずっと自分に呼びかけていたあの道の誘いかけに、ついに応《こた》えるのだ。エリザベスは興奮していたが、休む前の小さな儀式は丁寧に行った。服を畳み、歯を磨き、金髪をブラシでとかした。自分でもきれいな髪だと思った。もっとも、シャーリー先生の赤みがかった金色の見事な髪ほどではないけれど。先生の髪は巻き毛で、耳のまわりにくるくるした小さな愛嬌毛《あいきょうげ》（6）が垂れている。シャーリー先生のような髪になれるなら、どんなものでも差し出すだろう。

寝台に入る前に、エリザベスは、よく磨かれた黒くて高さのある古いたんすの引き出しの一つを開け、ハンカチを重ねた下に注意深く隠している写真をとりだした。「週刊新報」の臨時増刊号から切り抜いたシャーリー先生の写真で、もとは高校の職員写真を複写したものだった。

「おやすみなさい、大好きなシャーリー先生」

エリザベスは写真に口づけをすると、隠し場所に戻した。それから寝台によじのぼり、重ねた毛布にくるまった。というのも六月の夜は冷え、港から吹くそよ風が肌身に沁みるようだった。実際は、この夜はそよ風どころではなかった。風はうなりをあげ、ばたっと揺さぶり、どしんと音をたてた。今ごろ月明かりの港は、一面に波風が高いだろう。でも月の光を浴びながら、そっと港のそばへ行ってみたら、どんなに面白いかしら！　でもそんなことができるのは「明日」だけなのだ。

「飛ぶ雲《フライング・クラウド》」はどこにあるのかしら。なんてすてきな名前！　これも「明日」から来たのね。こんなに「明日」の近くにいながら、中へ入れないなんて、どうにかなりそう。もし明日、風が吹いて雨になったら？　雨では、どこにも行かせてもらえないとエリザベスはわかっていた。

彼女は寝台に起きあがり、両手を握りあわせた。

「愛する神さま、あまり口出しはしたくありませんけど、神さまなら、明日、よいお天気にできますよね？　お願いします、愛する神さま！」

明くる日は、まぶしいような天気になった。シャーリー先生と薄暗い屋敷を歩み出るとき、小さなエリザベスは、目に見えない足枷《あしかせ》から自分がそっと滑り出ていく心地がした。侍女がしかめ面《つら》で、大きな玄関扉の赤いガラス越しに二人を見送っていようと、エリザベスは自由な空気を存分に吸いこんだ。シャーリー先生と美しい世界を歩いていくなんて、天国のようだ！　先生と二人でいると、いつもすばらしかった。先生がいなくなったら、どうすればいいのかしら。しかし小さなエリザベスは、そうした考えをきっぱり追いやった。こんなことを思って、一日を台無しにするのはやめよう。もしかしたら——万が一だけど——今日の午後、私とシャーリー先生は「明日」に入っていくかもしれない、そうすれば二人はもう離れないのよ。小さなエリザベスは、あたりの美しさを存分に味わいながら、世界の果ての、あの青さへむかって静かに歩いていきたいと、ただ願った。道は、どこからともなく現れた小川のくねりに沿って続き、道の角とカーブを曲がるたびに、新しく美しいものが姿をあらわした。

どちらをむいてもきんぽうげとクローバーの草原が広がり、蜜蜂の羽音が聞こえていた。ときおり、ひなぎくが天の川のように咲くところを通った。遠くの海峡は、銀色に光る波頭で二人に笑みかけている。港は、水に潤《うるお》した絹地のようだ。小さなエリザベスは、水色の繻子《サテン》のような港より、こちらの方が好きだった。二人が風を吸いこむと、たいそう優しい風だった。風は二人のまわりを猫が喉を鳴らすように吹き、あやしてくれるようだった。

「こんな風と一緒に歩いていると、気持ちがいいわね」小さなエリザベスが言った。

「優しくて、友だちのような、よい香りのする風ね」アンは言った。エリザベスよりも自分に語りかけるように。「こんな風のことを、前は、ミストラル(7)だと思っていたのよ。ミストラルという言葉には、そんな響きがあるんですもの。だから荒々しい嫌な風と知って、どんなにがっかりしたことでしょう!」

エリザベスはよくわからなかった——ミストラルという言葉を聞いたことがなかった

のだ――でも愛する先生の音楽のような声だけで、エリザベスは充分だった。空も嬉しそうだった。金色の輪の耳飾りをした一人の水兵が――「明日」では、まさしくこんな人に出逢うのだろう――通りすぎるとき、微笑みかけてくれた。エリザベスは、日曜学校で習った詩の一節を思った。「小さき山も、あらゆる斜面が喜び祝う」(8)、これを書いた人は、港のむこうに連なるあの丘のような青い小山《こやま》を、見たことがあるのかしら。

「この道はまっすぐ、神さまに続いていると思うの」エリザベスは夢見心地で言った。

「そうかもしれないわね」アンは言った。「たぶん、すべての道が、そうかもしれないわ、小さなエリザベス。さあここで曲がりますよ。あの島へ渡るの。あれが『飛ぶ雲《フライング・クラウド》』よ」

「飛ぶ雲《フライング・クラウド》」は、岸から四百メートルほどのところに浮かぶ細長い小島で、木立と一軒の家があった。エリザベスは、銀の砂の小さな入り江がある自分の島があればいいのにと前から思っていた。

「どうやって渡るの？」

「この平底舟を漕いでいくのよ」シャーリー先生は、傾いた木につながれている小舟のオールを取りあげた。

シャーリー先生は舟も漕げるのだ。先生にできないことなんて、あるのかしら。島に着くと、そこはどんなことでも起きそうな魅惑のところだった。もちろんここは「明日」のなかだわ。こんな島が、「明日」の他にあるはずがないもの。退屈な「今日」とは縁もゆかりもないところよ。

家の戸口で二人を出迎えた若い女中《メイド》が、トムプソン夫人は島のむこう側にいらっしゃいます、野いちごをつんでおいでですと、アンに言った。まあ、野いちごがなる島だなんて！

アンは、トムプソン夫人を探しに行った。しかしその前に、小さなエリザベスに居間で待つかどうかたずねた。エリザベスは慣れない遠出に、かなり疲れたように見え、休憩がいるだろうと、アンは考えたのだ。小さなエリザベスはそうは思わなかったが、シャーリー先生のどんなささやかな願いでも、法律のように従うつもりだった。

居間はすてきな部屋だった。いたるところに花が飾られ、強い潮風が吹いていた。エリザベスは炉棚の上の鏡が気に入った。鏡は室内を美しく映し、開け放った窓から、港と丘と海峡がちらりと見えた。

不意に、一人の男の人が戸口から入って来た。エリザベスは一瞬、うろたえ、怖くなった。この人はジプシーかしら。エリザベスが考えるジプシーのようには見えなかった。でも、もちろん、彼女は一度も見たことがなかった。この人はジプシーかもしれない。けれどその次に直感的にひらめいて、この人ならさらわれてもいいと思った。この男の人を気に入ったのだ。皺《しわ》のよった目尻、はしばみ色の瞳、波打つ茶色の髪、角《かく》ばったあご、そしてほほえみも、エリザベスは好きだった。というのも、その人はほほえんでいたのだ。

「それで、きみは誰かな」男の人はたずねた。

「私……私は、私よ」エリザベスはたどたどしく答えた。まだ少しどぎまぎしていた。

「おや、そうかい……きみは海からひょっこり生まれたんだね。それで浜の砂丘からあがって来た。名前はまだ人間に知られていないんだね」

エリザベスは、少しからかわれていると感じたけれど、気にならなかった。実のところ、むしろ好きだった。しかし彼女は、やや上品ぶって答えた。「私の名前は、エリザベス・グレイソンよ」

沈黙が続いた。たいそう奇妙な沈黙だった。男の人はしばし言葉を失ったまま、エリザベスを見つめていた。やがて腰かけるように、丁寧に言った。

「私、シャーリー先生を待っているの」エリザベスは説明した。「先生は、トムプソン夫人に会いに行かれたの、婦人援護会のお食事会のことで。先生が戻っていらしたら、二人で世界の終わりまで行くつもりよ」

さあ、私をさらうつもりなら、どうぞ、おじさん……！

「そうかい。でもそれまでは、のんびりしてなさい。ぼくが主人役をつとめてあげよう。ちょっとおやつでも、どうかな。トムプソン夫人の猫が、たぶん、何かここに持ってきているだろう（9）からね」エリザベスは腰をおろした。不思議なほど幸せで、くつろいだ心地だった。「好きなものを食べていいの？」

「いいとも」

「それじゃあ」エリザベスは得意そうに言った。「アイスクリームに、いちごのジャムをのせたのがほしいわ」

男の人はベルを鳴らし、注文を告げた。やっぱりここは「明日」にちがいないわ、それは確かよ。もしここが「今日」なら、猫がいようといまいと、アイスクリームといちごのジャムが、こんなに魔法みたいに出て来ないもの！（10）

「きみのシャーリー先生の分は、別にとっておこうね」男の人は言った。

二人はすぐにいい友だちになった。男の人は多くは語らなかったが、エリザベスをしきりに見ていた。その顔つきの内側から慈愛《じあい》がにじみ出ていた。それはエリザベスが、誰の顔にも、シャーリー先生の顔にさえ見たことのないものだった。この男の人は自分が好きなのだと感じた。自分もこの人が好きだとわかった。

最後に、その人は窓の外に目をやると、立ちあがった。

「そろそろ行かなくては。きみのシャーリー先生が歩いて来られる、だから一人ぼっちにはならないよ」

「待って、シャーリー先生に会わないの」エリザベスは、ジャムの最後の名残りを味わおうとスプーンをなめながら言った。おばあさまと侍女が見たら、恐れおののいて死んでしまうだろう。

「今日はやめておこう」

エリザベスは、この人が自分をさらって行く気など、さらさらないと知った。するとこの上なく不可解で、説明のできない落胆に襲われた。

「さようなら、ありがとうございました」エリザベスは礼儀正しく言った。「ここの『明日』は、とてもすてきね」

「明日？」

「ここは『明日』なのよ」エリザベスは説明した。「私、ずっと『明日』に行きたいと思っていたの。それで今、ついに来たのよ」

「ああ、そうだったのかい。でも、僕は、あいにく『明日』にはあまり興味がない。僕なら、『昨日』に戻りたい」

小さなエリザベスは、この人をかわいそうに思った。この人はどうして不幸せなのかしら。「明日」に生きている人が、不幸せだなんて、あるのかしら。

小舟を漕いで島を離れるとき、エリザベスは、後ろ髪をひかれる思いで、「飛ぶ雲《フライング・クラウド》」をふり返った。海岸をふちどるえぞ松林を抜け、街道をさして歩きながら、またふり返り、島に別れの見納《みおさ》めをした。そこへ荷馬車をひいた馬の一団が飛ぶように走りきて、曲がり角を目のくらむ速さでまわった。乗り手が、馬を御《ぎょ》し切れていないことは、明らかだった。

エリザベスは、シャーリー先生の悲鳴を聞いた——。

第13章

部屋が変なふうにぐるぐる回っていた。家具がうなずき、飛びはねている。ベッドは——どうしてベッドに入っているのかしら。白い帽子をかぶった人が、ちょうどドアから出ていくところだった。これはどこのドアかしら。頭が、なんだかおかしな感じ！　どこかで声がした——低い声。誰が話しているのか見えないけれど、どういうわけか、シャーリー先生とあの男の人だとわかった。

何を話しているのかしら。意味のよくわからないささやきから、文章がところどころ、エリザベスに聞こえた。

「本当ですの？」シャーリー先生の声は、ひどく興奮しているようだった。

「ええ……あなたの手紙……ご自分で、ご覧なさい……キャンベル夫人に交渉する前に……『飛ぶ雲《フライング・クラウド》』は、私どもの総支配人の夏の別荘なのです」

この部屋が、じっとしてさえくれたら！　まあ、「明日」では、いろんなものが、変わったふるまいをするのね。顔をむけることができれば、話している人が見えるのに——エリザベスは長いため息をついた。

それから二人が寝台にやって来た――やはりシャーリー先生とあの男の人だった。シャーリー先生はほっそりして白く、百合のようだった。なにか恐ろしい経験をくぐり抜けたような顔をしていたが、その背後から、内なる輝きが燦然《さんぜん》と光っていた。その輝きは、不意に部屋中を満たした金色の夕日の一部でもあるようだった。男の人は、微笑みながらエリザベスを見おろしていた。エリザベスは、この人が自分を深く愛していることと、自分とこの人の間に、秘密めいた、愛《いと》しくて、懐かしいものが通っていることを感じた。それが何かは、エリザベスが「明日」で話される言葉をおぼえたら、すぐにわかるだろう。

「気分はよくなったかしら、可愛い人」シャーリー先生が言った。

「私、病気だったの？」

「街道で、暴走してきた馬にはねられて、倒れたの」シャーリー先生が言った。「私が……私が、間にあわなかったの。私……あなたが死んでしまったと思ったわ。すぐにあなたを平底舟でこの家につれて戻って、そうしたら、あなたの……この男の方が、電話でお医者さまと看護婦さんを呼んでくださったのよ」

「私、死ぬの？」小さなエリザベスは言った。

「いいえ、まさか、大丈夫よ！　可愛い人。気を失っただけよ、じきによくなるわ……それからね、可愛いエリザベス、こちらは、あなたのお父さまですよ」

「お父さまはフランスにいらっしゃるのよ。私、フランスにいるの？」そうだとしても、エリザベスは少しも驚かなかっただろう。ここは「明日」ではなかったのかしら？　それにまだ、色々なものが少々ぐらぐらしていた。

「お父さんはここにいるよ、愛しい子や」すてきに感じのいい声だった。この声だけでも、人はこの男の人を愛するのだ。その人は屈《かが》んで、エリザベスにキスをした。「おまえに会いに来たんだよ。これからはもう、決して離れ離れにならないよ」

白帽の女の人がふたたび入ろうとするところだった。この女の人が部屋に入ってくる前に、自分は言うべきことを言わなくてはならないと、なぜかしらエリザベスはわかった。

「私たち、一緒に暮らすの？」

「ずっとだよ」お父さまが言った。

「じゃあ、おばあさまと侍女も？」

「あの人たちは、一緒ではないよ」

夕日の金の輝きは薄れゆき、看護婦は感心しない顔つきでエリザベスを見た。だがエリザベスはかまわなかった。

「私、『明日』を見つけたのね」看護婦が、お父さまとシャーリー先生を外へつれ出すとき、エリザベスは言った。

「私は、自分が持っているとは気づかなかった宝ものを、見つけることができました」

看護婦が彼を閉め出すと、父親は言った。「シャーリー先生、あの手紙のことでは、お礼の申しようもありません」

その夜、アンはギルバートに手紙を書いた。「そういうわけで、小さなエリザベスの謎の道は、ついに幸せへ、古い世界の終わりへ、たどり着いたのです」

第14章

幽霊小路
風柳荘《ウインデイ・ウイローズ》
（最後の手紙）
六月二十七日

最愛の人へ

　私はまた道の曲がり角（1）に来ました。すぎ去りし三年の間、この古い塔の部屋で、あなたに、それはたくさんの手紙を書きました。これは最後の手紙となり、そのあとは長い、長い間、おたよりをすることはないでしょう。これからは手紙の必要はないのです。あとほんの数週間で、私たちは永遠にお互いのものとなります。私たちは一緒になるのですね。考えてみてください——私たちは一緒に暮らして、語らい、散歩をして、食事をして、夢を見て、計画を立てて、お互いのすばらしい瞬間をわかちあい、私たちの色々な夢からなる家庭を作るのです！　私たちの家です！　「神秘的で不思議な」響き(2)がしますね、ギルバート。私は生まれてからずっと、夢の家をいくつか思い描いてきました。その一つが、今、実現するのです。夢の家を、誰とわかちあいたいか——そうね、来年の四時にお話ししましょう(3)。

最初のうち、三年の歳月は、果てしなく感じました、ギルバート。でも今となっては、束《つか》の間にすぎ去っていきました。とても幸せな年月《としつき》でした——プリングル一族との最初の数か月を別にすると。そのあとの暮らしは、楽しい金色の川のように流れていきました。プリングル一族とのことは夢のように感じられます。今ではあの一族は、私という人間が好きなのです。私を憎んでいたことなど忘れています。未亡人のプリングルの子どもの一人コーラ・プリングルは、昨日、薔薇の花束を持ってきてくれました。茎に紙が巻いてあり、「世界中でいちばんお優しい先生へ」とありました。プリングル家がこんなことをしてくれたのですよ!

ジェンは、私がいなくなるので悲嘆に暮れています。あの子の生涯を、私は興味をもって見守るつもりです。彼女は才気にあふれ、将来は予想もつきません。ただ一つ確かなことがあります。ジェンは平凡な生き方はしないでしょう。あの子は、だてにベッキー・シャープに似ているわけではないのです(4)。

ルイス・アレンは、マギル大学(5)に進みます。ソフィ・シンクレアは、クィーン学院へ行きます。その後は、キングスポートの演劇学校に通う学費を貯めるまで、教鞭をとるのです(6)。マイラ・プリングルは、この秋、「社交界に出る」ことになっています。彼女は大変な美人ですから、もしかりに通りで「過去完了分詞」(7)にばったり出逢って、それがわからなかったとしても、さしつかえないのです。

そして、つたのさがる木戸のむこうに、もはや小さな隣人はいません。小さなエリザベスは、陽の当たらない屋敷を永遠に去りました——あの子の「明日」へ行ったのです。私がもしサマーサイドに残ることになっていたら、あの子が恋しくて胸がはり裂けたでしょう。でも実際は、嬉しいなりゆきになりました。ピアース・グレイソンは娘をつれていきました。父親はパリには戻らず、ボストンに暮らすことになったのです。エリザベスは、私と別れるとき、悲しそうに泣いていました。でも父親と一緒にいればたいそう幸せですから、涙はすぐに乾くでしょう。このなりゆきに、キャンベル夫人と侍女は実に不機嫌で、すべてを私のせいにしました——私は、その責任を喜んで、後悔もなく、引き受けるつもりです。

「あの子は、ここにちゃんとした家庭があるのですよ」キャンベル夫人は威厳をもって語りました。

「その家庭で、エリザベスは、愛情のこもった言葉を一言も聞かなかったのです」と思いましたが、口にはしませんでした。

「私、これからはずっとベティになるわ、優しいシャーリー先生」エリザベスは最後にそう語り、それから、とり消すように言いました。「でも、先生を思って寂しくなったら、そのときはリジーになるわ」

「リジーになってはだめよ、どんなことがあっても！」

私たちは姿が見えなくなるまで、互いに投げキスを送りました。そして私は涙にくもる目で塔の部屋に上がりました。あの子は本当に優しい、愛しくて、いたいけな、すばらしい子でした。私にとって、あの子はいつも小さな風鳴琴《エオリアン・ハープ》（8）のようでした。どんなにささやかな愛のそよぎがあの子に吹いても、敏感に鳴るのです。だからエリザベスの友だちでいることは冒険でした。ピアース・グレイソンには、自分にはどんな娘がいるか、自覚してもらいたいものです——彼はわかっていると思います。深く感謝しつつも、後悔している口ぶりでしたから。

「あの子がもう赤ん坊ではないと、気づいていなかったのです」と彼は言いました。「あの子の周囲《まわり》が、どんなに思いやりがなかったか、ということも知りませんでした。先生があの子にしてくださったすべてに、厚く感謝を申し上げます」

はなむけに、私は、小さなエリザベスと描《か》いた妖精の国の地図を額におさめ、彼女に贈りました。

風柳荘《ウインディ・ウイロウズ》を離れることは寂しいです。もちろん、実のところは、狭いところで暮らすことに少々飽きましたが、ここが大好きだったのです——窓辺ですごす涼しい朝のひとときが大好きでした。文字通り、毎晩よじ登っていく寝台が大のお気に入りでした。青いドーナツ型のクッションも愛していました。吹いてきた風たちのすべてを愛していました。ここにいたときのように風たちと仲よくなることは、もうないかもしれません。それにいつかまた、朝日と夕日の両方が見える部屋に暮らすことは、あるのでしょうか。

風柳《ウインデイ・ウイローズ》荘の暮らしが終わり、この家での歳月も終えました。私は約束を守り通しました。チャティおばさんの秘密の隠し場所を、ケイトおばさんに教えませんでしたし、二人のバターミルクの秘密を、どちらにも言いませんでした。

私が去るのを、みんなが残念がっているようで、嬉しく思います。私が出ていくことを喜ばれたり、いなくなっても少しも寂しいと思われないなら、たまらないでしょう。レベッカ・デューは、この一週間、私の大好物を片っ端からこしらえてくれます――卵を十個も奮発して、エンジェル・ケーキ（9）を、二度も焼いてくれました――しかも「お客様用の」磁器（10）を使ってくれたのです。チャティおばさんは、私が出ていく話をするたびに、鳶色《とびいろ》の優しい目いっぱいに涙を浮かべます。ダスティ・ミラーですら小さなお尻をついてすわり、私をとがめるように見つめます。

先週、キャサリンから長い手紙が届きました。あの人は手紙を書く天分に恵まれています。彼女は、世界をかけめぐる下院議員の私設秘書の職についたのです。「世界をかけめぐる人」とは、なんと魅惑的な言葉でしょう！　そういう人は「シャーロットタウンへ行きましょう」とでも言うように、「エジプトへ行きましょう」と言うのです――そして本当に行くのです！　そうした暮らしは、キャサリンにぴったりです。キャサリンは、人生の見通しと将来がすっかり変わったのは、私のおかげだと力説します。「アンが、私の人生に何をもたらしたか、それをお話しできたらいいのですが」と書いていました。確かに、私は手助けはしました。もっとも、最初は容易ではありませんでした。キャサリンが棘《とげ》のない物言いをすることは滅多になく、学校の業務についてどんな提案をしても、変人を小馬鹿にしてあしらうような態度で聞いたのです。でも、どういうわけか、そんなことはすべて忘れました。そうしたふるまいは、キャサリンが内に秘めていた人生への憎しみから生じただけなのです。

みなが私を夕食に招いてくださいます、ポーリーン・ギブソンもです。ギブソンの老夫人は数か月前に亡くなり、ポーリーンは思い切って招待してくれました。トムギャロン邸でもまた夕食をよばれ、ミナーヴァ嬢とは、先日と同じように一方通行の会話をしました。でも私は、ごちそうしてくださった美味しいお食事を存分に楽しみ、ミナーヴァ嬢もさらなる悲劇を、二、三、誇らしげに披露して楽しんでいました。ミナーヴァ嬢は、トムギャロン家ではない者は誰であろうと気の毒に感じていることを隠せない人ですが、私には、親切なお世辞を言ってくださり、アクアマリンのきれいな指輪をくださいました――青と緑をまぜあわせた月光のような宝石です(11)――ミナーヴァ嬢の十八歳の誕生日に、お父さまから贈られたものです。「そのころは、私も若くて、きれいでしたよ、可愛いお方や……本当にきれいだったのです。この年になれば、自分で言ってもよろしゅうございましょうね、たぶん」その指輪が、アナベラではなく、ミナーヴァ嬢のものでよかったです。アナベラのものだったら、はめられなかったでしょう。指輪はたいそう美しいものです。海の宝石には、神秘的な魅力があります(12)。

トムギャロン邸は、確かに立派です。ことに今は、庭がいたるところ若葉と花々におおわれ、いっそう美しいのです。でも、おまけとして幽霊がついてくるトムギャロン邸とこの庭をやると言われても、まだ見ぬ夢の家と交換することはないでしょう。もっとも、幽霊が出没するというのも、魅力的で貴族的な感じがしないわけではありませんよ。

昨日の夕暮れは、幽霊小路についての私の唯一の不満は、幽霊が出ないことですから。いつもの古い墓地へ最後の散歩に出かけました。墓地を歩いてまわりながら、スティーヴン・プリングルはついに目を閉じたのかしら、ハーバート・プリングルはお墓の中で、時々、くっくっと笑うかしらと思いました。そして今夜は、山の端《は》に夕日を浴びている懐かしい「嵐の王《ストーム・キング》」に、そして夕闇立ちこめる私の小さな曲がりくねった谷に、さようならを告げるつもりです。

このひと月は、試験や送別会、「最後の用事が色々」とあり、ほんのちょっぴり(13)、くたびれました。グリーン・ゲイブルズに帰ったら、一週間ほど、のんびりするつもりです——何もせずに、夏の美にあふれた緑の世界を自由気ままに彷徨《さまよ》うのです。黄昏どきの《木の精《ドライアド》の泉》のほとりで夢想し、月光で作った小舟に乗って《輝く湖水》を漂い——月光の小舟が時期でないなら、バリーさんの平底舟に乗りましょう。《お化けの森》でスターフラワーとジューン・ベルをつみ、ハリソンさんの丘のまき場で野いちごの実るところを探しましょう。《恋人たちの小径》で蛍たちの踊りに加わり、ヘスター・グレイの忘れられた古い庭を訪れたら、星影のもと、裏口の上がり段に腰かけて、眠っている海の呼び声に耳をすませるのです。

そして、その一週間が終わると、あなたが帰ってくるのです——そうすれば、私は、もう何もほしくありません。

第15章

明くる日、アンが風柳荘《ウインディ・ウイローズ》の人々に別れを告げるとき、レベッカ・デューがそばにいなくなった。代わりにケイトおばさんが、一通の手紙をおごそかにアンに渡した。

親愛なるシャーリー様へ

お別れのご挨拶をするために、これを認《したた》めております。というのも自分で言えるかどうか、おぼつかないからです。この三年間、貴女《あなた》は、私どもの屋根の下に寄寓《きぐう》されました。幸いなことに、ほがらかなる精神の持ち主にして、若者らしい快活さを生まれながらに好まれる貴女は、軽佻浮薄《けいちょうふはく》な人々の虚《むな》しい享楽《きょうらく》に屈《くつ》されたことは、一度もございませんでした。貴女は、いついかなるときも、ご立派にふるまわれ、誰に対しても、とりわけ、この文《ふみ》を書く者に、この上なく優しい心づかいで接してくださいました。常々、私の気持ちを誰よりも思いやってくだすったのです。貴女が去られると思うと、私の心は、重く暗澹《あんたん》とするのを覚えます。しかしわれわれは、神がお定めになった運命に不服を申してはなりません（「サムエル記上」第二十九章と第十八章）(1)。

貴女を知る恩恵にあずかったサマーサイドの人々はみな、別れを惜しむことでしょう。卑《いや》しき者なれど、忠実なる心の私は、貴女を永遠《とわ》に敬慕申し上げる次第です。そして現世における貴女のお幸せとご繁栄、ならびに来世での永久の至福《しふく》を、いついかなるときもお祈り申し上げます。

貴女は、遠からぬうちに「シャーリー様」ではなくなられ、貴女のお心が選ばれたお方と、ほどなく、魂の結びつきをなされるよし、漏れ聞いております。その方は、うかがうところによると、ひときわ優れたご青年とのこと。筆者は、風采《ふうさい》の魅力にとぼしく、また年齢を感じ始めておりますゆえ（もっとも、まだたっぷり数年は元気でいるつもりですよ）、結婚の夢を抱いたことはありませんが、友人のご結婚に興味をよせる喜びを、みずからに許さぬものではありません。ですから、貴女のご結婚生活が、末永く、途切れることなく、祝福されたものでありますよう、熱烈なる祈りをお伝えさせてくださいまし（だけども、どんな男でも、あんまし期待しすぎちゃいけませんよ）。

私の尊敬の念と、そして、こう申してもよろしければ、貴女への愛情は、決して薄らぐことはありません。ときたまお手持ち無沙汰のおりには、私のようなものがいることをどうぞ思い出してください。

貴女の忠実なるしもべ
レベッカ・デュー

追伸　神さまが、貴女をお護《まも》りくださいますように(2)。

手紙を畳みながら、アンの目は涙にかすんだ。もっとも、レベッカ・デューがその文面の大半を、彼女の愛読する『礼儀作法帳』からとった疑いは濃厚だったが、真心は少しも損なわれることはなく、追伸は、たしかにレベッカ・デューの情け深い心がそのまま表れたものだった。

「レベッカ・デューにお伝えください。あなたのことは決して忘れません、そして毎年、夏には帰ってきて、みなさんにお会いしますと」

「私たちも、あなたの思い出の数々をおぼえてますよ、どんなことがあろうとね」チャティおばさんが、すすり泣いた。

「どんなことがあろうと」ケイトおばさんも力をこめて言った。

しかしアンが馬車で去りゆくとき、風柳荘《ウインデイ・ウイローズ》から送られた最後のメッセージは、塔の窓で盛んに打ちふられる白い湯上《バ》がり《ス》タオルだった。レベッカ・デューがふっていたのだった。

訳者によるノート――『風柳荘《ウインディ・ウィローズ》のアン』の謎とき――

献辞

（1）あらゆるところにいるアンの友だちへ……本作の献辞。アン・シリーズは各巻の冒頭に題辞（エピグラフ）として英米詩の一節が引用され、次に献辞があるが、この小説では献辞のみ書かれている。

一年目　第1章

（1）サマーサイド……プリンス・エドワード島州第二の町。船舶交通の時代は、造船業と海運業、後には毛皮産業で栄え、それらで財をなした一族の美しい邸宅が今も点在している。島の南海岸にあり、寒冷な北風の吹きつける北海岸よりはいくらか温かく感じられ、サマーサイド（夏の側）と呼ばれるようになったとされる。

（2）文学士アン・シャーリーから、キングスポートのレッドモンド大学医学生ギルバート・ブライスへ……前作第三巻『アンの愛情』で、アンはレッドモンド大学で文学士となって卒業。婚約者のギルバートは大学に残り医学を学んでいる。大学のモデルは、モンゴメリが英文学コースを受けたノヴァ・スコシア州のダルハウジー大学。キングスポート（王の港）のモデルは大学がある州都ハリファクス。

（3）**幽霊小路**《ゆうれいこみち》……Spook's Lane　Spook は幽霊（ゴースト）の口語で、お化け。レーンは一般には街路名として、大通り（ストリート）と交差する通りにつけられる。ロンドンのパーク・レーンなどが有名。訳語は「お化け通り」の方がふさわしいが、「幽霊小路」が多くの読者も訳者自身も馴染んでいるためこの訳語を採用する。

（4）**風柳荘**《ウインディ・ウイローズ》……Windy Willows　家の屋号。風にそよぐ Windy 柳の木々 Willows が屋敷のまわりに植わっていることを示す。軽やかで爽やかなイメージがある屋敷名。柳は切っても枯れないことからキリスト教では福音（イエスが説いた神の国と救いの言葉）のシンボルとされる。アンが暮らす家に神の祝福があることを暗示する。

（5）**レベッカ・デュー**……レベッカ Rebecca は旧約聖書におけるイサクの妻レベカ Rebekah に由来。デューDewは露という意味で、英文学では心の清らかさを示す。そこでレベッカ・デューという名前は信心深く、心根の純粋な女性のイメージ。

（6）**プリングル**……Pringle　スコットランド人の名字。本作に数多く登場するプリングル一族はみなスコットランド系カナダ人。

（7）**ケイトおばさんに、チャティおばさん**……ケイト Kate はキャサリン Katherine、チャティ Chatty はシャーロット Charlotte から派生する名前、また愛称。そこで二年目

第8章で、いとこのアーネスティーンはシャーロットと呼んでいる。愛称のチャティChatty には、おしゃべりなという意味もあり、本作のチャティおばさんは話し好きな人物として描かれる。

(8) **アマサ・マコーマー**……アマサ Amasa は旧約聖書に由来する男子名。イスラエル王ダヴィデの軍の司令官となる人物で、船長らしい古風で勇壮なイメージの名前。マコーマー MacComber はスコットランド人の名字。Comb コームは櫛《くし》、Comber コーマーは、羊毛や棉花を櫛で梳《す》く人という意味で、名字でもある。そこにスコットランドで「~の息子」という意味の Mac マクがついた名字がマコーマー。

(9) **マクレーン**……マクレーン MacLean もスコットランド人の名字。ケイトもチャティもスコットランド系であり、スコットランド系のアンが暮らす家は、第一巻~第三巻と同様にスコットランド系カナダ人の家庭。

(10) **冷製《コールド》ポテト**……茹でて下味をつけたじゃが芋を冷ました前菜。じゃが芋はプリンス・エドワード島の特産品。

(11) **安心だ**……You will be in clover　be in clover は家畜が緑豊かなクローバーのまき場にいると安楽だということから、あなたは安心、安楽だろうという意味。この後、アンが風柳《ウインディ・ウイローズ》荘へ行き、庭で四つ葉のクローバーを見つけて大喜びする理由は、四つ葉の幸運だけでなく、ブラドック夫人のこの言葉があったから。

(12) **楓の森屋敷《メープルハースト》**……屋敷名。メープルはかえで、ハーストは森を意味する。

（13）**またまたいとこ**……a third cousin　いとこは cousin、またいとこ（親がいとこ同士）は second cousin、またまたいとこ（祖父母がいとこ同士）は third cousin。

（14）**金曜なら、チャティおばさんは、おまえさんを置くかどうか、考えることさえ、しなかったろうよ**……イエスが磔刑に処せられた日は金曜日だったことから縁起が悪い曜日とされる。

（15）**腰折れ屋根《マンサード》で、屋根窓があり**……腰折れ屋根は、傾斜が上部はゆるやかで、下部は急な二重勾配の屋根。傾斜が垂直に近い屋根の下部には外側へ突き出すように採光用の窓をとり、屋根裏部屋として利用する。そして屋根窓 a dormer window は屋根から突き出ている明かり採りの屋根窓。アンの塔の両側にある屋根窓も同じ窓。

（16）**砂岩**……島の海岸部によく見られる赤い砂岩。島の赤土と同じ色をしている。

（17）**リボン草《グラス》、ケマン草《ブリーディング・ハート》、鬼百合《タイガー・リリー》、アメリカナデシコ、サザンウッド、はまおもと、赤と白のデイジー、リンドのおばさんが「しゃくやく《ピニーズ》」と呼んでいる花がふちどっています**……リボン草、ケマン草、鬼百合、サザンウッド、しゃくやくは『赤毛のアン』第12章でアンとダイアナが永遠の友情を誓った花壇に植えられ、アンには好ましいイメージがある。これらは花を愛でる園芸植物と防虫などの実用的なハーブの両方、詳細は同章の註釈参照。アメリカナデシコはヨーロッパ原産ナデシコ属の多年草で様々な色の花をつけ、花言葉は「勇気」「女性に対する親切」。はまおもとはヒガンバナ科で、白いマンジュシャゲに似た花をつける。しゃくやく《ピニーズ》 pinies の正しい発音はピオニーズ peonies。

(18) **マルタ猫**……Maltese cat　青みがかった濃い灰色の短毛種の飼い猫で、ロシアンブルーと同種。北米では二十世紀初頭までロシアンブルーや、似たような青灰色の猫を総称してマルタ猫と呼んでいた。ダスティ・ミラーは胸のあたりが白いため、純血種のロシアンブルーではないが、青灰色の猫という意味で、マルタ猫と書かれている。

(19) **そう言うと、彼女は消え失せました。ホメロスが好んだ言い回しのように**……ホメロスは紀元前八世紀頃に生まれた古代ギリシアの詩人。「彼女は言って、消え失せた」は長編叙事詩『イリアス』第十一巻からの引用。『イリアス』において、「彼女は話して、消え失せた」、「亡霊は言って、消え失せた」、「彼はこのように言って、消え失せた」と似た表現がくり返されているため、モンゴメリは「ホメロスが好んだ言い回しのように」と書いている。［RW／In］

(20) **乙女が「灰色の海のほとりの高い塔に住まう」という歌**……出典不明。

(21) **三編みを丸く縫いとめた敷物**……古い布を裂いた紐を三編みにして、渦巻状に縫いとめて作る敷物。グリーン・ゲイブルズの二階にも敷いてあったことが『赤毛のアン』第3章に書かれている。風柳荘《ウインディ・ウィローズ》の住人が、マリラと同じように古風で倹約家であることを示している。

(22) **雁《ワイルド・グース》パターンのキルト**……直角三角形のモチーフを、飛んでいく雁に見立てて（直角が鳥の頭、残りの二角が翼を表す）並べた、古くからあるパッチワークキルトの模様《パターン》。

（23）**遠くにはむこう岸がかすみ**……サマーサイドの湾は町の西側に深く入りこんでいるため、東のむこう岸にモンゴメリが二十代の独身時代に教師として暮らした村ロウアー・ベデックが見える。

（24）**レッドモンドの英文学課程でテニスンを勉強したとき、松の木をうばわれて嘆き悲しむ哀れな「イノーニ」**……イノーニ Oenone は、ギリシア神話の山のニンフ（乙女の姿をした精霊、ギリシア語ではオイノーネ）で、薬草の知識を持つ。十九世紀のイングランドの詩人アルフレッド・テニスンの詩「イノーニ」（一八三三）の二百五行以下に、山の妖精イノーニが松の木々を切り倒されて哀しむことが描かれる。第三巻『アンの愛情』でアンはレッドモンド大学でテニスンについて発表。また大学のある町キングスポート（実際はハリファクス）の海岸公園をギルバートと散歩して、松の木への愛着を彼に語っている。［RW／In］

（25）**「神の御言葉《みことば》を成し遂《と》げる、嵐の風よ」**……旧約聖書「詩篇」百四十八章八節「火よ、雹よ、雪よ、霧よ、神の御言葉を成し遂げる、嵐の風よ」より引用。

（26）**「北風」に乗って飛んでいく少年をいつも羨ましく思ってきました。ジョージ・マクドナルドの美しく古い物語です。ギルバート、私も、ある晩、塔の窓を開け、風の両腕のなかへ踏み出して行くかもしれません**……スコットランドの小説家・詩人ジョージ・マクドナルド（一八二四～一九〇五）のファンタジー小説『北風のうしろ』

（The Back of North Wind、邦題は『北風のうしろの国』）（一八七一）に出てくる少年をさす。ダイアモンドという名前の少年が、北風の吹き荒れる夜、美しく大きな女の姿をした「北風」に会い、北風の腕に抱かれて夜のロンドンの空へ飛んでいき、最後は「北風のうしろ」へ行く。本作は『北風のうしろの国』と同様に風を擬人化した描写が多く、さらに最後は小さなエリザベスが「明日」へ行くことなど、この小説の影響を受けている。

（27）**ダスティ・ミラー**……Dusty Miller 直訳すると、灰色がかった製粉屋、または粉をかぶった製粉屋。この猫は体は青灰色で首と胸は白く、前掛けに小麦粉をつけた粉屋のように見えることから名づけたものと思われる。

（28）**常磐木荘《エヴァーグリーンズ》**……Evergreen は常緑、常緑樹、常磐木《ときわぎ》という意味で、複数形の Evergreens は数々のえぞ松やもみなどの常緑樹に囲まれた屋敷を連想させる。風に軽やかに揺れる柳に囲まれた風柳荘《ウインディ・ウイローズ》とは対照的に、重々しく厳かで暗いイメージがある。

（29）**月が「影の国へ沈みゆこうとしている」**……先住民族モホーク族の血を引くカナダの女性詩人E・ポーリーン・ジョンソン（一八六一〜一九一三）の詩「月の入り」六行目からの引用。本作の二年目第10章にもジョンソンの詩が引用。［In］

一年目　第2章

（1）**白樺の若木の姉妹たち**……『アンの青春』にアンが、白樺は自分の妹だとダイアナに語る場面がある。

（2）**金色がかった緑色で、深紅の葉脈のある夢**……この森に白樺とかえでが生えていると書かれているので、手紙を書いた九月下旬、島は紅葉の季節で、白樺は金色がかった緑に、かえでは深紅に色づいたことを意味している。

（3）**ジェン・プリングル**……Jen はジェニファーの省略形で、グィネヴィアの別称。アン・シリーズに度々登場する古代ケルトのアーサー王伝説において王の妃がグィネヴィア。プリングル家はスコットランド系でケルト族。

（4）**ベッキー・シャープ**……イギリスの作家サッカレー（一八一一～六三）の代表作『虚栄の市』（一八四七～四八）の主人公の一人で、自らの美貌を頼みにのし上がっていく利己的で冷たい女性。三年目第14章（4）参照。［Re］

（5）**シャンプラン**……フランスの地理学者・探検家のサミュエル・ド・シャンプラン（一五六七または七〇～一六三五）。二十回、カナダを探検してケベックなどフランス植民地を建設、カナダにおける初代フランス植民地総督になった。［In］

（6）**「おえらいさん」**……レベッカ・デューは、エリート elite を、エライト elight と言っている。訛った英語を話すレベッカの庶民的な人物像をモンゴメリは描いている。

（7）**「規律《きりーつ》」**……規律 discipline の ci をモンゴメリは斜体にして強調。正しい発音は頭の di にアクセントを置く。ジェイムズの間違った発音を示すことで、彼の無教養の一例をモンゴメリは示している。

(8) **すーこし**……ジェイムズは、少し little リトルを、leetle リートルと発音。

(9) **プリングル一族は、私の髪を金褐色《オーバン》とは決して認めない**……『赤毛のアン』で優しい親友のダイアナは、赤毛ではなく金褐色と呼んでくれた。

(10) **まあ、また傍点つき**……原文では斜体文字。英語の文章では斜体文字で強調を表すが、日本語では、傍点をつけて強調を表すため、傍点と意訳した。

(11) **シンクレア**……Sinclair　スコットランド人の名字。

(12) **ソリティア**……トランプの一人遊び。コンピューターゲームでも人気がある。

(13) **キリスト教の教えに忠実な彼女の魂にとっては、どちらも恐ろしいもの**……風柳荘《ウインデイ・ウイローズ》はスコットランド系で長老派教会を信仰。その教義は予定説で、小説という作り話は神が全てを定めるという予定説に反する。トランプなどの占いも神の意志を無視するとして、キリスト教では異端とされていた。

(14) **トランプは悪魔の書物**……米語では、トランプは悪魔の書物とも呼ばれた。

(15) **私の真珠の指輪**……my circlet of pearls　ギルバートからアンに贈られた婚約指輪。pearls と複数形なので、真珠は一つではなく、小さな真珠がいくつか載っているデザインと思われる。当時は養殖真珠が普及する前のため天然真珠のみで、大粒の真珠は非常に希で高価だった。

(16) **トルコ石の婚約指輪**……トルコ石の主な原産地は中東やアメリカ南部であり、船乗りの家庭らしいエキゾチックな宝石。

（17）**バターミルク**……バターを作るとき、壺に入れた牛乳を棒で突いて攪乳《かくにゅう》し、乳脂肪が固まった後に残る液体。酸味があり、料理、パン作り、飲料に使う。乳牛を飼い、バターを手作りした当時の家庭においてバターミルクは日常的なものだった。

（18）**キャンベル夫人**……Mrs Campbell　キャンベルはスコットランド人の名字。

（19）**マーサ・モンクマン**……Martha Monkman　マーサは新約聖書「ルカによる福音書」第十章三十八節で、イエスをもてなそうと心をくだく女性マルタの英語名で、キリスト教では伝統的な家庭婦人の謙虚さと有能な働き手を意味する。『アンの青春』にもこのマーサ（マルタ）の一節は引用される。名字のモンクマンは修道士の男という意味。よってマーサ・モンクマンという侍女の名は、有能で抹香臭く、生真面目な人物を連想させる。

（20）**公立の学校**……パブリック・スクールはイングランドでは寄宿制の中高一貫の私立学校。米国、カナダ、スコットランドでは公立の小学校、中学校、高等学校。

（21）**ピアース**……Pierce　キリスト教のペテロ（英語名はピーター）の別称。

（22）**子どもは、パンのみによって生くるにあらず**……新約聖書「マタイによる福音書」第四章四節「人はパンのみによって生くるにあらず」のもじり。

（23）**《輝く湖水》に青いもやが漂い**……北岸のアヴォンリー（キャベンディッシュ）は秋になると大気が冷え込むため、水温が高い湖水の上に、しばしばもやがかかる。

（24）**テントを畳み、そっと立ち去りました**……アメリカの詩人ヘンリー・ワズワース・

ロングフェロー（一八〇七〜八二）の詩「一日が終わりぬ」（一八四四）の最後の十一連「テントを畳もう、アラブの民のように、そして静かに立ち去ろう」からの引用。［RW／In］

（25）**ローマ軍の百人隊長《センチュリオン》を百歳まで生きた男の人と説明した**……百人隊長はセンチュリオン centurion、百歳の人はセンテナリオン centenarian と、両者は似ている。百人隊は古代ローマの軍事組織の最小単位。アンは学校で古代ローマ史も教えていることがわかる。

（26）**長手袋《ミット》**……指先を出して、手の甲から肘まで覆う婦人用の長手袋。

（27）**一八四〇年の帽子箱から取りだしたばかり**……帽子箱から取りだしたばかり、は、女性が花や羽で飾った装飾的な帽子を身につけた時代の古い表現で、飾りのついた帽子が帽子箱から取り出したばかりの新品のように、ぱりっとしてきれいなこと。ただしここでは一八四〇年と書いてあるため、きれいだが昔風という意味。本作の背景は一八九〇年代ごろと推測される。

（28）**スローン家とパイ家**……第三巻『アンの愛情』でチャーリー・スローンはアンに求婚するも、断られると逆上する。第一巻ではジョージー・パイがアンに意地悪を言い、第二巻『アンの青春』では公会堂をきれいに塗り直すはずが、パイ家の手違いでどぎつい青色のペンキが塗られる。スローン家もパイ家もアンにとっては迷惑な一家という意味。

（29）**エイブラハム**……Abraham　旧約聖書「創世記」のアブラハムの英語名。古代イスラエル民族の始祖とされ、イエスもその系列に連なる。模範的な人格者とされる。

（30）**これこそ、我慢の限界ですよ！**……レベッカ・デューの口癖で、本作中に何度も繰り返される。直訳すると「これこそ、最後の藁《わら》の一本」。重い荷をつんだ駱駝に、最後に藁の一本を乗せたところ、ついに背骨が折れるという諺に由来し、これが我慢の限界でこれ以上は辛抱できないという意味。

（31）**暴君ネロ**……古代ローマの皇帝（三七～六八）。母と妃、側近たちを殺害、ローマ大火の罪をキリスト教徒に着せて大虐殺を行った。

（32）**ボルジア家の毒入り薬**……ボルジア家は十五～十六世紀のイタリアで権勢を誇ったスペイン出身の名門家系。様々な権謀術数をたくらんだとされ、独自の毒薬を調合したとも伝えられる。

（33）**ブルック**……Brooke　はイングランド人の名字。移住によりアイルランド、スコットランドにも見られる。おじの家でスコットランド人のタモシャンター帽をかぶっているため、スコットランド系とも考えられる。

（34）**マッケイ**……MacKay　マッケイはスコットランド人の名字。

（35）**スコットランド高地《ハイランド》**……スコットランド北部の山地地方で、次の註釈のスカイ島があるヘブリディーズ諸島も含む。

（36）**スカイ島**……スコットランド北西部にあるヘブリディーズ諸島で最大の島。モンゴメリの先祖にもスカイ島出身者がいる。モンゴメリは一九一一年の新婚旅行で夫と自分の家系の祖国スコットランドへ行き、本文にある夏の羊のまき場を見て、ヘブリディーズ諸島にも渡った。

(37) **気取った感じのCより、Kはずっと自由だもの**……Cのキャサリンは、キリスト教では聖女カタリナ Catherina が二人いる他、イングランド王室ではヘンリー八世の妃、チャールズ二世の妃、ロシアでは女帝エカテリナ一世、エカテリナ二世などが有名で、王族に多くやや気取った感じもある。Kのキャサリンは、キリスト教の聖女もいるが、シェイクスピア劇『じゃじゃ馬ならし』のじゃじゃ馬キャサリーナ Katherina が有名で自由なイメージもある。

(38) **その帰り途、私はずっと、くしゃみをしていました**……くしゃみを一度すると、その場にいない誰かがその人物を良く思っている、二度すると悪く思っている、三度以上はかなり悪く思っているという言い伝えがある。アンがくしゃみを続けたということは、その間、キャサリンがアンをひどく悪く思っていたという意味。

(39) **小妖精《エルフ》の国**……elf-land　エルフは悪戯な小人や小妖精をさす。アン・シリーズでは妖精は様々な種類が描き分けられる。

(40) **今夜は、ベティになっている夜よ…(略)…ゆうべはエリザベスだったけど。明日の晩は、たぶんベスよ**……ベティ Betty、ベス Beth は、エリザベス Elizabeth の別称。

(41) **エルシーにベティ、ベス (Bess) にエルサ、リズベス、それからベス (Beth)。で**

も、リジーはなしよ。リジーという気分にはなれないの……エルシー Elsie はエリザベスのスコットランド風の愛称、エルサ Elsa、リズベス Lisbeth、リジー Lizzie もエリザベスの別称。リジーには弱虫という意味もあるため、三年目第14章で、エリザベスが寂しいときはリジーになるとアンに語ると、アンはリジーになっては駄目と答える。

(42) 秘かな魂の天秤《はかり》で、自分が計られていると感じました。そしてすぐに悟りました。ありがたいことに、私は不足ではなかったようです……旧約聖書「ダニエル書」第五章二十七節「あなたは秤にかけられ、不足と見られました」の引用。［RW／In］

一年目　第3章

(1) シャリー地……challie　軽く柔らかな婦人用服地で、絹と毛の混紡。現在は化繊もある。

(2) ミンデンの戦い……一七五九年、現在のドイツ北西部のミンデンで起きた戦闘。イギリスと統一ドイツ以前のプロイセン、ヘッセン・カッセルなどドイツ各地の領邦国家からなる連合軍と、フランスとドイツ領邦国家のザクセンが戦い、イギリス連合軍が勝利した。

(3) プリングル家の名だたる人々の髪を編んだ飾り輪《リース》……写真機が普及していなかった十九世紀は、亡くなった家族を偲ぶよすがに毛髪が用いられた。西洋では家族の髪の色は微妙に異なる色味があるため。家族の髪を編んでブローチやネックレスに入れたり、またさまざまな色の毛髪を編んで花輪なども作った。現在のグリーン・ゲイブルズの客間の壁にも、毛髪を編んだ昔の飾り輪が額におさめて壁にかけられている。

（4）**マホガニーのシェラトン様式のいす**……マホガニーはセンダン科の常緑高木で、高級家具材、色は赤黒色。シェラトン様式のいすは、十八世紀後半の新古典主義様式のイングランドのいすで、家具職人トーマス・シェラトン（一七五一～一八〇六）によるデザイン。背もたれの優雅な透かし模様の彫刻、直線的なデザインが特徴。

（5）**銀板写真で、皮のケースに納まっていました**……昔のダゲレオタイプ写真法。よく磨いた銀板に露光して、水銀蒸気で現像する。モンゴメリは写真撮影が趣味で、一九一一年の新婚旅行の英国にも撮影機一式を持参した。初期の露光時間は三十分だった。

（6）**猫惨事《キャット・アストロフィー》**……原文は cat-astrophe で、大惨事 catastrophe カタストロフィーと綴りは同じだが、単語の途中にハイフンを入れて、猫 cat を際だたせた造語。モンゴメリは猫好きで猫を飼っていた。

（7）**レベッカ・デューが言うところの茶色のたこ（気管支炎）**……レベッカ・デューは、気管支炎 bronchitis ブランカイタスを、茶色の凧 brown-kites ブラウンカイツと発音している。英語の病名はラテン語に由来するため覚えにくい。

（8）**エリザベスが「侍女」と言うたびに、その人が、大きくて近寄りがたいWの字のように**……侍女は the Woman と、Wが大文字で書かれている。

一年目　第4章

（1）**二等辺三角形の底辺の二つの天使は同角**……正しくは、二等辺三角形の底辺の二角は同角。マイラは角度 angle と天使 angel が似た綴りなので間違えている。

（2）**風が「小さな塔と木の中」を吹いて**……「小さな塔と木の中」は、テニスンの詩「姉妹の恥」からの引用。この詩は六連からなり、すべての連に「小さな塔と木の中」が繰り返される。一連目と六連目は「風が小さな塔と木の中を吹いている」とあり、本文と一致する。この詩の内容は、二人姉妹の一人が美貌の伯爵と恋仲になり身ごもったが失恋して死去したため、もう片方が伯爵を復讐のために殺す内容で、本作とは関係がない。ただし一連目は「風が小さな塔と木の中を吹いている」、二連目は「風が小さな塔と木の中をうなっている」、三連目は「風が小さな塔と木の中で吠えている」、四連目は「風が小さな塔と木の中で怒っている」、五連目は「風が小さな塔と木の中で荒れ狂っている」、六連目は「風が小さな塔と木の中で吹いている」とあり、やはり『風柳荘《ウインディ・ウイローズ》のアン』においてマクドナルド著『北風のうしろの国』と同様に風が象徴的に使われていることがわかる。［In］

（3）**プリシラからも手紙が来て、「日本にいる友だち」が彼女に送った便箋に書いてありました――絹のような薄い紙で、桜の花が淡く幽霊のように漉《す》きこんであります**……日本の和紙。

（4）プリシラのその友だちとは、もしかしたら、と思い始めているところです……美しい和紙を送ったことから、単なる「友だち」以上の間柄かもしれないとアンは思っている。

一年目　第5章

（1）森から地上の輝きは消え去り、といって精神的で清らかで真白い天上の栄光は、まだ森に舞いおりていない……十一月の森から秋の紅葉（地上の輝き）は去ったが、純白の雪（精神的で清らかで真白い天上の栄光）はまだ森に降っていないという意味合いで、モンゴメリの小説らしい表現。一年目の第1章から第4章まではギルバートへの書簡体だったが、第5章から第7章は小説の文体となる。

（2）スコットランド女王メアリ……メアリ・スチュアート（一五四二～八七）、スコットランド女王の在位は一五四二～六七。スコットランド国王だった父ジェイムズ五世を継いで幼少期に即位したが、命を狙われ、身の安全のため母の祖国フランスへ渡り、フランス王フランソワ二世と結婚。夫の死後はスコットランドに帰り再婚、息子のジェイムズ六世に譲位後、イングランドに囚われ、十九年間、幽閉された後、イングランド女王エリザベス一世暗殺計画への連座を疑われて、若くして処刑された。その劇的な生涯は多くの文学作品に描かれ、『赤毛のアン』第24章ではアンが女王メアリの詩を暗誦する。モンゴメリは本作の前半を書いたオンタリオ州ノーヴァルに暮らした一九二六～三五年に、地元で女王メアリの芝居をした。

（3）**絶対に信じませんとも……メアリ女王が、ダーンリー卿の殺害に関わったなんて**……メアリ女王がスコットランドに帰国してから再婚したダーンリー卿は、エジンバラの爆発事故で殺害された。爆殺の首謀者とされるボズウェル伯とメアリが再々婚したことから、メアリが夫の爆殺に関与したとする説が反スコットランド的な文書では示されている。同じく反スコットランド的な書物では、メアリが女王エリザベス一世の暗殺計画に関与したとされる。しかしソフィ、またモンゴメリのようなスコットランド愛国者は、本文のようにダーンリー卿殺害やエリザベス女王暗殺へのメアリの関与を否定する立場をとった。

（4）**乙女の瞳は、それまでは緑色ではなかったとしても、まさしく緑に転じた**……緑色の瞳は嫉妬深いとされ、シェイクスピア劇『オセロ』にも書かれる。

（5）**『その者のなした仕事が、その者の後に続いていく』**……their works do follow them　モンゴメリが読んだ欽定訳の新約聖書「黙示録」第十四章十三節「……その者がなした仕事が、その者の後に続いていく」の引用。［RW／In］

（6）**西洋薔薇**……cabbage-rose　カフカス原産の薔薇。現在の品種改良されたモダンローズではなく、昔からあるオーロドローズで、丸い花の形の豪華な薔薇。薫り高く、薄桃色の花びらが密に重なっている。

（7）**聖書には七十歳と、寿命が書いてございますからね**……旧約聖書「詩篇」第九十章十節に「人生の年月は七十年程のものです。／健やかな人が八十年を数えても／得るところは労苦と災いにすぎません。瞬く間に時は過ぎ、わたしたちは飛び去ります」（新共同訳）とある。

（8）**年寄りの悪魔《サタン》**……ここではプリングル一族を支配する年老いたミス・サラをさす。

（9）**丸々とした童天使**……キリスト教の智天使。絵画や彫刻などでは、翼のある丸々とした子どもで、薔薇色の頬をした愛らしい姿で表される。

（10）**大天使ガブリエル**……キリスト教の天使。新約聖書ではマリアに神の子を身ごもったと告げる。その場面「受胎告知」はダ・ヴィンチなど多くの画家が描いている。

一年目　第6章

（1）**「憎しみとは、道をあやまった愛そのものである」**……出典不明。

一年目　第7章

（1）**ブライス**……Bryce　イングランド人とスコットランド人の名字。ちなみにギルバートのブライスの綴りはBlytheで異なる。

（2）**プリンス郡**……プリンス・エドワード島州は三つの地区に分かれ、東のキングズ郡、中央のクィーンズ郡、西のプリンス郡がある。本書の舞台サマーサイドはプリンス郡、グリーン・ゲイブルズがあるアヴォンリー（モデルはキャベンディッシュ）はクィーンズ郡にある。

（3）中をほじくり回してもええか……if ye kin root in it は正しくは if you can root in it で訛った英語。

（4）「じぇんぶ」……'hull' 発音から、whole「全部」の訛りと思われる。

（5）ホーン岬……南アメリカ大陸南端の岬。沖合いをホーン岬海流が速く流れ、風が強く、航行の難所だった。

（6）セルカーク……スコットランド人の名字。

一年目　第8章

（1）「せめて私たちが登れたら」……イギリスの神学者・賛美歌作者のアイザック・ワッツ（一六七四～一七四八）が書いた賛美歌「そこに純粋な喜びの土地がある」の六番目の歌詞「モーセが立ったところに、せめて私たちが登れたら、そして遠くの景色を眺められたら」より。旧約聖書「申命記」第三十四章にモーセが山に登り、神が与えると約束した土地を遠くまで眺望したと書かれている。[In]

（2）私を丸ごと……直訳すると、発射装置に銃床に銃身。これは銃丸ごと、という意味で、それは敵対していたアンを丸ごと受け入れたという意味。

（3）「模倣は、最も正直なお世辞である」……イングランドの作家、聖職者のチャールズ・ケイレブ・コルトン（一七八〇～一八三二）の格言、警句を集めた著作『ラコ

ン』二巻組（一八二〇、二二）に収められている。［In］

（4）**私は、ねぐらにいるライオンのひげをつかむ思いで、敵陣に乗りこみました**……原文ではI bearded the lion in his den スコットランドの国民的作家サー・ウォルター・スコットの長編詩『マーミオン』（一八〇八）第六篇第十四節からの引用。この一節は『赤毛のアン』第2章で、人見知りのマシューが勇気を振り絞ってアンに初めて声をかける場面にも使われる。

（5）**小さな妖精《ピクシー》**……ピクシーは悪戯好きな小さな妖精で、緑色の髪や緑色の衣服を着ているとされる。この時の小さなエリザベスは緑色の帽子をかぶっている。

（6）**「寂しき妖精の国」**……fairylands forlorn イングランドの詩人ジョン・キーツ（一七九五～一八二一）の詩「ナイチンゲールによせる抒情詩」第七連faery lands forlornのもじり。この言葉は第三巻『アンの愛情』第1章にも引用される。［RW／In］

（7）**ポールのことを、そして彼が空想した「夕陽の国」**……第二巻『アンの青春』でアンが可愛がる教え子ポール・アーヴィングは空想好きだった。エリザベスと同じように母親は病死、父は外国にいる孤独な少年で「夕陽の国」を想像した。

（8）**「夢を見ている町」のようです。美しい言葉でしょう？　あなたは憶えていらして？「ギャラハッドは夢を見ている町を通りけり」を**……テニスンの詩「サー・ギャラハッド」（一八四二）第五連から引用。正しくは「私は夢を見ている町を通った」。アンはレッドモンド大学でテニスンを学んだ。ギャラハッドは、アーサー王伝説の円卓の騎士ランスロットとペレス王の姫エレーンの間に生まれ、イエスの聖杯を見つけると予言される騎士。『赤毛のアン』第28章に出てくるアーサー王伝説に基づいたテニスン作の長編詩『国王牧歌』全十二巻（一八五九～八五）の詩「ランスロットとエレーン」でアンが扮するエレーンとは別の女性。［RW／In］

一年目　第9章

（1）**トリクス**……女子名。ベアトリクスの愛称。

（2）**エズミ**……女子名、スコットランド人に多い。

（3）**ポプリン地**……木綿、絹、毛の織り地で、細かな横うねがあり、光沢のある柔らかな服地。婦人服、子供服、またワイシャツに用いる。

（4）**ロングフェローの詩の女の子そっくりよ。いい人のときは、とてもとてもいい人で、悪いときは恐ろしい**……when he's good, he's very very good, and when he's bad, he's horrid. ロングフェローの詩「一人の少女がいた」一連目にほぼ同じ英文がある。「いい子のときは、とてもとてもいい子で、悪い子のときは恐ろしい」When she was good, She was very, very good, And when she was bad she was horrid. ［RW／In］

（5）**オレンジ・カスタード**……オレンジは寒冷な島には実らず国外から輸入するため高級品だった。カスタードクリームにオレンジの皮や果汁で風味付けしたデザート。

一年目　第10章

（1）**アンを客用寝室へ案内した**……客人は、宿泊しなくとも、最初に客用寝室へ通され、荷物を置き、外套や帽子、手袋をとり、洗面台の水さしで手を洗い、身だしなみを整えてから一階の客間へ下りる。訪問中に休憩するときも客用寝室を使う。

（2）**チェッカー**……西洋碁。赤と黒それぞれ十二個ずつの丸い駒を、縦横八列の市松模様の盤上に並べ、斜め前に一マスずつ動かす。前に相手の駒があるときは飛び越えて取り、相手の駒を全部取った者が勝つ。

（3）**食卓の上座**……西洋では客をもてなす主人が食卓の上座に座る。

（4）**ホースラディッシュのソース**……西洋ワサビとカブのすり下ろしに酢と塩などを加えたソースでローストビーフなどに添える。

（5）**手の指関節を叩き**……rap his knuckles　手指のつけ根の関節をぶつこと。当時は子どもの体罰として、子どもの指関節を叩いた。

（6）**ゴム引きのオーバーシューズ**……goloshes　靴の上からはくゴム引きの長靴。

（7）**かの偉大なるピープスがそうでしたね**……英国海軍省の官僚で、後の海軍大臣サミュエル・ピープス（一六三三～一七〇三）。一六六〇年から六九年にかけての日々を克明かつ赤裸々に記録した日記は、十七世紀の海軍と社会を知る貴重な資料にして英国日記文学の白眉とされる。

（8）**終わりよければすべてよし**……英語の諺。ウィリアム・シェイクスピアの喜劇『終わりよければすべてよし』のタイトルでもある。

一年目　第11章

（1）**「靴と船と封蠟」の話をしました**……イングランドの作家ルイス・キャロル（一八三二～九八）の小説『鏡の国のアリス』（一八七一）に出てくるナンセンス詩「セイウチと大工」の十一連に、「セイウチはたくさんの話をしました、靴に、船に、封蠟に、キャベツに、王様に」とあり、アンとジェン・プリングルの話が弾み、二人が仲良くなったことを意味する。［RW］

（2）**フォックスの『殉教者列伝』**……イギリスの聖職者、殉教史研究家のジョン・フォックス（一五一六～八七）が書いた書物。正確な書名は『フォックスによる殉教者列伝』。

（3）**「修道院の屋根の雪が月光に輝いている」**……テニスンの詩「聖アグネスの夕」第一連より引用。聖アグネスの夕とは、一月二十日（二十一日説もある）の夕方で、少女がある種の儀式を行なうと未来の夫の姿が見えるという俗信がある。聖アグネス（二九一？～三〇四頃）はローマカトリックの殉教者で、純潔と少女の守護聖人。ここでアンは未来の夫ギルバートの姿を見ているという意味の引用。［RW／In］

（4）**「神々しい薔薇の赤」**……divinest rosy red　ミルトンの叙事詩『失楽園』（一六六七）八巻六百十九行に、微笑む天使を形容して「天上の薔薇の花の赤」celestial rosie red がある。モンゴメリは原典に確認せず引用符をつけて引用することがあり、これもその事例と考えられる。［RW／In］

（5）**ボイル地**……軽くて柔らかな半透明の平織り地、夏の婦人服、四季を問わず夜会服などに使う。

（6）**ノームのようでした（ちなみに、私は発音通りに綴るのは、好みではありません！「ノーム Gnome」は、「ノーム nome」よりも、はるかに薄気味悪く、妖精らしいからです）**……発音通りに綴るとnomeだが、gnomeと綴る。スイスの医師、錬金術師のパラケルスス（一四九三～一五四一）の命名。ノームは伝説上の小人で、皺だらけの小さな老人の姿で描かれ、地中の宝を守るとされる。

（7）**山の時**……mountain time。アメリカとカナダにはMountain time 山の時（山地標準時）があり、ロッキー山脈周辺の標準時。アンとエリザベスが暮らすプリンス・エドワード島州は大西洋標準時で山の時とは時差がある。

（8）**ベッドの時や学校の時はありません**……ベッドの時は、ここでは子どもがおしおきとして寝室に閉じこめられる時をさす。学校への通学も一般には子どもが嫌がるため。

（9）**妖精（とは全然違う）レベッカの足音が聞こえなかった**……それほど小さなエリザベスは夢中で空想していた。この章では妖精の国が描かれ、妖精は足音を立てないとされる。

一年目　第12章

（1）「ここでさえ、生命が死に打ち勝った」……'Even here life is triumphant over death' イングランドに生まれ、スコットランドに育った福音伝道者セオドア・オースティン・スパークス（一八八八～一九七一）の著書『我々は神の栄光を見た』（一九三五）の第一巻第六章の章題は「死に打ち勝つ生命」life triumphant over death。この章には同じ表現が十二回、繰り返される。［In］

（2）いい匂いのする緑色の猫の光のなかを……in the scented green cat's light　この直前に書かれている「歩き回って」の動詞 prowl は、狼や猫などが獲物を探して歩き回るという意味。よって「緑色の猫の光」とは、獲物を探して光る猫の目のような緑色とも考えられる。一方この場面は春の芽吹きの季節であり、「いい匂いのする緑色の猫の光」とは春のさわやかな匂いと若葉の緑色で、猫なら目が見えるくらいの明るさの日暮れという意味も考えられる。いずれにしてもアンらしい詩的な表現。

（3）ポーリーン……Pauline　キリスト教を伝道したパウロ（英語名ポール）の女性名。アン・シリーズにおいてキリスト教にちなむ名前の人物は、アンの親しい友となる。

（4）アドニラム……男性の名前。ギブソン夫人の夫の名前。旧約聖書『列王記上』第四章に出てくる労役の監督、生真面目な人物のイメージ。

（5）縞斑紫露草《しまふむらさきつゆくさ》……ツユクサ科の園芸植物で、紫がかった葉に白い縞模様が入っていることから縞斑《しまふ》の名がある。花はツユクサに似る。

（6）**チェック地《ブレード》**……ブレードはスコットランドハイランド地方のタータン模様のウール地。ギブソンはスコットランド人にも多い名字で、この一家はブレード地からスコットランド系と推測できる。

（7）**パイは町中の門で称賛されています**……her pies praise her in the gates 旧約聖書『箴言』第三十一章三十一節 her own works praise her in the gates「彼女の仕事は町中の門で称賛される」のもじり。［RW／In］

（8）**フィラデルフィアへ行って教会の天使を見ること**……新約聖書「ヨハネの黙示録」第三章七節に「フィラデルフィアの教会の天使にこう書き送れ」とあるため、小さなエリザベスはフィラデルフィアの教会に天使がいると勘違いしている。

（9）**聖ヨハネが書いたフィラデルフィアは、ペンシルヴェニア州のフィラデルフィアではない**……新約聖書「ヨハネの黙示録」のフィラデルフィアは、中東ヨルダンの首都アンマンの古代名。またこの黙示録を書いたヨハネは、イエスの弟子ヨハネとは別人。一方、米国のフィラデルフィアは、ペンシルヴェニア州最大の都市、一七七六年に独立宣言が採択されたことで知られる。

（10）**えんれいそう**……ユリ科の多年草、三枚の大きな葉の中央に、赤紫の花が咲く。

（11）**楽しみのぶち壊し**……a fly in ointment　直訳すると軟膏のなかの蠅一匹。旧約聖書「伝道の書」（新共同訳は「コヘレトの言葉」）第十章一節「死んだ蠅のせいで薬屋の軟膏が悪臭を放つ」Dead flies cause the ointment of the apothecary to send forth a stinking savor. にちなんだ言い回し。良いことや素晴らしいものも一つの問題で台無しになるという意味。キャサリン・ブルックのせいで楽しいクリスマス休暇が台無しになるという懸念を表している。

(12) **美景荘《ボニービュー》**……ボニーはスコットランド語で美しい、良い。この別荘を持つネルソン家がスコットランド系であることをうかがわせる。

(13) **牛はもう年寄りだから仔牛は産まないよ、とハミルトンさんから言ってもらって、先にレベッカの同意を得ておくべきだったのです**……レベッカは、人に言われたことの逆を言うため、牛はもう仔牛を産まないと言われれば、いや産むべきだと出産に反対しなかったという意味。

一年目　第13章

(1) **アンは、弾薬庫から最後の一発をとり出した**……アンが人を説得するとき、この表現がよく出てくる。『赤毛のアン』第19章「演芸会《コンサート》、悲劇、そして告白」で、アンは夜の演芸会に出かけてダイアナの家に泊まることをマリラに反対されると、弾薬庫から最後の一発を取り出す覚悟で、客用寝室に泊めてもらえる栄誉があると言う。読者には懐かしく微笑ましい表現。

(2) **セント・ローレンス湾**……トロントが面しているオンタリオ湖から大西洋へ流れるセント・ローレンス川の河口に広がる巨大な湾で、そこにプリンス・エドワード島も浮かぶ。サマーサイドがあるプリンス・エドワード島の南岸はノーサンバーランド海峡を隔てて対岸のカナダ本土に向いていてセント・ローレンス湾の広がりを目にすることはできないが、ホワイト・サンズとアヴォンリーがある島の北海岸は濃紺のセント・ローレンス湾に面している。そのためポーリーンは北海岸から湾を見た感動を語っている。

（3）**タフタ**……光沢のあるやや堅い平織りで婦人服、リボンなどに用いられる。現在は化繊が主流だが、当時は絹織物で高価だった。

（4）**ボンネット**……あごの下で紐を結ぶ帽子。かつては婦人が外出時に着用したが、次第に野良着や子どもの日よけ用になった。そこで大人のポーリーンは年老いて昔風の母親にボンネットをかぶって出かけるように命じられて、いささか困っている。

（5）**電話**……一八七六年にA・G・ベルが電話をアメリカで発明、八一年に初の電話が東部で開通してより、北米で急速に普及。プリンス・エドワード島州では一八九〇年に電話が開通。『赤毛のアン』第34章に州都シャーロットタウンの空に電話線が張り巡らされている様子が描かれている。農村のアヴォンリーに電話が普及するのは第五巻『アンの夢の家』から。

一年目　第14章

（1）**金色にきらめく空気のなかを歩く姿は、ギリシアの壺から抜け出したほっそりした**

乙女のようだ……イングランドのロマン派詩人ジョン・キーツ（一七九五～一八二一）の詩「ギリシアの壺に寄す」（一八一九）を連想させる。キーツは古代ギリシアの壺を前にして、そこに描かれた若者やしなやかな体つきの乙女に思いを馳せて詩にしている。「美は真実」と語るこの詩に呼応する一節「美は永遠の喜び」と書かれたキーツの詩「エンデュミオン」が『アンの青春』第30章に引用され、モンゴメリはキーツ作品も愛読している。

（2）**『われ抑えず、喜びを味わうわが心を』**……旧約聖書「伝道の書」（新共同訳「コヘレトの言葉」）第二章十節からの引用。［RW］

（3）**『人が生まれ苦難に遭うは、火の粉が上へ飛ぶがごとし』**……旧約聖書「ヨブ記」第五章七節からの引用。［RW］

（4）**ブラマンジェ**……すりつぶしたアーモンドに、牛乳、砂糖、ゼラチン、生クリームを加えて型に流して冷やし固めた菓子。フランス語で「白い食べもの」で、洒落たイメージ。

（5）**ロンドンへ、女王様でも見物に行くつもりかい？**……カナダは英国連邦の一国で、国家元首は英国の国王または女王。ヴィクトリア女王の統治は一八三七～一九〇一年。第一巻『赤毛のアン』の時代背景は一八八〇年代後半から九〇年代の初めの五年間で、巻末でアンは十六歳。この場面のアンは七年後のため、女王の統治時代と思われる。

（6）**サルサパリラのワイン**……サルサパリラはユリ科の植物。その根を使った薬用酒は、十九世紀の北米では強壮薬として人気の飲料で、家庭でも作られた。しかしお祝いとして持参するにはやや年寄り臭いイメージがあり、昔風の母親から持たされる品物。

(7) **胃袋が下がって出てきそうだ**……心配や苦労で胃袋が下がるという英語の言い回しがある。娘のポーリーンの外出前の騒動で胃が下がりすぎて体から出て来そうだというギブソン夫人流の大袈裟な表現。

(8) **クラブ・アップル**……実が小さく酸味が強い野生の林檎。実は野鳥のえさにする。栽培種も実が小粒で酸っぱく砂糖煮にする。『赤毛のアン』第3章でマリラはアンが初めてグリーン・ゲイブルズに来た夜の食事に、クラブ・アップルの砂糖煮を出す。

(9) **マリラ・カスバートが躾けたんだから。あの人の母親は、ジョンソン家**……ジョンソンはイングランド人、スコットランド人の名字。『赤毛のアン』第37章にマシューとマリラの母親がスコットランドから来たと書かれているため、ここではスコットランド系。ジョンソンの意味はヨハネの息子で、マリラの母親も信仰心が厚いイメージの名づけ。

(10) **「堕落した時代ですよ」／「ホメロスは、紀元前八百年に、同じことを言っていますよ」**……ホメロスが作者とされる『イリアス』をイングランドの詩人アレグザンダー・ポープが英訳した書物（一七一五～二〇）の五巻三百七十一連「こうした堕落した時代に生きる者ども」がある。ホメロスは古代ギリシアの詩人。前八世紀に小アジアに生まれ、吟遊詩人としてギリシア諸国を遍歴したとされる。［RW］

（11）**「夜風に当てて、私を死なせたいんだね」不満げに言ったが、まだ五時だった……**この場面でクラブ・アップルが咲いているため島は六月と思われる。六月の島の日没は九時頃で、晴れた日の五時はまばゆい陽ざしが燦々と輝いている。

（12）**「一日が短かろうと長かろうと、やがてときは過ぎ、夕べの歌となる」**……出典不明。［RW］に『殉教者の書』七巻三百四十六行と記載があるが原典になく、引用句辞典にも記載がない。

一年目　第15章

（1）**ポーリー、モーリーと呼び合ったものよ**……ポーリーはポーリーン、モーリーはメアリの愛称で二人が親しかったことを表す。モンゴメリもミドルネームのMaudから少女時代の女友だちとモーリー、ポーリーと呼び合っていた。

（2）**糖蜜《モラセス》のタフィー**……糖蜜を煮詰めて、バター、ナッツなどを加えたキャンデー。糖蜜は砂糖を作る際に出る褐色の液体。

（3）**「そこでおばあさんは、その夜、家へ戻って来ましたとさ」**……イングランドの昔話『おばあさんとぶた』より。おばあさんが子ぶたを買って帰ろうとしたものの、子ぶたが柵を越えないため家に帰れず、犬や猫など色々な動物と話し、最後にようやく子ぶたが飛び越え、「そうやって、おばあさんは、その夜、家へ戻って来ましたとさ」で終わる。［In］

（4）「幸せな一日の不滅の精神」……イングランド湖水地方の詩人ウィリアム・ワーズワース（一七七〇〜一八五〇）の詩「慎ましやかな小川がある」（一八二〇）十三行目の引用。「幾多の喜びが失せても、思い出は早く過ぎ去っても、幸せな一日の不滅の精神は、あの小川のもとに留まる」と書かれる。ポーリーンが自由に外出できた幸せな一日の精神は不滅であり、いつまでも彼女の胸に残るという意味の引用。［In］

一年目　第16章

（1）バーナバスとサウルというありがたい名前……バーナバス Barnabas は、キリスト教の布教をしたパウロの伝道を助けた聖バルナバの英語名。新約聖書「使徒行伝」第四章三十六、三十七節に書かれる。サウル Saul はパウロの元の名前、「使徒行伝」第九章十八節など。［In］

（2）モントリオール……カナダ東部ケベック州最大の都市。セント・ローレンス川の中流にある。その河口の湾にプリンス・エドワード島が浮かぶため、船舶交通の時代は島からモントリオールへの交通は便利だった。

（3）ねずみ取りおばさん……Aunt Mouser　mouser は、ねずみ mouse を取る動物のこと。獲物を探し回る動物のような人という意味もある。ねずみ取りおばさんは、人の弱みを探し回って遠慮なく言い放つ人物として描かれる。

（4）結婚行進曲……ドイツの作曲家ヴィルヘルム・リヒャルト・ワーグナー（一八一三

〜八三）の曲と、同じくドイツの作曲家フェリックス・メンデルスゾーン（一八〇九〜四七）の曲が一般に知られる。この二曲が一八五八年、英国女王の娘のヴィクトリア王女の結婚式で演奏されてより一般的に広まった。特に新教プロテスタントの結婚式で演奏される。

（5）**葬送行進曲**……葬送行進曲は多くの作曲家が手がけているが、ポーランド出身のフレデリック・ショパン（一八一〇〜四九）作のピアノ曲がよく知られている。

（6）**二十ガロン**……二十ガロンは米国では約七十五リットル、英国では約九十一リットル。カナダではこの物語の時代背景は宗主国の英国式だったが、現在では米国式が採用されている。ねずみ取りおばさんの披露宴に大量の酒が用意されたことを意味する。

（7）**『慈悲の心は、強《し》いられるべきにあらず』**……シェイクスピア劇『ヴェニスの商人』第四幕一場、百八十四行の台詞。ねずみ取りおばさんが聖書からの引用だと語っているのは間違い。［RW／In］

（8）**天罰が下るよ**……キリスト教では、神が人間を作り、その下に動物を作ったとされる。動物を人間と同じ扱いにしない考えがあるため、ねずみ取りおばさんは、犬を好遇する人物に対してこのように語っている。

（9）**サン・ピエトロ寺院のドーム**……ローマのバチカンにあるカトリック教会の総本山で、ドームはルネサンス期の芸術家ミケランジェロの設計。サン・ピエトロはイエスの弟子の聖ペテロのイタリア語名、英語名はピーター。

一年目　第17章

（1）**キモノ**……欧米では十九世紀後半から第二次大戦前まで日本趣味が流行し、日本から輸入された古着のキモノが、絹の光沢と染めの技法の美しさから寝室用ガウンとして用いられた。西洋式ガウンとして使用されるため、着物ではなく、片仮名でキモノと訳した。

（2）**グロ・グラン織り**……絹などの光沢がある厚手のうね織り。リボンにも用いられる。

（3）**『神よ、幽霊に悪鬼、長い脚の獣《けだもの》たち、そして夜中にどしんと音をたてるものたちから、われらを守りたまえ』**……スコットランドの古い祈禱の言葉。長いlongがlangとスコットランドの方言で書かれている。［RW／In］

（4）**エンドーの魔女の物語**……旧約聖書「サミュエル記上」第二十八章三節～二十五節に出てくる。エンドーという土地に暮らす女で、古代イスラエルの王サウルの求めに応じて、死んだ予言者サミュエルの霊を呼びだして口寄せをした。顔の下にろうそくを持った老女の姿で描かれた絵画があるため、本文に「ろうそくを顔の下に持っていたから」と書かれている。様々に物語化され、モンゴメリも愛読した英国詩人ラドヤード・キプリングが一九一九年に詩に描き、一九三二年にはラジオの朗読劇などで、死者の口寄せをする女としてエンドーの魔女の物語が書かれた。本作の発行は一九三六年。［In］

（5）**フリーメイソン**……一七一七年にロンドンで設立され、会員相互の扶助と友愛を目的とする世界的な団体、秘密結社。

（6）**慌てて結婚して、ゆっくり後悔する**……英語の諺。

二年目　第1章

（1）**一八一二年の戦争**……一八一二年から一四年のカナダとアメリカの戦争のこと。ただし当時はまだカナダ連邦国家はなく英領だったため、英米戦争と称される。アメリカ軍が、イギリス領カナダへ国境を越えて侵入、カナダ南部の五大湖地方を攻略したものの、カナダ在住の英国軍に撃退され、セント・ローレンス川の水系を押さえることができず撤退。現在もトロント市内のヨーク砦《とりで》やナイアガラのジョージ砦など、英米間の戦場となった砦が残っている。

（2）**「昔の戦い」**……ワーズワースの詩「刈り取り人（ひとり麦刈る乙女）」三連目からの引用。ワーズワースがスコットランドを訪れ、一人で麦を刈り続ける乙女の物憂い歌声に心動かされて書いた詩。作品では、乙女は「昔の戦いの数々」を歌っているのか、と描かれる。［In］

（3）**カナダがいつかまた戦争をするなんて考えられません**……カナダは、一八一二年の英米戦争の後、第一次世界大戦に参戦して約四万人のカナダ兵が欧州戦で戦死した。だが十九世紀末のカナダ人は、カナダが再び戦争をするとは考えてもいなかったことを示している。

（4）「レベッカによる福音書《ゴスペル》」は受け入れられました……The Gospel according to Rebecca 新約聖書には「マタイによる福音書」The Gospel according to st. Matthew「マルコによる福音書」「ルカによる福音書」「ヨハネによる福音書」の四つの福音書があり、イエスの救いの福音（ゴスペル、イエスの教え、神の言葉）が伝えられる。本文の意味は、レベッカを通して隣人愛の教えが伝えられ、受け入れられたという意味。

二年目　第2章

（1）**海峡**……ノーサンバーランド海峡。プリンス・エドワード島州とカナダ本土を隔てる。サマーサイドはこの海峡に面している。

（2）**エマソンの言葉にあるわ。『ああ、私は時と、どんな関係があろうか』**……アメリカの思想家・詩人ラルフ・ウォルドウ・エマソン（一八〇三～八二）の詩「森の中の孤独 Waldeinsamkeit」からの引用。詩は「私は海辺を彷徨うとき時間を気にかけない。森は私の忠実なる友である」に始まり、三連目に「ああ、私は時と、どんな関係があろうか？　その一日はこのために作られたのだから」とある。エマソンはマサチューセッツ州コンコードに暮らした。モンゴメリは一九一〇年十一月に『赤毛のアン』の版元L・C・ペイジ社があるマサチューセッツ州ボストンへに行った際、近郊のコンコードに出かけ、エマソンの屋敷、『若草物語』のオルコット、『緋文字』のホーソー

ンの家を訪れた。［In］

（3）**林檎の半月パイ**……円いパイ生地に、林檎のジャムまたはシロップ煮を乗せて、二つ折りにして焼いた半月形のパイ。

（4）**ニッカーボッカーズ**……膝下で裾を絞ったズボン、登山、ゴルフ、子供服に用いる。

（5）**大きな黒毛のニューファンドランド犬**……プリンス・エドワード島の北にあるニューファンドランド島を原産とする大型犬で、滑らかな黒い毛が密生する。泳ぎが得意で力強く、水難救助犬として用いる。

（6）**アームストロング**……スコットランドと北イングランドの国境地方の人々を起源とする名字。

（7）**『ちびっこ』**《リトル・フェロー》……Little Fellow　直訳すると『小さい男』、『小さい奴』、『小さなせがれ』など。ここでは父から幼い一人息子への愛情のこもった呼び名のため「ちびっこ」と訳した。

（8）**ライス・プディング**……米を牛乳と砂糖で煮た甘い英国式デザート。

（9）**グレンコーブ街道**……グレンはスコットランド語で谷、コーブは英語で湾の入江、または山の谷道。よって意味は谷道街道。

（10）**ジェイムズ**……スチュアート家のスコットランド国王は代々ジェイムズを名乗り、スコットランド系男性に多い名前。愛称はジム。キリスト教ではヤコブの英語名。

（11）**「汝《なんじ》、われをおいてほかに神があってはならない」**……旧約聖書「出エジプト記」

第二十章三節に書かれている十戒の一つめ。［RW］

二年目　第3章

（1）**三本爪の妙な装置を頭にはめていたと思います**……当時の銀板写真は露出時間が数十分と長いため、顔が動かないように頭を固定する装置を使った。金属製のスタンドが立ち、その上部に頭を固定するために、頭のカーブに沿った金属棒が左右と上の三方向に三つのかぎ爪のように伸びていた。中央のスタンドは正面から見えないように被写体のうしろに置いて撮影した。

（2）**ニュー・ブランズウィック**……ノーサンバーランド海峡をはさんでプリンス・エドワード島州の対岸にある州。現在は連邦大橋でつながっている。

（3）**根っからの島の者**《アイランダー》……プリンス・エドワード島民は島の独立意識が強く、カナダ本土の州とは異なるアイランダー気質を重んじた。カナダが英国植民地から独立して一八六七年にカナダ連邦が成立しても、島はカナダという国家に加入せず、一八七三年になって加盟した。島名の元となったエドワード王子の本国であるイギリス領に残り、一八七三年になって加盟した。

（4）**仇**《あだ》**を恩で返す**……by way of coals of fire　燃える炭火のやり方で。人から悪い行いをされても善と徳をもって報いて、相手を恥じ入らせるという意味で、聖書にちなんだ言い回し。新約聖書「ローマ人への手紙」第十二章二十節「燃える炭火を彼の頭に積むことになる」、旧約聖書「箴言」第二十五章二十二節「炭火を彼の頭に積む」とあ

る。『赤毛のアン』第18章でも同じ言葉が使われる。［In］

（5）**ガードナー夫人やジェイムジーナおばさん**……第三巻『アンの愛情』に登場する人物。御曹司ロイヤル・ガードナーの母と、パティの家でアンが一緒に暮らした老婦人。

二年目　第4章

（1）**マフ**……毛皮を筒状にした婦人用防寒具、両側から手を入れる。

（2）**ナツメグのおろし金**……ナツメグは東南アジア原産のニクズク科の種子の仁（胚乳）を乾燥させて粉にした甘い香りの香味料。当時は調理する前に金属製の小さなおろし金で挽いて粉末にした。クッキーやドーナツ、ハンバーグなどの挽肉料理に使う。

（3）**ポーの詩の「大鴉《おおがらす》」のように「もう二度とするもんか！」と、顔をしかめて言ったのだ**……アメリカの詩人、小説家エドガー・アラン・ポー（一八〇九～四九）の出世作となった物語詩「大鴉」（一八四五）に「もう二度とない」は大鴉の言葉として何度も繰り返される。この詩は『アンの愛情』第28章でギルバートと疎遠になったアンの孤独な心境を表す場面でも引用される。［RW／In］

（4）**沿海州地方**……カナダ東海岸のプリンス・エドワード島州、ノヴァ・スコシア州、ニュー・ブランズウィック州の三州。

（5）**ガス灯**……石炭ガスを燃やす灯火。ガス灯の点火口に網状の筒をかぶせて、灼熱白光を生じさせる。

（6）**尻を叩かれる**……当時、学校や家庭では体罰として、子どもの尻を定規などの固くて平たいもので叩いた。本作三年目第10章に書かれているように、夫が妻の尻を叩くことは一般的ではない。

（7）**微笑みを、鏡によせれば／微笑みに、出逢うだろう**……アメリカの作家・詩人のアリス・キャリー（一八二〇～七一）の詩「人の間違いと悪しきところを探すなかれ」の最後の二行より引用。［In］

二年目　第5章

（1）**花綵**《はなづな》……花や葉、リボンなどを綱状にしてつるす飾り。

（2）**かんじき**《スノーシュー》……網などを張った枠で、靴につけて雪の上を歩く。

（3）**あらゆるところに友だちがいて**……Friends everywhere は本作の献辞「あらゆるところにいるアンの友だちへ」To the Friends of Anne Everywhere に対応する。アンにはあらゆるところに友だちがいる。そして読者は、あらゆるところにいるアンの友だちの一人である。

（4）**誰一人として、私をほしがってくれなかった**……モンゴメリは一歳で母が病死した後、父は娘を育てず、モンゴメリ家も孫娘を引きとらず、母の実家マクニール家で、祖父母に育てられた。十五歳のとき、約四千キロ離れたカナダ中西部で再婚した実父の家庭に行ったが、継母に冷遇される。プリンス・エドワード島に帰ると、マクニール家ではなく母の妹の嫁ぎ先のキャンベル家に暮らした。教員をやめてからはマクニール家で暮らしたが、育ての祖父母が亡くなると、モンゴメリが育った家は取り壊され、土地は叔父が相続して、実家と呼べる家がなくなり、結婚する時は、本来は花嫁の実家で婚礼をするしきたりだが、母方のマクニール家でも父方のモンゴメリ家でもなく、叔母の嫁ぎ先キャンベル家で挙式した。モンゴメリには祖父母も叔母もあり、誰からもほしがられなかった訳ではないが、複数の親戚の家々を転々とした。その心情がこのキャサリンの胸痛む告白の背景に見え隠れする。

（5）**グリーン・ゲイブルズに来る前の子ども時代を手短に話した**……アンは生まれてほどなく両親を熱病で亡くし、貧しい掃除婦と酒飲みのご亭主のトーマス家で育てられ、次に森の木こり場のハモンド家で三組の双子の子守りをして、最後は十一歳になるまで孤児院で暮らした。『赤毛のアン』第5章。

（6）**あなたの教員資格は、私よりも上よ**……四年制大学を卒業したアンは学校長につく資格があったが、師範短大のクィーン学院を出たキャサリンにはその資格がなかった。

（7）**タモシャンター帽**……原文ではtam。スコットランド人の農民がかぶるウール製の大きなベレー帽。頭頂部に毛糸のポンポンがつく。『赤毛のアン』第19章でスコットランド系のアンがかぶっている。

（8）**次の道の曲がり角をまわったら、そこに何があるか、誰にもわからないのよ**……『赤毛のアン』第38章「道の曲がり角」、『アンの青春』第26章「曲がり角のむこう」

（9）**タージマハル**……インド北部にあるイスラム教の白大理石の華麗な霊廟。ムガル帝国の皇帝が亡き愛妃のために十七世紀に建造した。

（10）**カルナックの神殿**……カルナックはエジプト中部ナイル川に臨む村。柱が並ぶ壮大な古代エジプト最大の神殿群の遺跡で知られる。

（11）**ヘンリー八世の何人もの妻**……ヘンリー八世（一四九一～一五四七）はイングランド王で、離婚をするために、離婚を認めないカトリックから離れ、英国国教会を成立させ、六人の妃を持った。カナダは英連邦の一国であり、学校では英国史を教えた。

（12）**自治領カナダ**……自治領カナダは、イギリスの植民地から一部の地域が独立して一八六七年に成立。

（13）**もし変えられるものなら、豹《ひょう》だって、毛皮の斑点を変えようとするだろう**……旧約聖書「エレミヤ書」第十三章二十三節に「豹はその斑点を変えられようか。もし変えられるなら、悪に慣れたあなたがたも、良い行いができるだろうか」とある。豹が斑点を変えられないように悪に慣れた人の心や行いは変えられないという意味。しかしキャサリンは、もし変えられるものなら変えるように努力したいと話している。［In］

二年目　第6章

（1）**這《は》いえぞ松と這い松**……creeping spruce and ground pine　這いえぞ松は、えぞ松（スプルース）に似た青紫色の松葉状の葉が密生した小枝が地面を這うように広がる針葉樹。這い松はヒカゲノカズラ科のシダ植物。

（2）**昼の光が、白雪の丘のむこうの夜へほほえみを返す**……太陽が白雪の丘に沈むときに、最後の光でやがて来る夜に微笑むという意味で、モンゴメリの好む詩的な表現。

（3）**七眠者でも目をさます騒々**《そうぞう》**しい音をたてた**……七眠者とは、三世紀の小アジア西部エフェソス出身の七人。彼らはキリスト教を信仰していたためにローマ皇帝から迫害され、岩穴に幽閉されて百八十七年間眠ったのちに目が覚めると、ローマはキリスト教化されていた。二百年近くも寝ていた七眠者でも目を覚ますような大きな音をデイヴィが立てたという意味。

（4）**匂い菖蒲**《あやめ》**の根をつめた香袋**《サシエ》……匂い菖蒲は芳香のあるアイリスで、香りの良い根の粉末を香水などの原料にする。ここでは小さな布袋につめた匂い袋。

（5）**ジャムとゼリーの小瓶**……ジャムもゼリーもいずれも果実などの砂糖煮。ゼリーはゼラチンで固めたゼリーだけでなく、透明度の高いジャムも意味する。

（6）**チェシャ猫**……イギリスの作家ルイス・キャロル作『不思議の国のアリス』（一八六五）に登場するにやにや笑う猫。

（7）**クリスマスに雪があれば墓場は肥えない**……アイルランドの古い諺。クリスマスに雪が多いと翌年は豊作だが、雪が少ないと不作になり災いが起きて墓に入る人が増える、つまり墓場が肥えるという意味。リンド夫人は『赤毛のアン』と本作でアイルランドの諺を話し、さらに本作でアイルランドの名がついたパッチワークをしているため、ダイアナと同様、アイルランド系と推測される。

（8）吹く風が、量には欠けるものの質において上まわる音楽を奏でていた……the wind made occasional music that had in quality what it lacked in quantity. 実際に春夏のグリーン・ゲイブルズは小鳥たちのさえずりや歌声が常に美しく響いているが、真冬の雪景色はいっさいの音がない。ただ風の音だけが美しく鳴り渡ることを表す。

（9）「キャベツと王様」……さまざまな話題。ルイス・キャロルの小説『鏡の国のアリス』の表現。［RW］

（10）まだ盲目じゃなかったのよ……ホメロスは盲目だったとする言い伝えもあり、胸像などでは目の見えない老詩人として表現される。

（11）息子がユダになると知らなくて、良かった……ユダはイエスの十二人の弟子の一人だが、最後の晩餐の後でイエスを裏切って敵に売り渡し、イエスは捕らえられ処刑されたと聖書に書かれる。

（12）『ジェネヴラ』……Genevra　イングランドの詩人サミュエル・ロジャーズ（一七六三〜一八五五）の詩 Ginevra をさす。モンゴメリは Genevra と書いているが正しい詩のタイトルの綴りは Ginevra。［In］

（13）ジェネヴラには我慢ならないの。閉じこめられたと気づいたとき、なぜ叫び声をあげなかったのかしら。みんながそこら中でジェネヴラを捜していたんだから、声を出せば、聞こえたでしょうに……十五歳のまだ幼い花嫁ジェネヴラが結婚披露宴の遊興の隠れんぼでお屋敷の古いたんすに隠れたところ、たんすから出られなくなり、誰にも見つけられずに息絶える。歳月は流れ、五十年後、召使いがたんすを開け、ウェディング・ドレスと豪華な宝石をまとった骸骨が発見される。本文でアンが「ステファン・プリングル夫人は、あなたの暗誦を聴いた晩は、一睡もできなかったんですって」と話しているように恐怖と痛ましさの残る物語詩。行方不明になった花嫁の伝説は各地にあり、それに基づいた作品。［In］

(14) **トルコ赤**……あかね色がかった濃赤色。当時は西洋アカネの根から取った染料で染めた。

(15) **アンは、結い上げた彼女の髪をながめ、よくできたと思った**……直訳すると、アンは自分のなしたものを見て、それがよかったとわかった。旧約聖書「創世記」第一章三十一節「神はお造りになったものをすべてご覧になった。見よ、それは実によくできたと思われた」のもじり。アンはキャサリンの美を、神が天地を創造するようにうまく創り出したという意味。［RW］

(16) **ドーラの言うところの『保存席』**……正しくは予約席リザーヴド・シート reserved seat だが、ドーラは間違えて頭に p をつけてプリザーヴド・シート preserved seat 保存席と話している。

(17) **ヘスター・グレイの庭を、こだま荘を**……第二巻『アンの青春』に描かれる。ヘスター・グレイの庭はアンが見つけた忘れ去られた庭。こだま荘はミス・ラヴェンダーとシャーロッタ四世が暮らした森の中の石造りの一軒家。

二年目　第7章

（1）**教皇勅書《ペイパル・ブルズ》**……Papal Bulls はカトリック教会の教皇が出す正式な文書。しかし Bull ブルは雄牛という意味が一般的のため、小さなエリザベスは牛のような動物だと勘違いをしている。

（2）**エリザベスは「豹《レパード》のような」気がするそうです。この可愛い子は、ハンセン病患者《レパー》のような気がすると言うつもりだった**……エリザベスは豹（レパード）とハンセン病患者（レパー）を言い間違えている。学芸会に自分だけ出られないので疎外感をおぼえていたことを意味する。十九世紀のハンセン病患者は医学の遅れと偏見から感染力が弱いにもかかわらず隔離されていた。現在は有効な治療薬があり隔離されない。

（3）**ノアの洪水**……旧約聖書「創世記」第六章以下。太古の時代に神は人間の堕落に怒り、大洪水を起こすが、ノアと妻子、動物たちだけは方舟《はこぶね》に乗って生き残る。

（4）**タキトゥスが数千年前に語ったように「いかにもその場ににつかわしい顔つきで」**……タキトゥスは古代ローマの歴史家・政治家（五五頃～一二〇頃）で、『ゲルマーニア』『年代記』などの著書がある。「いかにもその場ににつかわしい顔つきで」は『年代記』（ローマ帝国の歴史、ティベリウスからネロまで）からの引用。［In］

（5）**ジェイムズ・ウォレス・キャンベル牧師の『回想録』**……アンはこの『回想録』に

プリンス・エドワード島のプリンス郡の歴史が書かれていると話していること、またキャンベル夫人が、キャンベル牧師の『回想録』を借りたいと話したとたんにアンに打ち解けたことから、キャンベル夫人の親戚筋の島の牧師の名前、それも架空の名前と思われる。アンの訪問の本来の目的は、小さなエリザベスに学芸会で唄わせることだが、まず夫人が喜びそうな本を借りたいと「正直に」話して、夫人を喜ばせ、次に学芸会の話を持ちかけている。

（6）**プリンス郡**……一年目第7章（2）。

二年目　第8章

（1）**アーネスティーン・ビューグル**……アーネスティーン Ernestine は女性名。同じ発音の earnest には生まじめな、考慮すべき、という意味がある。名字のビューグルはラッパ、角笛という意味で、あれこれ心配して愚痴をこぼし続けているこの女性にふさわしい名づけをモンゴメリはしている。

（2）**またまたいとこ**……一年目第1章（13）参照。ただし英語の日常会話では、またいとこも、またまたいとこも、ひっくるめて、いとこ cousin と言うことがあり、本文でも、いとこのアーネスティーンと呼ばれている。

（3）**模造あざらし**……アザラシの毛皮の代用品として、安価な北米ジャコウネズミの毛皮を使ったもの。かつてアザラシは毛皮と皮下脂肪から取る油を目的に捕獲された。

（4）**喰った**……アーネスティーンは食べるという意味の英語 eat の過去形 ate や過去分詞 eaten を et と、くだけた英語で話している。他にも、立ち上がる get up は git up、たぶん maybe は mebbe、影 shadow は shadder、聞いた heard は heerd、言った said は sez、できる can は kin など、モンゴメリは彼女の話し言葉を訛りのある、くだけた英語で書いて、この女性の話のおかしみを増している。一方、モンゴメリは、ケイトおばさんとチャティおばさんの会話は、正しい英語で書いている。そこで二人の未亡人の話し方は丁寧な言葉に、アーネスティーンの話し言葉はくだけた日本語に訳した。

（5）**マッカイ**……MacKay　スコットランド人の名字。

（6）**麻酔のクロロホルムをかける羽目になったら**……クロロホルムは麻酔作用があり、吸入による全身麻酔剤としてかつては用いられたが、肝臓障害などの副作用があるため、現在は使用されない。

（7）**聖書には、人生七十年とあるんですから**……一年目第5章（7）。

（8）**ダヴィデ王**……ダヴィデ王はイスラエルの二代目の王（在位紀元前九九七頃～九六六頃）で、近隣の諸国を征服併合してイスラエルを統一した。その生涯は旧約聖書に描かれ、旧約聖書「詩篇」の大半の作者とされる。またイエスの母マリアの夫ヨセフの祖先とされる。ルネサンス期の美術家ミケランジェロによる彫刻「ダヴィデ像」が知られる。

（9）**「ダヴィデは、ある面じゃ、あんましご立派な男じゃなかったって、あたしゃ、心配してんだよ」／アンは、チャティおばさんと目があい、思わず笑った**……ダヴィデ王の人間的な逸話は様々にあり、その一つに、ダヴィデが、人妻バトシェバが水浴する姿を見て興奮し、関係を結んで身ごもらせ、さらに彼女の夫を戦地に行かせて戦死させてから、バトシェバと結婚したことが、旧約聖書「サムエル記下」第十一章二節〜二十七節に書かれている。この逸話は有名で、レンブラントなど多くの画家が描いた。そのためアーネスティーンは、ダヴィデはあまり立派な男ではなかったとこぼし、アンとチャティおばさんも苦笑している。

（10）**マフィン**……英国式マフィンは平らで丸い柔らかなパンで、熱いうちにバターを塗って食す。米国式マフィンは甘いカップケーキで、チョコレート・チップやブルーベリーなどが入ることもある。

（11）**美味しい食べ物《ティドビット》のエリヤ**……ティドビット tidbit とは美味しくて軽い食べ物、という意味で、正しくはギレアドのテシベ出身のエリヤ。アーネスティーンは聞きかじって間違えている。エリヤは紀元前九世紀のイスラエル王国初期の預言者で旧約聖書に主に書かれる。モンゴメリはこの言い間違いを天国に行っても思い出して笑うだろうと日記に書いている。

（12）**きれいな羽だからといって、必ずしも立派な鳥じゃない**……英語の諺に「きれいな羽が鳥を立派にする（馬子にも衣装）」があるが、アーネスティーンはそれを否定している。

(13) あたしはビューグルとして生まれ、ビューグルとして死ぬつもりです……カナダの初代首相で、スコットランドに生まれ、英国寄り、英国王室支持の政策をとった保守党党首のジョン・アレグザンダー・マクドナルドの有名な言葉に「私は英国臣民として生まれ、英国臣民として死ぬ」があり、そのもじり。マクドナルドをモデルにしたカナダの首相が『赤毛のアン』第18章に登場。

(14) レイヤーケーキ……層のあるケーキ。ケーキのスポンジ生地を横に薄く切り、間にジャムやクリームをはさんで重ねて層を作るケーキ。『赤毛のアン』第21章ではアンがヴァニラ・エッセンスと間違えて痛み止めの塗り薬を入れて焼くケーキとして描かれ、アン・シリーズの読者には滑稽なイメージがあり、この章全体の笑いを誘うおかしさを引き立てている。

(15) サンフランシスコから帰る前に、また地震が起きんじゃないか……一九〇六年四月十八日にサンフランシスコでマグニチュード七・八の大地震が起き、建物の倒壊と三日間燃え続けた火災により死者多数、二十二万人以上が家屋を失う大災害となった。ただし本作の時代背景は地震が起きた一九〇六年よりも早い可能性がある。本書の発行は一九三六年で地震から三十年後のため、六十代のモンゴメリは時代設定の齟齬をあまり意識しなかったと思われる。

(16) いとこのジム・ビューグルは、この冬、フロリダですごしたんだよ……プリンス・

エドワード島の冬は氷点下の気温が数か月続き、きわめて寒冷につき、当時もまた現在も、富裕層の中にはアメリカ南部のフロリダ州へ避寒する人がいる。

(17) **『奢《おご》りは滅びに先立ち、高慢な心は堕落に先立つ』**……旧約聖書「箴言」第十六章十八節より。[RW]

(18) **マカロン**……卵白、砂糖、すりつぶしたアーモンドの粉、ココナッツの粉などで作った小さな軽いクッキー。

(19) **カルセオラリア**……calceolaria　和名はキンチャクソウ、ゴマノハグサ科キンチャクソウ属。花が袋の形をしている園芸植物。カルセオラリアは一般的な英語ではないため、アーネスティーンはこれを病気だと誤解していた。そこでサンディ・ビューグルの未亡人がカルセオラリアを手に入れた got it と聞き、病気にかかった got it と勘違いした。

(20) **亭主のサンディが死んで、まだ四年なのに**……当時、喪服や喪章を身につけて喪に服す期間は、配偶者の死後は三年、両親の死後は一年、祖父母の死後は半年とされた。そこで、夫が死んでまだ四年なのに喪が明けたと嘆くアーネスティーンは一般的ではない。モンゴメリは何にでも愚痴をこぼす彼女らしさを表している。

(21) **喪章**……黒い絹のクレープ地の喪章で、左腕に巻いたり、帽子に巻いたりして喪中を表した。

(22) **最後の審判**……世の終わりに神が人類の罪を裁き、善人は永久の祝福、悪人は永遠の刑罰が定められるという考え。

（23）**レベッカ・デューは、何を笑ってんだい。ハイエナみたいじゃないか**……ハイエナはアフリカ産の動物で、当時のカナダ人には見ることもない珍しい動物だったが、動物の死肉や腐肉を食べることから、その吠え声は悪魔の笑い声にたとえられた。台所にいるレベッカ・デューが、アーネスティーンの世間話を聞いて、ハイエナが吠え、悪魔が笑うような無気味な声で笑っていることがわかる滑稽な描写。

（24）**ギレアドに慰めの香油《バルサム》がある**……ギレアドは古代パレスチナのヨルダン川の東で、現在のヨルダンの北部。そしてバルサムは、バームとも言い、芳香のある樹脂で、古くは傷の治療や精神の安定に用いられ、薬効ある貴重品だった。旧約聖書「エレミヤ書」第八章二十二節に「ギレアドに香油《バルサム》はないのか、そこに医者はいないのか」と書かれ、香油は神による癒やしと慰めの意味合いがある。ここではアーネスティーンがサイラス・クーパーを悪く言うのでケイトおばさんがかばったものの、アーネスティーンは神の慰めの香油などないと、また悲観的に話す。この句は第二巻『アンの青春』にも登場。

（25）**脊髄膜炎**……ウィルスや細菌が脊髄と脳を包む髄膜に広がり、炎症を起こす。症状は高熱、頭痛、嘔吐などで、抗生物質がない当時は死亡率が高く、恐れられた。ただし腰が痛むからといって脊髄膜炎とは言えず、アーネスティーンはここでも知ったかぶりを話している。

（26）アンモニアを、心配してんだよ……正しくは、ニューモニア pneumonia 肺炎。

（27）ジフテリアと扁桃腺炎は、三日めまでは、同《おんな》じ症状だ……ジフテリアは伝染病で、子どもに多いが、成人もかかる。初期の症状は、扁桃腺と同じように発熱と扁桃の腫れ。やがて咽頭と喉頭の粘膜に白い偽膜ができ、咳が出て、呼吸困難となる。現在は小児のうちにワクチンを接種して予防するが、ワクチンのなかった当時は重症化すると一週間程度で死亡する恐れもあった。その病気ではないかとアーネスティーンはアンに不安な予言をしている。

二年目　第9章

（1）「私は笑いについて言った、それは狂気である。快楽について言った、それは何になろう？」……旧約聖書「伝道の書」（新共同訳では「コヘレトの言葉」）第二章二節の引用。［RW］

（2）余計な心配を山ほどしてきて、運命に対して返せないほど借りがあるに違いありません……余計な心配をする、は英語の言い回しで borrow trouble（苦労を借りる）という。そのため心配性のアーネスティーンは運命に対して借りがある、とアンは書いている。

（3）たとえ人生が、多くの困難や、腸チフスや、双子をもたらしたとしても……第三巻『アンの愛情』の最後でギルバートは腸チフスで死にかけ、『赤毛のアン』でハモンド家に暮らしたアンは双子三組六人の子守で苦労した。

（4）**牧神《パン》が笛を吹く**……牧神は、古代ギリシアの神で、ローマ神話ではファウヌス（フォーン）。森と牧人と牧羊の神。上半身は人間の姿、頭に山羊の二本角と耳があり、下半身は山羊の脚。音楽好きで笛を吹く。

二年目　第10章

（1）**マー**……マー Marr という名字はスコットランド人に多い。

（2）**「十月の金髪女性」**……October blonde　秋に実った小麦の金色の髪、収穫の豊かさを感じさせる言葉。ヘイゼルは詩とロマンスを好んでいると語っている通り、アンの子ども時代と同様に、話し言葉ではあまり使わない大仰で文学的な言葉づかいで話すところに個性があり、そこにある種の滑稽味もモンゴメリは醸し出している。

（3）**ロイ・ガードナーを思い出していた**……第三巻『アンの愛情』でアンはロイ・ガードナーを愛していると思っていたが、本当は愛していなかったと気づいて求婚を断る。

（4）**五月の女王**……春の訪れを祝う五月の祭りで、一人の少女を五月の女王として選び、花冠をかぶせる。また緑の野原に高い五月柱（メイポール）を立て、花と長いリボンで飾り、リボンの端を持って人々が柱の周りを踊る。本文でヘイゼルが語る手に持つメイポールは、本来の高い柱を模して小さく作ったものをさしている。

（5）**オレンジ材の爪とぎ棒**……オレンジ材は木目が密で固く、家具などに用いられる。

ここではオレンジ材でできた爪の手入れに使う棒を意味している。ヘイゼルは、爪のつけ根の半月のあたりがぼこぼこしているところを手入れしている。

（6）**リビエラ海岸**……フランス南東部からイタリア北西部にかけての地中海沿岸で、風光明媚で温暖な気候の観光・保養地。フランスのカンヌ、ニース、イタリアのサンレモ、ジェノヴァなどがある。

（7）**トロイのヘレン**……ギリシア神話の絶世の美女。スパルタ王メネラオスの妃となったが、トロイの王子パリスに誘拐され、トロイ戦争が起こった。

（8）**「『影の国にて、君が心に触れぬ』とシェイクスピアにあるように」／「ポーリーン・ジョンソンだと思うわ」**……ポーリーン・ジョンソンは一年目第1章（29）参照。この一節はジョンソンの詩「月の入り」の最終行「君が思いをすべて理解はせぬかもしれぬ、されどわれは、影の国にて、君が魂に触れぬ」の引用。ジョンソンは詩人・朗読家として、カナダ先住民文化の紹介者として二十世紀初めのカナダで人気があった。近年再びポーリーン・ジョンソンの研究は注目を集めている。［RW／In］

二年目　第11章

（1）**つが**……マツ科の常緑針葉樹で高木。

（2）**（くしょん《カーシュー》）**……kershoo　一般的にはくしゃみの音は achoo アチューで表すが、モンゴメリは鼻風邪のくしゃみの音を作っている。

（3）**その赤い髪、緑色の目！**……赤い髪は、キリスト教ではイエスを裏切った十二使徒のユダ、嫉妬から弟のアベルを殺した兄カインが赤毛だったとされることから裏切り者を暗示する。緑色の目はシェイクスピア劇『オセロ』第三幕第三場から、嫉妬深いとされる。

（4）**断頭台に進みゆくスコットランド女王メアリ**……一年目第5章（2）参照。当時はギロチンはまだ発明前で、この原文の断頭台は scaffold。メアリは断頭台に横たわり、斧で首を斬られた。

（5）**三度くしゃみをする**……一年目第2章（38）。

（6）**救世主**……デア・エクス・マキナ dea ex machina 機械仕掛けの神という意味のラテン語名詞の女性形。古代演劇では、混乱した事件を解決するために、芝居の最後に木造クレーンなどの機械仕掛けで舞台に救世主・神を登場させた。そこから、難事件や難問を解決する偉大な人物をさす。アンは、自分がヘイゼルとテリーの問題を解決できる救世主になったつもりでいたことを自覚し、反省している。

（7）**マイラ・プリングルが、熾天使《してんし》はアフリカにたくさんいる動物だと思っている**……マイラは、熾天使 seraph セラフを、似た名前のキリン giraffe ジラフと間違えている。熾天使は天使の九階級中で最上位の天使。マイラ・プリングルは美しいが頭の弱い女子生徒としてモンゴメリは繰り返し描いている。

二年目　第12章

（1）**ウェディング・ドレスは白いモアレ**……モアレは、布の地紋に波や木目の模様を織りだした生地。

（2）**新婚旅行のスーツは紫がかった灰色《ダヴグレイ》、そこに帽子と手袋と、デルフィニウム・ブルーのブラウスをあわせます**……モンゴメリが一九一一年九月にイギリスへ新婚旅行に行った時、彼女も旅行用のウールのスーツにブラウス、帽子、手袋を身につけている。デルフィニウムはキンポウゲ科の一年草で、オオヒエンソウとも訳され、美しい青色の花が特徴的で、花屋でよく見られる。花言葉は「あなたを幸せにします」で新婚旅行にふさわしい。

二年目　第13章

（1）**西部へ行き、敷設中の新しい鉄道現場**……カナダ東海岸と西海岸を結ぶ大陸横断鉄道は、一八八一年に建設が始まり、東西がつながったが、その後も複数の路線が建設された。モンゴメリは一八九〇年にプリンス・エドワード島を離れ、父が暮らす中西部サスカチュワン州まで汽車で数千キロの旅をした。

（2）**コーデリアと呼んでほしいと頼んだ、小さな赤毛の女の子を思い出したのだ**……『赤毛のアン』第3章で、アンはマリラに名前を聞かれるとコーデリアと呼んでほしいと頼み、マリラを驚かせる。コーデリアという名前は一般には少なく、シェイクスピア劇『リア王』で無口だったために悲劇的な死を迎える第三王女の高貴な名として知られる。

(3) **六月のプリンス・エドワード島でしか見られない街道**……北国の島では六月に春が訪れ、輝く新緑のなかに様々な花々がいっせいに咲き、美しい季節を迎える。淡桃色の林檎の花、白い桜の花、草原のたんぽぽ、ライラック、けまんそう、野いちごの花など。

(4) **馬車がグリーン・ゲイブルズの小径へ入ると、そこにはピンク色の野薔薇が咲き**……『赤毛のアン』第1章でアンが初めてグリーン・ゲイブルズに来た日も小径の野薔薇の茂みが描かれる。

(5) **ダッチェス・アップル**……黄色と赤の筋が入った卵形の料理用リンゴ。アップルパイなどの調理用に用いるが、充分に熟したものは生食にも適する。

(6) **丸花蜂**《まるはなばち》……ミツバチ科で大きくて毛深い蜂の総称。花粉を媒介する昆虫として果樹園では重要な役割を果たす。

(7) **赤カシス**……red currant　和名は赤すぐりだが、日本ではすぐりよりもフランス語のカシスの方が一般的なため赤カシスとした。鮮やかな赤色の実がなる。『赤毛のアン』第16章でアンがダイアナにラズベリー水と間違えて飲ませるカシス酒は、この赤すぐりの実を発酵させた自家製果実酒。すぐりには実が暗紫色の黒カシスもある。

(8) **お月さまは、心配そうな目をしていると思うの**……日本では月の模様にうさぎを見るが、北米では人の顔が見えるとされる。

（9）「ダブル・アイリッシュ・チェーン」……意味は、アイルランドの二重鎖。パッチワークのパターンで、四角い小布をつないで斜めの格子柄を作る。格子の線が一列のパターンはよくあるが、これは二列に並べて二重の鎖に見えることから名づけられた。アメリカの独立戦争以前から北米に伝わる古いパターンで、アイルランドから伝わった証拠はないが、アイルランドの似た模様の織物から生まれたとされる。リンド夫人は『赤毛のアン』と本作でアイルランドの諺を話していることからも、リンド夫人の結婚前の家系はアイルランド系移民と推察される。

（10）「クレメンタイン」の歌をおぼえ、いたるところで「蓋《ふた》のない鰊《にしん》の箱」と喜び歌っていた……「クレメンタイン」はアメリカのゴールドラッシュ時代から歌われる歌でパーシー・モントローズの作詞作曲とされるが、原曲はアイルランド民謡に由来するともいわれる。「蓋のない鰊の箱、それがクレメンタインの靴（サンダル）」と英語の歌詞の二番にある。日本では「雪山賛歌」のメロディで知られる。

（11）指貫を型にして……指貫は thimble シンブル。日本の指貫は輪になったものが多いが、西洋の指貫はキャップの形をした金属製や陶器製で、指にかぶせ針頭を押して使う。これでビスケットの生地の型抜きをすると、ごく小さな丸いビスケットができる。

三年目　第1章

（1）**永遠の家へ行った**……他界すること。旧約聖書「伝道の書」（新共同訳「コヘレトの言葉」）第十二章五節「人は永遠の家へ行き、泣き屋は通りを巡る」より。［In］

（2）**世の中は持ちつ持たれつ**……英語の諺。直訳すると「一つの好意は、別の好意に値する」

（3）**スペイン玉ねぎ**……サラダなどに使う生食用の大きな玉ねぎ、辛みが少なく、甘みがあり水分が多い。レイモンド夫人の洒落たイメージを伝える。

三年目　第2章

（1）**童天使**……一年目第5章（9）。

（2）**光の輪**《オレオール》……キリスト教の聖者の象徴として、聖人の頭や体から発せられる金色の光や光の輪。

（3）**コヨーテ**……イヌ科の動物で草原オオカミとも言う。オオカミより小型で、北米から中米の草原に生息する。毛色は灰褐色から黄褐色。マリラならグリーン・ゲイブルズの客間の床にコヨーテの毛皮は敷かないと思われ、レイモンド夫人の個性的な趣味をモンゴメリは調度品から伝える。

（4）**ミス・パメラ・ドレイク**……ドレイク drake には、昆虫のカゲロウに似せて作った毛鉤《けばり》という意味がある。双子のジェラルドが釣り竿を垂らし、ミス・ドレイクのかつらを釣り上げる展開に合わせて、モンゴメリはこの女性にドレイク（毛鉤）という名をつけたと思われる。

（5）**火食鳥《ひくいどり》**……オーストラリアやニューギニアなどの島々に生息する飛べない大型鳥。羽毛の色は体は黒、首は青と赤、顔は白。頭にある兜《かぶと》のような形の冠が特徴的で、その火食鳥の図をアンに見せているミス・ドレイクの頭に、実はかつらが載っていることと重ね合わされ、モンゴメリらしいユーモアがある。

（6）**ゴールデン・グロウ**……golden glow、黄金の輝きという意味の花の名前。一般にオオハンゴンソウと訳されるが、オオハンゴンソウは花の中央に黒褐色や緑色の大きな芯がある野草。本文のゴールデン・グロウはそうした花芯がなく、約二メートルまで伸びる高くて細い茎に、鮮やかな黄色の大きな花がたくさん咲く園芸植物。レイモンド夫人の華やかなイメージにふさわしい。

三年目　第3章

（1）**復讐の女神たち**……ギリシア神話の復讐の女神の三姉妹。頭髪は蛇《へび》で、背に翼があり、手に松明《たいまつ》を持って罪人を追いつめ、狂わせる。

三年目　第4章

（1）**『子どもは姿を見るもので、声を聞くものではない』**……昔流の躾で、子どもは黙って静かにすべきという意味。

三年目　第5章

（1）何尋《なんひろ》も深く……尋《ひろ》は水深の単位で、一尋は六フィート、約一・八メートルの水深。

（2）ミルトンの詩集……イギリスの詩人ジョン・ミルトン（一六〇八～七四）。叙事詩『失楽園』（一六六七）で知られる。

三年目　第6章

（1）結婚許可証……役場に申請すると発行される。現在もプリンス・エドワード島州で結婚する場合は、その前に出生証明書、身分証明書、また離婚証明書を持参して結婚許可証を取得すること、また結婚式には証人が二人いることが必要。

三年目　第7章

（1）「私を？」アンは信じられない顔つきになり、間違った文法で言った……原文は Me? 正しくは I? で「私が？」。

（2）私、教会で、け、結婚したかったの……十九世紀の結婚式は、一般の人々は花嫁の家で挙げた。第三巻でダイアナは自宅で結婚式と披露宴をしている。しかし教会に巨額の寄付をする王侯貴族は教会で結婚式を挙げた。そのため教会の結婚式に憧れる人もいた。二十世紀に入ると少しずつ一般の人々も教会で結婚式をするようになる。本作の発行は一九三六年。

三年目　第8章

（1）**書斎**《ライベリー》……'liberry'、正しくはライブラリー library。マギーおばさんがおそらくは本を読まないことを伝える。

（2）**『イノック・アーデン』の最後の二行に腹が立って、窓から放り出したのです……**『イノック・アーデン』はテニスンの長編劇詩。船乗りのイノック・アーデンは、最愛の妻子のために航海に出た後、十年たっても便りがなく、妻は幼なじみのフィリップと再婚する。そこへイノックが帰ってくる。イノックは、妻が、彼の親友でもあったフィリップを夫に迎え、子どもたちも新しい父に懐いて温かな家庭を営んでいる平和な情景を目にして全てを悟り、妻子に言葉をかけずに去る。妻子の幸福のために自分の幸せを断念したイノックは、哀しみから、一年後に弱って息絶える。最後の二行は「人々は、この小さな港では昔から例を見ないほど／盛大な葬儀を行ない、彼の亡骸を葬った」とある。亭主関白のフランクリン・ウェスコットには、妻が再婚することも、夫が諦めて死ぬことにも耐えられなかったことを意味する。長編詩『イノック・アーデン』は第二巻『アンの青春』第29章にも引用される。

（3）**「角笛の歌」**……テニスンの代表的な作品の一つ。滝と谷を見晴らす遥かな風景が夕日に照らされる頃、角笛を吹き鳴らし、響きが谷にこだましてやがて消えていく静寂と雄大な情景を格調高く詠い上げる。

（4）**猫の皮をはぐ方法は、一つではない**……英語の諺「猫の皮をはぐ方法は一つ以上ある」を話している。目的を叶える手段は一つではなく色々なやり方があるため知恵を使うとよいという意味。

（5）**「何かを試み、何かをなし遂げ、ひと夜《よ》の憩《いこ》いを得る」**……ロングフェローの詩「村の鍛冶屋」（一八四一）の有名な一節「毎朝、仕事の始まるを見る、毎夕、仕事の終わるを見る。何かを試み、何かをなし遂げ、ひと夜の憩いを得る」より。［RW／In］

三年目　第9章

（1）**その人の名前がトムギャロンだと言っても、あなたは信じないでしょうね**……トムギャロン Tomgallon は珍しい名字であるため、アンはこのように書いている。

（2）**ミナーヴァ**……Minerva は女性名で、英語の発音はミナーヴァ。ローマ神話における知恵と工芸と芸術の女神ミネルヴァに由来する。そこから知恵と学識のある女性を意味する。

（3）**私がディケンズをあまりに長い間、夜ふけまで読みすぎているからだ**……ディケンズは十九世紀英国の国民的文豪。ディケンズ作品には珍しい名前の人物が登場する。『クリスマス・キャロル』の主人公エベニゼル・スクルージなど。

（4）**アングリカン教会**……Anglican Church　英国国教会のこと。英国国教会は十六世紀のイングランドで国王ヘンリー八世が、カトリックのローマ教皇の支配から離れて成立させた新教徒の宗派。イングランドでは英国国教会と言うが、イングランド国外ではアングリカン教会と言う。日本では聖公会と訳される。

（5）**バッキンガム宮殿**……元々は王宮ではなく、一七〇三年にバッキンガム公がロンドンに邸宅として建造。以後は、王妃の屋敷などに使用されてきたが、一八三七年にヴィクトリア女王が即位してから宮殿となり、以後、王室の住まいとなった。本作の時代はヴィクトリア女王の治世であり、宮殿に女王が居住していた。

（6）**緑色のボイル地**……ボイル地は絹、綿、ウールなどの強い撚り糸で織った半透明の生地。緑色は赤毛のアンに最も似合う色で、大切な外出に着ている。

（7）**敷物**《フックラグ》……原文は hook rug だが、hooked rug とも言う。黄麻地などの目の粗い布に、表からかぎ（フック）つきの針を刺し、色とりどりの毛糸やウール地を細く切って毛糸状にしたものを上に引き出して小さなループを密に並べて作る敷物。第二巻『アンの青春』ではアンが土台の布に模様を描く赤い染料を間違えて鼻に塗る場面がある。現在のグリーン・ゲイブルズの床にも多数のフックド・ラグが展示され、アヴォンリーのモデルとなった地域にちなんだ「キャベンディッシュ・パターン」という色鮮やかな模様の敷物も置かれている。

三年目　第10章

（1）**鉄灰色の髪**……iron-grey hair『赤毛のアン』に描かれるマシュー・カスバートと同じ髪の色。焦げ茶色の地毛が白髪まじりになったもの。

（2）**トムギャロン家の亡き人々の髪を三編みにしてまわりをとりまいた大きなカメオのブローチ**……写真が普及していない十九世紀は家族の髪を装飾品に使い、しのぶよすがとした。『赤毛のアン』ではマリラの紫水晶のブローチは、周囲を小さな紫水晶が取り巻き、中央に亡き母の髪を編んだ三編みを入れている。裕福なミナーヴァ嬢のブローチは中央が巨大なカメオで、周囲に親族の三編みがついている。

（3）**高祖母の末っ子で、わたくしの大おじ**……高祖母の末っ子は、曾祖父母の弟。一方、大おじは、祖父母の兄弟を意味するため、この表現は正しくない。しかし英語では、またまたいとこをいとこ、曾祖母を祖母と言う例のように、簡単に表現することがある。

（4）**阿片《あへん》チンキ**……阿片から抽出した鎮痛成分のモルヒネをアルコールに溶かした薬で、当時は鎮痛薬、鎮咳薬として使われた。阿片は、その喫煙が十八世紀半ばに清朝中国から世界に広がり、十九世紀にはイギリスがインド産の阿片を中国に売って銀を獲得したが、中国が阿片の輸入を禁止したことから阿片戦争が起き、敗れた中国はイギリスに半植民地化された。本作の背景となる時代も、カナダの宗主国イギリスによる中国支配は続いていた。

（5）**夫は、彼女のお尻を叩いていたのです**……二年目第4章（6）参照。

三年目　第11章

（1）**クラウン・ダービー**……精巧な模様で知られる高級磁器。一七八四年から一八四八年まで、イングランド中部のダービーで作られ、英国王室の認証品であることを示す王冠《クラウン》の紋章がついていることから、この名がある。本作の時代背景は十九世紀末であり、トムギャロン家は、この時点よりも前の時代に、高価な食器を揃えて栄えていたことを意味する。

（2）**主の祈り**……イエスが弟子に教えた祈り。新約聖書「マタイによる福音書」第六章九節から十三節、「ルカによる福音書」第十一章二節から四節にある。「天にましますわれらの父よ」で始まる。

（3）**『われらに罪をおかした者をわれらが許すがごとく、われらの罪も許したまえ』**……新訳聖書「マタイによる福音書」第六章十二節、「ルカによる福音書」第十一章四節にある。［In］

（4）**ドイリーの一そろい**……ドイリーは小さな敷物。本来はフィンガー・ボウルの敷物だが、そこからレース編みや刺繍の小さな敷物、花瓶敷きなども意味する。当時、結婚を控えた女性は新婚家庭で使うドイリーをセットで編んだので、結婚を控えているアンは嫁入り仕度のドイリーを作っていることが分かる。第二巻『アンの青春』第29

章では結婚前のダイアナがドイリーを三十七枚編むと語る場面がある。

(5) **棒針で膝かけを編みながら**……アフガン《アフガン》はアフガン編みという編み物もあるが、ここでは膝かけや肩かけを意味する。当時の女性は来客と会話をするときに手仕事をした。牧師夫人だったモンゴメリも客人と面談しながらレース編みなどをした。

(6) **インド双六《すごろく》**……原文の parchesi はインドに古くから伝わる二人用の盤上ゲーム。その改良版がアメリカで一八六七年に Parcheesi という名前で商品化された。競技者は、対角線上に陣地をとり、二つのサイコロを振って、四つの駒を進めて遊ぶ。本文はそのゲームをさすと思われる。

(7) **クレイジー・キルト**……通常のキルトは、一般に同じ素材の生地を、四角や三角など規則的な形に裁って縫い合わせるが、クレイジー・キルトは、絹やウールなども交えた異素材の布を、不規則な形に切ってつなぎ合わせ、その上に刺繍やステッチを施した手のこんだもの。プリンス・エドワード島のパーク・コーナーにある銀の森屋敷には、モンゴメリが十代に作った見事なクレイジー・キルトが残っている。

(8) **夢の家**……アンは、ギルバートと新婚時代を暮らす家を House of Dreams「夢の家」と名づける。ギルバートと一緒に暮らし、わが家に住み、子どもを持つ、など、アンの色々な夢に満ちた家という意味。新婚時代を描く第五巻『アンの夢の家』は一九一七年に刊行され、一九三六年発行の第四巻の本作より十九年前に出ている。

三年目　第12章

（1）**最後の年の六月**……欧米の学校年度は九月に始まり、夏休み前の六月に終わる。最後の年の六月にアンがサマーサイドを去るため、この六月に「明日」が来なければ、もう来ないだろうとエリザベスは案じている。

（2）**学校の子どもたちの大勢が、小さなエリザベスのボタンで留める子山羊革《キッド》の美しいブーツを羨ましがっていた**……すぐに足が大きくなる子どもの革靴は高級品で、夏のふだんの登校は裸足の生徒もいた。

（3）**マスト灯**……商船などが、夜間の航海中、船同士の衝突を避けるためにマストに掲げた明かり。

（4）**マンサード屋根の部屋の窓辺**……一年目第1章（15）。

（5）**婦人援護会**……教会を財政的に支援する婦人組織。『赤毛のアン』ではリンド夫人はその顔役で、マリラも会合に参加していることが描かれる。

（6）**耳のまわりにくるくるした小さな愛嬌毛《あいきようげ》**……愛嬌毛は耳の前や額に下がる巻き毛で、愛らしいと考えられていた。

（7）**ミストラル**……フランスの地中海沿岸などで冬に吹く北西の強風で、乾燥して寒冷。

（8）**エリザベスは、日曜学校で習った詩の一節を思った。「小さき山も、あらゆる斜面が喜び祝う」**……旧約聖書「詩篇」第六十五章十二節。[RW]

（9）**トムプソン夫人の猫が、たぶん、何かここに持ってきているだろう**……大人の男性が、子どもにむかって女性のことを話す時、「猫」と言うことがあった。ここではトムプソン夫人のメイドをさしている。話し手の男性はメイドの名前を知らないため、幼いエリザベスに「猫」と話す。しかし夢見がちなエリザベスはそれを真に受け、すぐ後に「猫がいようといまいと」と考える。

（10）**アイスクリームといちごのジャムが、こんなに魔法みたいに出て来ないもの！**……電気冷凍庫が家庭に普及していない当時、アイスクリームは冬から貯蔵しておいた氷で、牛乳、乳脂肪、砂糖などを冷やしながら攪拌して作るもので、準備もなくいきなり出て来ることはなかった。

三年目　第14章

（1）**道の曲がり角**……『赤毛のアン』シリーズにおいて人生の節目を表す言葉。『赤毛のアン』では最後の第38章の章題が「道の曲がり角」で、アンは進学をやめて島で教師になる決意をする。第二巻『アンの青春』第26章「曲がり角のむこう」ではアヴォンリー村の教職をやめて本土の大学に進むことになる。そして本作の「道の曲がり角」はアンが退職して教師生活を終え、ギルバートとの結婚生活に入ることを表す。

（2）**「神秘的で不思議な」響き**……mystic and wonderful、テニスンが古代ケルトの伝説の王アーサー王をモチーフにした詩『アーサー王の死』（一八四二）二連目十九行に mystic, wonderful がある。この場面は、重傷を負って黄泉の国へ旅立とうとするアーサー王が、自分の魔法の剣エクスカリバーを湖に沈めよと、円卓の騎士ベディヴィアに命じる。そこで騎士が湖に投じると、「片腕が、湖の底から上がって来た／腕は白い錦織に包まれ、神秘的で不思議なことに／その剣を握っていた」とある。［RW／In］

（3）**来年の四時にお話ししましょう**……I'll tell you that at four o'clock next year.

（4）**あの子は、だてにベッキー・シャープに似ているわけではないのです**……イギリスの作家サッカレーの小説『虚栄の市』（一八四七～四八）の主人公のベッキー・シャープは貧しい孤児の身から美貌と才気を頼みに社交界でのし上がっていく勝ち気な女性。似ているジェンも何かをなすだろうという意味。ちなみに『虚栄の市』という作品名は、バニヤン著『天路歴程』中の一つの章「虚栄の市」から取られている。

（5）**マギル大学**……スコットランド生まれのカナダ人実業家ジェイムズ・マギルが毛皮の取引でなした遺産をもとに、一八二一年、ケベック州モントリオールに創設したマギル・カレッジを前身とする大学。フランス系住民が暮らし、主にフランス語が話されるケベック州において、英語を話す知識階級の育成を目指す。現在も名門大学。

（6）**クィーン学院へ行きます。その後は、キングスポートの演劇学校に通う学費を貯めるまで、教鞭をとるのです**……クィーン学院はアンとギルバートが学んだ師範学校。モンゴメリが卒業したプリンス・オブ・ウェールズ・カレッジがモデル。モンゴメリもその師範学校で教員免許をとって卒業した後は、学校で教えながら貯金してノヴァ・スコシア州ハリファクスにあるダルハウジー大学の学費を貯めた。

（7）**「過去完了分詞」**……原文は past perfect participle。しかし英文法に「過去完了分詞」は存在せず「過去完了」past perfect か「過去分詞」past participle しかない。本文ではマイラ・プリングルが「知らなかったとしても」と書かれているため、初歩的な動詞の活用形（現在形・過去形・過去分詞形）として誰でも知っている「過去分詞」ではなく、やや難しい「過去完了」と意訳する方がふさわしいかもしれないが、モンゴメリの原文に従った。

（8）**風鳴琴《エオリアン・ハープ》**……風が吹くと弦が響いて鳴る横置きの琴。細く開けた窓辺に置いて、吹き込む風で奏でる。十八世紀から十九世紀のイギリスとドイツでは日常的に使われた。

（9）**エンジェル・ケーキ**……卵白を固く泡立てて、小麦粉、砂糖、ヴァニラエッセンスなどを加えて焼いた白いスポンジ・ケーキ。卵黄を入れると黄みがかったケーキ地になるが、卵白だけなので、白いケーキに仕上がる。リング形の型で焼かれることが多く、天使の頭の白い輪を思わせることから、エンジェル・ケーキと呼ばれる。

（10）**「お客様用の」磁器**……原文では company china。ふだんはやや厚手の陶器を使ったが、来客には薄くて白い磁器を使った。当時のカナダでは薄手の白い磁器は欧州からの輸入品で高価だった。

（11）**アクアマリンのきれいな指輪をくださいました――青と緑をまぜあわせた月光のような宝石です**……現在市販されるアクアマリンは透明な淡い水色の石だが、原石には青色に緑色が含まれている。そのため緑色を取り除いてクリアな水色にするために四百五十度から五百度で一時間ほど熱処理を施す。しかしアンの時代は熱処理をしなかったため、アクアマリンは青と緑の両方の色が混じっていた。アクアマリンは日本語では緑柱石と言い、この言葉も原石に緑色が含まれていることを示す。

（12）**海の宝石には、神秘的な魅力があります**……アクアマリン（意味は海の水）は海のような青みから、かつては海の精の宝物と考えられ、航海の無事を祈る船乗りの石でもあった。海運業で栄えたサマーサイドの名門家庭が所有するにふさわしい宝石。

（13）**ほんのちょっぴり**……a wee bit。a wee はスコットランド風の言い回しで、ほんの少し。

三年目　第15章

（1）**しかしわれわれは、神がお定めになった運命に不服を申してはなりません（「サムエル記上」第二十九章と第十八章）**……旧約聖書「サムエル記上」第二十九章では、ダヴィデは好人物であると認められながらも、ペリシテの武将たちはダヴィデと戦うことを望まず、翌朝早くに発つよう求められ、去って行く。第十八章では、ダヴィデは武勲を立てたために、サウルから妬まれて敵意をもたれる。いずれも人生には不本意な出来事もあることを示す記述をレベッカはアンのために書いている。

（2）**神さまが、貴女をお護《まも》りくださいますように**……相手への感謝をあらわす時に告げる言葉であり、別れゆく人に贈る言葉。レベッカの真心と哀別の念が伝わる。

聖書からの引用について。日本語訳聖書「新共同訳」は、モンゴメリが読んで引用した欽定版の英語聖書に対応していないことがあるため、「新共同訳」と記載のないものは、訳者が欽定版から訳した。

各項文末の記号について。［RW］は'L. M. Montgomery's use of quotations and allusions in the "ANNE" books' by Rea Wilmshurst をもとに出典を確認して誤記を訂正、さらに訳者が引用元の作品解説を追加した。［In］はインターネットで本作の英文を検索して一致した英文学作品を読んで調査して解説した。

本書の原書はパフィンブックスのペイパーバック *Anne of Windy Willows* を底本とした。モンゴメリが原文に用いた記号ダッシュ（—）は、地の文章で使用されている場合は「——」、台詞中にある場合は「……」と表記した。モンゴメリがアルファベットを斜体文字にして強調した語句は、その訳語に傍点をふった。

訳者あとがき

本書『風柳荘《ウインディ・ウイローズ》のアン』（文春文庫、二〇二〇年）は、L・M・モンゴメリ著『赤毛のアン』シリーズ第四巻 *Anne of Windy Willows*（一九三六年）の全文訳です。

拙訳のアン・シリーズは、第三巻『アンの愛情』（二〇〇八年）まで集英社文庫より発行され、続きは中断していました。しかし第四巻以降も、モンゴメリの英文を正確に訳した本を読みたいというご要望を全国から頂き、このたび文春文庫から全文訳を注釈付で刊行して頂くことになりました。長年にわたりお待ち頂き、応援してくださいました読者のみなさまに、心より御礼を申し上げます。

さて、前作の第三巻『アンの愛情』は、カナダ本土の大学を卒業したアンが、ギルバートの求婚を受け入れ、初めての口づけをして結ばれる場面で終わりました。続く本作は、アンが、プリンス・エドワード島のサマーサイド高校の学校長となる婚約時代で、二十二歳から三年間の物語です。アンが本土の医学生ギルバートに手紙を書き送る形式で、小説の大半が進みます。

一、『風柳荘《ウインディ・ウイローズ》のアン』と『北風のうしろの国』

これまで本作は、『アンの幸福』というタイトルで紹介されてきました。私自身も十代から、明るさの漂うこの書名に親しんでまいりました。

しかし原書を精読した結果、モンゴメリがつけた *Anne of Windy Willows* に従い、『風柳荘のアン』とすることにしました。というのも本作では、風が重要な意味を持っているからです。アンは、ギルバートへの手紙に次のように書いています。

「私は、『北風』に乗って飛んでいく少年をいつも羨ましく思ってきました。ジョージ・マクドナルドの美しく古い物語です。ギルバート、私も、ある晩、塔の窓を開け、風の両腕のなかへ踏み出して行くかもしれません」(一年目第1章)

ジョージ・マクドナルド(一八二四〜一九〇五)はスコットランドの作家で、美しく古い物語とは、ファンタジー小説『北風のうしろの国』です。

主人公のダイアモンドは幼い男の子で、青白い顔に金髪、ほっそりして病弱で、空想癖があり、変わった子どもだと思われています。

ダイアモンドは、北風の吹き荒れる夜、美しい女の姿であらわれた北風に抱かれて大都会ロンドンの空を飛びます。北風は、ときにそよ風となって花を揺らし、またときに風車を回し、さまざまな姿でやってきます。やがてダイアモンドは、不思議な平和が漂う「北風のうしろ」へ行きたいと願うようになります。

彼は御者の息子で、父が病いに伏すと、幼いながらもたくみに手綱をとり、馬車を御して働きます。しかし最後は幸せな笑みをうかべて息絶えます。彼はずっと憧れていた「北風のうしろ」へ行ったと書かれて終わるのです。

一方、『風柳荘《ウインディ・ウイローズ》のアン』では、ダイアモンドとそっくりな少女、つまり青白い顔に金髪で、体が弱く、空想癖のある小さなエリザベスが、「明日」へ行くことを願い続けています。そして最後に、御者が制御できなくなった馬車の馬の一団にぶつかって意識を失い、ついに「明日」へ行きます。

またモンゴメリは本作において、『北風のうしろの国』と同じように風を擬人化しています。

「風たちは、塔のまわりで泣き叫び、ため息をつき、優しく唄うでしょう——冬は白い風たち、春は緑の風たち、夏は青い風たち、秋は深紅の風たち、そしてすべての季節に激しい風が」（一年目第1章）

「ドーリッシュ街道を吹きわたりながら意味ありげにささやき、葉ずれの音を奏でていた若いそよ風たちは、こぞってその翼をたたみ、身じろぎもせず、音を立てなくなった」（二年目第2章）などです。

そしてアンが暮らす屋敷は「風」柳荘《ウインディ・ウイローズ》です。本作は『北風のうしろの国』を意識して書かれていることから、モンゴメリによる「風」のついた原題を忠実に訳すことにした次第です。

二、アンの下宿の屋号「風柳荘《ウインディ・ウイローズ》」

アンが育った懐かしいわが家の屋号は、グリーン・ゲイブルズ。形容詞「緑色の《グリーン》」に、名詞「切妻屋根・破風の複数形《ゲイブルズ》」をあわせた屋号でした。

風柳荘《ウインディ・ウイローズ》も、形容詞「風にそよぐ《ウインディ》」に、名詞「柳の複数形《ウイローズ》」をあわせた屋号です。風に吹かれる柳の葉がかろやかに揺れながら、陽ざしにきらめき、さわさわと音をたてる。そんな柳が取りまく屋敷には、さわやかで軽快なイメージがあります。春には新緑の芽吹き、夏は青々とした葉、秋は金色の葉、冬の枝と、四季折々の移ろいも感じられます。

これに対して隣家の常磐木荘《エヴァーグリーンズ》は、常緑樹のえぞ松ともみが重々しく茂る屋敷ですから、モンゴメリは両家を対比させています。

三、小説の舞台プリンス・エドワード島サマーサイドとモンゴメリ

サマーサイドは、島とカナダ本土を隔てるノーサンバーランド海峡に面した港町で、島の南海岸にあります（地図）。北風の吹きつける北海岸より少し暖かいようだということから、サマーサイド（夏の側）と名づけられたと伝えられています。

プリンス・エドワード島の州都シャーロットタウンは、十九世紀の赤煉瓦の建物や、堂々たる石造りの州議事堂の古い街並みに、近代的な大型ビルもあり、島の政治、経済、教育の中心地です。

いっぽうのサマーサイドは、現在は静かな住宅地ですが、本作に描かれる十九世紀は繁栄の港町でした。

自動車や飛行機がない船舶交通の時代、本土にむいたサマーサイドは、対岸のアメリカ大陸と島をむすぶ客船や輸送船の入る海運と交易の地であり、本作に描かれている通り、帆船や蒸気船、小さな帆舟が港をゆきかったのです。造船業も盛んで、数々の進水式がおこなわれました。本作でも、風柳荘《ウインディ・ウイローズ》のケイトおばさんのご亭主は船長、プリングル一族の祖先はエイブラハム船長、その弟のマイロム・プリングルも船長で、海にまつわる人々が描かれます。

一八七三年にプリンス・エドワード島がカナダ連邦に加わると、島に鉄道が敷かれます。するとサマーサイドは、本土から来た船が鉄道と接続する島の玄関口となり、二つの駅が作られ、ホテルや商店がにぎわいました。

モンゴメリは一八九四年から九五年、サマーサイドに近い農村ロウアー・ベデック（地図）に下宿し、学校の教師をしていました。買い物にはサマーサイドの店に出かけ、またキャベンディッシュ（アヴォンリーのモデル）に帰省するときはサマーサイドの駅を利用しました。そうした二十代の思い出の港町を舞台に、この小説を書いたのです。いまは本土と島を結ぶフェリーは別の港に入るようになり、造船業もなくなり、サマーサイドに往時のにぎわいはありません。しかし街路樹が緑の枝をさしかわす森林庭園のような美しい町に、造船業や海運業、また毛皮産業で財を成した富豪たちがたてた壮麗な邸宅が点在して、かつての栄華を伝えています。それはまるで本作のプリングルー族のお屋敷を思わせるような見事な建築物です。

四、アンが暮らす塔のある家「アン女王復活様式」

サマーサイドには、塔のある家が何軒か見受けられます。その一例として、十九世紀後半に建てられたドクター・モリソン邸の写真を口絵に掲載しました。この屋敷には円柱の高い塔があり、おとぎ話の世界のような浪漫的な雰囲気があります。こんな塔の部屋に、アンが小さな階段を上がって暮らした日々を想像すると、なんとも心楽しい思いがします。

塔のある家の建築様式は、「クィーン・アン・リバイバル様式」と呼ばれます。クィーン・アンは、十八世紀英国の女王です。そして「クィーン・アン・リバイバル様式」とは、十九世紀イギリスの建築家リチャード・ノーマン・ショーが、十七世紀後半のカントリー・ハウスの様式を元に作った建築スタイルです。実際のアン女王の時代の建築とは、あまり関係がないようですが、この「アン女王復活様式」は、イギリス人好みの伝統的な様式を取りいれて人気を博し、北米のアメリカとカナダでも十九世紀後半から二十世紀初めに流行しました。サマーサイドの塔のある家は、ドクター・モリソン邸も含めて、その時期に建てられたものです。

外観は英国と北米では異なり、カナダにおける特徴の一つは、塔がついていることです。サマーサイドでも木造の家屋に、円柱や角柱などの塔がついていて、風雅な美しさがあります。

ちなみにアン女王は、スコットランド国王を輩出したスチュアート家の出身で、本作に描かれるスコットランド女王メアリ・スチュアートの玄孫《やしやご》（曾孫《ひまご》の子）にあたります。

第三巻『アンの愛情』で、アンは、スコットランド系の同級生フィリッパから「クィーン・アン」と呼ばれました。そんなアンが、第四巻ではスコットランド王家の「アン女王復活様式」の家に暮らす興味深い仕掛けを、スコットランド系のモンゴメリは用意しています。

五、本作の構成――アンの物語に織りこまれるスピンオフの短編小説

三年間を描いた本作は、三部構成で成り立っています。

一年目は、高校の学校長としてサマーサイドに来たアンが、町の有力者プリングルー

族の敵意にさらされますが、アンが見つけた船乗りの日誌が思わぬ急展開をもたらします。

二年目は、冷笑的な副校長キャサリンをグリーン・ゲイブルズに連れていくと、彼女は孤独な半生を告白して生まれ変わり、アンとの関係も一変します。

三年目は、常磐木荘《エヴァーグリーンズ》の孤独な小さなエリザベスが、アンの働きかけで、ついに望んでいた「明日」へ旅立ちます。

こうしたアンの三年間の物語の合間に、本筋から離れたスピンオフ作品が入っています。

一年目

第5章。アンがミス・コータローに墓地を案内され、死者の奇想天外な話を聞かされる。

第9〜10章。父親サイラス・テイラーの不機嫌な沈黙に家族中がおびえる夕食会で、アンが爆弾発言をしたところ、さらに驚く展開となる。

第13〜15章。老母の介護で外出できないポーリーンに、幸せな一日を贈る。

第16〜18章。恋人と喧嘩をした娘ノーラに救いの手を差しのべたところ、真夜中に、予想もしない事件が起きる。

二年目

第1～3章。アンと教え子のルイスが、母のない男の子「ちびっこ」と出会うが……。

第8章。心配性の「いとこのアーネスティーン」が風柳荘《ウインデイ・ウイローズ》を訪れ、レベッカ・デューと滑稽なやりとりをする。

第10～12章。婚約者を愛していないと悩む娘ヘイゼルを助けたはずが、思わぬ失敗をする。

三年目

第2～4章。悪戯な双子ジェラルドとジェラルディーンの子守りに悪戦苦闘する。

第5～8章。父親フランクリン・ウェスコットに結婚を反対された娘ダヴィの駆け落ちを手伝ったはずが、父親の意外な真意を知る。

第10～11章。名門トムギャロン邸に招かれ、一族の悲劇的な死を聞かされる。

このうち八作品は、一九三六年に、ケベック州モントリオールの「ファミリー・ヘラルド・アンド・ウィークリー・スター」誌に掲載された短編です。またアンとルイスが「ちびっこ」に出会い、写真を撮る物語は、「ちびっこの写真」というタイトルで、本作発行の三十年前、一九〇六年に雑誌に載っています。

モンゴメリは、『赤毛のアン』（一九〇八年）が出る前から生涯にわたり約五百作の短編小説を雑誌に発表しました。そうした作品に加筆して、本作にうまく取り入れたのです。

本作のスピンオフ作品を、一篇の短編小説として読むと、また異なる読み応えがあります。一風変わった人物造形のたくみさ、忘れがたい心うるわしい人々、たとえば、「幸せな一日の不滅の精神」をたずさえて生きていくポーリーン、衰亡していくトムギャロン家一族の悲劇を誇り高く語る老嬢ミナーヴァ・トムギャロン……。またミス・コータローが語る死者たちの在りし日の悲喜こもごもは、人生というものの深遠さを伝えます。意外な結末に驚かされ、読後はしみじみとした余韻が漂う作品もあります。短編作家として、アメリカとカナダの雑誌で活躍したモンゴメリの面目躍如たる佳品の数々です。

六、三つの文体からなる小説

こうした構成上の理由もあり、本作には三つの文体があります。

まず一年目の冒頭は、アンからギルバートに宛てた手紙であり、書簡体で進みます。ところが途中からは、先ほど列挙した短編小説が配置され、小説の文体になります。その合間に、ふたたびアンからギルバートへの書簡がはさまれるのです。

さらに三年目の第12章と第13章は、突然、小さなエリザベスの視点で書かれた小説の文体に変わります。ことに彼女が「飛ぶ雲」でグレイソン氏と出会ってからの場面は、エリザベスの子どもの目を通して見た風景が、彼女の主観から描かれ、アンは第三者となります。しかも最終章では、レベッカ・デューからアンへの書簡も登場するのです。

このように書簡体、短編、小さなエリザベスの主観という三つの文体で書かれているため、訳文も、書簡は「です・ます調」、短編は「だ・である調」、小さなエリザベスの主観による部分は早熟で夢見がちな彼女なりの子どもらしさが漂う文章で書きました。異なる文体が次々と入れ替わる点も、本作独特の面白さと言えましょう。

七、スコットランド系カナダ人の小説

この第四巻も、第一巻から第三巻と同じように、移民国家カナダにおけるスコットランド系とアイルランド系の人々を中心とする小説です。

アンはノヴァ・スコシア（新スコットランド）生まれのスコットランド系。グリーン・ゲイブルズのマリラは、母親がスコットランド移民一世（『赤毛のアン』第37章）。興味深いことに、マリラの母はジョンソン家出身と本作で初めて明かされます。ジョンソンはもちろんスコットランド人の名字です。同居するリンド夫人は本作でアイルランドの古い諺を語り、アイルランドの名前がついたパッチワークをしています。ダイアナ・バリーもアイルランド系です。

新しく登場する人物では、風柳荘《ウインディ・ウイローズ》の大家マコーマー MacComber 船長夫人とマクレーン MacLean 夫人は、スコットランド人に特有の「マク Mac」がついていますので、

スコットランド系です。二人が暮らす塔のある家がスコットランド系の「クィーン・アン・リバイバル様式」であることは前述の通りです。

さらにアンと敵対するプリングル一族の人々、隣家のキャンベル夫人、芝居でスコットランド女王メアリを演じるソフィ・シンクレアも、スコットランド人の名字です。小さなエリザベスの父の名グレイソン Grayson は、スコットランド人とアイルランド人の名です。

カナダは先住民族に加え、フランス系、イングランド系、ドイツ系、イタリア系、中国系など多くの移民から成り立っていますが、モンゴメリは、アン・シリーズをスコットランド系とアイルランド系のケルト族の小説として書いています。

本作にもケルトのアーサー王伝説が登場し、一年目では、アンがアーサー王の騎士ギャラハッドについて手紙に書き、三年目にはテニスンの詩「アーサー王の死」が引用されています。英文学と聖書からの様々な引用は、訳者によるノートをご参照ください。

八、風柳荘《ウインディ・ウィローズ》と風ポプラ荘

私はアン・シリーズ四作ツアーの企画・解説者として、二〇〇七年から毎年、カナダ東海岸四州を訪れています。カナダでは、本作は『風ポプラ荘のアン』*Anne of Windy Poplars* として刊行されているのです。

もともとモンゴメリは『風柳荘《ウインディ・ウイローズ》のアン』としていました。ところが北米で発行される際、アメリカの出版社が、イギリスの作家ケネス・グレアムの名作『楽しい川辺』*The Wind in the Willows*（柳に吹く風）と混同される可能性があるとして、『風ポプラ荘のアン』へ変えるように求めたのです。そこでモンゴメリは「風ポプラ荘」としましたが、この書名では美しい頭韻を踏んでいない、と日記に書いています（一九三六年一月十一日付）。実際、「風柳荘《ウインディ・ウイローズ》」は、ウィWiの頭韻が続き、リズミカルな響きがあります。

さらにアメリカの版元は、本作から恐ろしい描写を削除することも求め、ミス・コータローに墓地を案内される章から、目を開けたまま埋葬されたスティーヴン・プリングルの描写などが、悲劇的なトムギャロン家の一夜からも、自殺をしたおばの描写などが省略されました。それらをアンが回想する場面もいくつか削除されています。

こうしたいきさつから、アメリカとカナダでは削除版の『風ポプラ荘のアン』が、イギリスとオーストラリアと日本では完全版の『風柳荘《ウインディ・ウイローズ》のアン』が発行されています。本作の底本も完全版です。

九、アン・シリーズが書かれた順番

本作の発行は一九三六年で、第三巻『アンの愛情』（一九一五年）から二十一年後です。

このように長い間が空いた理由は、シリーズがアンの年齢とは別の順序で書かれたからです。

カナダで出ているシリーズを発行年順に並べ、原題、モンゴメリの年齢もご紹介しましょう。

発行年	巻数	邦訳	原題	アンの年齢(モンゴメリの年齢)
一九〇八年	①	『赤毛のアン』	*Anne of Green Gables*	誕生〜16歳(34歳)
一九〇九年	②	『アンの青春』	*Anne of Avonlea*	16〜18歳(35歳)
一九一五年	③	『アンの愛情』	*Anne of the Island*	18〜22歳(41歳)
一九一七年	⑤	『アンの夢の家』	*Anne's House of Dreams*	25〜27歳(43歳)
一九一九年	⑦	『虹の谷』	*Rainbow Valley*	41歳(45歳)
一九二一年	⑧	『炉辺荘のリラ』	*Rilla of Ingleside*	49〜53歳(47歳)
一九三六年	④	『風柳荘のアン』	*Anne of Windy Willows*	22〜25歳(62歳)
一九三九年	⑥	『炉辺荘のアン』	*Anne of Ingleside*	34〜40歳(65歳)

モンゴメリは四十代に、アンの大学時代、結婚と子育て、子どもたちの思春期、息子

たちが第一次大戦に出征する第八巻まで書き終えました。

そのあと一九三四年に、トーキー映画「赤毛のアン」がアメリカで製作公開されます（日本では「紅雀」として劇場公開）。テレビがない当時、映画の宣伝効果は大きく、これを商機ととらえた版元の勧めにより、またアンの小説をさらに読みたいと願う読者の要望にこたえて、六十代になったモンゴメリは、大学時代の第三巻と新婚生活の第五巻の間を埋めるかたちで、婚約時代の本作を書いたのです。

十、本作執筆前後のモンゴメリと日記

モンゴメリは、一九一一年、三十六歳の夏に長老派教会の牧師ユーアン・マクドナルドと結婚。プリンス・エドワード島を離れ、夫の赴任地オンタリオ州の農村リースクデイルに移りました。

それから十五年間、リースクデイルの牧師館で、牧師夫人として、二人の息子チェスターとスチュアートの母として、世界的な人気作家として、多忙な日々を送りながら、アン・シリーズの第三巻、第五巻、第七巻、第八巻の四冊を書きます。より自伝的な傾向の強いエミリー・シリーズの『新月農場のエミリー』*Emily of New Moon*（邦題『かわいいエミリー』）と『エミリーはのぼる』*Emily Climbs*、オンタリオ州を舞台にしたロマンス小説『青い城』なども発表し、四十代のモンゴメリは旺盛な創作を行います。

一九二六年には、夫が、トロントに近いノーヴァルの長老派教会（口絵）の牧師となり、五十二歳のモンゴメリも、ノーヴァルの牧師館（口絵）に転居します。

モンゴメリはそれまでずっと木造家屋にランプの灯りで生活していましたが、この牧師館は赤煉瓦造りの堅牢な建物に、電灯がともり、セントラル・ヒーティングの設備もありました。裏手にクレディット川が流れる緑豊かな田園で、十代の息子を育てながら、小説を書き、牧師夫人として教会の礼拝と日曜学校、村人の葬儀と結婚式にかかわり、地元の演劇クラブを指導してスコットランド女王メアリの芝居などを上演します。

しかし六十五歳になった夫ユーアンの鬱病と不眠症が進んだことから、ユーアンは一九三五年に牧師を引退し、トロント市内に転居することになりました。

それを決めた直後の一九三五年三月九日、モンゴメリは本作の執筆を始めます。当時は夫の不安定な精神状態のために、彼女も不眠と気分の停滞に悩んでいましたが、アンの物語を書くうちに変化していくさまが日記からうかがえます。モンゴメリの日記から本作にかかわる部分を抜粋して翻訳します。

一九三五年三月九日　土曜日　オンタリオ州ノーヴァル牧師館

腰を落ちつけて（新しいアンの物語を）書いていると、不思議な心地がした。なんらかの興味関心が、また人生に戻ってきたようだ。私はまだ執筆できるかもしれないとわかって、元気づけられた。このところ、もう二度と書けないかもしれないと、しきりに案じていたからだ。

一九三五年三月十一日　月曜日
よく眠った。午前中は、新しいアン・ブックを三時間書いた。

この三月、モンゴメリはノーヴァルから、トロント市内スワンシー地区の一軒屋へ引っ越します。この家はオンタリオ湖へ流れるハンバー川にそった高台の閑静な高級住宅地にあります。ここもすぐ裏手に川が流れ、急な斜面の河岸に茂る木々に守られた美しい家です。その屋敷をモンゴメリは「旅路の果て荘」と名づけます。祖父母のマクニール家で育ち、結婚後は教会付属の牧師館に暮らしてきた彼女にとって、初めてのわが家でした。

一九三五年八月二十三日　金曜日
昨日は涼しくさわやかで、よく眠れた。そこで五時間、気持ちよく執筆した。アンの本の四つの章が終わった。昔ながらのアンの物語の雰囲気に戻ることは、思っていたよりも、やさしかった。書いていると、故郷《ふるさと》に帰ったような気がする。執筆をやめて現在の世界に戻るのが嫌になるくらいだ。

この年、モンゴメリは大きな栄誉を受けます。カナダの国家元首である英国王ジョージ五世の名で、大英帝国勲章を授けられたのです。九月に彼女は首都オタワへ行き、カナダ総督公邸で叙勲されました。モンゴメリは名実ともに、カナダで最も有名な女性作家となり、その喜びのさなかで本作の執筆が続きます。

一九三五年十一月八日　金曜日

今日は「アン」の一章分を執筆した。大いに楽しかった。まるで過去の世界へ戻って逃避するようだ。気分はぐっとよくなっている……また正常に眠れるようになった。

一九三五年十一月二十二日　金曜日

再びテニスンを読んでいる。やはり同じ感想だ。あまりにもしつこくて、甘すぎる。しかし彼は不滅の完璧な詩も書いている。「角笛の歌」……（註・モンゴメリは本作でフランクリン・ウェスコットに同じ感想を語らせている）。

一九三五年十一月二十五日　月曜日

今日、『風柳荘《ウインデイ・ウイローズ》のアン』を終えた。執筆は楽しかった。古き時代の雰囲気をほどよく取り入れることができたと思う。

一九三六年五月十五日　金曜日

一日の大半、『風ポプラ荘のアン』のゲラ刷りを読んだ。仕事ができない時はソリテイアをした（註・本作ではチャティおばさんがソリティアをしている）。

そして一九三六年夏、本作は、カナダ、米国、英国で出版されます。

一九三六年八月十日　月曜日

『風柳荘《ウインデイ・ウイローズ》のアン』の英国の出版元のハラップ氏から手紙が届いた。ありがたいことに驚くべきニュースが書かれていた。『風柳荘《ウインデイ・ウイローズ》』が、「デイリー・ミラー」紙のロマンチックな「今月の一冊」に選ばれたのだ。すばらしい書評もあった。嬉しいやら驚くやらだ。

「デイリー・ミラー」紙は、一九〇三年創刊、全英に流通する朝刊紙で、一時期は英国最大の発行部数を誇りました。その紙面で紹介されたのです。モンゴメリは英国王の名で叙勲されただけでなく、大英帝国芸術院の会員でもありました。

一九三六年八月十八日　火曜日

ひどい風邪で二日間苦しみ、ゆうべは眠れなかった。目を覚ましていると、スチュアートが玄関ホールで『風柳荘《ウインデイ・ウイローズ》』を読んで、しきりにくすくす笑っているのが聞こえた。私の最高傑作の一つだと言う。変だこと！（註・息子のスチュアートは当時は医学生）

一九三六年八月二十日　木曜日

今日、『風ポプラ荘のアン』を読み終えた。美味しい食べ物《テイドビット》のエリヤのところは天国に行っても思い出して笑うだろう。骨をかじる夫が骨を埋めて、女房がうすうす気付いていた、というところは、泣くまで笑った。

本作は、モンゴメリのユーモア作家としてのセンスも光ります。そして発行二年後の

一九三八年、ポーランドでの翻訳発行が決まります。

一九三八年九月二十四日　土曜日

『風ポプラ荘のアン』を読んだ女性から手紙が来た。「感謝しています、登場人物の純然たる魅力、ユーモア、古風な趣き……妖精の国の気配……深紅と紫と青の色合い！」

日記を読むと、書き始めのモンゴメリは十数年ぶりにアンの世界に戻れるかどうか案じていますが、執筆が進むと、古き良きアンの世界を楽しみ、気分も晴れたことがわかります。

本作が書かれた一九三〇年代は、モダンな都市文化が花開いた時代です。ラジオや蓄音機から音楽が流れ、映画は無声《サイレント》からトーキーへ発展し、ハリウッド作品がトロントでも公開されました。モンゴメリは映画館に出かけて、グレタ・ガルボ主演「グランド・ホテル」（一九三二年）などを楽しんでいます。町には自動車が走り、モンゴメリの一家も自家用車でアメリカやナイアガラの滝へドライブ旅行に出かけました。

女性たちは結い上げていた長い髪を切り、パーマネントをかけ、ウエストをしめつけないゆるやかで活動的な衣服が流行し、男女同権の運動も広がります。新聞、雑誌、書籍の商業出版も盛んでした。

しかし一九二九年、ニューヨークの株式大暴落から世界恐慌が始まり、退廃的《デカダン》趣味も一世を風靡、マレーネ・ディートリッヒの映画「モロッコ」（一九三〇年）が人気を集めます。第一次大戦後の平和もつかのま、ふたたび軍靴の音が響き、ナチスが台頭したドイツでは一九三三年にヒトラーが首相就任、本作発行の一九三六年にスペイン内戦が起こり、一九三八年にカナダは米国と軍事提携、翌三九年、カナダはドイツに宣戦布告、第二次大戦に参戦します。モンゴメリは成人した息子が戦地へ送られるのではないかと恐れ、時代は暗さへ向かっていきます。

十一、アンの誠実さとグリーン・ゲイブルズの魔法で生まれ変わる人々

しかし本作の時代はまだ十九世紀の終わり、平和で牧歌的なプリンス・エドワード島が舞台です。

第一巻から第三巻まではギルバートが一途な恋心をアンによせていましたが、本作では一転してアンがギルバートへ恋慕あふれる手紙を綴り、なんとも甘くロマンチックな情緒がたゆたいます。あいにく熱烈な愛の表現は「削除」されていますが、「あなたを愛しています」という一文に込められた想いの熱さ、ギルバートと会える日を待ち望む恋心と慕る思い、さらには「ギルバート、あなたは、私の適切な場所に、キスをしていると思いますか？　たとえば首筋は、ギブソン夫人は最も不適切な場所だとお考えではないか、心配です」というアンの文章には、口ひげを生やしたギルバートと大人になったアンの恋の深まりも感じられます。

実はモンゴメリ自身も、六年にわたる長い婚約中、ユーアンと文通をしていました。

彼女は島で、年とともに気難しくなる八十代の祖母の介護をしながら（老母の世話をするポーリーンを思わせます）、小説を書いていました。そのころユーアンは留学でスコットランドに渡り、帰国後は牧師としてオンタリオ州に赴任し、遠く離れていたのです。孫もいる六十代になったモンゴメリは、ユーアンに手紙を書いた若き日々を思い出しつつ本作を書いたことでしょう。

風柳荘《ウインディ・ウイローズ》に暮らす人々も、本作の魅力です。無口なケイトおばさん、おしゃべり好きで涙もろいチャティおばさん、家政婦のレベッカ・デュー……。料理上手で、富豪のゴシップが好きで、へそ曲がりで、情に厚く、信心深いレベッカ・デューに愛され、アンは幸せな下宿生活を送ります。

父を恋い慕う隣家の小さなエリザベスには、モンゴメリの少女時代が投影されています。モンゴメリは一歳で母を喪い、母方の祖父母に引きとられて物質的には裕福に育ちますが、父は遥かに遠いカナダ中西部へ行き、別の家庭を持ちました。幼いモンゴメリは、心に孤独をかかえて空想の世界と文学に慰めを見いだします。島に帰ることのなかった父への思いが、小さなエリザベスの「明日」にこめられているのです。

本作のいちばんの魅力は、やはりアンの誠実な人柄とグリーン・ゲイブルズのうるわしさです。

学校長という要職についたアンは、世間の荒波にもまれます。町を支配するプリングル一族はアンに嫌がらせをしますが、アンに弱みを握られたと知ると、暴露されたくない一心で屈服します。しかしアンにそんな悪意は毛頭なく、むしろアンの親切心を知ってミス・サラは衝撃をうけ、さらにアンが世間にばらすと邪推していた自分たちの汚れた心を知って赤面し、許しを乞います。アンの誠実さと清純さが、プリングル一族を変え、彼らはアンを愛するようになります。

職場では、副校長のキャサリンに苛《いじ》められます。彼女は年下のアンが校長の地位についたことを僻《ひが》み、辛辣な嫌味ばかり口にするのです。そんなキャサリンが、クリスマス休暇を薄汚れた下宿で一人きりで過ごすと知ったアンは、勇気を出して彼女を誘い、グリーン・ゲイブルズに連れて帰ります。

キャサリンは、昔ながらの農家グリーン・ゲイブルズの安らぎ、そこに暮らすマリラ、リンド夫人、双子の心根の温かさにふれて、少しずつ打ちとけていきます。アヴォンリーが一面の銀世界となった神秘的な雪景色のなか、キャサリンは涙ながらに、自分のつらかった半生を告白します。親を亡くし、親戚の家で肩身も狭く育ち、どうせ自分は誰からも好かれないと卑屈になり、傷つきたくないばかりに人づきあいを避け、自分の弱さと寂しさを気取られまいと、強がりの皮肉屋になったこと、親戚の家で世話になった費用を返すために節約して下宿も身なりも粗末にしてきたこと、そんな自分を変えたくとも変えられない苦しみ、幸せそうに見えるアンへの妬《ねた》みを、泣きながら語るのです。

キャサリンはアンに言います。「あなたは、ずっと順調に生きてきたんだもの。そうよ……あなたは、美しいものとロマンスから出来ている小さな魔法の世界に住んでいるみたいだもの。『今日の私は、どんな喜ばしい発見をするのかしら』……これがあなたの生きる態度よ、アン」

しかしそんなアンこそ、天涯孤独の孤児だったことを胸が張り裂けるような言葉で告げられ、キャサリンは驚きます。過去の人生がどんなにつらくとも、アンは、美しいものとロマンスから出来ている小さな魔法の国に住んでいるように人に思わせる心の明るさがあるのです。キャサリンは、固く閉ざしていた心をアンへ、外の世界へ、自分の本当の夢へむかって開きます。自分の弱さにむきあったキャサリンが、日々の生き方を変え、身なりを変え、人生そのものを変えていく姿は、心を動かされます。

小さなエリザベスも、緑が輝き、花の咲き乱れる夏のグリーン・ゲイブルズに滞在して、やせた青白い頬は薔薇色に光り、明るい笑い声をあげるようになります。

キャサリンと小さなエリザベスは、アンの愛情深さだけでなく、グリーン・ゲイブルズの聖地のごとき力とそこに暮らす人々の慈愛によって、生まれ変わるのです。すなわち本作には、アンがグリーン・ゲイブルズに来て幸せになった第一巻『赤毛のアン』の懐かしい世界のきらめきが漂っているのです。

最後にアンは教職を辞し、サマーサイドを去るとき、町中の人々が別れを惜しみます。

アンはまた道の曲がり角を迎えたのです。

続く第五巻『アンの夢の家』*Anne's House of Dreams*（一九一七年）では、アンは若き医師ギルバートと結婚してアン・ブライスとなり、プリンス・エドワード島の海辺の村フォー・ウィンズ*Four Winds*（四つの風）で、新婚の日々を送ります。謎めいた美女レスリーと記憶喪失の夫、朴訥なジム船長、男嫌いのミス・コーネリアといった新しい隣人と出会い、出産、悲しい別れ、さらには予想もしない出来事を経験します。

これはモンゴメリが気力体力ともに充実して、筆が乗りに乗っていた四十代に書かれ、本人も会心《かいしん》の作と認める小説です。イギリスの詩人ルパート・ブルックの詩に始まる日本初の全文訳を訳註付でお届けしたいと、日々、翻訳していきます。引きつづき、どうぞよろしくお願い申し上げます。

松本侑子

二〇一九年秋

謝辞

Acknowledgments; This translation and its many annotations would not have been possible without the professional guidance of my English teacher, Ms. Rachel Elanor Howard, who majored in English literature and British history. I heartily appreciate her encouragements and intellectual suggestions kindly given to me.

本書の編集と発行にあたり、文藝春秋、文春文庫編集部の池延朋子様、翻訳出版部の永嶋俊一郎部長、文春文庫の花田朋子局長、武田昇副部長、文庫営業部の伊藤健治部長に、大変にお世話になりました。

カバーの美しい絵は勝田文先生に描いて頂きました。風柳《ウインディ・ウイローズ》荘の庭に咲くケマン草と赤と白のデイジー、薔薇、猫のダスティ・ミラー、そしてアンの婚約指輪の真珠です。指輪は、原書では pearls と複数形のため、真珠がいくつかついていると思われますが、デザインの描写はないため、みなさまのご想像にゆだね、柔らかに光る真珠をあしらって頂きました。カバー、扉、献辞、目次のクラシックなデザインは、長谷川有香先生にご担当頂きました。

みなさまのプロフェッショナルなお仕事とご熱意に、御礼を申し上げます。
最後に、本書をお読みくださった心の同類のみなさまに、愛と感謝をお伝えします。

主な参考文献

英米文学など

"THE MACMILLAN BOOK OF PROVERBS, MAXIMS, AND FAMOUS PHRASES" Burton Stevenson, Macmillan Publishing Company, New York, 1987

'L. M. Montgomery's use of quotations and allusions in the "ANNE" books' Rea Wilmshurst, Canadian Children's Literature, 56, 1989

『北風のうしろの国』ジョージ・マクドナルド著、中村妙子訳、ハヤカワ文庫、一九八一年

『スコットランド女王メアリ』上下巻、アントニア・フレイザー著、松本たま訳、中公文庫、一九九五年

『対訳 テニスン詩集』西前美巳編、岩波文庫、二〇〇三年

『イノック・アーデン』テニスン、入江直祐訳、岩波文庫、一九五七年改版

『じゃじゃ馬ならし』シェイクスピア、小田島雄志訳、白水社、一九八三年

『オセロー』シェイクスピア、小田島雄志訳、白水社、一九八三年

『マクベス』シェイクスピア、小田島雄志訳、白水社、一九八三年

『ヴェニスの商人』シェイクスピア、松岡和子訳、ちくま文庫、二〇〇二年

『対訳 ポー詩集』加島祥造編、岩波文庫、一九九七年

『英米文学辞典』研究社、一九八五年

『図説　妖精百科事典』アンナ・フランクリン著、井辻朱美監訳、東洋書林、二〇〇四年

CD—ROM版『世界大百科事典』平凡社、一九九二年

政治

『世界現代史31　カナダ現代史』大原祐子著、山川出版社、一九八一年

キリスト教と聖書

『聖書』新共同訳、日本聖書協会、一九九八年

"THE HOLY BIBLE : King James Version" American Bible Society, New York, 1991

『聖書人名事典』ピーター・カルヴォコレッシ著、佐柳文男訳、教文館、一九九八年

『聖書百科全書』ジョン・ボウカー編著、荒井献・池田裕・井谷嘉男監訳、三省堂、二〇〇〇年

『キリスト教大事典』教文館、一九六八年改訂新版

モンゴメリ関連

『「赤毛のアン」を書きたくなかったモンゴメリ』梶原由佳著、青山出版社、二〇〇〇年

『モンゴメリ書簡集I　G・B・マクミランへの手紙』ボルジャー／エパリー編、宮武潤三・

宮武順子訳、篠崎書林、一九九二年

『〈赤毛のアン〉の素顔 L・M・モンゴメリー』メアリー・ルビオ／エリザベス・ウォーターストーン著、槇朝子訳、ほるぷ出版、一九九六年

“The Complete Journals of L.M.Montgomery, The PEI Years, 1901-1911” Edited by Mary Henley Rubio, Elizabeth Hillman Waterston, Oxford University Press, Ontario, Canada, 2017

“The Selected Journals of L.M.Montgomery” Volume IV: 1929-1935, Edited by Mary Rubio & Elizabeth Waterston, Oxford University Press, Ontario, Canada, 1998

“The Selected Journals of L.M.Montgomery” Volume V: 1935-1942, Edited by Mary Rubio & Elizabeth Waterston, Oxford University Press, Ontario, Canada, 2004

『風柳荘《ウィンディ・ウィローズ》のアン』と『風ポプラ荘のアン』のサイト

“Anne of Windy Poplars vs. Anne of Windy Willows” https://anneofgreengables.fandom.com/wiki/Notes:Anne_of_Windy_Poplars_vs._Anne_of_Windy_Willows?useskin=oasis

“Anne of Windy Poplars” と “Anne of Windy Willows” の相違点 “The Differences Between Anne of Windy Poplars and Anne of Windy Willows” by Joanne Wood, Mississauga, Ontario, June, 1996 http://www.asahi-net.or.jp/~FG5M-OGM/avonlea/differs.htm

英米文学、英語聖書

本作中に引用される英米詩、英語聖書の一節は、その英文を元にインターネット検索し、該当するページの英文原典や原書を参照、邦訳して訳註に入れました。

本作品は訳し下ろしです。

デザイン　長谷川有香
（ムシカゴグラフィクス）
イラスト　勝田文

Anne of Windy Willows
(1936)

by

L. M. Montgomery
(1874～1942)

●文春文庫　日本初の全文訳・訳註付『赤毛のアン』シリーズ

児童書でも、少女小説でもない、大人の文学

モンゴメリ◎著　松本侑子◎訳

1 赤毛のアン

孤児アンはプリンス・エドワード島のグリーン・ゲイブルズでマシューとマリラに愛され、すこやかに育つ。笑いと涙の名作は英文学が引用される芸術的な文学だった。お茶会のラズベリー水とカシス酒、スコットランド系アンの民族衣裳も原書通りに翻訳。みずみずしく夢のあるアン・シリーズ第1巻。写真を11点掲載。訳註では、作中の英文学など353項目を解説。

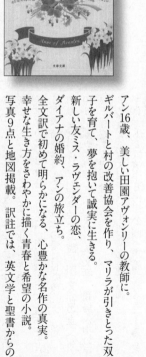

3 アンの愛情

アン18歳、ギルバートとカナダ本土の大学へ。美しい港町、新しい友フィル、パティの家での共同生活。娘盛りのアンは貴公子ロイに一目惚れされ、青年たちに6回求婚される。やがて真実の愛に目ざめ、初めての口づけへ。「眠り姫」の詩に始まる初の全文訳。19世紀カナダの暮らし、作中の英文学、登場人物の民族を解説する訳註付。

アンが通う大学のモデル、下宿前の墓地公園、ギルバートと散策する海岸公園、求婚されるあずまやを、小説の舞台ノヴァ・スコシア州で撮影した写真を掲載。

ANNE OF WINDY WILLOWS (1936)
by L.M. Montgomery (1874-1942)

文春文庫

風柳荘《ウィンディ・ウィローズ》のアン

定価はカバーに
表示してあります

2020年1月10日　第1刷
2024年2月25日　第4刷

著　者　L・M・モンゴメリ
訳　者　松《まつ》本《もと》侑《ゆう》子《こ》
発行者　大沼貴之
発行所　株式会社　文藝春秋

東京都千代田区紀尾井町 3-23　〒102-8008
TEL　03・3265・1211㈹
文藝春秋ホームページ　http://www.bunshun.co.jp

落丁、乱丁本は、お手数ですが小社製作部宛お送り下さい。送料小社負担でお取替致します。

印刷製本・大日本印刷
Printed in Japan

ISBN978-4-16-791433-2

（　）内は解説者。品切の節はご容赦下さい。

マディソン郡の橋
ロバート・ジェームズ・ウォラー（村松　潔　訳）

アイオワの小さな村を訪れ、橋を撮っていた写真家と、ふとしたことで知り合った村の人妻。束の間の恋が、別離ののちも二人の人生を支配する。静かな感動の輪が広がり、ベストセラーに。

ウ-9-1

ジーヴズの事件簿　才智縦横の巻
P・G・ウッドハウス（岩永正勝・小山太一　編訳）

二十世紀初頭のロンドン。気はよくも少しおつむのゆるい金持ち青年バーティに、嫌みなほど有能な黒髪の執事がいた。どんな難題もそつなく解決する彼の名は、ジーヴズ。傑作短編集。

ウ-22-1

ジーヴズの事件簿　大胆不敵の巻
P・G・ウッドハウス（岩永正勝・小山太一　編訳）

ちょっぴり腹黒な有能執事ジーヴズの活躍するユーモア小説傑作集第二弾。村の牧師の長説教レースから親友の実らぬ恋の相談まで、ご主人バーティが抱えるトラブルを見事に解決！

ウ-22-2

ある小さなスズメの記録
人を慰め、愛し、叱った、誇り高きクラレンスの生涯
クレア・キップス（梨木香歩　訳）

第二次世界大戦中のイギリスで老ピアニストが出会ったのは、一羽の傷ついた小雀だった。愛情を込めて育てられた雀クラレンスとキップス夫人の十二年間の奇跡の実話。　（小川洋子）

キ-16-1

星の王子さま
サン＝テグジュペリ（倉橋由美子　訳）

「ねえ、お願い…羊の絵を描いて」不時着した砂漠で私に声をかけてきたのは別の星からやってきた王子さまだった。世界中を魅了する名作が美しい装丁で甦る。　（古屋美登里・小川　糸）

サ-9-1

香水　ある人殺しの物語
パトリック・ジュースキント（池内　紀　訳）

十八世紀パリ。次々と少女を殺してその芳香をわがものとし、あらゆる人を陶然とさせる香水を創り出した〝匂いの魔術師〟グルヌイユの一代記。世界的ミリオンセラーとなった大奇譚。

シ-16-1

アンネの日記　増補新訂版
アンネ・フランク（深町眞理子　訳）

オリジナル、発表用の二つの日記に父親が削った部分を再現した〝完全版〟に、一九九八年に新たに発見された親への思いを綴った五ページを追加。アンネをより身近に感じる〝決定版〟。

フ-1-4

L・M・モンゴメリ（松本侑子　訳）
赤毛のアン
アンはプリンス・エドワード島の初老の兄妹マシューとマリラに引きとられ幸せに育つ。作中の英文学と聖書、アーサー王伝説、イエスの聖杯探索を解説。日本初の全文訳、大人の文学。

モ-4-1

L・M・モンゴメリ（松本侑子　訳）
アンの青春
アン16歳、美しい島で教師に。ギルバートの片恋、ダイアナの婚約。移民の国カナダにおける登場人物の民族（スコットランド系とアイルランド系）を解説。ケルト族の文学、初の全文訳。

モ-4-2

L・M・モンゴメリ（松本侑子　訳）
アンの愛情
アン18歳、カナダ本土の英国的な港町の大学へ。貴公子ロイに一目惚れされ、青年たちに6回求婚される。やがて愛に目ざめ……。テニスンの詩に始まる初の全文訳、訳註・写真付。

モ-4-3

L・M・モンゴメリ（松本侑子　訳）
風柳荘《ウィンディ・ウィローズ》のアン
日本初の「全文訳」、詳細な訳註収録の決定版「赤毛のアン」シリーズ第4巻。校長となったアンは医師を目指すギルバートと文通。周囲の敵意にも負けず持ち前の明るさで明日を切り拓く。

モ-4-4

L・M・モンゴメリ（松本侑子　訳）
アンの夢の家
医師ギルバートと結婚。海辺に暮らし、幸せな妻となるも、母になったアンに永遠の別れが訪れる。運命を乗り越え、愛に生きる人々を描く大人の傑作小説。日本初の全文訳・訳註付。

モ-4-5

L・M・モンゴメリ（松本侑子　訳）
炉《ろ》辺《へん》荘《そう》のアン
6人の子の母、医師ギルバートの妻として田園に暮らすアン。子育ての喜びと淡い悲しみ。大家族の愛の物語。日本初の全文訳「赤毛のアン」シリーズ第6巻。約530項目の訳註付。

モ-4-6

L・M・モンゴメリ（松本侑子　訳）
虹の谷のアン
アン41歳、家族で暮らすグレン・セント・メアリ村に新しい牧師一家がやってきた。第一次世界大戦が影を落とす前の最後の平和な時を描く。日本初の全文訳・訳註付シリーズ、第7巻！

モ-4-7

（　）内は解説者。品切の節はご容赦下さい。

文春ジブリ文庫

スタジオジブリ　文春文庫　編
風の谷のナウシカ
ジブリの教科書1

凶暴な美しさを秘め、友愛を体現する唯一無二のヒロイン・ナウシカ。当時の制作現場の様子を伝える貴重な資料に加え、その魅力を立花隆、内田樹、満島ひかりら豪華執筆陣が読み解く。

G-1-1

スタジオジブリ　文春文庫　編
天空の城ラピュタ
ジブリの教科書2

児童文学の系譜からみたラピュタの魅力とは？　一九八六年公開の『天空の城ラピュタ』の奥行きを、森絵都、金原瑞人、夢枕獏、石田衣良、上橋菜穂子ら豪華執筆陣が読み解く！

G-1-2

スタジオジブリ　文春文庫　編
となりのトトロ
ジブリの教科書3

森のヌシ神としてのトトロ像から、昭和三〇年代の日本の食卓まで、あさのあつこ、半藤一利、川上弘美ら豪華執筆陣が作品を解き明かす。背景美術・男鹿和雄の世界もカラーで掲載。

G-1-3

スタジオジブリ　文春文庫　編
火垂るの墓
ジブリの教科書4

文芸的アニメーションとして世界的に高い評価を得ている『火垂るの墓』——山田洋次、與那覇潤、妹尾河童ら豪華執筆陣が、戦争とアニメーション表現の本質について掘り下げる。

G-1-4

スタジオジブリ　文春文庫　編
魔女の宅急便
ジブリの教科書5

魔女のキキが飛べなくなること、黒猫のジジと言葉が通じなくなること、働くということ……。内田樹、上野千鶴子、青山七恵らが、少女の成長物語の金字塔「魔女宅」の魅力を読み解く！

G-1-5

スタジオジブリ　文春文庫　編
おもひでぽろぽろ
ジブリの教科書6

私はワタシと旅にでる。——27歳と小学5年生の自分との間を行き来しながらタエ子は何をみつけるのか。制作現場の証言を収録しながら岩井俊二、村山由佳、香山リカらが読み解く。

G-1-6

スタジオジブリ　文春文庫　編
紅の豚
ジブリの教科書7

宮崎駿監督作品の中でも根強い人気を誇る作品の魅力を、万城目学、佐藤多佳子らを筆頭に人気作家陣・学者たちが読み解く。アニメーター達の貴重な当時の証言やイラストも多数収録。

G-1-7

（　）内は解説者。品切の節はご容赦下さい。

ジブリの教科書8 平成狸合戦ぽんぽこ 総天然色漫画映画
スタジオジブリ　文春文庫　編
94年の邦画・配給収入トップを記録した「ぽんぽこ」。小松和彦、似鳥鶏らが多摩ニュータウンを舞台に繰り広げられる作品の魅力を解き明かしつつ、スタッフの貴重な回顧録も収録！
G-1-8

ジブリの教科書9 耳をすませば
スタジオジブリ　文春文庫　編
みんな何かを探してがんばってる——。公開から二十年経ってなお人々の心をとらえて離さない伝説の作品。その魅力について、朝吹真理子、川本三郎、乙一、藤本由香里らが読み解く。
G-1-9

ジブリの教科書10 もののけ姫
スタジオジブリ　文春文庫　編
スタジオジブリを代表する国民的人気作品、満を持して登場。宮崎駿監督が構想十六年、制作三年を費やした超大作の魅力を、福岡伸一、宇野常寛、荻原規子、永田紅らが縦横に論じる。
G-1-10

ジブリの教科書11 ホーホケキョ となりの山田くん
スタジオジブリ　文春文庫　編
ジブリ映画と鬼才漫画家・いしいひさいち氏が融合した高畑勲監督の傑作を、奈良美智、山田太一、土屋賢二の各氏らが読み解く。ナビゲーターには爆笑問題・太田光さんが登場！
G-1-11

ジブリの教科書12 千と千尋の神隠し
スタジオジブリ　文春文庫　編
興行収入三百億円超。米国アカデミー賞長編アニメ映画賞受賞。ベルリン国際映画祭金熊賞受賞。名実共に宮崎駿監督を代表するこの怪物的作品を、森見登美彦氏らが徹底的に解読する！
G-1-12

ジブリの教科書13 ハウルの動く城
スタジオジブリ　文春文庫　編
二〇〇四年に公開され、二年連続で興行成績ナンバー1となった宮崎駿監督作品。少女ソフィーと魔法使いハウルの運命は？ 動く城の全貌は？ 読み解き満載。ナビゲーターは綿矢りさ氏。
G-1-13

ジブリの教科書14 ゲド戦記
スタジオジブリ　文春文庫　編
ル＝グウィン原作のファンタジーをアニメ化。宮崎吾朗の初監督作品。誕生秘話を語った新規ロングインタビューのほか、阿川佐和子、香山リカらが様々な角度から作品を読み解く。
G-1-14

（ ）内は解説者。品切の節はご容赦下さい

文春ジブリ文庫

崖の上のポニョ
ジブリの教科書15
スタジオジブリ 文春文庫 編

海辺の町で、さかなの子ポニョと五歳の宗介が出会う——。主題歌も大ヒット、日本アカデミー賞最優秀アニメーション作品賞受賞の同作を吉本ばなな、女優のん、横尾忠則らが解説。

G-1-15

借りぐらしのアリエッティ
ジブリの教科書16
スタジオジブリ 文春文庫 編

スタジオジブリ作品『思い出のマーニー』の監督、米林宏昌。そのデビュー作を梨木香歩、小林紀晴、主人公の声を担当した志田未来、神木隆之介など豪華執筆陣が読み解く！

G-1-16

コクリコ坂から
ジブリの教科書17
スタジオジブリ 文春文庫 編

一九六三年、東京五輪前年の横浜を舞台に描く、高校生の恋と出生の秘密。宮崎吾朗監督による二作目のアニメを近藤麻理恵、川上量生らが読み解く。俳優の井浦新も絶賛！

G-1-17

風立ちぬ
ジブリの教科書18
スタジオジブリ 文春文庫 編

零戦を設計した堀越二郎をモデルに、堀辰雄の小説にも着想を得て作られた。これを最後に宮崎駿監督が一度は引退発表した作品を、柳田邦男、武田頼政、小橋めぐみらが読み解く。

G-1-18

かぐや姫の物語
ジブリの教科書19
スタジオジブリ 文春文庫 編

「姫の犯した罪と罰。」がキャッチコピー。『竹取物語』を原作に、ひとりの女性のいのちの輝きを鮮やかに描いた高畑勲監督の遺作を壇蜜、ヒキタクニオ、奈良美智、宮本信子らが読み解く。

G-1-19

思い出のマーニー
ジブリの教科書20
スタジオジブリ 文春文庫 編

北海道の自然を舞台に二人の少女の美しくも儚い友情を描いた、スタジオジブリ初のダブルヒロイン作品。唯川恵、小島慶子らが読み解き、声優に挑戦した有村架純、高月彩良も登場。

G-1-20

風の谷のナウシカ
シネマ・コミック1
宮崎 駿 原作・脚本・監督

瘴気を発する腐海に人々がおびえて暮らす中、木々を愛で、蟲と心を通わせる少女ナウシカの壮大な物語が幕を開ける——。スタジオジブリ設立のきっかけとなった名作がコミックで蘇る。

G-2-1